最好的小说

典藏版

鲁迅等 ◎ 著

若溪 ◎ 主编

中国华侨出版社
北京

图书在版编目（CIP）数据

最好的小说 / 鲁迅等著；若溪主编. 一北京：中国华侨出版社，2013.5 （2021.1重印）
ISBN 978-7-5113-3617-0

Ⅰ. 最… Ⅱ. 鲁… 若… Ⅲ. 短篇小说—小说集—世界 Ⅳ. I14

中国版本图书馆CIP数据核字（2013）第105926号

最好的小说

著　　者：鲁　迅　等
主　　编：若　溪
责任编辑：彬　彬
封面设计：阳春白雪
文字编辑：张　桦
美术编辑：宇　枫
经　　销：新华书店
开　　本：720毫米×1020毫米　　1/16　　印张：24　　字数：344千字
印　　刷：北京德富泰印务有限公司
版　　次：2013年9月第1版　2021年1月第4次印刷
书　　号：ISBN 978-7-5113-3617-0
定　　价：55.00元

中国华侨出版社　北京市朝阳区西坝河东里77号楼底商5号　邮编：100028
法律顾问：陈鹰律师事务所
发 行 部：（010）88866079　　　　　传　真：（010）88877396
网　　址：www.oveaschin.com　　　　E-mail：oveaschin@sina.com

如发现印装质量问题，影响阅读，请与印刷厂联系调换。

前言

在各种文学体裁中，小说所反映的社会和人生的广度和深度，是其他文学体裁所难以企及的。而在小说的各种类别中，短篇小说由于其篇幅的短小性、主题的集中性、视角的新颖性、针砭的有力性、阅读的快捷性，更是为广大读者所喜闻乐见，竞相传诵。世界各国的小说大师们，在创作长篇小说的同时，也热衷于截取生活的横断面，创作一些脍炙人口的短篇小说。这些短篇小说无论是在内容的深度上，还是在艺术的造诣上，都堪与长篇小说相媲美，感染和激励着一代又一代的广大读者，成为人类一笔弥足珍贵的精神财富。

作为文学殿堂中一种影响广泛的文体，短篇小说是人们不可或缺的精神食粮之一。一个人在其一生中，阅读若干篇优秀的短篇小说，不仅可以拓宽自己的视野，还可以获得某种深刻的人生启示和积极的人生借鉴。优秀的短篇小说，是文学大师们以其敏锐的洞察力和犀利的眼光，从复杂多变的社会生活中撷取素材，经历长时期的生活积累和内心思考，精心创作出来的文学作品。这些作品，从不同层面描绘了不同时代、不同民族、不同国度的社会生活，叙述着一个个离奇曲折、扣人心弦的故事，塑造了一个个思想各异、个性鲜明的人物形象，反映着人与人之间错综复杂的关系，也揭示了不同国家的社会风貌、不同民族的思想倾向。阅读优秀的短篇小说，可以使我们在领略其艺术魅力的同时，感同身受，体会作者的是非观念、爱憎标准、价值取向、审美情趣，探究人类的生存环境、生存心理、生存意义，增强自己的人生信念和生活勇气，更加热切地关注社会的震荡、历史的演变、人类的前途和世界的未来，将一己的命运融入广阔意义上的人类、社会、时代中去，为自己的人生注入丰厚多元的内涵和绵延不绝的活力。

中外小说浩如烟海,一个人要想在短暂的一生中遍阅小说大师们的所有短篇佳作,既不现实,也不科学。为了让广大读者在最短的时间内迅速、有效地了解中外短篇小说的创作成就,获得最佳的阅读效果,我们组织有关人员,在广泛查阅相关资料的基础上,经过反复细致的讨论和斟酌,最后从琳琅满目的中外小说宝库中遴选出几十篇流传最广、影响最大的短篇小说,辑录成书。所选的小说,在地域上涵盖中外,时间上侧重现当代,它们形式多样、风格各异,具有较高的思想性和艺术性。

为了帮助读者加深对作品的理解,我们为每篇作品增设了"入选理由""作者简介""作品赏析"三个专栏。"入选理由"点明每篇小说的独特之处,让读者在阅读之前对作品有个初步的认识;"作者简介"简要介绍了作者的生平经历、创作成就等,使读者对作者有个清晰概括的了解;"作品赏析"以凝练的语言对每篇作品的内容思想、人物形象、语言特色、风格技巧等进行精当到位的点评,引导读者准确透彻地把握作品的思想内涵和艺术特色。值得一提的是,为了尊重作者原文和保持原文风貌,对于一些作者在上世纪二三十年代写成或翻译的作品,其中有个别用字和当今现代汉语语法不统一的现象,我们都没有做改动。情至深处无言辞,落于笔端即华章,这些作品不仅为读者提供了一个可供参照、学习、研究中外短篇小说的范本,也能使读者领略文学艺术的神奇魅力。

我们希望通过本书,引领读者领略中外短篇小说的艺术魅力,在与作品中人物同悲共乐的感情波澜和神思遨游的历程中,启迪心智,陶冶性情,提高个人的文学素养、审美水准、人生品位,为自己的人生开辟一片广阔的天地。

目 录

上 篇　中国最好的短篇小说

狂人日记/鲁迅	2
孔乙己/鲁迅	11
在酒楼上/鲁迅	15
醍醐天女/许地山	24
缀网劳蛛/许地山	30
海角的孤星/许地山	47
潘先生在难中/叶圣陶	51
逃 走/郁达夫	68
春风沉醉的晚上/郁达夫	75
报 施/茅盾	87
灵魂可以卖吗/庐隐	99
创造病/老舍	107
断魂枪/老舍	113
隔 绝/冯沅君	120
绣 枕/凌叔华	129
菱 荡/废名	134
桃 园/废名	139

腊八粥/沈从文	147
雨后/沈从文	152
月下小景/沈从文	157
月夜/巴金	169
梅雨之夕/施蛰存	177
水葬/蹇先艾	188
小二黑结婚/赵树理	194

下篇 世界最好的短篇小说

逃往埃及/歌德	210
驿站长/普希金	214
利己主义,或,胸中的蛇/霍桑	225
隐存着并不就是被忘却/安徒生	237
泄密的心/爱伦·坡	241
塔曼/莱蒙托夫	247
苹果熟了的时候/施笃姆	259
情人的形象/波德莱尔	265
舞会以后/列夫·托尔斯泰	270
竞选州长/马克·吐温	280
我的叔叔于勒/莫泊桑	287
项链/莫泊桑	296
变色龙/契诃夫	306
小官吏之死/契诃夫	311
喀布尔人/泰戈尔	314

警察与赞美诗/欧·亨利 …………………………………… 323

麦琪的礼物/欧·亨利 …………………………………… 330

亡 夫/皮兰德娄 ………………………………………… 336

深 夜/蒲宁 ……………………………………………… 346

神 童/托马斯·曼 ……………………………………… 350

最后一课/都德 …………………………………………… 359

厕中成佛/川端康成 ……………………………………… 365

十个印第安人/海明威 …………………………………… 369

上篇
中国最好的短篇小说

狂人日记 /鲁迅

入选理由
中国现代派小说的开山之作
鲁迅文学中的经典篇章
以一个"疯子"的笔触展露中国传统礼教的罪恶

　　某君昆仲，今隐其名，皆余昔日在中学校时良友；分隔多年，消息渐阙。日前偶闻其一大病；适归故乡，迂道往访，则仅晤一人，言病者其弟也。劳君远道来视，然已早愈，赴某地候补矣。因大笑，出示日记二册，谓可见当日病状，不妨献诸旧友。持归阅一过，知所患盖"迫害狂"之类。语颇错杂无伦次，又多荒唐之言；亦不著月日，惟墨色字体不一，知非一时所书。间亦有略具联络者，今撮录一篇，以供医家研究。记中语误，一字不易；惟人名虽皆村人，不为世间所知，无关大体，然亦悉易去。至于书名，则本人愈后所题，不复改也。七年四月二日识。

一

　　今天晚上，很好的月光。

　　我不见他，已是三十多年；今天见了，精神分外爽快。才知道以前的

作者简介

　　鲁迅（1881—1936），原名周树人。他的创作时刻渗透着旧家庭没落中的人情冷暖的体验。俄国文学，再加上青年时代尼采的超人思想，托尔斯泰的博爱理论，共同滋养了这一位国民劣根性的深刻思索者。他的小说，诸如《呐喊》，是近现代小说的开山之作；他的杂文诸如《热风》捍卫了中国一代文学的尊严；他的散文，诸如《野草》，展现了一代伟人深刻的心灵挣扎；他的古典文学，诸如《中国小说史略》，至今仍是研究者案头的珍本。他的存在，已经超越了一个人，是一个时代、一个民族的精神象征。

三十多年，全是发昏；然而须十分小心。不然，那赵家的狗，何以看我两眼呢？

我怕得有理。

二

今天全没月光，我知道不妙。早上小心出门，赵贵翁的眼色便怪；似乎怕我，似乎想害我。还有七八个人，交头接耳的议论我，又怕我看见。一路上的人，都是如此。其中最凶的一个人，张着嘴，对我笑了一笑；我便从头直冷到脚跟，晓得他们布置，都已妥当了。

我可不怕，仍旧走我的路。前面一伙小孩子，也在那里议论我；眼色也同赵贵翁一样，脸色也都铁青。我想我同小孩子有什么仇，他也这样。忍不住大声说，"你告诉我！"他们可就跑了。

我想：我同赵贵翁有什么仇，同路上的人又有什么仇；只有廿年以前，把古久先生的陈年流水簿子，踹了一脚，古久先生很不高兴。赵贵翁虽然不认识他，一定也听到风声，代抱不平；约定路上的人，同我作冤对。但是小孩子呢？那时候，他们还没有出世，何以今天也睁着怪眼睛，似乎怕我，似乎想害我。这真教我怕，教我纳罕而且伤心。

我明白了。这是他们娘老子教的！

三

晚上总是睡不着。凡事须得研究，才会明白。

他们——也有给知县打枷过的，也有给绅士掌过嘴的，也有衙役占了他妻子的，也有老子娘被债主逼死的；他们那时候的脸色，全没有昨天这么怕，也没有这么凶。

最奇怪的是昨天街上的那个女人，打他儿子，嘴里说道，"老子呀！我要咬你几口才出气！"他眼睛却看着我。我出了一惊，遮掩不住；那青面獠牙的一伙人，便都哄笑起来。陈老五赶上前，硬把我拖回家中了。

拖我回家，家里的人都装作不认识我；他们的眼色，也全同别人一样。进了书房，便反扣上门，宛然是关了一只鸡鸭。这一件事，越教我猜不出底细。

前几天，狼子村的佃户来告荒，对我大哥说，他们村里的一个大恶人，给大家打死了；几个人便挖出他的心肝来，用油煎炒了吃，可以壮壮胆子。我插一句嘴，佃户和大哥便都看我几眼。今天才晓得他们的眼光，全同外面的那伙人一模一样。

想起来，我从顶上直冷到脚跟。

他们会吃人，就未必不会吃我。

你看那女人"咬你几口"的话，和一伙青面獠牙人的笑，和前天佃户的话，明明是暗号。我看出他话中全是毒，笑中全是刀。他们的牙齿，全是白厉厉的排着，这就是吃人的家伙。

照我自己想，虽然不是恶人，自从踹了古家的簿子，可就难说了。他们似乎别有心思，我全猜不出。况且他们一翻脸，便说人是恶人。我还记得大哥教我做论，无论怎样好人，翻他几句，他便打上几个圈；原谅坏人几句，他便说"翻天妙手，与众不同"。我那里猜得到他们的心思，究竟怎样；况且是要吃的时候。

凡事总须研究，才会明白。古来时常吃人，我也还记得，可是不甚清楚。我翻开历史一查，这历史没有年代，歪歪斜斜的每叶上都写着"仁义道德"几个字。我横竖睡不着，仔细看了半夜，才从字缝里看出字来，满本都写着两个字是"吃人"！

书上写着这许多字，佃户说了这许多话，却都笑吟吟的睁着怪眼睛看我。

我也是人，他们想要吃我了！

四

早上，我静坐了一会。陈老五送进饭来，一碗菜，一碗蒸鱼；这鱼的眼睛,白而且硬,张着嘴,同那一伙想吃人的人一样。吃了几筷,滑溜溜的不知是鱼是人,便把他兜肚连肠的吐出。我说"老五,对大哥说,我闷得慌,想到园里走走。"老五不答应,走了;停一会,可就来开了门。

我也不动,研究他们如何摆布我;知道他们一定不肯放松。果然!我大哥引了一个老头子,慢慢走来;他满眼凶光,怕我看出,只是低头向着地,从眼镜横边暗暗看我。大哥说,"今天你仿佛很好。"我说"是的。"大哥说,"今天请何先生来,给你诊一诊。"我说"可以!"其实我岂不知道这老头子是刽子手扮的!无非借了看脉这名目,揣一揣肥瘠:因这功劳,也分一片肉吃。我也不怕;虽然不吃人,胆子却比他们还壮。伸出两个拳头,看他如何下手。老头子坐着,闭了眼睛,摸了好一会,呆了好一会;便张开他鬼眼睛说,"不要乱想。静静的养几天,就好了。"

不要乱想,静静的养!养肥了,他们是自然可以多吃;我有什么好处,怎么会"好了"?他们这群人,又想吃人,又是鬼鬼祟祟,想法子遮掩,不敢直捷下手,真要令我笑死。我忍不住,便放声大笑起来,十分快活。自己晓得这笑声里面,有的是义勇和正气。老头子和大哥,都失了色,被我这勇气正气镇压住了。

但是我有勇气,他们便越想吃我,沾光一点这勇气。老头子跨出门,走不多远,便低声对大哥说道,"赶紧吃罢!"大哥点点头。原来也有你!这一件大发见,虽似意外,也在意中:合伙吃我的人,便是我的哥哥!

吃人的是我哥哥!

我是吃人的人的兄弟!

我自己被人吃了,可仍然是吃人的人的兄弟!

五

这几天是退一步想:假使那老头子不是刽子手扮的,真是医生,也仍然是吃人的人。他们的祖师李时珍做的"本草什么"上,明明写着人肉可以煎吃;他还能说自己不吃人么?

至于我家大哥，也毫不冤枉他。他对我讲书的时候，亲口说过可以"易子而食"；又一回偶然议论起一个不好的人，他便说不但该杀，还当"食肉寝皮"。我那时年纪还小，心跳了好半天。前天狼子村佃户来说吃心肝的事，他也毫不奇怪，不住的点头。可见心思是同从前一样狠。既然可以"易子而食"，便什么都易得，什么人都吃得。我从前单听他讲道理，也胡涂过去；现在晓得他讲道理的时候，不但唇边还抹着人油，而且心里满装着吃人的意思。

六

黑漆漆的，不知是日是夜。赵家的狗又叫起来了。

狮子似的凶心，兔子的怯弱，狐狸的狡猾，……

七

我晓得他们的方法，直捷杀了，是不肯的，而且也不敢，怕有祸祟。所以他们大家连络，布满了罗网，逼我自戕。试看前几天街上男女的样子，和这几天我大哥的作为，便足可悟出八九分了。最好是解下腰带，挂在梁上，自己紧紧勒死；他们没有杀人的罪名，又偿了心愿，自然都欢天喜地的发出一种呜呜咽咽的笑声。否则惊吓忧愁死了，虽则略瘦，也还可以首肯几下。

他们是只会吃死肉的！——记得什么书上说，有一种东西，叫"海乙那"的，眼光和样子都很难看；时常吃死肉，连极大的骨头，都细细嚼烂，咽下肚子去，想起来也教人害怕。"海乙那"是狼的亲眷，狼是狗的本家。前天赵家的狗，看我几眼，可见他也同谋，早已接洽。老头子眼看着他，岂能瞒得我过。

最可怜的是我的大哥，他也是人，何以毫不害怕；而且合伙吃我呢？还是历来惯了，不以为非呢？还是丧了良心，明知故犯呢？

我诅咒吃人的人，先从他起头；要劝转吃人的人，也先从他下手。

八

其实这种道理，到了现在，他们也该早已懂得，……

忽然来了一个人；年纪不过二十左右，相貌是不很看得清楚，满面笑容，对了我点头，他的笑也不像真笑。我便问他，"吃人的事，对么？"他仍然笑着说，"不是荒年，怎么会吃人。"我立刻就晓得，他也是一伙，喜欢吃人的；便自勇气百倍，偏要问他。

"对么？"

"这等事问他什么。你真会……说笑话。……今天天气很好。"

天气是好，月色也很亮了。可是我要问你，"对么？"

他不以为然了。含含胡胡的答道，"不……"

"不对？他们何以竟吃？！"

"没有的事……"

"没有的事？狼子村现吃；还有书上都写着，通红斩新！"

他便变了脸，铁一般青。睁着眼说，"有许有的，这是从来如此……"

"从来如此，便对么？"

"我不同你讲这些道理；总之你不该说，你说便是你错！"

我直跳起来，张开眼，这人便不见了。全身出了一大片汗。他的年纪，比我大哥小得远，居然也是一伙；这一定是他娘老子先教的。还怕已经教给他儿子了；所以连小孩子，也都恶狠狠的看我。

九

自己想吃人，又怕被别人吃了，都用着疑心极深的眼光，面面相觑。……

去了这心思，放心做事走路吃饭睡觉，何等舒服。这只是一条门槛，一个关头。他们可是父子兄弟夫妇朋友师生仇敌和各不相识的人，都结成一伙，互相劝勉，互相牵掣，死也不肯跨过这一步。

十

大清早,去寻我大哥;他立在堂门外看天,我便走到他背后,拦住门,格外沉静,格外和气的对他说,

"大哥,我有话告诉你。"

"你说就是,"他赶紧回过脸来,点点头。

"我只有几句话,可是说不出来。大哥,大约当初野蛮的人,都吃过一点人。后来因为心思不同,有的不吃人了,一味要好,便变了人,变了真的人。有的却还吃,——也同虫子一样,有的变了鱼鸟猴子,一直变到人。有的不要好,至今还是虫子。这吃人的人比不吃人的人,何等惭愧。怕比虫子的惭愧猴子,还差得很远很远。

"易牙蒸了他儿子,给桀纣吃,还是一直从前的事。谁晓得从盘古开辟天地以后,一直吃到易牙的儿子;从易牙的儿子,一直吃到徐锡林;从徐锡林,又一直吃到狼子村捉住的人。去年城里杀了犯人,还有一个生痨病的人,用馒头蘸血舐。

"他们要吃我,你一个人,原也无法可想;然而又何必去入伙,吃人的人,什么事做不出;他们会吃我,也会吃你,一伙里面,也会自吃。但只要转一步,只要立刻改了,也就人人太平。虽然从来如此,我们今天也可以格外要好,说是不能!大哥,我相信你能说,前天佃户要减租,你说过不能。"

当初,他还只是冷笑,随后眼光便凶狠起来,一到说破他们的隐情,那就满脸都变成青色了。大门外立着一伙人,赵贵翁和他的狗,也在里面,都探头探脑的挨进来。有的是看不出面貌,似乎用布蒙着;有的是仍旧青面獠牙,抿着嘴笑。我认识他们是一伙,都是吃人的人。可是也晓得他们心思很不一样,一种是以为从来如此,应该吃的;一种是知道不该吃,可是仍然要吃,又怕别人说破他,所以听了我的话,越发气愤不过,可是抿着嘴冷笑。

这时候，大哥也忽然显出凶相，高声喝道，

"都出去！疯子有什么好看！"

这时候，我又懂得一件他们的巧妙了。他们岂但不肯改，而且早已布置；预备下一个疯子的名目罩上我。将来吃了，不但太平无事，怕还会有人见情。佃户说的大家吃了一个恶人，正是这方法。这是他们的老谱！

陈老五也气愤愤的直走进来。如何按得住我的口，我偏要对这伙人说，

"你们可以改了，从真心改起！要晓得将来容不得吃人的人，活在世上。

"你们要不改，自己也会吃尽。即使生得多，也会给真的人除灭了，同猎人打完狼子一样！同虫子一样！"

那一伙人，都被陈老五赶走了。大哥也不知那里去了。陈老五劝我回屋子里去。屋里面全是黑沉沉的。横梁和椽子都在头上发抖；抖了一会，就大起来，堆在我身上。

万分沉重，动弹不得；他的意思是要我死。我晓得他的沉重是假的，便挣扎出来，出了一身汗。可是偏要说，

"你们立刻改了，从真心改起！你们要晓得将来是容不得吃人的人，……"

十一

太阳也不出，门也不开，日日是两顿饭。

我捏起筷子，便想起我大哥；晓得妹子死掉的缘故，也全在他。那时我妹子才五岁，可爱可怜的样子，还在眼前。母亲哭个不住，他却劝母亲不要哭；大约因为自己吃了，哭起来不免有点过意不去。如果还能过意不去，……

妹子是被大哥吃了，母亲知道没有，我可不得而知。

母亲想也知道；不过哭的时候，却并没有说明，大约也以为应当的了。记得我四五岁时，坐在堂前乘凉，大哥说爷娘生病，做儿子的须割下一片

肉来，煮熟了请他吃，才算好人；母亲也没有说不行。一片吃得，整个的自然也吃得。但是那天的哭法，现在想起来，实在还教人伤心，这真是奇极的事！

十二

不能想了。

四千年来时时吃人的地方，今天才明白，我也在其中混了多年；大哥正管着家务，妹子恰恰死了，他未必不和在饭菜里，暗暗给我们吃。

我未必无意之中，不吃了我妹子的几片肉，现在也轮到我自己，……

有了四千年吃人履历的我，当初虽然不知道，现在明白，难见真的人！

十三

没有吃过人的孩子，或者还有？

救救孩子……

作品赏析：

有评论家称鲁迅的小说是对读者灵魂的撞击，也是对人生存意义的拷问。他以他的真诚直面了我们存在最为战栗的部分，他的每部小说都充满了怜悯情怀，以及残酷的生活体验。

在《狂人日记》中，我们将特别地指出鲁迅对人世泯灭的无奈，在导言中，作者一针见血地为我们指认了这个满嘴控诉的狂人，其实也无非是俗世大众渺茫的一员，文章中说："劳君远道来视，然已早愈，赴某地候补矣。"让读者在阅读的震撼中，有一丝苍凉的无奈。因为所谓的狂人在疯醒以后，所做的正是他自己在疯狂的时刻所鄙薄的。他也绝非是一个独力反抗的顽强斗士。

但无可否认，作者还是借着狂人的言语道破了这凡人俗世间的些许真相，在他看来这个世间黑漆漆的不知是日是夜，就像作者在文章中所说的:"我翻开历史一查,这历史没有年代,歪歪斜斜的每叶上都写着'仁义道德'几个字。我横竖睡不着,仔细看了半夜,才从字缝里看出字来,满本都写着两个字是'吃人'!"

文章满是孤独和悲凉的味道,字里行间虚实相杂,让人迷乱,更有甚者是狂人独特的心灵独白,而也正是这样的独白,让作者的表达宣泄淋漓,寄予了作者高超的象征含义。据有评论家称,《狂人日记》具备了跨时代的意义,既是第一篇现代白话短篇小说,也是整个现代文学的创作基础,它所蕴含的思想是中国现代启蒙的呐喊。

孔乙己/鲁迅

入选理由 鲁迅的小说代表作之一
一幅旧时代的穷困潦倒、清高迂腐,
而不失善良品性的没落文人经典画像

鲁镇的酒店的格局,是和别处不同的:都是当街一个曲尺形的大柜台,柜里面预备着热水,可以随时温酒。做工的人,傍午傍晚散了工,每每花四文铜钱,买一碗酒,——这是二十多年前的事,现在每碗要涨到十文,——靠柜外站着,热热的喝了休息;倘肯多花一文,便可以买一碟盐煮笋,或者茴香豆,做下酒物了,如果出到十几文,那就能买一样荤菜,但这些顾客,多是短衣帮,大抵没有这样阔绰。只有穿长衫的,才踱进店面隔壁的房子里,要酒要菜,慢慢地坐喝。

我从十二岁起,便在镇口的咸亨酒店里当伙计,掌柜说,样子太傻,怕侍候不了长衫主顾,就在外面做点事罢。外面的短衣主顾,虽然容易说话,但唠唠叨叨缠夹不清的也很不少。他们往往要亲眼看着黄酒从坛子里舀出,看过壶子底里有水没有,又亲看将壶子放在热水里,然后放心:在这严重监督之下，羼水也很为难。所以过了几天，掌柜又说我干不了这事。幸亏荐头的情面大，辞退不得，便改为专管温酒的一种无聊职务了。

我从此便整天的站在柜台里，专管我的职务。虽然没有什么失职，但总觉有些单调，有些无聊。掌柜是一副凶脸孔，主顾也没有好声气，教人活泼不得；只有孔乙己到店，才可以笑几声，所以至今还记得。

孔乙己是站着喝酒而穿长衫的唯一的人。他身材很高大；青白脸色，皱纹间时常夹些伤痕；一部乱蓬蓬的花白的胡子。穿的虽然是长衫，可是又脏又破，似乎十多年没有补，也没有洗。他对人说话，总是满口之乎者也，教人半懂不懂的。因为他姓孔，别人便从描红纸上的"上大人孔乙己"这半懂不懂的话里，替他取下一个绰号，叫作孔乙己。孔乙己一到店，所有喝酒的人便都看着他笑，有的叫道："孔乙己，你脸上又添上新伤疤了！"他不回答，对柜里说："温两碗酒，要一碟茴香豆。"便排出九文大钱。他们又故意的高声嚷道："你一定又偷了人家的东西了！"孔乙己睁大眼睛说："你怎么这样凭空污人清白……""什么清白？我前天亲眼见你偷了何家的书，吊着打。"孔乙己便涨红了脸，额上的青筋条条绽出，争辩道："窃书不能算偷……窃书！……读书人的事，能算偷么？"接连便是难懂的话，什么"君子固穷"，什么"者乎"之类，引得众人都哄笑起来；店内外充满了快活的空气。

听人家背地里谈论，孔乙己原来也读过书，但终于没有进学，又不会营生；于是愈过愈穷，弄到将要讨饭了。幸而写得一笔好字，便替人家钞钞书，换一碗饭吃。可惜他又有一样坏脾气，便是好喝懒做。坐不到几天，便连人和书籍纸张笔砚，一齐失踪。如是几次，叫他钞书的人也没有了。孔乙己没有法，便免不了偶然做些偷窃的事。但他在我们店里，品行却比别人都好，就是从不拖欠；虽然间或没有现钱，暂时记在粉板上，但不出一月，定然还清，从粉板上拭去了孔乙己的名字。

孔乙己喝过半碗酒，涨红的脸色渐渐复了原，旁人便又问道，"孔乙己，你当真认识字么？"孔乙己看着问他的人，显出不屑置辩的神气。他们便接着说道：“你怎的连半个秀才也捞不到呢？”孔乙己立刻显出颓唐不安模样，脸上笼上了一层灰色，嘴里说些话；这回可是全是之乎者也之类，一些不懂了。在这时候，众人也都哄笑起来：店内外充满了快活的空气。

在这些时候，我可以附和着笑，掌柜是决不责备的。而且掌柜见了孔乙己，也每每这样问他，引人发笑。孔乙己自己知道不能和他们谈天，便只好向孩子说话。有一回对我说道，"你读过书么？"我略略点一点头。他说，"读过书，……我便考你一考。茴香豆的茴字，怎样写的？"我想，讨饭一样的人，也配考我么？便回过脸去，不再理会。孔乙己等了许久，很恳切的说道："不能写罢？……我教给你，记着！这些字应该记着。将来做掌柜的时候，写账要用。"我暗想我和掌柜的等级还很远呢，而且我们掌柜也从不将茴香豆上账；又好笑，又不耐烦，懒懒的答他道："谁要你教，不是草头底下一个来回的回字么？"孔乙己显出极高兴的样子，将两个指头的长指甲敲着柜台，点头说："对呀对呀！……回字有四样写法，你知道么？"我愈不耐烦了，努着嘴走远。孔乙己刚用指甲蘸了酒，想在柜上写字，见我毫不热心，便又叹一口气，显出极惋惜的样子。

有几回，邻舍孩子听得笑声，也赶热闹，围住了孔乙己。他便给他们茴香豆吃，一人一颗。孩子吃完豆，仍然不散，眼睛都望着碟子。孔乙己着了慌，伸开五指将碟子罩住，弯腰下去说道："不多了，我已经不多了。"直起身又看一看豆，自己摇头说："不多不多！多乎哉？不多也。"于是这一群孩子都在笑声里走散了。

孔乙己是这样的使人快活，可是没有他，别人也便这么过。

有一天，大约是中秋前的两三天，掌柜正在慢慢的结账，取下粉板，忽然说："孔乙己长久没有来了。还欠十九个钱呢！"我才也觉得他的确长久没有来了。一个喝酒的人说道，"他怎么会来？……他打折了腿了。"掌柜说："哦！""他总仍旧是偷。这一回，是自己发昏，竟偷到丁举人家里去了。他家的东西，偷得的么？""后来怎么样？""怎么样？先写服辩，后来是打，打了大半夜，再打折了腿。""后来呢？""后来打折了腿了。""打折了怎样呢？""怎样？……谁晓得？许是死了。"掌柜也不再问，仍然慢慢的算他的账。

中秋过后，秋风是一天凉比一天，看看将近初冬；我整天的靠着火，也须穿上棉袄了。一天的下半天，没有一个顾客，我正合了眼坐着。忽然间听得一个声音，"温一碗酒。"这声音虽然极低，却很耳熟。看时又全没有人。站起来向外一望，那孔乙己便在柜台下对了门槛坐着。他脸上黑而且瘦，已经不成样子；穿一件破夹袄，盘着两腿，下面垫一个蒲包，用草绳在肩上挂住；见了我，又说道，"温一碗酒。"掌柜也伸出头去，一面说："孔乙己么？你还欠十九个钱呢！"孔乙己很颓唐的仰面答道，"这……下回还清罢。这一回是现钱，酒要好。"掌柜仍然同平常一样，笑着对他说，"孔乙己，你又偷了东西了！"但他这回却不十分分辩，单说了一句"不要取笑！""取笑？要是不偷，怎么会打断腿？"孔乙己低声说道，"跌断，跌，跌……"他的眼色，很像恳求掌柜，不要再提。此时已经聚集了几个人，便和掌柜都笑了。我温了酒，端出去，放在门槛上。他从破衣袋里摸出四文大钱，放在我手里，见他满手是泥，原来他便用这手走来的。不一会，他喝完酒，便又在旁人的说笑声中，坐着用这手慢慢走去了。

自此以后，又长久没有看见孔乙己。到了年关，掌柜取下粉板说，"孔乙己还欠十九个钱呢！"到第二年的端午，又说："孔乙己还欠十九个钱呢！"到中秋可是没有说，再到年关也没有看见他。

我到现在终于没有见——大约孔乙己的确死了。

作品赏析：

《孔乙己》是鲁迅创作的第二篇白话小说，最初发表于1919年4月的《新青年》第六卷第四号上。

在小说中，作者成功塑造了孔乙己这样一位穷困潦倒、迂腐麻木、懒惰却又不失善良品性的清末下层知识分子形象。小说全文不足3000字，但却以极其凝练的笔墨，表现了相当深广的思想内容。一方面，作品通过塑造孔乙己的悲剧性格，表现出了封建科举制度是怎样将一个下层知识分子摧残成了一个完全丧失了人的尊严，丧失了起码的生存能力的社会的"多余人"；另一方面，作品也通过展现孔乙己的悲惨命运，表现出在封建科举制度的侵蚀下，社会各阶层的人是怎样共同构成一种巨大的、可怕的社会合力，吞噬着人的魂灵。作品在展现孔乙己悲惨命运的同时，还通过展现环绕在孔乙己周围的环境，从另一个角度抨击了封建科举制度对整个社会的毒害。小说构思精巧，语言、动作描写十分细腻生动，讽刺中含着同情，庄谐俱备，读后发人深思。

在酒楼上 / 鲁迅

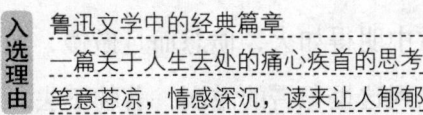

入选理由
鲁迅文学中的经典篇章
一篇关于人生去处的痛心疾首的思考
笔意苍凉，情感深沉，读来让人郁郁

  我从北地向东南旅行，绕道访了我的家乡，就到S城。这城离我的故乡不过三十里，坐了小船，小半天可到，我曾在这里的学校里当过一年的教员。

  深冬雪后，风景凄清，懒散和怀旧的心绪联结起来，我竟暂寓在S城的洛思旅馆里了；这旅馆是先前所没有的。城圈本不大，寻访了几个以为可以会见的旧同事，一个也不在，早不知散到那里去了；经过学校的门口，也改换了名称和模样，于我很生疏。不到两个时辰，我的意兴早已索然，颇悔此来为多事了。

  我所住的旅馆是租房不卖饭的，饭菜必须另外叫来，但又无味，入口如嚼泥土。窗外只有渍痕斑驳的墙壁，帖着枯死的莓苔；上面是铅色的天，白皑皑的绝无精采，而且微雪又飞舞起来了。我午餐本没有饱，又没有可以消遣的事情，便很自然的想到先前有一家很熟识的小酒楼，叫一石居的，算来离旅馆并不远。我于是立即锁了房门，出街向那酒楼去。其实也无非想姑且逃避客中的无聊，并不专为买醉。一石居是在的，狭小阴湿的店面和破旧的招牌都依旧；但从掌柜以至堂倌却已没有一个熟人，我在这一石居中也完全成了生客。然而我终于跨上那走熟的屋角的扶梯去了，由此径到小楼上。上面也依然是五张小板桌；独有原是木棂的后窗却换嵌了玻璃。

"一斤绍酒。——菜？十个油豆腐，辣酱要多！"

我一面说给跟我上来的堂倌听，一面向后窗走，就在靠窗的一张桌旁坐下了。楼上"空空如也"，任我拣得最好的坐位：可以眺望楼下的废园。这园大概是不属于酒家的，我先前也曾眺望过许多回，有时也在雪天里。但现在从惯于北方的眼睛看来，却很值得惊异了：几株老梅竟斗雪开着满树的繁花，仿佛毫不以深冬为意；倒塌的亭子边还有一株山茶树，从暗绿的密叶里显出十几朵红花来，赫赫的在雪中明得如火，愤怒而且傲慢，如蔑视游人的甘心于远行。我这时又忽地想到这里积雪的滋润，著物不去，晶莹有光，不比朔雪的粉一般干，大风一吹，便飞得满空如烟雾。……

"客人，酒。……"

堂倌懒懒的说着，放下杯，筷，酒壶和碗碟，酒到了。我转脸向了板桌，排好器具，斟出酒来。觉得北方固不是我的旧乡，但南来又只能算一个客子，无论那边的干雪怎样纷飞，这里的柔雪又怎样的依恋，于我都没有什么关系了。我略带些哀愁，然而很舒服的呷一口酒，酒味很纯正；油豆腐也煮得十分好；可惜辣酱太淡薄，本来S城人是不懂得吃辣的。

大概是因为正在下午的缘故罢，这虽说是酒楼，却毫无酒楼气，我已经喝下三杯酒去了，而我以外还是四张空板桌。我看着废园，渐渐的感到孤独，但又不愿有别的酒客上来。偶然听得楼梯上脚步响，便不由的有些懊恼，待到看见是堂倌，才又安心了，这样的又喝了两杯酒。

我想，这回定是酒客了，因为听得那脚步声比堂倌的要缓得多。约略料他走完了楼梯的时候，我便害怕似的抬头去看这无干的同伴，同时也就吃惊的站起来。我竟不料在这里意外的遇见朋友了，——假如他现在还许我称他为朋友。那上来的分明是我的旧同窗，也是做教员时代的旧同事，面貌虽然颇有些改变，但一见也就认识，独有行动却变得格外迂缓，很不像当年敏捷精悍的吕纬甫了。

"阿——，纬甫，是你么？我万想不到会在这里遇见你。"

"阿阿，是你？我也万想不到……"

我就邀他同坐，但他似乎略略踌躇之后，方才坐下来。我起先很以为奇，接着便有些悲伤，而且不快了。细看他相貌，也还是乱蓬蓬的须发；苍白的长方脸，然而衰瘦了。精神很沉静，或者却是颓唐；又浓又黑的眉毛底下的眼睛也失了精采，但当他缓缓的四顾的时候，却对废园忽地闪出我在学校时代常常看见的射人的光来。

"我们，"我高兴的，然而颇不自然的说，"我们这一别，怕有十年了罢。我早知道你在济南，可是实在懒得太难，终于没有写一封信。……"

"彼此都一样。可是现在我在太原了，已经两年多，和我的母亲。我回来接她的时候，知道你早搬走了，搬得很干净。"

"你在太原做什么呢？"我问。

"教书，在一个同乡的家里。"

"这以前呢？"

"这以前么？"他从衣袋里掏出一支烟卷来，点了火衔在嘴里，看着喷出的烟雾，沉思似的说，"无非做了些无聊的事情，等于什么也没有做。"

他也问我别后的景况；我一面告诉他一个大概，一面叫堂倌先取杯筷来，使他先喝着我的酒，然后再去添二斤。其间还点菜，我们先前原是毫不客气的，但此刻却推让起来了，终于说不清那一样是谁点的，就从堂倌的口头报告上指定了四样菜：茴香豆，冻肉，油豆腐，青鱼干。

"我一回来，就想到我可笑。"他一手擎着烟卷，一只手扶着酒杯，似笑非笑的向我说，"我在少年时，看见蜂子或蝇子停在一个地方，给什么来一吓，即刻飞去了，但是飞了一个小圈子，便又回来停在原地点，便以为这实在很可笑，也可怜。可不料现在我自己也飞回来了，不过绕了一点小圈子。又不料你也回来了。你不能飞得更远些么？"

"这难说，大约也不外乎绕点小圈子罢。"我也似笑非笑的说，"但是你为什么飞回来的呢？"

"也还是为了无聊的事。"他一口喝干了一杯酒，吸几口烟，眼睛略为张大了。"无聊的。——但是我们就谈谈罢。"

堂倌搬上新添的酒菜来，排满了一桌，楼上又添了烟气和油豆腐的热气，仿佛热闹起来了；楼外的雪也越加纷纷的下。

"你也许本来知道，"他接着说，"我曾经有一个小兄弟，是三岁上死掉的，就葬在这乡下。我连他的模样都记不清楚了，但听母亲说，是一个很可爱念的孩子，和我也很相投，至今她提起来还似乎要下泪。今年春天，一个堂兄就来了一封信，说他的坟边已经渐渐的浸了水，不久怕要陷入河里去了，须得赶紧去设法。母亲一知道就很着急，几乎几夜睡不着，——她又自己能看信的。然而我能有什么法子呢？没有钱，没有工夫：当时什么法也没有。

"一直挨到现在，趁着年假的闲空，我才得回南给他来迁葬。"他又喝干一杯酒，看着窗外，说，"这在那边那里能如此呢？积雪里会有花，雪地下会不冻。就在前天，我在城里买了一口小棺材，——因为我豫料那地下的应该早已朽烂了，——带着棉絮和被褥，雇了四个土工，下乡迁葬去。我当时忽而很高兴，愿意掘一回坟，愿意一见我那曾经和我很亲睦的小兄弟的骨殖：这些事我生平都没有经历过。到得坟地，果然，河水只是咬进来，离坟已不到二尺远。可怜的坟，两年没有培土，也平下去了。我站在雪中，决然的指着他对土工说，'掘开来！'我实在是一个庸人，我这时觉得我的声音有些希奇,这命令也是一个在我一生中最为伟大的命令。但土工们却毫不骇怪,就动手掘下去了。待到掘着圹穴,我便过去看,果然,棺木已经快要烂尽了,只剩下一堆木丝和小木片。我的心颤动着,自去拨开这些,很小心的,要看一看我的小兄弟。然而出乎意外!被褥,衣服,骨骼,什么也没有。我想,这些都消尽了,向来听说最难烂的是头发,也许还有罢。我便伏下去,在该是枕头所在的泥土里仔仔细细的看,也没有。踪影全无!"

我忽而看见他眼圈微红了,但立即知道是有了酒意。他总不很吃菜,单是把酒不停的喝,早喝了一斤多,神情和举动都活泼起来,渐近于先前所见的吕纬甫了。我叫堂倌再添二斤酒,然后回转身,也拿着酒杯,正对面默默的听着。

"其实,这本已可以不必再迁,只要平了土,卖掉棺材,就此完事了的。我去卖棺材虽然有些离奇,但只要价钱极便宜,原铺子就许要,至少总可以捞回几文酒钱来。但我不这样,我仍然铺好被褥,用棉花裹了些他先前身体所在地方的泥土,包起来,装在新棺材里,运到我父亲埋着的坟地上,在他坟旁埋掉了。因为外面用砖,昨天又忙了我大半天:监工。但这样总算完结了一件事,足够去骗骗我的母亲,使她安心些。——阿阿,你这样的看我,你怪我何以和先前太不相同了么?是的,我也还记得我们同到城隍庙里去拔掉神像的胡子的时候,连日议论些改革中国的方法以至于打起来的时候。但我现在就是这样了,敷敷衍衍,模模胡胡。我有时自己也想到,倘若先前的朋友看见我,怕会不认我做朋友了。——然而我现在就是这样。"

他又掏出一支烟卷来,衔在嘴里,点了火。

"看你的神情,你似乎还有些期望我,——我现在自然麻木得多了,但是有些事也还看得出。这使我很感激,然而也使我很不安:怕我终于辜负了至今还对我怀着好意的老朋友。……"他忽而停止了,吸几口烟,才又慢慢的说,"正在今天,刚在我到这一石居来之前,也就做了一件无聊事，然而也是我自己愿意做的。我先前的东边的邻居叫长富，是一个船户。他有一个女儿叫阿顺，你那时到我家里来，也许见过的，但你一定没有留心，因为那时她还小。后来她也长得并不好看，不过是平常的瘦瘦的瓜子脸，黄脸皮；独有眼睛非常大，睫毛也很长，眼白又青得如夜的晴天，而且是北方的无风的晴天，这里的就没有那么明净了。她很能干，十多岁没了母亲，招呼两个小弟妹都靠她；又得服侍父亲，事事都周到；也经济，家计倒渐渐的稳当起来了。邻居几乎没有一个不夸奖她，连长富也时常说些感激的话。这一次我动身回来的时候，我的母亲又记得她了，老年人记性真长久。她说她曾经知道顺姑因为看见谁的头上戴着红的剪绒花，自己也想有一朵，弄不到，哭了，哭了小半夜，就挨了她父亲的一顿打，后来眼眶还红肿了两三天。这种剪绒花是外省的东西，S城里尚且买不出，她那里想得到手呢？趁我这一次回南的便，便叫我买两朵去送她。

　　"我对于这差使倒并不以为烦厌，反而很喜欢；为阿顺，我实在还有些愿意出力的意思的。前年，我回来接我母亲的时候，有一天，长富正在家，不知怎的我和他闲谈起来了。他便要请我吃点心，荞麦粉，并且告诉我所加的是白糖。你想，家里能有白糖的船户，可见决不是一个穷船户了，所以他也吃得很阔绰。我被劝不过，答应了，但要求只要用小碗。他也很识世故，但嘱咐阿顺说，'他们文人，是不会吃东西的。你就用小碗，多加糖！'然而等到调好端来的时候，仍然使我吃一吓，是一大碗，足够我吃一天。但是和长富吃的一碗比起来，我的也确乎算小碗。我生平没有吃过荞麦粉，这回一尝，实在不可口，却是非常甜。我漫然的吃了几口，就想不吃了，然而无意中，忽然间看见阿顺远远的站在屋角里，就使我立刻消失了放下碗筷的勇气。我看她的神情，是害怕而且希望，大约怕自己调得不好，愿我们吃得有味。我知道如果剩下大半碗来，一定要使她很失望，而且很抱歉。我于是同时决心，放开喉咙灌下去了，几乎吃得和长富一样快。我由此才知道硬吃的苦痛，我只记得还做孩子时候的吃尽一碗拌着驱除蛔虫药粉的沙糖才有这样难。然而我毫不抱怨，因为她过来收拾空碗时候的忍着的得意的笑容，已尽够赔偿我的苦痛而有余了。所以我这一夜虽然饱胀得睡不稳，又做了一大串恶梦，也还是祝赞她一生幸福，愿世界为她变好。然而这些意思也不过是我的那些旧日的梦的痕迹，即刻就自笑，接着也就忘却了。

"我先前并不知道她曾经为了一朵剪绒花挨打，但因为母亲一说起，便也记得了荞麦粉的事，意外的勤快起来了。我先在太原城里搜求了一遍，都没有；一直到济南……"

窗外沙沙的一阵声响，许多积雪从被他压弯了的一枝山茶树上滑下去了，树枝笔挺的伸直，更显出乌油油的肥叶和血红的花来。天空的铅色来得更浓；小鸟雀啾唧的叫着，大概黄昏将近，地面又全罩了雪，寻不出什么食粮，都赶早回巢来休息了。

"一直到了济南，"他向窗外看了一回，转身喝干一杯酒，又吸几口烟，接着说，"我才买到剪绒花。我也不知道使她挨打的是不是这一种，总之是绒做的罢了。我也不知道她喜欢深色还是浅色，就买了一朵大红的，一朵粉红的，都带到这里来。

"就是今天午后，我一吃完饭，便去看长富，我为此特地耽搁了一天。他的家倒还在，只是看去很有些晦气色了，但这恐怕不过是我自己的感觉。他的儿子和第二个女儿——阿昭，都站在门口，大了。阿昭长得全不像她姊姊，简直像一个鬼，但是看见我走向她家，便飞奔的逃进屋里去。我就问那小子，知道长富不在家。'你的大姊呢？'他立刻瞪起眼睛，连声问我寻她什么事，而且恶狠狠的似乎就要扑过来，咬我。我支吾着退走了，我现在是敷敷衍衍……

"你不知道，我可是比先前更怕去访人了。因为我已经深知道自己之讨厌，连自己也讨厌，又何必明知故犯的去使人暗暗地不快呢？然而这回的差使是不能不办妥的，所以想了一想，终于回到就在斜对门的柴店里。店主的母亲，老发奶奶，倒也还在，而且也还认识我，居然将我邀进店里坐去了。我们寒暄几句之后，我就说明了回到S城和寻长富的缘故。不料她叹息说：

"'可惜顺姑没有福气戴这剪绒花了。'

"她于是详细的告诉我，说是'大约从去年春天以来，她就见得黄瘦，后来忽而常常下泪了，问她缘故又不说；有时还整夜的哭，哭得长富也忍不住生气，骂她年纪大了，发了疯。可是一到秋初，起先不过小伤风，终于躺倒了，从此就起不来。直到咽气的前几天，才肯对长富说，她早就像她母亲一样，不时的吐红和流夜汗。但是瞒着，怕他因此要担心。有一夜，她的伯伯长庚又来硬借钱，——这是常有的事，——她不给，长庚就冷笑着说：你不要骄气，你的男人比我还不如！她从此就发了愁，又怕羞，不好问，只好哭。长富赶紧将她的男人怎样的挣气的话说给她听，那里还来得及？况且她也不信，反而说：好在我已经这样，什么也不要紧了。'

"她还说，'如果她的男人真比长庚不如，那就真可怕呵！比不上一个偷鸡贼，那是什么东西呢？然而他来送殓的时候，我是亲眼看见他的，衣服很干净，人也体面；还眼泪汪汪的说，自己撑了半世小船，苦熬苦省的积起钱来聘了一个女人，偏偏又死掉了。可见他实在是一个好人，长庚说的全是诳。只可惜顺姑竟会相信那样的贼骨头的诳话，白送了性命。——但这也不能去怪谁，只能怪顺姑自己没有这一份好福气。'

"那倒也罢，我的事情又完了。但是带在身边的两朵剪绒花怎么办呢？好，我就托她送了阿昭。这阿昭一见我就飞跑，大约将我当作一只狼或是什么，我实在不愿意去送她。——但是我也就送她了，对母亲只要说阿顺见了喜欢的了不得就是。这些无聊的事算什么？只要模模胡胡。模模胡胡的过了新年，仍旧教我的'子曰诗云'去。"

"你教的是"子曰诗云'么？"我觉得奇异，便问。

"自然。你还以为教的是ABCD么？我先是两个学生，一个读《诗经》，一个读《孟子》。新近又添了一个，女的，读《女儿经》。连算学也不教，不是我不教，他们不要教。"

"我实在料不到你倒去教这类的书，……"

"他们的老子要他们读这些；我是别人，无乎不可的。这些无聊的事算什么？只要随随便便，……"

他满脸已经通红，似乎很有些醉，但眼光却又消沉下去了。我微微的叹息，一时没有话可说。楼梯上一阵乱响，拥上几个酒客来：当头的是矮子，拥肿的圆脸；第二个是长的，在脸上很惹眼的显出一个红鼻子；此后还有人，一叠连的走得小楼都发抖。我转眼去看吕纬甫，他也正转眼来看我，我就叫堂倌算酒账。

"你借此还可以支持生活么？"我一面准备走，一面问。

"是的。——我每月有二十元，也不大能够敷衍。"

"那么，你以后豫备怎么办呢？"

"以后？——我不知道。你看我们那时豫想的事可有一件如意？我现在什么也不知道，连明天怎样也不知道，连后一分……"

堂倌送上账来，交给我；他也不像初到时候的谦虚了，只向我看了一眼，便吸烟，听凭我付了账。

我们一同走出店门，他所住的旅馆和我的方向正相反，就在门口分别了。我独自向着自己的旅馆走，寒风和雪片扑在脸上，倒觉得很爽快。见天色已是黄昏，和屋宇和街道都织在密雪的纯白而不定的罗网里。

作品赏析

《在酒楼上》的基调相对低沉，作者从远方回到从前居住的地方，还是同样的洛思旅馆，可是一切对于作者已经是那么生疏，甚者很是无奈。这是一个早就被界定的落寞的开端，就像文章中作者所说的："觉得北方固不是我的旧乡，但南来又只能算一个客子。"如果再加上相遇的吕纬甫，以及在他身上所流泻的时代的哀伤，就像文章中所说的：就像"蜂子或蝇子停在一个地方，给什么来一吓，即刻飞去了，但是飞了一个小圈子，便又回来停在原点"。无不为我们展现了人世命运的凄凉，一切在时代的沉沦中紧接着生锈死亡。因为生活的理想和价值的存在已经完全淡漠了，谁也无法预测在下一个时间里自己的生命孤舟究竟会漂向何处。

文章笔意哀婉，在淡淡的陈述中，有意无意勾勒起了我们对生命循环的恐惧，因为没有谁愿意忍受生命的苍白，可是一切真的苍白了，在生活的磨难中。凄楚的语言，足以震撼我们的人生感受，特别是文章中为我们特意提醒的所谓的日子："无非做了些无聊的事情，等于什么也没做。"

醍醐天女 /许地山

入选理由
作家许地山的小说精粹
一篇饱含人道主义关怀的精彩篇章
语言平实，却蕴含着深沉的动人魄力

相传乐斯迷是从醍醐海升起来的。她是爱神的母亲，是保护世间的大神卫世奴的妻子。印度人一谈到她，便发出非常的钦赞。她的化身依婆罗门人的想象，是不可用算数语言表出的。人想她的存在是遍一切处，遍一切时；然而我生在世间的年纪也不算少了，怎样老见不着她的影儿？我在印度洋上曾将这个疑问向一两个印度朋友说过。他们都笑我没有智慧，在这

作者简介

许地山（1893—1941），笔名落华生，出生于台湾，却为了抗战投身于大陆，曾在1921年与沈雁冰、郑振铎，以及叶圣陶联合创办了文学研究会。他一生精心研究宗教、印度哲学，精通梵文，在文学研究和创作上都为文学史留下了不可磨灭的印记。他的文学充满了宗教式的怜悯和终极关怀，洋溢着人性的光辉，一生所作的文章主要体现在以福建、台湾，以及东南亚为背景的《空山灵雨》《缀网劳蛛》《印度文学》上。有评论家即称这是新文学最为独特的也是最新颖的题材。沈从文先生评价说：以异教特殊的民族生活，作为创作基本，将近代文明与古旧情绪糅合在一处，毫不牵强地融成一片。

有情世间活着，还不能辨出人和神的性格来。准陀罗是和我同舟的人，当时他也没有对我说什么，只管凝神向着天际那现吉祥相的海云。

那晚上，他教我和他到舵上的轮机旁边。我们的眼睛都望下看着推进机激成的白浪。准陀罗说："那么大的洋海，只有这几尺地方，像醍醐海的颜色。"这话又触动我对于乐斯迷的疑问。他本是很喜欢讲故事的，所以我就央求他说一点乐斯迷的故事给我听。

他对着苍茫的洋海，很高兴地发言。"这是我自己的母亲！"在很庄严的言语中，又显出他有资格做个女神的儿子。我倒诧异起来了。他说："你很以为希奇么？我给你解释罢。"

我静坐着，听这位自以为乐斯迷儿子的朋友说他父母的故事。

我的家在旁遮普和迦湿弥罗交界地方。那里有很畅茂的森林。我母亲自十三岁就嫁了。那时我父亲不过是十四岁。她每天要同我父亲跑入森林里去，因为她喜欢那些参天的树木，和不羁的野鸟和昆虫的歌舞。他们实在是那森林的心。他们常进去玩，所以树林里的禽兽都和他们很熟悉，鹦鹉衔着果子要吃，一见他们来，立刻放下，发出和悦的声问他们好。孔雀也是如此，常在林中展开他们的尾扇，欢迎他们。小鹿和大象有时嚼着食品走近跟前让他们抚摩。

树林里的路，多半是我父母开的。他们喜欢做开辟道路的人。每逢一条旧路走熟了，他们就想把路边的藤萝荆棘扫除掉，另开一条新路进去。在没有路或不是路的树林里走着，本是非常危险的。他们冒得险多，危险真个教他们遇着了。

我父亲拿着木棍，一面拨，一面往前走；母亲也在后头跟着。他们从一棵满了气根的榕树底下穿过去。乱草中流出一条小溪，水浅而清，可是很急。父亲喊着"看看！"他扶着木棍对母亲说："真想不到这里头有那么清的流水。我们坐一会玩玩。"

于是他们二人摘了两扇棕榈叶，铺在水边，坐下，四只脚插入水中，任那活流洗濯。

◇最好的小说

父亲是一时也静不得的。他在不言中，涉过小溪，试要探那边的新地。母亲是女人，比较起来，总软弱一点。有时父亲往前走了很远，她还在歇着，喘不过气来。所以父亲在前头走得多么远，她总不介意。她在叶上坐了许久，只等父亲回来叫她，但天色越来越晚，总不见他来。

催夕阳西下的鸟歌、兽吼，一阵阵地兴起了，母亲慌慌张张涉过水去找父亲。她从藤萝的断处，丛莽的倾倒处，或林樾的婆娑处找寻，在万绿底下，黑暗格外来得快。这时，只剩下几点萤火和叶外的霞光照顾着这位森林的女人。她的身体虽然弱，她的胆却是壮的。她一见父亲倒在地上，凝血聚在身边，立即走过去。她见父亲的脚还在流血，急解下自己的外衣在他腿上紧紧地绞。血果然止住，但父亲已在死的门外候着了。

母亲这时虽然无力也得囊着父亲走。她以为躺在这用虎豹做看护的森林病床上，倒不如早些离开为妙。在一所没有路的新地，想要安易地回到家里，虽不致如煮沙成饭那么难，可也不容易。母亲好容易把父亲囊过小溪，但找来找去总找不着原路。她知道在急忙中走错了道，就住步四围张望，在无意间把父亲撩在地上，自己来回地找路。她心越乱，路越迷，怎样也找不着。回到父亲身边，夜幕已渐次落下来了！她想无论如何，不能在林里过夜，总得把父亲囊出来。不幸这次她的力量完全丢了，怎么也举父亲不起，这教她进退两难了。守着呢？丈夫的伤势像很沉重，夜来若再遇见毒蛇猛兽，那就同归于尽了。走呢？自己一个不忍不得离开。绞尽脑髓，终不能想出何等妙计。最后她决定自己一个人找路出来。她摘了好些叶子，折了好些小树枝把父亲遮盖着。用了一刻功夫，居然堆成一丛小林。她手里另抱着许多合欢叶，走几步就放下一枝，有时插在别的树叶下，有时结在草上，有时塞在树皮里，为要做回来的路标。她走了约有五六百步，一弯新月正压眉梢，距离不远，已隐约可以看见些村屋。

她出了林，往有房屋的地方走，可惜这不是我们的村，也不是邻舍。是树林另一方的村庄，我母亲不曾到过的。那时已经八九点了。村人怕野兽，早都关了门。她拍手求救，总不见有慷慨出来帮助的。她跑到村后，挨那篱笆向里瞻望。

那一家的篱笆里，在淡月中可以看见两三个男子坐在树下吸烟、闲谈。母亲合着掌从篱外伸进去，求他们说："诸位好邻人，赶快帮助我到树林里，扶我丈夫出来罢。"男子们听见篱外发出哀求的声，不由得走近看看。母亲接着央求他们说："我丈夫在树林里，负伤很重，你们能帮助我进去把他扶出来么？"内中有个多髭的人问母亲说："天色这么晚，你怎么知道你丈夫在树林里？"母亲回答说："我是从树林出来的。我和他一同进去，他在中途负伤。"

几个男子好像审案一般，这个一言，那个一语，只顾盘问。有一个说："既然你和他一同进去，为什么不会扶他出来？"有一个说："你看她连外衣也没穿，哪里像是出去玩的样子！想是在林中另有别的事罢。"又有一个说："女人的话信不得。她不晓得是个什么人。哪有一个女人，昏夜从树林跑出的道理？"

在昏夜中，女人的话有时很有力量，有时她的声音直像向没有空气的地方发出，人家总不理会。我母亲用尽一个善女人所能说的话对他们解释，怎奈那班心硬的男子们都觉得她在那里饶舌。她最好的方法，只有离开那里。

她心中惦念林中的父亲，说话本有几分恍惚，再加上那几个男子的抢白，更是羞急万分。她实在不认得道回家，纵然认得，也未必敢走。左右思量，还是回到树林里去。

在向着树林的归途中，朝霞已从后面照着她了。她在一个道途不熟的黑夜里，移步固然很慢，而废路又走了不少，绕了几个弯，有时还回到原处。这一夜的步行，足够疲乏了。她踱到人家一所菜圃，那里有一张空凳子，她顾不得什么，只管坐下。

不一会，出来一个七八岁的孩子，定睛看着她，好像很诧异似的。母亲知道他是这里的小主人，就很恭敬地对他说明。孩子的心比那般男子好多了。他对母亲说："我背着我妈同你去罢。我们牢里有一匹母牛，天天我们要从它那榨出些奶子，现在我正要牵它出来。你候一候罢，我教它让你骑着走，因为你乏了。"孩子牵牛出来，也不榨奶，只让母亲骑着，在朝阳下，随着路标走入林中。

母亲在牛背上，眼看快到父亲身边了。昨夜所堆的叶子，一叶也没剩下。精神慌张的人，连大象站在旁边也不理会，真奇怪呀！她起先很害怕，以为父亲的身体也同叶子一同消灭了。后来看见那只和他们很要好的象正在咀嚼夜间她所预备的叶子，心才安然一些。

下了牛背，孩子扶她到父亲安卧的地方，但是人已不在了。这一吓，非同小可，简直把她哭得欲死不得。孩子的眼快一点，心地又很安宁，父亲一下子就让他找到了。他指着那边树根上那人说："那个是不是？"母亲一看，速速地扶着他走过去。

母亲喜出望外，问说："你什么时候醒过来的？怎么看见我们来了，也不作一声？"

父亲没有回答她的话，只说："我渴得很。"

孩子抢着说："挤些奶子他喝。"他摘一片光面的叶子到母牛腹下挤了些来给父亲喝。

父亲的精神渐次恢复了，对母亲说："我是被大象摇醒的。醒来不见你，只见它在旁边吃叶子。为何这里有那么些叶子？是你预备的罢。……我记得昨天受伤的地方不是在这里。"

母亲把情形告诉他，又问他为何伤得那么厉害。他说是无意中触着毒刺，折入胫里，他一拔出来血就随着流，不忍教母亲知道，打算自己治好再出来。谁知越治血流得越多，至于晕过去，醒来才知道替他止血的还是母亲。

父亲知道白母牛是孩子的，就对他说了些感谢的话，也感激母亲说："若不是你去带这匹母牛来，恐怕今早我也起不来。"

母亲很诚恳地回答："溪水也可以喝的，早知道你要醒过来，我当然不忍离开你。真对不住你了。"

"谁是先知呢？刚才给我喝的奶子，实在胜过天上醍醐，多亏你替我找来！"父亲说时，挺着身子想要起来，可是他的气力很弱，动弹得不大灵敏。母亲向孩子借了母牛让父亲骑着。于是孩子先告辞回去了。

父亲赞美她的忠心，说她比醍醐海出来的乐斯迷更好，母亲那时也觉得昨晚上备受苦辱，该得父亲的赞美的。她也很得意地说："权当我为乐斯迷罢！"自那时以后，父亲常叫她做乐斯迷。

作品赏析：

《醍醐天女》最初发表于1923年的《小说月报》上，作者此时还没有去过印度，但已经熟悉了印度的神话故事。所以小说一开头就写道："相传乐斯迷是从醍醐海升起来的。她是爱神的母亲，是保护世间的大神卫世奴的妻子。"至今，每当印度最盛大的民族节日迪瓦里的时候，信徒都要进行膜拜，以祈求来年的平安吉祥，商人们更是要祈求她保佑财运亨通。

《醍醐天女》的行文风格在许地山的作品中具有相当典型的意义，文章以印度生活为创作背景，展现了一个美丽的传说，和传说背后温暖人心的感人故事。虽然文章在叙述的追忆中包含着主人公的回想，并且在回想中又穿插了现实故事中的真实对话，让文章在虚与实之间显得有点繁复，但也正是这样的构述，将我们带向了另类文化的表述之美。故事很简单，只是讲述了准陀罗在我迷恋乐斯迷和醍醐海的幻想时向我叙说的一个关于他的父亲和母亲在一次丛林探险中惊险的故事，但值得注意的是，此时文章借用了对比手法，将陌生人（大人）的不信任和小男孩的坦诚相互比较，为我们演示了人生信念的真纯度。就像文章中所说的：这种生命的感念胜于天上的醍醐。

许地山的文章最为浓烈的就是他所深藏的恻隐之情，让文章格外生辉，这是一种对执着献身的赞美。文章的语言朴素淡雅，但却在极深的哲理蕴含中、浓烈的宗教氛围中，透露出了它本身的感染力。就像有评论家所说的，这就是文学中最为地道的人道主义情怀，在简单的故事中蕴含不凡的

◇最好的小说

人生哲理，并用它引导读者完成人生的探求，这就是他的文章的道德超越。

缀网劳蛛/许地山

入选理由
作家许地山的小说精粹
一篇饱含人生哲理的宗教式寓言
在平实的人物语言中展现深刻的教义

"我像蜘蛛，

　　命运就是我底网。"

我把网结好，

　　还住在中央。

呀，我底网甚时节受了损伤！

　　这一坏，教我怎地生长？

生的巨灵说："补缀补缀罢。"

　　世间没有一个不破的网。

我再结网时，

　　要结在玳瑁梁栋

　　　珠玑帘栊；

或结在断井颓垣

　　荒烟蔓草中呢？

生的巨灵按手在我头上说：

　　"自己选择去罢，

你所在的地方无不兴隆、亨通。"

虽然，我再结的网还是像从前那么脆弱，
　　敌不过外力冲撞；
我网底形式还要像从前那么整齐——
　　平行的丝连成八角、十二角的形状吗？
他把"生的万花筒"交给我，说：
"望里看罢，
　　你爱怎样，就结成怎样。"

呀，万花筒里等等的形状和颜色
　　仍与从前没有什么差别！
求你再把第二个给我，
　　我好谨慎地选择。
"咄咄！贪得而无智的小虫
　　自而今回溯到鸿，
　　　从没有人说过里面有个形式与前相同。
去罢，生的结构都由这几十颗'彩琉璃屑'幻成种种，
　　不必再看第二个生的万花筒。"

　　那晚上的月色格外明朗，只是不时来些微风把满园的花影移动得不歇地作响。素光从椰叶下来，正射在尚洁和她的客人史夫人身上。她们二人的容貌，在这时候自然不能认得十分清楚，但是二人对谈的声音却像幽谷的回响，没有一点模糊。
　　周围的东西都沉默着，像要让她们密谈一般，树上的鸟儿把喙插在翅膀底下；草里的虫儿也不敢做声；就是尚洁身边那只玉，也当主人所发的声音为催眠歌，只管齁齁地沉睡着。她用纤手抚着玉，目光注在她的客人

身上，懒懒地说："夺魁嫂子，外间的闲话是听不得的。这事我全不计较——我虽不信定命的说法，然而事情怎样来，我就怎样对付，毋庸在事前预先谋定什么方法。"

她的客人听了这场冷静的话，心里很是着急，说："你对于自己的前程太不注意了！若是一个人没有长久的顾虑，就免不了遇着危险，外人的话虽不足信，可是你得把你的态度显示得明了一点，教人不疑惑你才是。"

尚洁索性把玉抱在怀里，低着头，只管摩弄。一会儿，她才冷笑了一声，说："吓吓，夺魁嫂子，你的话差了，危险不是顾虑所能闪避的。后一小时的事情，我们也不敢说准知道，那里能顾到三四个月、三两年那么长久呢？你能保我待一会不遇着危险，能保我今夜里睡得平安么？纵使我准知道今晚上会遇着危险，现在的谋虑也未必来得及。我们都在云雾里走，离身二三尺以外，谁还能知道前途的光景呢？经里说：'不要为明日自夸，因为一日要生何事，你尚且不能知道。'这句话，你忘了么？……唉，我们都是从渺茫中来，在渺茫中住，望渺茫中去。若是怕在这条云封雾锁的生命路程里走动，莫如止住你的脚步；若是你有漫游的兴趣，纵然前途和四围的光景暧昧，不能使你赏心快意，你也是要走的。横竖是往前走，顾虑什么？

"我们从前的事，也许你和一般侨寓此地的人都不十分知道。我不愿意破坏自己的名誉，也不忍教他出丑。你既是要我把态度显示出来，我就得略把前事说一点给你听，可是要求你暂时守这个秘密。

"论理，我也不是他的……"

史夫人没等她说完，早把身子挺起来，作很惊讶的样子，回头用焦急的声音说："什么？这又奇怪了！"

"这倒不是怪事，且听我说下去。你听这一点，就知道我的全意思了。我本是人家的童养媳，一向就不曾和人行过婚礼——那就是说，夫妇的名分，在我身上用不着。当时，我并不是爱他，不过要仗着他的帮助，救我脱出残暴的婆家。走到这个地方，依着时势的境遇，使我不能不认他为夫……"

"原来你们的家有这样特别的历史。……那么，你对于长孙先生可以说没有精神的关系，不过是不自然的结合罢了。"

尚洁庄重地回答说："你的意思是说我们没有爱情么？诚然，我从不曾在别人身上用过一点男女的爱情；别人给我的，我也不曾辨别过那是真的，这是假的。夫妇，不过是名义上的事；爱与不爱，只能稍微影响一点精神的生活，和家庭的组织是毫无关系的。

"他怎样想法子要奉承我，凡认识我的人都觉得出来。然而我却没有领他的情，因为他从没有把自己的行为检点一下。他的嗜好多，脾气坏，是你所知道的。我一到会堂去，每听到人家说我是长孙可望的妻子，就非常的惭愧。我常想着从不自爱的人所给的爱情都是假的。

"我虽然不爱他，然而家里的事，我认为应当替他做的，我也乐意去做。因为家庭是公的，爱情是私的。我们两人的关系，实在就是这样。外人说我和谭先生的事，全是不对的。我的家庭已经成为这样，我又怎能把它破坏呢？"

史夫人说："我现在才看出你们的真相，我也回去告诉史先生，教他不要多信闲话。我知道你是好人，是一个纯良的女子，神必保佑你。"说着，用手轻轻地拍一拍尚洁的肩膀，就站立起来告辞。

尚洁陪她在花荫底下走着，一面说："我很愿意你把这事的原委单说给史先生知道。至于外间传说我和谭先生有秘密的关系，说我是淫妇，我都不介意。连他也好几天不回来啦。我估量他是为这事生气，可是我并不辩白。世上没有一个人能够把真心拿出来给人家看；纵然能够拿出来，人家也看不明白，那么，我又何必多费唇舌呢？人对于一件事情一存了成见，就不容易把真相观察出来。凡是人都有成见，同一件事，必会生出歧异的评判，这也是难怪的。我不管人家怎样批评我，也不管他怎样疑惑我，我只求自己无愧，对得住天上的星辰和地下的蝼蚁便了。你放心罢，等到事情临到我身上，我自有方法对付。我的意思就是这样，若是有工夫，改天再谈罢。"

　　她送客人出门，就把玉抱到自己房里。那时已经不早，月光从窗户进来，歇在椅桌、枕席之上，把房里的东西染得和铅制的一般。她伸手向床边按了一按铃子，须臾，女佣妥娘就上来。她问："佩荷姑娘睡了么？"妥娘在门边回答说："早就睡了。消夜已预备好了，端上来不？"她说着，顺手把电灯拧着，一时满屋里都着上颜色了。

　　在灯光之下，才看见尚洁斜倚在床上。流动的眼睛，软润的颔颊，玉葱似的鼻，柳叶似的眉，桃绽似的唇，衬着蓬乱的头发……凡形体上各样的美都凑合在她头上。她的身体，修短也很合度。从她口里发出来的声音，都合音节，就是不懂音乐的人，一听了她的话语，也能得着许多默感。她见妥娘把灯拧亮了，就说："把它拧灭了吧。光太强了，更不舒服。方才我也忘了留史夫人在这里消夜。我不觉得十分饥饿，不必端上来，你们可以自己方便去。把东西收拾清楚，随着给我点一支洋烛上来。"

　　妥娘遵从她的命令，立刻把灯灭了，接着说："相公今晚上也许又不回来，可以把大门扣上吗？"

　　"是，我想他永远不回来了。你们吃完，就把门关好，各自歇息去罢，夜很深了。"

　　尚洁独坐在那间充满月亮的房里，桌上一枝洋烛已燃过三分之二，轻风频拂火焰，眼看那枝发光的小东西要泪尽了。她于是起来，把烛火移到屋角一个窗户前头的小几上。那里有一个软垫，几上搁几本经典和祈祷文。她每夜睡前的功课就是跪在那垫上默记三两节经句，或是诵几句祷词。别的事情，也许她会忘记，惟独这圣事是她所不敢忽略的。她跪在那里冥想了许多，睁眼一看，火光已不知道在什么时候从烛台上逃走了。

　　她立起来，把卧具整理妥当，就躺下睡觉，可是她怎能睡着呢？呀，月亮也循着宾客底礼，不敢相扰，慢慢地辞了她，走到园里和它的花草朋友、木石知交周旋去了！

　　月亮虽然辞去，她还不转眼地望着窗外的天空，像要诉她心中的秘密一般。她正在床上辗来转去,忽听园里"嚯嚯"一声,响得很厉害。她起来,走到窗边,往外一望,但见一重一重的树影和夜雾把园里盖得非常严密,教她看不见什么。于是她蹑步下楼,唤醒妥娘,命她到园里去察看那怪声的出处。妥娘自己一个人那里敢出去;她走到门房把团哥叫醒,央他一同到围墙边察一察。团哥也就起来了。

妥娘去不多会,便进来回话。她笑着说:"你猜是什么呢?原来是一个塞运的窃贼摔倒在我们的墙根。他的腿已摔坏了,脑袋也撞伤了,流得满地都是血,动也动不得了。团哥拿着一枝荆条正在抽他哪。"

尚洁听了,一霎时前所有的恐怖情绪一时尽变为慈祥的心意。她等不得回答妥娘,便跑到墙根。团哥还在那里,"你这该死的东西……不知厉害的坏种!……"一句一鞭,打骂得很高兴。尚洁一到,就止住他,还命他和妥娘把受伤的贼扛到屋里来。她吩咐让他躺在贵妃榻上。仆人们都显出不愿意的样子,因为他们想着一个贼人不应该受这么好的待遇。

尚洁看出他们的意思,便说:"一个人走到做贼的地步是最可怜悯的。若是你们不得着好机会,也许……"她说到这里,觉得有点失言,教她的佣人听了不舒服,就改过一句说话:"若是你们明白他的境遇,也许会体贴他。我见了一个受伤的人,无论如何,总得救护的。你们常常听见'救苦救难'的话,遇着忧患的时候,有时也会脱口地说出来,为何不从'他是苦难人'那方面体贴他呢?你们不要怕他的血沾脏了那垫子,尽管扶他躺下罢。"团哥只得扶他躺下,口里沉吟地说:"我们还得为他请医生去吗?"

"且慢,你把灯移近一点,待我来看一看。救伤的事,我还在行。妥娘,你上楼去把我们那个'常备药箱'捧下来。"又对团哥说:"你去倒一盆清水来罢。"

仆人都遵命各自干事去了。那贼虽闭着眼,方才尚洁所说的话,却能听得分明。他心里的感激可使他自忘是个罪人,反觉他是世界里一个最能得人爱惜的青年。这样的待遇,也许就是他生平第一次得着的。他呻吟了一下，用低沉的声音说："慈悲的太太，菩萨保佑慈悲的太太！"

那人的太阳边受了一伤很重，腿部倒不十分厉害。她用药棉蘸水轻轻地把伤处周围的血迹涤净，再用绷带裹好。等到事情做得清楚，天早已亮了。

她正转身要上楼去换衣服，蓦听得外面敲门的声很急，就止步问说："谁这么早就来敲门呢？"

"是警察罢。"

妥娘提起这四个字，教她很着急。她说："谁去告诉警察呢？"那贼躺在贵妃榻上，一听见警察要来，恨不能立刻起来跪在地上求恩。但这样的行动已从他那双劳倦的眼睛表白出来了。尚洁跑到他跟前，安慰他说："我没有叫人去报警察……"正说到这里，那从门外来的脚步已经踏进来。

来的并不是警察，却是这家的主人长孙可望。他见尚洁穿着一件睡衣站在那里和一个躺着的男子说话，心里的无明业火已从身上八万四千个毛孔里发射出来。他第一句就问："那人是谁？"

这个问实在教尚洁不容易回答，因为她从不曾问过那受伤者的名字，也不便说他是贼。

"他……他是受伤的人……"

可望不等说完，便拉住她的手，说："你办的事，我早已知道。我这几天不回来，正要侦察你的动静，今天可给我撞见了。我何尝辜负你呢？……一同上去罢，我们可以慢慢地谈。"不由分说，拉着她就往上跑。

妥娘在旁边，看得情急，就大声嚷着："他是贼！"

"我是贼，我是贼！"那可怜的人也嚷了两声。可望只对着他冷笑，说："我明知道你是贼。不必报名，你且歇一歇罢。"

一到卧房里，可望就说："我且问你，我有什么对你不起的地方？你要入学堂，我便立刻送你去；要到礼拜堂听道，我便特地为你预备车马。现在你有学问了,也入教了;我且问你,学堂教你这样做,教堂教你这样做么?"

他的话意是要诘问她为什么变心,因为他许久就听见人说尚洁嫌他鄙陋不文,要离弃他去嫁给一个姓谭的。夜间的事,他一概不知,他进门一看尚洁的神色,老以为她所做的是一段爱情把戏。在尚洁方面,以为他是不喜欢她这样待遇窃贼。她的慈悲性情是上天所赋的,她也觉得这样办,于自己的信仰和所受的教育没有冲突,就回答说:"是的,学堂教我这样做,教会也教我这样做。你敢是……"

"是吗?"可望喝了一声,猛将怀中小刀取出来向尚洁的肩膀上一击。这不幸的妇人立时倒在地上,那玉白的面庞已像渍在胭脂膏里一样。

她不说什么,但用一种沉静的和无抵抗的态度,就足以感动那愚顽的凶手。可望当此情景,心中恐怖的情绪已把凶猛的怒气克服了。他不再有什么动作,只站在一边出神。他看尚洁动也不动一下,估量她是死了;那时,他觉得自己的罪恶压住他,不许再逗留在那里,便溜烟似地往外跑。

妥娘见他跑了,知道楼上必有事故,就赶紧上来。她看尚洁那样子,不由得"啊,天公!"喊了一声,一面上去,要把她搀扶起来。尚洁这时,眼睛略略睁开,像要对她说什么,只是说不出。她指着肩膀示意,妥娘才看见一把小刀插在她肩上。妥娘的手便即酥软,周身发抖,待要扶她,也没有气力了。她含泪对着主妇说:"容我去请医生罢。"

"史……史……"妥娘知道她是要请史夫人来,便回答说:"好,我也去请史夫人来。"她教团哥看门,自己雇一辆车找救星去了。

医生把尚洁扶到床上,慢慢施行手术;赶到史夫人来时,所有的事情都弄清楚啦。医生对史夫人说:"长孙夫人的伤不甚要紧,保养一两个星期便可复元。幸而那刀从肩胛骨外面脱出来,没有伤到肺叶——那两个创口是不要紧的。"

医生辞去以后,史夫人便坐在床沿用法子安慰她。这时,尚洁的精神稍微恢复,就对她的知交说:"我不能多说话,只求你把底下那个受伤的人先送到公医院去，其余的，待我好了再给你说。……唉，我的嫂子，我现在不能离开你，你这几天得和我同在一块儿住。"

史夫人一进门就不明白底下为什么躺着一个受伤的男子。妥娘去时，也没有对她详细地说。她看见尚洁这个样子，又不便往下问。但尚洁的颖悟性从不会被刀所伤，她早明白史夫人猜不透这个闷葫芦，就说："我现在没有气力给你细说，你可以向妥娘打听去。就要速速去办，若是他回来，便要害了他的性命。"

史夫人照她所吩咐的去做；回来，就陪着她在房里，没有回家。那四岁的女孩佩荷更不知道这是怎么一回事，还是啼啼笑笑，过她的平安日子。

一个星期，两个星期，在她病中默默地过去。她也渐次复元了。她想许久没有到园里去，就央求史夫人扶着她慢慢走出来。她们穿过那晚上谈话的柳荫，来到园边一个小亭下，就歇在那里。她们坐的地方满开了玫瑰，那清静温香的景色委实可以消灭一切忧闷和病害。

"我已忘了我们这里有这么些好花，待一会，可以折几枝带回屋里。"

"你且歇歇，我为你选择几枝罢。"史夫人说时，便起来折花。尚洁见她脚下有一朵很大的花，就指着说："你看，你脚下有一朵很大、很好看的，为什么不把它摘下？"

史夫人低头一看，用手把花提起来，便叹了一口气。

"怎么啦？"

史夫人说："这花不好。"因为那花只剩地上那一半，还有一边是被虫伤了。她怕说出伤字，要伤尚洁的心，所以这样回答。但尚洁看的明明是一朵好花，直教递过来给她看。

"夺魁嫂，你说它不好么？我在此中找出道理咧！这花虽然被虫伤了一半，还开得这么好看，可见人的命运也是如此——若不把他的生命完全夺去，虽然不完全，也可以得着生活上一部分的美满，你以为如何呢？"

史夫人知道她连想到自己的事情上头，只回答说："那是当然的，命运的偃蹇和亨通，于我们的生活没有多大关系。"

谈话之间，妥娘领着史夺魁先生进来。他向尚洁和他的妻子问过好，便坐在她们对面一张凳上。史夫人不管她丈夫要说什么，头一句就问："事情怎样解决呢？"

史先生说："我正是为这事情来给长孙夫人一个信。昨天在会堂里有一个很激烈的纷争，因为有些人说可望的举动是长孙夫人迫他做成的，应当剥夺她赴圣筵的权利。我和我奉真牧师在席间极力申辩，终归无效。"他望着尚洁说："圣筵赴与不赴也不要紧。因为我们的信仰决不能为仪式所束缚；我们的行为，只求对得起良心就算了。"

"因为我没有把那可怜的人交给警察，便责罚我么？"

史先生摇头说："不，不，现在的问题不在那事上头。前天可望寄一封长信到会里，说到你怎样对他不住，怎样想弃绝他去嫁给别人。他对于你和某人、某人往来的地点、时间都说出来。且说，他不愿意再见你的面；若不与你离婚，他永不回家。信他所说的人很多，我们怎样申辩也挽不过来。我们虽然知道事实不是如此，可是不能找出什么凭据来证明。我现在正要告诉你，若是要到法庭去的话，我可以帮你的忙。这里不像我们祖国，公庭上没有女人说话的地位。况且他的买卖起先都是你拿资本出来；要离异时，照法律，最少总得把财产分一半给你。……像这样的男子，不要他也罢了。"

尚洁说："那事实现在不必分辩，我早已对嫂子说明了。会里因为信条的缘故，说我的行为不合道理，便禁止我赴圣筵——这是他们所信的，我有什么可说的呢！"她说到末一句，声音便低下了。她的颜色很像为同会的人误解她和误解道理惋惜。

"唉，同一样道理，为何信仰的人会不一样？"

她听了史先生这话，便兴奋起来，说："这何必问？你不常听见人说：'水是一样，牛喝了便成乳汁，蛇喝了便成毒液'吗？我管保我所得能化为乳汁，哪能干涉人家所得的变成毒液呢？若是到法庭去的话，倒也不必。我本没有正式和他行过婚礼，自毋须乎在法庭上公布离婚。若说他不愿意再见我的面，我尽可以搬出去。财产是生活的赘瘤，不要也罢，和他争什么？……他赐给我的恩惠已是不少，留着给他……"

"可是你一把财产全部让给他，你立刻就不能生活。还有佩荷呢？"

尚洁沉吟半晌便说："不妨，我私下也曾积聚些少，只不能支持到一年罢了。但不论如何，我总得自己挣扎。至于佩荷……"她又沉思了一会，才续下去说："好罢，看他的意思怎样，若是他愿意把那孩子留住，我也不和他争。我自己一个人离开这里就是。"

他们夫妇二人深知道尚洁的性情，知道她很有主意，用不着别人指导。并且她在无论什么事情上头都用一种宗教的精神去安排。她的态度常显出十分冷静和沉毅，做出来的事，有时超乎常人意料之外。

史先生深信她能够解决自己将来的生活，一听了她的话，便不再说什么，只略略把眉头皱了一下而已。史夫人在这两三个星期间，也很为她费了些筹划。他们有一所别业在土华地方，早就想教尚洁到那里去养病；到现在她才开口说："尚洁妹子，我知道你一定有更好的主意，不过你的身体还不甚复元，不能立刻出去做什么事情，何不到我们的别庄里静养一下，过几个月再行打算？"史先生接着对他妻子说："这也好。只怕路途远一点，由海船去，最快也得两天才可以到。但我们都是惯于出门的人，海涛的颠簸当然不能制服我们，若是要去的话，你可以陪着去，省得寂寞了长孙夫人。"

尚洁也想找一个静养的地方，不意他们夫妇那么仗义，所以不待踌躇便应许了。她不愿意为自己的缘故教别人麻烦，因此不让史夫人跟着前去。她说："寂寞的生活是我尝惯的。史嫂子在家里也有许多当办的事情，哪里能够和我同行？还是我自己去好一点。我很感谢你们二位的高谊，要怎样表示我的谢忱，我却不懂得；就是懂，也不能表示得万分之一。我只说一声'感激莫名'便了。史先生，烦你再去问他要怎样处置佩荷，等这事弄清楚，我便要动身。"她说着，就从方才摘下的玫瑰中间选出一朵好看的递给史先生，教他插在胸前的钮门上。不久，史先生也就起立告辞，替她办交涉去了。

　　土华在马来半岛的西岸，地方虽然不大，风景倒还幽致。那海里出的珠宝不少，所以住在那里的多半是搜宝之客。尚洁住的地方就在海边一丛棕林里。在她的门外，不时看见采珠的船往来于金的塔尖和银的浪头之间。这采珠的工夫赐给她许多教训。因为她这几个月来常想着人生就同入海采珠一样；整天冒险入海里去，要得着多少，得着什么，采珠者一点把握也没有。但是这个感想决不会妨害她的生命。她见那些人每天迷蒙蒙地搜求，不久就理会她在世间的历程也和采珠的工作一样。要得着多少，得着什么，虽然不在她的权能之下，可是她每天总得入海一遭，因为她的本分就是如此。

　　她对于前途不但没有一点灰心，且要更加奋勉。可望虽是剥夺她们母女的关系，不许佩荷跟着她，然而她仍不忍弃掉她的责任，每月要托人暗地里把吃的用的送到故家去给她女儿。

　　她现在已变主妇的地位为一个珠商的记室了。住在那里的人，都说她是人家的弃妇，就看轻她，所以她所交游的都是珠船里的工人。那班没有思想的男子在休息的时候，便因着她的姿色争来找她开心。但她的威仪常是调伏这班人的邪念，教他们转过心来承认她是他们的师保。

　　她一连三年，除干她的正事以外，就是教她那班朋友说几句英吉利语，念些少经文，知道些少常识。在她的团体里，使令、供养，无不如意。若说过快活日子，能像她这样，也就不劣了。

　　虽然如此，她还是有缺陷的。社会地位，没有她的分；家庭生活，也没有她的分；我们想想，她心里到底有什么感觉？前一项，于她是不甚重要的；后一项，可就缭乱她的衷肠了！史夫人虽常寄信给她，然而她不见信则已，一见了信，那种说不出来的伤感就加增千百倍。

　　她一想起她的家庭，每要在树林里徘徊，树上的常要幻成她女儿的声音对她说："母思儿耶？母思儿耶？"这本不是奇迹，因为发声者无情，听音者有意；她不但对于那些小虫的声音是这样，即如一切的声音和颜色，偶一触着她的感官,便幻成她的家庭了。

她坐在林下,遥望着无涯的波浪,一度一度地掀到岸边,常觉得她的女儿踏着浪花踊跃而来,这也不止一次了。那天,她又坐在那里,手拿着一张佩荷的小照,那是史夫人最近给她寄来的。她翻来翻去地看,看得眼昏了。她猛一抬头,又得着常时所现的异象。她看见一个人携着她的女儿从海边上来,穿过林樾,一直走到跟前。那人说:"长孙夫人,许久不见,贵体康健啊!我领你的女儿来找你哪。"

尚洁此时,展一展眼睛,才理会果然是史先生携着佩荷找她来。她不等回答史先生的话,便上前用力搂住佩荷;她的哭声从她爱心的深密处殷雷似地震发出来。佩荷因为不认得她,害怕起来,也放声哭了一场。史先生不知道感触了什么,也在旁边只尽管擦眼泪。

这三种不同情绪的哭泣止了以后,尚洁就呜咽地问史先生说:"我实在喜欢。想不到你会来探望我,更想不到佩荷也能来!……"她要问的话很多,一时摸不着头绪。只搂定佩荷,眼看着史先生出神。

史先生很庄重地说:"夫人,我给你报好消息来了。"

"好消息?"

"你且镇定一下,等我细细地告诉你。我们一得着这消息,我的妻子就教我和佩荷一同来找你。这奇事,我们以前都不知道,到前十几天才听见我奉真牧师说的。我牧师自那年为你的事卸职后,他的生活,你已经知道了。"

"是,我知道。他不是白天做裁缝匠,晚间还做制饼师吗?我信得过,神必要帮助他,因为神的儿子说:'为义受逼迫的人是有福的。'他的事业还顺利吗?"

"倒没有什么过不去的地方。他不但日夜劳动,在合宜的时候,还到处去传福音哪。他现在不用这样地吃苦,因为他的老教会看他的行为,请他回国仍旧当牧师去,在前一个星期已经动身了。"

"是吗!谢谢神!他必不能长久地受苦。"

"就是因为我牧师回国的事,我才能到这里来。你知道长孙先生也受了他的感化么?这事详细地说起来,倒是一种神迹。我现在来,也是为告诉你这件事。

"前几天,长孙先生忽然到我家里找我。他一向就和我们很生疏,好几年也不过访一次,所以这次的来,教我们很诧异。他第一句就问你的近况如何,且诉说他的懊悔。他说这反悔是忽然的,是我牧师警醒他的。现在我就将他的话,照样地说一遍给你听——

"'在这两三年间,我牧师常来找我谈话,有时也请我到他的面包房里去听他讲道。我和他来往那么些次,就觉得他是我的好师傅。我每有难决的事情或疑虑的问题,都去请教他。我自前年生事,二人分离以后,每疑惑尚洁官的操守,又常听见家里佣人思念她的话,心里就十分懊悔。但我总想着,男人说话将军箭,事已做出,哪里还有脸皮收回来?本是打算给它一个错到底的。然而日子越久,我就越觉得不对。到我牧师要走,最末次命我去领教训的时候,讲了一章经,教我很受感动。散会后,他对我说,他盼望我做的是请尚洁官回来。他又念《马可福音》十章给我听,我自得着那教训以后,越觉得我很卑鄙、凶残、淫秽,很对不住她。现在要求你先把佩荷带去见她,盼望她为女儿的缘故赦免我。你们可以先走,我随后也要亲自前往。'

"他说懊悔的话很多,我也不能细说了。等他来时,容他自己对你细说罢。我很奇怪我牧师对于这事,以前一点也没有对我说过,到要走时,才略提一提;反教他来到我那里去,这不是神迹吗?"

尚洁听了这一席话,却没有显出特别愉悦的神色,只说:"我的行为本不求人知道,也不是为要得人家的怜恤和赞美;人家怎样待我,我就怎样受,从来是不计较的。别人伤害我,我还饶恕,何况是他呢?他知道自己的鲁莽,是一件极可喜的事。——你愿意到我屋里去看一看吗?我们一同走走罢。"

他们一面走,一面谈。史先生问起她在这里的事业如何,她不愿意把所经历的种种苦处尽说出来，只说："我来这里，几年的工夫也不算浪费，因为我已找着了许多失掉的珠子了！那些灵性的珠子，自然不如入海去探求那么容易，然而我竟能得着二三十颗。此外，没有什么可以告诉你。"

尚洁把她的事情结束停当，等可望不来，打算要和史先生一同回去。正要到珠船里和她的朋友们告辞，在路上就遇见可望跟着一个本地人从对面来。她认得是可望，就堆着笑容，抢前几步去迎他，说："可望君，平安哪！"可望一见她，也就深深地行了一个敬礼，说："可敬的妇人，我所做的一切事都是伤害我的身体，和你我二人的感情，此后我再不敢了。我知道我多多地得罪你，实在不配再见你的面，盼望你不要把我的过失记在心中。今天来到这里，为的是要表明我悔改底行为；还要请你回去管理一切所有的。你现在要到那里去呢？我想你可以和史先生先行动身，我随后回来。"

尚洁见他那番诚恳的态度，比起从前，简直是两个人，心里自然满是愉快，且暗自谢她的神在他身上所显的奇迹。她说："呀！往事如梦中之烟，早已在虚幻里消散了，何必重新提起呢？凡人都不可积聚日间的怨恨、怒气和一切伤心的事到夜里，何况是隔了好几年的事？请你把那些事情搁在脑后罢。我本想到船里去，向我那班同工的人辞行。你怎样不和我们一起回去，还有别的事情要办么？史先生现时在他的别业——就是我住的地方——我们一同到那里去罢，待一会，再出来辞行。"

"不必，不必。你可以去你的，我自己去找他就可以。因为我还有些正当的事情要办。恐怕不能和你们一同回去；什么事，以后我才教你知道。"

"那么，你教这土人领你去罢，从这里走不远就是。我先到船里，回头再和你细谈。再见哪！"

她从土华回来，先住在史先生家里，意思是要等可望来到，一同搬回她的旧房子去。谁知等了好几天，也不见他的影。她才知道可望在土华所说的话意有所含蓄。可是他到那里去呢？去干什么呢？她正想着，史先生拿了一封信进来对她说:"夫人,你不必等可望了,明后天就搬回去罢。他寄给我这一封信说,他有许多对不起你的地方,都是出于激烈的爱情所致,因他爱你的缘故,所以伤了你。现在他要把从前邪恶的行为和暴躁的脾气改过来,且要偿还你这几年来所受的苦楚,故不得不暂时离开你。他已经到槟榔屿了。他不直接写信给你的缘故,是怕你伤心,故此写给我,教我好安慰你;他还说从前一切的产业都是你的,他不应独自霸占了许久,要求你尽量地享用,直等到他回来。

"这样看来,不如你先搬回去,我这里派人去找他回来如何?唉,想不到他一会儿就能悔改到这步田地!"

她遇事本来很沉静,史先生说时,她的颜色从不曾显出什么变态,只说:"为爱情么?为爱而离开我么?这是当然的,爱情本如极利的斧子,用来剥削命运常比用来整理命运的时候多一些。他既然规定他自己的行程,又何必费工夫去寻找他呢?我是没有成见的,事情怎样来,我怎样对付就是。"

尚洁搬回来那天,可巧下了一点雨,好像上天使园里的花木特地沐浴得很妍净来迎接它们的旧主人一样。她进门时,妥娘正在整理厅堂,一见她来,便嚷着:"奶奶,你回来了!我们很想念你哪!你的房间乱得很,等我把各样东西安排好再上去。先到花园去看看罢,你手植各样的花木都长大了。后面那棵释迦头长得像罗伞一样,结果也不少,去看看罢。史夫人早和佩荷姑娘来了,她们现时也在园里。"

她和妥娘说了几句话,便到园里。一拐弯,就看见史夫人和佩荷坐在树荫底下一张凳上——那就是几年前,她要被刺那夜,和史夫人坐着谈话的地方。她走来,又和史夫人并肩坐在那里。史夫人说来说去,无非是安慰她的话。她像不信自己这样的命运不甚好,也不信史夫人用定命论的解释来安慰她,就可以使她满足。然而她一时不能说出合宜的话,教史夫人明白她心中毫无忧郁在内。她无意中一抬头,看见佩荷拿着树枝把结在玫瑰花上一个蜘蛛网撩破了一大部分。她注神许久,就想出一个意思来。

她说:"呀,我给这个比喻,你就明白我的意思。"

"我像蜘蛛,命运就是我的网。蜘蛛把一切有毒无毒的昆虫吃入肚里,回头把网组织起来。它第一次放出来的游丝,不晓得要被风吹到多么远;可是等到粘着别的东西的时候,它的网便成了。

"它不晓得那网什么时候会破,和怎样破法。一旦破了,它还暂时安安然然地藏起来,等有机会再结一个好的。

"它的破网留在树梢上,还不失为一个网。太阳从上头照下来,把各条细丝映成七色;有时粘上些少水珠,更显得灿烂可爱。

"人和他的命运,又何尝不是这样?所有的网都是自己组织得来,或完或缺,只能听其自然罢了。"

史夫人还要说时,妥娘来说屋子已收拾好了,请她们进去看看。于是,她们一面谈,一面离开那里。

园里没人,寂静了许久。方才那只蜘蛛悄悄地从叶底出来,向着网的破裂处,一步一步,慢慢补缀。它补这个干什么?因为它是蜘蛛,不得不如此!

作品赏析:

《缀网劳蛛》是许地山最为杰出的经典小说,至始至终为我们演示了作者所领悟的人生含义:"我像蜘蛛,命运就是我的网。"文章以塑造尚洁这个女性形象为契机,告诉我们生存的哲理,就像文章中所说的:"我虽不信命定的说法,然而事情怎么来,我就怎样对付,毋庸在事前预先谋定什么方法。"或者就像经书上说的,不要为明日自夸,因为今日要生何事,你尚且不知道。而主人公在文章中也正是秉承这一信念,带着坦然的心面对这个世界,既怜悯不幸者,又从容面对来自丈夫的误解和压力,更是在后花园的赏花中,道破生存的事实:"这花虽然被虫伤了一半,还开得这么好看,可见人的命运也是如此——若不把它的生命完全夺去,虽然不完全,也可以得着生活上一部分的美满。"

就像评论家所指出的,文章的语言质朴淡雅,在情节的设置上,更是出人意料,不仅在于地域上横跨了中国和马来西亚,更在于作品从情绪上扭转了丈夫对尚洁人生信念的理解,借着曲折爱恋的描写,将文章带向了深沉的宗教情怀和人道主义的人性关注。所以整个文章看起来并不让人感觉到文章结构或者故事内容的淡薄,反而具备了深沉的文化底蕴。

海角的孤星/许地山

许地山的小说代表作之一
塑造了一对情深义重、生死相依的青年贫困夫妻形象
具有催人泪下的艺术感染力

一走近舷边看浪花怒放的时候,便想起我有一个朋友曾从这样的花丛中隐藏他的形骸。这个印象,就是到世界的末日,我也忘不掉。

这桩事情离现在已经十年了。然而他在我的记忆里却不像那么久远。他是和我一同出海的。新婚的妻子和他同行,他很穷,自己买不起头等舱位。但因新人不惯行旅的缘故,他乐意把平生的蓄积尽量地倾泻出来,为他妻子定了一间头等舱。他在那头等船票的佣人格上填了自己的名字,为的要省些资财。

他在船上哪里像个新郎,简直是妻的奴隶!旁人的议论,他总是不理会的。他没有什么朋友,也不愿意在船上认识什么朋友,因为他觉得同舟中只有一个人配和他说话。这冷僻的情形,凡是带着妻子出门的人都是如此,何况他是个新婚者?

船向着赤道走,他们的热爱,也随着增长了。东方人的恋爱本带着几分爆发性,纵然遇着冷气,也不容易收缩。他们要去的地方是槟榔屿附近一个新辟的小埠。下了海船,改乘小舟进去,小河边满是椰子、棕枣和树胶

林。轻舟载着一对新人在这神秘的绿阴底下经过，赤道下的阳光又送了他们许多热情、热觉、热血汗。他们更觉得身外无人。

他对新娘说："这样深茂的林中，正合我们幸运的居处。我愿意和你永远住在这里。"

新娘说："这绿得不见天日的林中，只作浪人的坟墓罢了……"

他赶快截住说："你老是要说不吉利的话！然而在新婚期间，所有不吉利的语言都要变成吉利的。你没念过书，哪里知道这林中的树木所代表的意思。书里说：'椰子是得子息的徽识树'，因为椰子就是'伢子'。棕枣是表明爱与和平。树胶要把我们的身体黏得非常牢固，至于分不开。你看我们在这林中，好像双星悬在鸿濛的穹苍下一般。双星有时被雷电吓得躲藏起来，而我们常要闻见许多歌禽的妙音和无量野花的香味。算来我们比双星快活多了。"

新娘笑说："你们念书人的能干只会在女人面前搬唇弄舌罢。好听极了！听你的话语，也可以不用那发妙音的鸟儿了。有了别的声音，倒嫌嘈杂咧！……可是，我的人哪，设使我一旦死掉，你要怎办呢？"

这一问，真个是平地起雷咧！但不晓得新婚的人何以常要发出这样的问？不错的，死的恐怖，本是和快乐的愿望一齐来的呀。他的眉不由得不皱起来了，酸楚的心却拥出一副笑脸说："那么，我也可以做个孤星。"

"咦，恐怕孤不了罢。"

"那么，我随着你去，如何？"他不忍看着他的新娘，掉头出去向着流水，两行热泪滴下来，正和船头激成的水珠结合起来。新娘见他如此，自然要后悔，但也不能对她丈夫忏悔，因为这种悲哀的霉菌，众生都曾由母亲的胎里传染下来，谁也没法医治的。她只能说："得啦，又伤心什么？你不是说我们在这时间里，凡有不吉利的话语，都是吉利的么？你何不当作一种吉利话听？"她笑着，举起丈夫的手，用他的袖口，帮助他擦眼泪。

他急得把妻子的手摔开说："我自己会擦。我的悲哀不是你所能擦，更不是你用我的手所能灭掉的,你容我哭一会罢。我自己知道很穷,将要养不起你,所以你……"

妻子忙杀了,急掩着他的口说:"你又来了。谁有这样的心思?你要哭,哭你的,不许再往下说了。"

这对相对无言的新夫妇,在沉默中,随着流水湾行,一直驶入林阴深处。自然他们此后定要享受些安泰的生活。然而在那邮件难通的林中,我们何从知道他们的光景?

三年的工夫,一点消息也没有!我以为他们已在林中做了人外的人,也就渐渐把他们忘了。这时,我的旅期已到,买舟从槟榔屿回来。在二等舱上,我遇见一位很熟的旅客。我左右思量,总想不起他的名姓,幸而他还认识我,他一见我便叫我说:"落君,我又和你同船回国了!你还记得我吗?我想我病得这样难看,你决不能想起我是谁。"他说我想不起,我倒想起来了。

我很惊讶,因为他实在是病得很厉害了。我看见他妻子不在身边,只有一个咿哑学舌的小婴孩躺在床上。不用问,也可断定那是他的子息。

他倒把别来的情形给我说了。他说:"自从我们到那里,她就病起来。第二年,她生下这个女孩,就病得更厉害了。唉,幸运只许你空想的!你看她没有和我一同回来,就知道我现在确是成为孤星了。"

我看他憔悴的病容。委实不敢往下动问,但他好像很有精神,愿意把一切的情节都说给我听似的。他说话时,小孩子老不容他畅快地说。没有母亲的孩子,格外爱哭,他又不得不抚慰她。因此,我也不愿意扰他,只说:"另日你精神清爽的时候,我再来和你谈罢。"我说完,就走出来。

那晚上,经过马来海峡,船震荡得很。满船的人,多犯了"海病"。第二天,浪平了。我见管舱的侍者,手忙脚乱地拿着一个麻袋,往他的舱里进去。一问,才知道他已经死了。侍者把他的尸洗净,用细台布裹好,拿了些废铁,几块煤炭,一同放入袋里,缝起来。他的小女儿还不知这是怎么一回事,只咿哑地说了一两句不相干的话。她会叫"爸爸"、"我要你抱"、"我要那个"等等简单的话。在这时,人们也没工夫理会她、调戏她了,她只独自说自己的。

黄昏一到,他的丧礼,也要预备举行了。侍者把麻袋拿到船后的舷边。烧了些楷钱,口中不晓得念了些什么,念完就把麻袋推入水里。那时船的推进机停了一会,隆隆之声一时也静默了。船中知道这事的人都远远站着看,虽和他没有什么情谊,然而在那时候却不免起敬的。这不是从友谊来的恭敬,本是非常难得,他竟然承受了!

他的海葬礼行过以后,就有许多人谈到他生平的历史和境遇。我也钻入队里去听人家怎样说他。有些人说他妻子怎样好,怎样可爱。他的病完全是因为他妻子的死,积哀所致的。照他的话,他妻子葬在万绿丛中,他却葬在不可测量的碧晶岩里了。

旁边有个印度人,捻着他那一大缕红胡子,笑着说:"女人就是悲哀的萌蘖,谁叫他如此?我们要避掉悲哀,非先避掉女人的纠缠不可。我们常要把小女儿献给殑迦河神,一来可以得着神惠,二来省得她长大了,又成为一个使人悲哀的恶魔。"

我摇头说:"这只有你们印度人办得到罢了。我们可不愿意这样办。诚然,女人是悲哀的萌蘖,可是我们宁愿悲哀和她同来,也不能不要她。我们宁愿她嫁了才死,虽然使她丈夫悲哀至于死亡,也是好的。要知道丧妻的悲哀是极神圣的悲哀。"

日落了,蔚蓝的天多半被淡薄的晚云涂成灰白色。在云缝中,隐约露出一两颗星星。金星从东边的海涯升起来,由薄云里射出它的光辉。小女孩还和平时一样,不懂得什么是可悲的事。她只顾抱住一个客人的腿,绵软的小手指着空外的金星,说:"星!我要那个!"她那副嬉笑的面庞,迥不像个孤儿。

作品赏析:

这篇小说是许地山的短篇小说代表作之一。小说以倒叙的手法、凄美的笔触,通过第三者"我"的见闻,叙述了一个美丽的爱情故事。故事中,一对新婚夫妇乘船去马来西亚的一个小岛上度蜜月。途中新娘说了些不吉利的话,引得新郎热泪横流。不幸3年后戏言成了现实,新娘病死在小岛上,新郎也在返家的途中死于船上,只丢下一个不懂人世的小女儿。小说生动塑造了一对相亲相爱的贫贱青年夫妇形象,赞美了他们之间纯洁无瑕的感情,表达了作者对生活于苦难之中的贫困家庭夫妇的无限同情。小说构思精巧,情节生动,人物形象塑造鲜明,语言质朴优美,富于散文化的抒情色调,读来感人至深。大量口语的运用,也是小说的一个特色,使小说具有浓郁的地方色彩。

潘先生在难中 /叶圣陶

入选理由

一代文学家、教育家叶圣陶的小说典范
一篇对战乱中小人物心理的深刻分析
为我们展现时代背景下的人物世相的代表作

一

车站里挤满了人,各有各的心事,都现出异样的神色。

脚夫的两手插在号衣的口袋里,睡着一般地站着;他们知道可以得到特别收入的时间离得还远,也犯不着老早放出精神来。空气沉闷得很,人们略微感到呼吸受压迫,大概快要下雨了。电灯亮了一会了,仿佛比平时昏黄一点,望去好像一切的人物都在雾里梦里。

揭示处的黑漆版上标明西来的快车须迟到四点钟。这个报告在几点钟以前早就教人家看熟了,现在便同风化了的戏单一样,没有一个人再望它一眼。像这种报告,在这一个礼拜里,几乎每天每趟的行车都有:大家也习

◇最好的小说

以为当然了。

　　不知几多人心系着的来车居然到了，闷闷的一个车站就一变而为扰扰的境界。来客的安心，候客者的快意，以及脚夫的小发财，我们且都不提。单讲一位从让里来的潘先生。他当火车没有驶进月台之先，早已安排得十分周妥：他领头，右手提着个黑漆皮包，左手牵着个七岁的孩子；七岁的孩子牵着他哥哥（今年九岁），哥哥又牵着他母亲。潘先生说人多照顾不齐，这么牵着，首尾一气，犹如一条蛇，什么地方都好钻了。他又屡次叮嘱，教大家握得紧紧，切勿放手；尚恐大家万一忘了，又屡次摇荡他的左手，意思是教把这警告打电报一般一站一站递过去。

　　首尾一气诚然不错，可是也不能全然没有弊病。火车将停时，所有的客人和东西都要涌向车门，潘先生一家的那条蛇就有点尾大不掉了。他用黑漆皮包做前锋，胸腹部用力向前抵，居然进展到距车门只两个窗洞的地位。但是他的七岁的孩子还在距车门四个窗洞的地方，被挤在好些客人和坐椅之间，一动不能动；两臂一前一后，伸得很长，前后的牵引力都很大，似乎快要把胳臂拉了去的样子。他急得直喊，"啊！我的胳臂！我的胳臂！"

　　一些客人听见了带哭的喊声，方才知道腰下挤着个孩子；留心一看，见他们四个人一串，手联手牵着。一个客人呵斥道，"赶快放手；要不然，

作者简介

　　叶圣陶（1894—1988），原名叶绍钧，江苏苏州人。现代作家、教育家、文学出版家和社会活动家。1914年开始创作文言小说，并发表在新鸳鸯蝴蝶派的核心刊物《礼拜六》上，据评论家称这些小说不是改造了当时的文学，而是提高了当时小说的审美品位。后又与茅盾、郑振铎共创文学研究会。著有小说《隔膜》《线下》《倪焕之》，散文集《脚步集》《西川集》，童话集《稻草人》《古代英雄的石像》等，并编辑过几十种课本，写过十几本语文教育论著。朱自清曾评价说：他的作品是如实地写，这是作者的自白，他的思想成熟，手法老练，初期文风近于俄国，晚期近于法国。除此而外，叶圣陶同时也是一位扬名中外的教育家，曾在教育部门担任过要职。

把孩子拉做两半了！"

"怎么的，孩子不抱在手里！"又一个客人用鄙夷的声气自语，一方面他仍注意在攫得向前行进的机会。

"不，"潘先生心想他们的话不对，牵着自有牵着的妙用；再转一念，妙用岂是人人能够了解的，向他们辩白，也不过徒费唇舌，不如省些精神罢：就把以下的话咽了下去。而七岁的孩子还是"胳臂！胳臂！"喊着。潘先生前进后退都没有希望，只得自己失约，先放了手，随即惊惶地发命令道，"你们看着我！你们看着我！"

车轮一顿，在轨道上站定了；车门里弹出去似地跳下了许多人。潘先生觉得前头松动了些；但是后面的力量突然增加，他的脚作不得一点主，只得向前推移；要回转头来招呼自己的队伍，也不得自由，于是对着前面的人的后脑叫喊，"你们跟着我！你们跟着我！"

他居然从车门里被弹出来了。旋转身子一看，后面没有他的儿子同夫人。心知他们还挤在车中，守住车门老等总是稳当的办法。又下来了百多人，方才看见脚踏上人丛中现出七岁的孩子的上半身，承着电灯光，面目作哭泣的形相。他走前去，几次被跳下来的客人冲回，才用左臂把孩子抱了下来。再等了一会，潘师母同九岁的孩子也下来了；她吁吁地呼着气，连喊，"哎唷，哎唷，"凄然的眼光相着潘先生的脸，似乎要求抚慰的孩子。

潘先生到底镇定，看见自己的队伍全下来了，重又发命令道，"我们仍旧像刚才一样联起来。你们看月台上的人这么多，收票处又挤得厉害，要不是联着，就走散了！"

七岁的孩子觉得害怕，拦住他的膝头说，"爸爸，抱。"

"没用的东西！"潘先生颇有点愤怒，但随即耐住，蹲下身子把孩子抱了起来。同时关照大的孩子拉着他的长衫的后幅，一手要紧紧牵着母亲，因为他自己两只手都不空了。

潘师母从来不曾受过这样的困累，好容易下了车，却还有可怕的拥挤在前头，不禁发怨道，"早知道这样子，宁可死在家里，再也不要逃难了！"

"悔什么！"潘先生一半发气，一半又觉得怜惜。"到了这里，懊悔也是没用。并且，性命到底安全了。走罢，当心脚下。"于是四个一串向人丛中蹒跚地移过去。

一阵的拥挤，潘先生像在梦里似的，出了收票处的隘口。他仿佛急流里的一滴水滴，没有回旋转侧的余地，只有顺着大众的势，脚不点地地走。一会儿已经出了车站的铁栅栏，跨过了电车轨道，来到水门汀的人行道上。慌忙地回转身来，只见数不清的给电灯光耀得发白的面孔以及数不清的提箱与包裹，一齐向自己这边涌来，忽然觉得长衫后幅上的小手没有了，不知什么时候放了的；心头怅惘到不可言说，只是无意识地把身子乱转。转了几回，一丝踪影也没有。家破人亡之感立时袭进他的心，禁不住渗出两滴眼泪来，望出去电灯人形都有点模糊了。

幸而抱着的孩子眼光敏锐，他瞥见母亲的疏疏的额发，便认识了，举起手来指点道，"妈妈，那边。"

潘先生一喜；但是还有点不大相信，眼睛凑近孩子的衣衫擦了擦，然后望去。搜寻了一会儿，果然看见他的夫人呆鼠一般在人丛中瞎撞，前面护着那大的孩子，他们还没跨过电车轨道呢。他便向前迎上去，连喊"阿大"，把他们引到刚才站定的人行道上。于是放下手中的孩子，舒畅地吐一口气，一手抹着脸上的汗说，"现在好了！"的确好了，只要跨出那一道铁栅栏，就有人保险，什么兵火焚掠都遭逢不到；而已经散失的一妻一子，又幸运得很，一寻即着：岂不是四条性命，一个皮包，都从毁灭和危难之中捡了回来么？岂不是"现在好了"？

"黄包车！"潘先生很入调地喊。

车夫们听见了，一齐拉着车围拢来，问他到什么地方。

他稍微昂起了头，似乎增加了好几分威严，伸出两个指头扬着说，"只消两辆！两辆！"他想了一想，继续说，"十个铜子，四马路，去的就去！"这分明表示他是个"老上海"。

辩论了好一会，终于讲定十二个铜子一辆。潘师母带着大的孩子坐一辆，潘先生带着小的孩子同黑漆皮包坐一辆。

车夫刚要拔脚前奔，一个背枪的印度巡捕一条胳臂在前面一横，只得缩住了。小的孩子看这个人的形相可怕，不由得回过脸来，贴着父亲的胸际。

潘先生领悟了，连忙解释道，"不要害怕，那就是印度巡捕，你看他的红包头。我们因为本地没有他，所以要逃到这里来；他背着枪保护我们。他的胡子很好玩的，你可以看一看，同罗汉的胡子一个样子。"

孩子总觉得怕，便是同罗汉一样的胡子也不想看。直到听见当当的声音，才从侧边斜睨过去，只见很亮很亮的一个房间一闪就过去了；那边一家家都是花花灿灿的，都点得亮亮的，他于是不再贴着父亲的胸际。

到了四马路，一连问了八九家旅馆，都大大的写着"客满"的牌子；而且一望而知情商也没用，因为客堂里都搭起床铺，可知确实是住满了。最后到一家也标着"客满"，但是一个伙计懒懒地开口道，"找房间么？"

"是找房间，这里还有么？"一缕安慰的心直透潘先生的周身，仿佛到了家似的。

"有是有一间，客人刚刚搬走，他自己租了房子了。你先生若是迟来一刻，说不定就没有了。"

"那一间就归我们住好了。"他放了小的孩子，回身去扶下夫人同大的孩子来，说，"我们总算运气好，居然有房间住了！"随即付车钱，慷慨地照原价加上一个铜子；他相信运气好的时候多给人一些好处，以后好运气会连续而来的。但是车夫偏不知足，说跟着他们回来回去走了这多时，非加上五个铜子不可。结果旅馆里的伙计出来调停，潘先生又多破费了四个铜子。

这房间就在楼下，有一张床，一盏电灯，一张桌子，两把椅子，此外就只有烟雾一般的一房间的空气了。潘先生一家跟着茶房走进去时，立刻闻到刺鼻的油腥味，中间又混着阵阵的尿臭。潘先生不快地自语道，"讨厌的气味！"随即听见隔壁有食料投下油锅的声音，才知道那里是厨房。再一想时，气味虽讨厌终究比吃枪子睡露天好多了；也就觉得没有什么，舒舒泰泰地在一把椅子上坐下。

"用晚饭吧？"茶房放下皮包回头问。

"我要吃火腿汤淘饭。"小的孩子咬着指头说。

潘师母马上对他看个白眼，凛然说，"火腿汤淘饭！是逃难呢，有得吃就好了，还要这样那样点戏！"

大的孩子也不知道看看风色，央着潘先生说，"今天到上海了，你给我吃大菜。"

潘师母竟然发怒了，她回头呵斥道，"你们都是没有心肝的，只配什么也没得吃，活活地饿……"

潘先生有点窘，却作没事的样子说，"小孩子懂得什么。"便吩咐茶房道，"我们在路上吃了东西了，现在只消来两客蛋炒饭。"

茶房似答非答地一点头就走，刚出房门，潘先生又把他喊回来道，"带一斤绍兴，一毛钱熏鱼来。"

茶房的脚声听不见了，潘先生舒快地对潘师母道，"这一刻该得乐一乐，喝一杯了。你想，从兵祸凶险的地方，来到这绝无其事的境界，第一件可乐。刚才你们忽然离开了我，找了半天找不见，真把我急死了；倒是阿二乖觉（他说着，把阿二拖在身边，一手轻轻地拍着），他一眼便看见了你，于是我迎上来，这是第二件可乐。乐哉乐哉，陶陶酌一杯。"他做举杯就口的样子，迷迷地笑着。

潘师母不响，她正想着家里呢。细软的虽然已经带在皮包里，寄到教堂里去了，但是留下的东西究竟还不少。不知王妈到底可靠不可靠；又不知隔壁那家穷人家有没有知道他们一家都出来了，只剩下王妈在家里看守；又不知王妈睡觉时，会不会忘了关上一扇门或是一扇窗。她又想起院子里的三只母鸡，没有完工的阿二的裤子，厨房里的一碗白鸭……真同通了电一般,一刻之间,种种的事情都涌上心头,觉得异样地不舒服;便叹口气道:"不知弄到怎样呢!"

两个孩子都怀着失望的心情,茫昧地觉得这样的上海没有平时父母嘴里的上海来得好玩而有味。

疏疏的雨点从窗外洒进来,潘先生站起来说,"果真下雨了,幸亏在这时候下。"就把窗子关上。突然看见原先给窗子掩没的旅客须知单,他便想起一件顶紧要的事情,一眼不眨地直望那单子。

"不折不扣,两块!"他惊讶地喊。回转头时,眼珠瞪视着潘师母,一段舌头从嘴里伸了出来。

二

第二天早上,走廊中茶房们正蜷在几条长凳上熟睡,狭得只有一条的天井上面很少有晨光透下来,几许房间里的电灯还是昏黄地亮着。但是潘先生夫妇两个已经在那里谈话了;两个孩子希望今天的上海或许比昨晚的好一点,也醒了一会儿了,只因父母教他们再睡一会儿,所以还躺在床上,彼此呵痒为戏。

"我说你一定不要回去,"潘师母焦心地说。"这报上的话知道它靠得住靠不住的。既然千难万难地逃了出来,那有立刻又回去的道理!"

"料是我早先也料到的。顾局长的脾气就是一点不肯马虎,'地方上又没有战事,学自然照常要开的,'这句话确然是他的声口。这个通信员我也认识,就是教育局里的职员,又哪里会靠不住?回去是一定要回去的。"

"你要晓得,回去危险呢!"潘师母凄然地说。"说不定三两天他们就会打到我们那地方去,你就是回去开学,有什么学生来念书?就是不打到我们那地方,将来教育局长怪你为什么不开学时,你也有话回答。你只要问他,到底性命要紧还是学堂要紧?他也是一条性命,想来决不会对你过不去。"

"你懂得什么！"潘先生颇怀着鄙薄的意思。"这种话只配躲在家里，伏在床角里，由你这种女人去说；你道我们也说得出口么！你切不要拦阻我（这时候他已转为抚慰的声调），回去是一定要回去的；但是包你没有一点危险，我自有保全自己的法子。而且（他自喜心思灵敏，微微笑着），你不是很不放心家里的东西么？我回去了，就可以自己照看，你也能定心定意住在这里了。等到时局平定了，我马上来接你们回去。"

潘师母知道丈夫的回去是万无挽回的了。回去可以照看东西固然很好；但是风声这样紧，一去之后，犹如珠子抛在海里，谁保得定必能捞回来呢！生离死别的哀感涌上心头，她再不敢正眼看她的丈夫，眼泪早在眼角边偷偷地想跑出来了。她又立刻想起这个场面不大吉利，现在并没有什么不好的事情，怎么能凄惨地流起眼泪来。于是勉强忍住眼泪，聊作自慰的请求道，"那么你去看看情形，假使教育局长并没有照常开学这句话，要是还来得及，你就搭了今天下午的车来，不然，搭了明天的早车来。你要知道（她到底忍不住，一滴眼泪落在手背，立刻在衫子上擦去了），我不放心呢！"

潘先生心里也着实有点烦乱，局长的意思照常开学，自己万无主张暂缓开学之理，回去当然是天经地义，但是又怎么放得下这里！看他夫人这样的依依之情，断然一走，未免太没有恩义。又况一个女人两个孩子都是很懦弱的，一无依傍，寄住在外边，怎能断言决没有意外？他这样想时，不禁深深地发恨：恨这人那人调兵遣将，预备作战，恨教育局长主张照常开课，又恨自己没有个已经成年，可以帮助一臂的儿子。

但是他究竟不比女人，他更从利害远近种种方面着想，觉得回去终于是天经地义。便把恼恨搁在一旁，脸上也不露一毫形色，顺着夫人的口气点头道，"假若打听明白局长并没有这个意思，依你的话，就搭了下午的车来。"

两个孩子约略听得回去和再来的话，小的就伏在床沿作娇道，"我也要回去。"

"我同爸爸妈妈回去,剩下你独个儿住在这里,"大的孩子扮着鬼脸说。

小的听着,便迫紧喉咙叫唤,作啼哭的腔调,小手擦着眉眼的部分,但眼睛里实在没有眼泪。

"你们都跟着妈妈留在这里,"潘先生提高了声音说。"再不许胡闹了,好好儿起来等吃早饭吧。"说罢,又嘱咐了潘师母几句,径出雇车,赶往车站。

模糊地听得行人在那里说铁路已断火车不开的话,潘先生想,"火车如果不开,倒死了我的心,就是立刻免职也只得由他了。"同时又觉得这消息很使他失望;又想他要是运气好,未必会逢到这等失望的事,那么行人的话也未必可靠。欲决此疑,只有望车夫三步并作一步跑。

他的运气果然不坏,赶到车站一看,并没有火车不开的通告;揭示处只标明夜车要迟四点钟才到,这时候还没到呢。买票处绝不拥挤,时时有一两个人前去买票。聚集在站中的人却不少,一半是候客的,一半是来看看的,也有带着照相器具的,专等夜车到时摄取车站拥挤的情形,好作《风云变幻史》的一页。行李房满满地堆着箱子铺盖,各色各样,几乎碰到铅皮的屋顶。

他心中似乎很安慰,又似乎有点怅惘,顿了一顿,终于前去买了一张三等票,就走入车厢里坐着。晴明的阳光照得一车通亮,可是不嫌燠热;坐位很宽舒,勉强要躺躺也可以。他想,"这是难得逢到的。倘若心里没有事,真是一趟愉快的旅行呢。"

这趟车一路耽搁,听候军人的命令,等待兵车的通过。开到让里,已是下午三点过了。潘先生下了车,急忙赶到家,看见大门紧紧关着,心便一定,原来昨天再四叮嘱王妈的就是这一件。

扣了十几下,王妈方才把门开了。一见潘先生,吃惊地说,"怎么,先生回来了!不用逃难了么?"

潘先生含糊回答了她;奔进里面四周一看,便开了房门的锁,直闯进去上下左右打量着。没有变更,一点没有变更,什么都同昨天一样。于是他吊起的半个心放下来了。还有半个心没放下，便又锁上房门，回身出门；吩咐王妈道，"你照旧好好把门关上了。"

王妈摸不清头绪，关了门进去只是思索。她想主人们一定就住在本地，恐怕她也要跟去，所以骗她说逃到上海去。"不然，怎么先生又回来了？奶奶同两个孩子不同来，又躲在什么地方呢？但是，他们为什么不让我跟去？这自然嫌得人多了不好。——他们一定就住在那洋人的红房子里，那些兵都讲通的，打起仗来不打那红房子。——其实就是老实告诉我，要我跟去，我也不高兴去呢。我在这里一点也不怕；如果打仗打到这里来，反正我的老衣早就做好了。"她随即想起甥女儿送她的一双绣花鞋真好看，穿了那双鞋上西方，阎王一定另眼相看；于是她感到一种微妙的舒快，不再想主人究竟在哪里的问题。

潘先生出门，就去访那当通信员的教育局职员，问他局长究竟有没有照常开学的意思。那人回答道，"怎么没有？他还说有些教员只顾逃难，不顾职务，这就是表示教育的事业不配他们干的；乘此淘汰一下也是好处。"潘先生听了，仿佛觉得一凛；但又赞赏自己有主意，决定从上海回来到底是不错的。一口气奔到自己的学校里，提起笔来就起草送给学生家属的通告。通告中说兵乱虽然可虑，子弟的教育犹如布帛菽粟，是一天一刻不可废弃的，现在暑假期满，学校照常开学。从前欧洲大战的时候，人家天空里布着御防炸弹的网，下面学校里却依然在那里上课；这种非常的精神，我们应当不让他们专美于前。希望家长们能够体谅这一层意思，若无其事地依旧把子弟送来：这不仅是家庭和学校的益处，也是地方和国家的荣誉。

他起好草稿，往复看了三遍，觉得再没有可以增损，局长看见了，至少也得说一声"先得我心"。便得意地誊上蜡纸，又自己动手印刷了百多张，派校役向一个个学生家里送去。公事算是完毕了，开始想到私事：既要开学，上海是去不成了，他们母子三个住在旅馆里怎么挨得下去！但也没有办法，唯有教他们一切留意，安心住着。于是蘸着刚才的残墨写寄与夫人的信。

下一天，他从茶馆里得到确实的信息，铁路真个不通了。他心头突然一沉，似乎觉得最亲热的一妻两儿忽地乘风飘去，飘得很远，几乎至于渺茫。没精没采地踱到学校里，校役回报昨天的使命道，"昨天出去送通告，有二十多家关上了大门，打也打不开，只好从门缝里塞进去。有三十多家只有佣人在家里，主人逃到上海去了，孩子当然跟了去，不一定几时才能回来念书。其余的都说知道了；有的又说性命还保不定安全，读书的事再说罢。"

"哦，知道了。"潘先生并不留心在这些上边，更深的忧虑正萦绕在他的心头。他抽完了一支烟卷以后，应走的路途决定了，便赶到红十字会分会的办事处。

他缴纳会费愿做会员；又宣称自己的学校房屋还宽敞，愿意作为妇女收容所，到万一的时候收容妇女。这是慈善的举措，当然受热诚的欢迎，更兼潘先生本来是体面的大家知道的人物。办事处就给他红十字的旗子，好在学校门前张起来；又给他红十字的徽章，标明他是红十字会的一员。

潘先生接旗子和徽章在手，像捧着救命的神符，心头起一种神秘的快慰。"现在什么都安全了！但是……"想到这里，便笑向办事处的职员道，"多给我一面旗，几个徽章罢。"他的理由是学校还有个侧门，也得张一面旗，而徽章这东西太小巧，恐怕偶尔遗失了，不如多备几个在那里。

办事员同他说笑话，这东西又不好吃的，拿着玩也没有什么意思，多拿几个也只作一个会员，不如不要多拿罢。但是终于依他的话给了他。

两面红十字旗立刻在新秋的轻风中招展，可是学校的侧门上并没有旗，原来移到潘先生家的大门上去了。一个红十字徽章早已缀上潘先生的衣襟，闪耀着慈善庄严的光，给与潘先生一种新的勇气。其余几个呢，重重包裹，藏在潘先生贴身小衫的一个口袋里。他想，"一个是她的，一个是阿大的，一个是阿二的。"虽然他们远处在那渺茫难接的上海，但是仿佛给他们加保了一重险，他们也就各个增加一种新的勇气。

三

　　碧庄地方两军开火了。

　　让里的人家很少有开门的,店铺自然更不用说,路上时时有兵士经过。他们快要开拔到前方去,觉得最高的权威附灵在自己身上,什么东西都不在眼里,只要高兴提起脚来踩,都可以踩做泥团踩做粉。这就来了拉夫的事情:恐怕被拉的人乘隙脱逃,便用长绳一个联一个拴着胳臂,几个弟兄在前,几个弟兄在后,一串一串牵着走。因此,大家对于出门这件事都觉得危惧,万不得已时,也只从小巷僻路走,甚至佩着红十字徽章如潘先生之辈,也不免怀着戒心,不敢大模大样地踱来踱去。于是让里的街道见得又清静又宽阔了。

　　上海的报纸好几天没来。本地的军事机关却常常有前方的战报公布出来,无非是些"敌军大败,我军进展若干里"的话。街头巷口贴出一张新鲜的战报时,也有些人慢慢聚集拢来,注目看着。但大家看罢以后依然不能定心,好似这布告背后还有许多话没说出来,于是怅怅地各自散了,眉头照旧皱着。

　　这几天潘先生无聊极了。最难堪的,自然是妻儿远离,而且消息不通,而且似乎有永远难通的朕兆。次之便是自身的问题,"碧庄冲过来只一百多里路,这徽章虽说有用处,可是没有人写过笔据,万一没有用,又向谁去说话?——枪子炮弹劫掠放火都是真家伙,不是耍的,到底要多打听多走门路才行。"他于是这里那里探听前方的消息,只要这消息与外间传说的不同,便觉得真实的成分越多,即根据着盘算对于自身的利害。街上如其有一个人神色仓皇急忙行走时,他便突地一惊,以为这个人一定探得确实而又可怕的消息了;只因与他不相识,"什么!"一声就在喉际咽住了。

　　红十字会派人在前方办理救护的事情,常有人搭着兵车回来,要打听消息自然最可靠了。潘先生虽然是个会员,却不常到办事处去探听,以为这样就是对公众表示胆怯，很不好意思。然而红十字会究竟是可以得到真消息的机关，舍此他求未免有点傻，于是每天傍晚到姓吴的办事员家里去打听。姓吴的告诉他没有什么，或者说前方抵住在那里，他才透了口气回家。

这一天傍晚，潘先生又到姓吴的家里；等了好久，姓吴的才从外面走进来。

"没有什么吧？"潘先生急切地问。"照布告上说，昨天正向对方总攻击呢。"

"不行，"姓吴的忧愁地说；但随即咽住了，捻着唇边仅有的几根二三分长的髭须。

"什么！"潘先生心头突地跳起来，周身有一种拘牵不自由的感觉。

姓吴的悄悄地回答，似乎防着人家偷听了去的样子，"确实的消息，正安（距碧庄八里的一个镇）今天早上失守了！"

"啊！"潘先生发狂似地喊出来。顿了一顿，回身就走，一壁说道，"我回去了！"

路上的电灯似乎特别昏暗，背后又仿佛有人追赶着的样子，惴惴地，歪斜的急步赶到了家，叮嘱王妈道，"你关着门安睡好了，我今夜有事，不回来住了。"他看见衣橱里有一件绉纱的旧棉袍，当时没收拾在寄出去的箱子里，丢了也可惜；又有孩子的几件布夹衫，仔细看时还可以穿穿；又有潘师母的一条旧绸裙，她不一定舍得便不要它；便胡乱包在一起，提着出门。

"车！车！福星街红房子，一毛钱。"

"哪里有一毛钱的？"车夫懒懒地说。"你看这几天路上有几辆车？不是拼死寻饭吃的，早就躲起来了。随你要不要，三毛钱。"

"就是三毛钱，"潘先生迎上去，跨上脚踏坐稳了，"你也得依着我，跑得快一点！"

"潘先生，你到哪里去？"一个姓黄的同业在途中瞥见了他，站定了问。

"哦，先生，到那边……"潘先生失措地回答，也不辨问他的是谁；忽然想起回答那人简直是多事——车轮滚得绝快，那人决不会赶上来再问，——便缩住了。

红房子里早已住满了人，大都是十天以前就搬来的，儿啼人语，灯火这边那边亮着，颇有点热闹的气象。主人翁见面之后，说，"这里实在没有余屋了。但是先生的东西都寄在这里，也不好拒绝。刚才有几位匆忙地赶来，也因不好拒绝，权且把一间做厨房的厢房让他们安顿。现在去同他们商量，总可以多插你先生一个。"

"商量商量总可以，"潘先生到了家似地安慰。"何况在这样时候。我也不预备睡觉，随便坐坐就得了。"

他提着包裹跨进厢房的当儿，以为自己受惊太厉害了，眼睛生了翳，因而引起错觉；但是闭一闭眼睛再睁开来时，所见依然如前，这靠窗坐着，在那里同对面的人谈话，上唇翘起两笔浓须的，不就是教育局长么？

他顿时踌躇起来，已跨进去的一只脚想要缩出来，又似乎不大好。那局长也望见了他，尴尬的脸上故作笑容说，"潘先生，你来了，进来坐坐。"主人翁听了，知道他们是相识的，转身自去。

"局长先在这里了。还方便吧，再容一个人？"

"我们只三个人，当然还可以容你。我们带着席子；好在天气不很凉，可以轮流躺着歇歇。"

潘先生觉得今晚上局长特别可亲，全不像平日那副庄严的神态，便忘形地直跨进去说，"那么不客气，就要陪三位先生过一夜了。"

这厢房不很宽阔。地上铺着一张席子，一个戴眼镜的中年人坐在上面，略微有疲倦的神色，但绝无欲睡的意思。锅灶等东西贴着一壁。靠窗一排摆着三只凳子，局长坐一只，头发梳得很光的二十多岁的人，局长的表弟，坐一只，一只空着。那边的墙角有一只柳条箱，三个衣包，大概就是三位先生带来的。仅仅这些，房间里已没有空地了。电灯的光本来很弱，又蒙上了一层灰尘，照得房间里的人物都昏黯模糊。

潘先生也把衣包放在那边的墙角，与三位的东西合伙。回过来谦逊地坐上那只空凳子。局长给他介绍了自己的同伴，随说，"你也听到了正安的消息么？"

"是呀，正安。正安失守，碧庄未必靠得住呢。"

"大概这方面对于南路很疏忽，正安失守，便是明证。那方面从正安袭取碧庄是最便当的，说不定此刻已被他们得手了。要是这样，不堪设想！"

"要是这样，这里非糜烂不可！"

"但是，这方面的杜统帅不是庸碌无能的人，他是著名善于用兵的，大约见得到这一层，总有方法抵挡得住。也许就此反守为攻，势如破竹，直捣那方面的巢穴呢。"

"若能这样，战事便收场了，那就好了！——我们办学的就可以开起学来，照常进行。"

局长一听到办学，立刻感到自己的尊严，捻着浓须叹道，"别的不要讲，这一场战争，大大小小的学生吃亏不小呢！"他把坐在这间小厢房里的局促不舒的感觉忘了，仿佛堂皇地坐在教育局的办公室里。

坐在席子上的中年人仰起头来含恨似地说，"那方面的朱统帅实在可恶！这方面打过去，他抵抗些什么，——他没有不终于吃败仗的。他若肯漂亮点儿让了，战事早就没有了。"

"他是傻子，"局长的表弟顺着说，"不到尽头不肯死心的。只是连累了我们，这当儿坐在这又暗又窄的房间里。"他带着玩笑的神气。

潘先生却想念起远在上海的妻儿来了。他不知道他们可安好，不知道他们出了什么乱子没有，不知道他们此刻睡了不曾，抓既抓不到，想象也极模糊；因而想自己的被累要算最深重了，凄然望着窗外的小院子默不作声。

"不知道到底怎么样呢！"他又转而想到那个可怕的消息以及意料所及的危险，不自主地吐露了这一句。

"难说，"局长表示富有经验的样子说。"用兵全在趁一个机，机是刻刻变化的，也许竟不为我们所料，此刻已……所以我们……"他对着中年人一笑。

中年人，局长的表弟同潘先生三个已经领会局长这一笑的意味；大家想坐在这地方总不至于有什么,也各安慰地一笑。

小院子里长满了草,是蚊虫同各种小虫的安适的国土。厢房里灯光亮着,虫子齐飞了进来。四位怀着惊恐的先生就够受用了;扑头扑面的全是那些小东西,蚊虫突然一针,痛得直跳起来。又时时停语侧耳,惶惶地听外边有没有枪声或人众的喧哗。睡眠当然是无望了,只实做了局长所说的轮流躺着歇歇。

下一天清晨,潘先生的眼球上添了几缕红丝;风吹过来,觉得身上很凉。他急欲知道外面的情形,独个儿闪出红房子的大门。路上同平时的早晨一样,街犬竖起了尾巴高兴地这头那头望,偶尔走过一两个睡眼惺忪的人。他走过去,转入又一条街,也听不见什么特别的风声。回想昨夜的匆忙情形,不禁心里好笑。但是再一转念,又觉得实在并无可笑,小心一点总比冒险好。

二十余天之后,战事停止了。大众点头自慰道,"这就好了!只要不打仗,什么都平安了!"但是潘先生还不大满意,铁路还没通,不能就把避居上海的妻儿接回来。信是来过两封了,但简略得很,比不看更教他想念。他又恨自己到底没有先见之明;不然,这一笔冤枉的逃难费可以省下,又免得几十天的孤单。

他知道教育局里一定要提到开学的事情了,便前去打听。跨进招待室,看见局里的几个职员在那里裁纸磨墨,像是办喜事的样子。

一个职员喊道,"巧得很,潘先生来了!你写得一手好颜字,这个差使就请你当了吧。"

"这么大的字,非得潘先生写不可,"其余几个人附和着。

"写什么东西?我完全茫然。"

"我们这里正筹备欢迎杜统帅凯旋的事务。车站的两头要搭起四个彩牌坊,让杜统帅的花车在中间通过。现在要写的就是牌坊上的几个字。"

"我哪里配写这上边的字?"

"当仁不让,""一致推举,"几个人一哄地说;笔杆便送到潘先生手里。

潘先生觉得这当儿很有点意味,接了笔便在墨盆里蘸墨汁。凝想一下,提起笔来在蜡笺上一并排写"功高岳牧"四个大字。第二张写的是"威镇东南"。又写第三张,是"德隆恩溥"。——他写到"溥"字,仿佛看见许多影片,拉夫,开炮,焚烧房屋,奸淫妇人,菜色的男女,腐烂的死尸,在眼前一闪。

旁边看写字的一个人赞叹说,"这一句更见恳切。字也越来越好了。"

"看他对上一句什么,"又一个说。

作品赏析:

《潘先生在难中》以细腻的笔触为我们描摹了一个典型的知识阶层小人物在战时可笑的心态。战争让潘先生慌乱无措,急着举家逃难,而逃难中的手拉手的细节更是让人含泪而笑,显然这在杂乱的火车站,是个地道而且迂腐的可笑动作。逃离后的张狂,战争稍微平息就预测和平而匆忙赶回学校,展示了小知识阶层的勇敢和尽责的一面;而当战争刚又打响,就又慌乱逃向红十字会,甚者听到了别人恶毒的诅咒:那方面的朱统帅实在可恶,这方面打过去,他抵抗什么呢。文章展现了潘先生侥幸的心理:既想保全自家的生命安全,又想在战乱中博得一个好的名声,结果在自己目光短浅的预测中,让自己饱受惊吓,可谓多灾多难,又有点滑稽。

本文故事结构紧凑,从一个逃难到另外一个逃难将潘先生的整个心理流变过程展现得淋漓尽致,让我们看到了这颗其实脆弱的心,在人生的苦难中艰涩地挣扎着,既有细节的详细刻画又有勾勒式的简洁,从各个不同的角度为我们塑造了潘先生的形象,以及这个形象背后的心灵激荡。

◇最好的小说

逃 走 /郁达夫

入选理由
作家郁达夫忧郁唯美的小说篇章之一
展现了青春期男孩的羞怯与忧郁
文章语言俊秀,有强烈的主观抒情性

　　圆通庵在东山的半腰。前后左右参差掩映着的竹林老树、岩石苍苔等,都像中国古画里的花青赭石,点缀得虽很凌乱,但也很美丽。

　　山脚下是一条曲折的石砌小道,向西是城河,虽则已经枯了,但秋天的实实在在的一点芦花浅水,却比什么都来得有味儿。城河上架着一根石桥,经过此桥,一直往西,可以直达到热闹的F市的中心。

　　半山的落叶,传达了秋的消息,几日间的凉意,把这小小的F市也从暑热的昏乱里唤醒了转来,又是市民举行盂兰盆会的时节了。

　　这一年圆通庵里的盂兰盆会,特别的盛大,因为正和新塑的一尊韦驮佛像开光并合在一道。庵前墙上贴在那里的那张黄榜上写着有三天三夜的韦驮经忏和一堂大施饿鬼的平安焰口。

　　新秋七月初旬的那天晴朗的早晨,交错在F市外的几条桑麻野道之上,

作者简介

　　郁达夫(1896—1945)的名誉一直与他的自叙传的写作手法联系在一起。这是一个典型的在中国古典文学氛围中浸润成长,又在日本开放的社会吸气,以及外来西方思想渗透中艰难挣扎着的伟大作家,也可以说他的风格在整个文学史上绝无仅有。有人称他为多愁善感的男子,带着绝妙的忧郁情怀,和对女子独特的钟情,写下了像《沉沦》《春风沉醉的晚上》《迟桂花》这样不朽的篇章,展现了一个忧郁者寻找宣泄的情怀,毫无隐讳地畅写了自己的苦闷情绪,以惊人的取材和大胆的描绘震惊了整个中国文坛。而在其余的著作中还包括了影响深远的《达夫游记》《羁旅处处》《闲书》,为中国文学史缔写了不朽的篇章。

便有不少的善男信女，提着香篮，套着黄袋，在赴圆通庵去参与胜会，其中尤以年近六十左右的老妇人为最多。

在这一群虔诚的信者中间，夹着在走的，有一位体貌清癯，头发全白，穿着一件青竹布衫蓝夏布裙，手里支着一枝龙头木杖的老妇人。在她的面前，有一位十二三岁的清秀的孩子，穿了一件竹布长衫，提着香篮，在作她的先导。她似乎是本地的缙绅人家的所出，一路上来往的行人，见了她和她招呼问答的很多很多。她立住了脚在和人酬应的中间，前面的那小孩子，每要一个人远跑开去，这时候她总放高了柔和可爱的喉音叫着：

"澄儿啊！走得那么快干什么？"

于是被叫作澄儿者，总红着脸，马上就立下来静站在道旁等她慢慢的到来。

太阳已经很高了，野路上摇映着桑树枝的碎影。净碧的长空里，时时飞过一块白云，野景就立刻会变一变光线，高地和水田中间的许多绿色的生物，就会明一层暗一层的移动一回。树枝上的秋蝉也会一时噤住不响，等一息再一齐放出声来。

这一次澄儿又被叫了，他就又静站在道旁的野草中间等她。可是等她慢慢的走到了他面前的时候，他却脸上露着了一脸不耐烦的神气，光着了他黑晶晶的两只大眼对她说：

"奶奶！你走得快一点吧，少和人家说几句话，我的两只手提香篮已经提得怪酸痛了。"

说着他就把左手提着的香篮换入了右手。他的奶奶——祖母——听了他这怨声，心里也似乎感到了痛惜他的意思，所以就作了满脸慈和的笑容安抚他说：

"乖宝，今天可难为你了。"

走到将近石桥旁边的三叉路口的时候，澄儿偶然举起头来，在南面的那条沿山的小道上，远远却看见了一位额上披着黑发，皮肤洁白，衣服很整洁的小姑娘也在向着到圆通庵去的大道上走。在这小姑娘前面走着的，他一眼看了就晓得她家里的使唤丫头，后面慢慢跟着的，当然是她的母亲。澄儿的心跳跃起来了，脸上也立时涨满了血潮。他伏倒了头，加紧了脚步，拼命的往石桥上赶，意思是想跑上她们的先，追过她们的头，不被她们看见这一种窘状。赶走了十几步路，果然后面他的祖母又叫起他来了；这一回他却不再和从前一样的柔顺，不再静站在道旁等她了，因为他心里明明知道，祖母又在和陶家的寡妇谈天了，而这寡妇的女儿小莲英哩，却是使他感到窘迫的正因。

他急急的走着，一面在他昏乱的脑里，却在温寻他和莲英见面的前后几回的情景。第一次的看到莲英，他很明细地记着的，是在两年前的一天春天的午后。他刚从小学校放学出来，偶尔和几位同学，跑上了轮船码头，想打那里经过之后，就上东山前的雷祖殿丢闲耍的，可是汽笛叫了两声，晚轮船正巧到了码头了，几位朋友就和他一齐上轮船公司的码头岸上去看了一回热闹。在这热闹的旅客丛中，他突然看见了这一位年纪和他相仿，头上梳着两支丫髻，皮肤细白得同水磨粉一样的莲英。他看得疯魔了，同学们在边上催他走，他也没有听到。一直到旅客走尽，莲英不知走向了什么地方去的时候，他的同学中间的一个，拉着他的手取笑他说：

"喂！树澄！你是不是看中了那个小姑娘了？要不要告诉你一个仔细？她是住在我们间壁的陶寡妇的女儿小莲英，新从上海她叔父那里回来的。你想她么？你想她，我就替你做媒。"

听到了这位淘气同学的嘲笑，他才同醒了梦似的恢复了常态，涨红了脸，和那位同学打了起来。结果弄得雷祖殿也没有去成，他一个人就和他们分了手跑回到家里来了。

自从这一回之后，他的想见莲英的心思，一天浓似一天，可是实际上的他的行动，却总和这一个心思相反。莲英的住宅的近旁，他绝迹不敢去走，就是平时常常进出的那位淘气同学的家里，他也不敢去了。有时候到了忍无可忍的时候，他就在昏黑的夜里，偷偷摸摸的从家里出来，心里头一个人想了许多口实，路线绕之又绕，捏了几把冷汗，鼓着勇气，费许多顾虑，才敢从她的门口走过一次。这时候他的偷视的眼里所看到的，只是一道灰白的围墙，和几口关闭上的门窗而已。可是关于她的消息，和她家里的动静行止，他却自然而然不知从哪里得来地听得十分的详细。他晓得她家里除她母亲而外，只有一个老佣妇和一个使唤的丫头。他晓得她常要到上海的她叔父那里去住的。他晓得她在F市住着的时候，和她常在一道玩的，是哪几个女孩。他更晓得一位他的日日见面，再熟也没有的珍珠，是她的最要好的朋友。而实际上有许多事情，他却也是在装作无意的中间，从这位珍珠那里听取了来的。不消说对珍珠启口动问的勇气，他是没有的，就是平时由珍珠自动地说到莲英的事情的时候，他总要装出一脸毫无兴趣绝不相干的神气来；而在心里呢，他却只在希望珍珠能多说一点陶家家里的家庭琐事。

第二次的和她见面，是在这一年的九月，当城隍庙在演戏的晚上。他也和今天一样，在陪了他的祖母看戏。他们的座位恰巧在她们的前面，这一晚弄得他眼昏耳热，和坐在针毡上一样，头也不敢朝一朝转来，话也不敢说一句。昏昏的过了半夜，等她们回去了之后，他又同失了什么珍宝似的心里只想哭出来。当然看的是什么几句戏，和那一晚是什么时候回来的那些事情，他是茫然想不起来了。

第三次的相见，是去年的正月里，当元宵节的那一天早晨，他偶一不慎，竟跟了许多小孩，和一群龙灯乐队，经过了她的门口。他虽则在热闹乱杂之中瞥见了她一眼，但当他正行经过她面前的时候，却把双眼朝向了别处，装作了全没有看见她的样子。

"今天是第四次了！"他一边急急的走着，一边就在昏乱的脑里想这些过去的情节。想到了今天的逃不过的这一回公然的相见，他心里又起了一种难以名状的苦闷。"逃走吧！"他想，"好在圆通庵里今天人多得很，我就从后门逃出，逃上东山顶上去吧！"想定了这一个逃走的计策之后，他的脚步欲加走得快了。

赶过了几个同方向走去的香客，跑上山路，将近庵门的台阶的时候，门前站着的接客老道,早就看见了他了。

"澄官!奶奶呢?你跑得那么快赶什么?"

听到了这认识的老道的语声,他就同得了救的遇难者一样,脸上也自然而然的露了一脸笑容。抢上了几步,将香篮交给了老道,他就喘着气,匆促地回答说:

"奶奶后面就到了,香篮交给你,我要上山去玩去。"

这几句话还没有说完,他就挤进了庵门,穿过了大殿,从后面一扇朝山开着的小门里走出了庵院,打算爬上山去,躲避去了。

F市是钱塘江岸的一个小县城,市上倒也有三四千户人家。因为江流直下,到此折而东行,所以在往昔帆船来往的时候,F市是一个停船暂息的好地方。可是现在轮船开行之后,F市的商业却凋敝得多了。和从前一样地清丽可爱的只是环绕在F市周围的旧日的高山流水。实在这F市附近的天然风景,真有秀逸清高的妙趣,决不是离此不远的浓艳的西湖所能比得上万分之一的。一条清澄澈底的江水,直泻下来,到F市而转换行程,仿佛是南面来朝的千军万马。沿江的两岸,是接连不断的青山,和遍长着杨柳桃花的沙渚。大江到岸,曲折向东,因而江心开畅,比扬子江的下流还要辽阔。隔岸的烟树云山,望过去缥缈虚无,只是青青的一片。而这前面临江的F市哩,北东西三面,又有婉蜒似长蛇的许多山岭围绕在那里。东山当市之东,直冲在江水之中,由隔岸望来,绝似在卧饮江水的蛟龙的头部。满山的岩石,和几丛古村里的寺观僧房,又绝似蛟龙头上的须眉角鼻,各有奇姿,各具妙色。东山迤逦北延,愈近愈高,连接着插入云峰的舒姑山岭,兀立在F市的北面,却作了挡住北方烈悍之风的屏障。舒姑山绕而西行,像一具长弓,弓的西极,回过来遥遥与大江西岸的诸峰相接。

像这样的一个名胜的F市外,寺观庵院的毗连兴起原是当然的事情。而在这些南朝四百八十的古寺中间,楼台建筑得比较完美的,要算东山头上高临着江渚的雷祖师殿,和殿后的恒济仙坛,与在东山四面,靠近北郊的这一个圆通庵院。

树澄逃出了庵门，从一条斜侧的小道，慢慢爬上山去。爬到了山的半峰，他听见脚下庵里亭铜亭铜的钟磬声响了。渐爬渐高，爬到山脊的一块岩石上立住的时候，太阳光已在几棵老树的枝头，同金粉似的洒了下来。这时候他胸中的跳跃，已经平稳下去了。额上的珠汗，用长衫袖子来擦了一擦，他回头来向西望了许多时候。脚下圆通庵里的钟磬之声，愈来愈响了，看将下去，在庵院的瓦上，更有几缕香烟，在空中飞扬缭绕，虽然是很细，但却也很浓。更向西直望，是一块有草树长着的空地，再西便是F市的万千烟户了。太阳光平晒在这些草地屋瓦和如发的大道之上，野路上还有络绎不绝的许多行人，如小动物似的拖了影子在向圆通庵里走来。更仰起头来从树枝里看了一忽茫苍无底的青空，不知怎么的一种莫名其妙的淡淡的哀思，忽然涌上了他的心头。他想哭，但觉得这哀思又没有这样的剧烈；他想笑，但又觉得今天的遭遇，并不是快乐的事情。一个人呆呆的在大树下的岩石上，立了半天，在这一种似哀非哀，似乐非乐的情怀里惝恍了半天，忽儿听见山下半峰中他所刚才走过的小径上又有人语响了。他才从醒了梦似的急急跑进了山顶一座古庙的壁后去躲藏。

　　这里本来是崎岖的山路，并且又径仄难行，所以除樵夫牧子而外，到这山顶上来的人原是很少。又因为几月来夏雨的浇灌，道旁的柴木，也已经长得很高了。他听见了山下小径上的人语，原看不出是怎样的人，也在和他一样的爬山望远的；可是进到了古庙壁后去躲了半天；也并没有听出什么动静来。他正在笑自己的心虚，疑耳朵的听觉的时候，却忽然在他所躲藏的壁外窗下，有一种极清晰的女人声气在说话了：

　　"阿香！这里多么高啊，你瞧，连那奎星阁的屋顶，都在脚下了。"

　　听到了这声音，他全身的血液马上就凝住了，脸上也马上变成了青色。他屏住气息，更把身子放低了一段，可以不使窗外的人看见听见，但耳朵里他却只听见自己的心脏鼓动得特别的响。咬紧牙齿把这同死也似的苦闷忍抑了一下，他听见阿香的脚步，走往南去了，心里倒宽了宽。又静默挨忍了几分如年的时刻，他觉得她们已经走远了，才把身体挺直了起来，从瓦楞窗的最低一格里，向外望了出去。

他的预算大错了，离窗外不远，在一棵松树的根头，莲英的那个同希腊石刻似的侧面，还静静地呆住在那里。她身体的全部，他看不到，从他那窗眼里望去，他只看见了一头黑云似的短发和一只又大又黑的眼睛。眼睛边上，又是一条雪白雪白高而且狭的鼻梁。她似乎是在看西面市内的人家，眼光是迷离浮散在远处的，嘴唇的一角，也包得非常之紧，这明明是带忧愁的天使的面容。

他凝视着她的这一个侧面，不晓有多少时候，身体也忘了再低伏下去了，气息也吐不出来了，苦闷，惊异，怕惧，懊恼，凡一切的感情，都似乎离开了他的躯体，一切的知觉，也似乎失掉了。他只同在梦里似的听到了一声阿香在远处叫她的声音，他又只觉得在他那窗眼的世界里，那个侧面忽儿消失了。不知她去远了多少时候，他的睁开的两只大眼，还是呆呆的睁着在那里，在看山顶上的空处。直到一阵山下庵里的单敲皮鼓的声音，隐隐传到了他的耳朵里的时候，他的神思才恢复了转来。他撇下了他的祖母，撇下了他祖母的香篮，撇下了中午圆通庵里缋客的丰盛的素斋果实，一出那古庙的门，就同患热病的人似的一直一直的往后山一条小道上飞跑走了，头也不敢回一回，脚也不敢息一息地飞跑走了。

作品赏析：

郁达夫的小说在评论家眼里，就像自传一般浸透着个人的性情，宛似一个忧郁症的孩子面对着善良温存的女子，想着向她吐露自己的情意，却又害怕被拒绝的莫名的感伤，单纯而沉重。

在《逃走》中展现的正是这样的思想。树澄在一次赶盂兰盆会到圆通庵的路上，不巧遇上了自己暗恋的小莲英，因为害怕自己贪恋的心被对方发现，而躲躲闪闪急切想着跑开。他见过四次小莲英，却害怕和她正式接触，据评论家说这是典型的单相思的病症。

在文章中郁达夫将这种心态表达得淋漓尽致，一种既甜蜜又悲哀的念头，就像文章中所说的：不知怎么的一种莫名其妙的淡淡的哀思，忽然涌上了他的心头。他想哭，但觉得这哀思又没有这样的剧烈；他想笑，但又觉得今天的遭遇，并不是快乐的事情。这是一种绝妙的心理刻画，将青春期男孩的放肆与羞怯展露无遗，语言幽婉，读来让人哀伤，既感受了文章本身的真率，又体验了这一层心灵的辨析。他的文字是才华的凝结，有着西方式的悠长，但却显得自然和婉，语到情致，无限延伸了读者心灵的承受度。

春风沉醉的晚上 /郁达夫

入选理由
郁达夫的小说代表作之一
中国现代文学史上最早表现工人生活的杰作之一
被认为是"五四"优秀短篇小说园地中的一朵奇葩

一

在沪上闲居了半年，因为失业的结果，我的寓所迁移了三处。最初我住在静安寺路南的一间同鸟笼似的永也没有太阳晒着的自由的监房里。这些自由的监房的住民，除了几个同强盗小窃一样的凶恶裁缝之外，都是些可怜的无名文士，我当时所以送了那地方一个Yellow Grub Street的称号。在这Grub Street里住了一个月，房租忽涨了价，我就不得不拖了几本破书，搬上跑马厅附近一家相识的栈房里去。后来在这栈房里又受了种种逼迫，不得不搬了，我便在外白渡桥北岸的邓脱路中间，日新里对面的贫民窟里，寻了一间小小的房间，迁移了过去。

邓脱路的这几排房子，从地上量到屋顶，只有一丈几尺高。我住的楼上的那间房间，更是矮小得不堪。若站在楼板上伸一伸懒腰，两只手就要把灰黑的屋顶穿通的。从前面的弄里踱进了那房子的门，便是房主的住房。在破布，洋铁罐，玻璃瓶，旧铁器堆满的中间，侧着身子走进两步，就有一张中间有几根横档跌落的梯子靠墙摆在那里。用了这张梯子往上面的黑黝黝的一个二尺宽的洞里一接，即能走上楼去。黑沉沉的这层楼上，本来只有猫额那样大，房主人却把它隔成了两间小房，外面一间是一个N烟公司的女工住在那里，我所租的是梯子口头的那间小房，因为外间的住者要从我的房里出入，所以我的每月的房租要比外间的便宜几角小洋。

我的房主，是一个五十来岁的弯腰老人。他的脸上的青黄色里，映射着一层暗黑的油光。两只眼睛是一只大一只小，颧骨很高，额上颊上的几条皱纹里满砌着煤灰，好像每天早晨洗也洗不掉的样子。他每日于八九点钟的时候起来，咳嗽一阵，便挑了一双竹篮出去，到午后的三四点钟总仍旧是挑了一双空篮回来的；有时挑了满担回来的时候，他的竹篮里便是那些破布，破铁器，玻璃瓶之类。像这样的晚上，他必要去买些酒来喝喝，一个人坐在床沿上瞎骂出许多不可捉摸的话来。

我与间壁的同寓者的第一次相遇，是在搬来的那天午后。春天的急景已经快晚了的五点钟的时候，我点了一支蜡烛，在那里安放几本刚从栈房里搬过来的破书。先把它们叠成了两方堆，一堆小些，一堆大些，然后把两个二尺长的装画的画架覆在大一点的那堆书上。因为我的器具都卖完了，这一堆书和画架白天要当写字台，晚上可当床睡的。摆好了画架的板，我就朝着了这张由书叠成的桌子，坐在小一点的那堆书上吸烟，我的背系朝着梯子的接口的。我一边吸烟，一边在那里呆看放在桌上的蜡烛火，忽而听见梯子口上起了响动，回头一看，我只见了一个自家的扩大的投射影子，此外什么也辨不出来，但我的听觉分明告诉我说："有人上来了。"我向暗中凝视了几秒钟，一个圆形灰白的面貌，半截纤细的女人的身体，方才映到我的眼帘上来。一见了她的容貌，我就知道她是我的间壁的同居者了。因为我来找房子的时候，那房主的老人便告诉我说，这屋里除了他一个人外，楼上只住着一个女工。我一则喜欢房价的便宜，二则喜欢这屋里没有别的女人小孩，所以立刻就租定了的。等她走上了梯子，我才站起来对她点了点头说：

"对不起，我是今朝才搬来的，以后要请你照应。"

她听了我这话，也并不回答，放了一双漆黑的大眼，对我深深的看了一眼，就走上她的门口去开了锁，进房去了。我与她不过这样的见了一面，不晓是什么原因，我只觉得她是一个可怜的女子。她的高高的鼻梁，灰白长圆的面貌，清瘦不高的身体，好像都是表明她是可怜的特征，但是当时正为了生活问题在那里操心的我，也无暇去怜惜这还未曾失业的女工，过了几分钟我又动也不动的坐在那一小堆书上看蜡烛光了。

在这贫民窟里过了一个多礼拜，她每天早晨七点钟去上工和午后六点多钟下工回来，总只见我呆呆的对着了蜡烛或油灯坐在那堆书上。大约她的好奇心被我那痴不痴呆不呆的态度挑动了罢，有一天她下了工走上楼来的时候，我依旧和第一天一样的站起来让她过去。她走到了我的身边忽而停住了脚，看了我一眼，吞吞吐吐好像怕什么似的问我说：

"你天天在这里看的是什么书？"

（她操的是柔和的苏州音，听了这一种声音以后的感觉，是怎么也写不出来的，所以我只能把她的言语译成普通的白话。）

我听了她的话，反而脸上涨红了。因为我天天呆坐在那里，面前虽则有几本外国书摊着，其实我的脑筋昏乱得很，就是一行一句也看不进去。有时候我只用了想像在书的上一行与下一行中间的空白里，填些奇异的模型进去。有时候我只把书里边的插画翻开来看看，就了那些插画演绎些不近人情的幻想出来。我那时候的身体因为失眠与营养不良的结果，实际上已经成了病的状态了。况且又因为我的惟一的财产的一件棉袍子已经破得不堪，白天不能走出外面去散步和房里全没有光线进来，不论白天晚上，都要点着油灯或蜡烛的缘故，非但我的全部健康不如常人，就是我的眼睛和脚力，也局部的非常萎缩了。在这样状态下的我，听了她这一问，如何能够不红起脸来呢？所以我只是含含糊糊的回答说：

"我并不在看书,不过什么也不做呆坐在这里,样子一定不好看,所以把这几本书摊放着的。"

她听了这话,又深深的看了我一眼,作了一种不了解的形容,依旧的走到她的房里去了。

那几天里,若说我完全什么事情也不去找,什么事情也不曾干,却是假的。有时候,我的脑筋稍微清新一点下来,也曾译过几首英法的小诗,和几篇不满四千字的德国的短篇小说,于晚上大家睡熟的时候,不声不响的出去投邮,寄投给各新开的书局。因为当时我的各方面就职的希望,早已经完全断绝了,只有这一方面,还能靠了我的枯燥的脑筋,想想法子看。万一中了他们编辑先生的意,把我译的东西登了出来,也不难得着几块钱的酬报。所以我自迁移到邓脱路以后,当她第一次同我讲话的时候,这样的译稿已经发出了三四次了。

二

在乱昏昏的上海租界里住着,四季的变迁和日子的过去是不容易觉得的。我搬到了邓脱路的贫民窟之后,只觉得身上穿在那里的那件破棉袍子一天一天的重了起来,热了起来,所以我心里想:

"大约春光也已经老透了罢!"

但是囊中很羞涩的我,也不能上什么地方去旅行一次,日夜只是在那暗室的灯光下呆坐。有一天,大约是午后了,我也是这样的坐在那里,间壁的同住者忽而手里拿了两包用纸包好的物件走了上来,我站起来让她走的时候,她把手里的纸包放了一包在我的书桌上说:

"这一包是葡萄浆的面包,请你收藏着,明天好吃的。另外我还有一包香蕉买在这里,请你到我房里来一道吃罢!"

我替她拿住了纸包,她就开了门邀我进她的房里去。共住了这十几天,她好像已经信用我是一个忠厚的人的样子。我见她初见我的时候脸上流露出来的那一种疑惧的形容完全没有了。我进了她的房里,才知道天还未暗，因为她的房里有一扇朝南的窗，太阳反射的光线从这窗里投射进来，照见了小小的一间房，由二条板铺成的一张床，一张黑漆的半桌，一只板箱，一只圆凳。床上虽则没有帐子，但堆着有二条洁净的青布被褥。半桌上有一只小洋铁箱摆在那里，大约是她的梳头器具，洋铁箱上已经有许多油污的点子了。她一边把堆在圆凳上的几件半旧的洋布棉袄，粗布裤等收在床上，一边就让我坐下。我看了她那殷勤待我的样子，心里倒不好意思起来，所以就对她说：

"我们本来住在一处，何必这样的客气。"

"我并不客气，但是你每天当我回来的时候，总站起来让我，我却觉得对不起得很。"

这样的说着，她就把一包香蕉打开来让我吃。她自家也拿了一只，在床上坐下，一边吃一边问我说：

"你何以只住在家里，不出去找点事情做做？"

"我原是这样的想，但是找来找去总找不着事情。"

"你有朋友么？"

"朋友是有的，但是到了这样的时候，他们都不和我来往了。"

"你进过学堂么？"

"我在外国的学堂里曾经念过几年书。"

"你家在什么地方？何以不回家去？"

她问到了这里，我忽而感觉到我自己的现状了。因为自去年以来，我只是一日一日的萎靡下去，差不多把"我是什么人"，"我现在所处的是怎么一种境遇"，"我的心里还是悲还是喜"这些观念都忘掉了。经她这一问，我重新把半年来困苦的情形一层一层的想了出来。所以听她的问话以后，我只是呆呆的看她，半响说不出话来。她看了我这个样子，以为我也是一个无家可归的流浪人，脸上就立时起了一种孤寂的表情，微微的叹着说：

"唉！你也是同我一样的么？"

◇最好的小说

　　微微的叹了一声之后，她就不说话了。我看她的眼圈上有些潮红起来，所以就想了一个另外的问题问她说：

　　"你在工厂里做的是什么工作？"

　　"是包纸烟的。"

　　"一天做几个钟头工？"

　　"早晨七点钟起，晚上六点钟止，中上休息一个钟头，每天一共要做十个钟头的工。少做一点钟就要扣钱的。"

　　"扣多少钱？"

　　"每月九块钱，所以是三块钱十天，三分大洋一个钟头。"

　　"饭钱多少？"

　　"四块钱一月。"

　　"这样算起来，每月一个钟头也不休息，除了饭钱，可省下五块钱来。够你付房钱买衣服的么？"

　　"哪里够呢！并且那管理人又……啊啊！……我……我所以非常恨工厂的。你吃烟的么？"

　　"吃的。"

　　"我劝你顶好还是不吃。就吃也不要去吃我们工厂的烟。我真恨死它在这里。"

　　我看看她那一种切齿怨恨的样子，就不愿意再说下去。把手里捏着的半个吃剩的香蕉咬了几口，向四边一看，觉得她的房里也有些灰黑了，我站起来道了谢，就走回到了我自己的房里。她大约做工倦了的缘故，每天回来大概是马上就入睡的，只有这一晚上，她在房里好像是直到半夜还没有就寝。从这一回之后，她每天回来，总和我说几句话。我从她自家的口里听得，知道她姓陈，名叫二妹，是苏州东乡人，从小系在上海乡下长大的。她父亲也是纸烟工厂的工人，但是去年秋天死了。她本来和她父亲同住在那间房里，每天同上工厂去的，现在却只剩了她一个人了。她父亲死后的一个多月，她早晨上工厂去也一路哭了去，晚上回来也一路哭了回来的。她今年十七岁,也无兄弟姊妹,也无近亲的亲戚。她父亲死后的葬殓等事,是他于未死之前把十五块钱交给楼下的老人,托这老人包办的。她说:

"楼下的老人倒是一个好人,对我从来没有起过坏心,所以我得同父亲在日一样的去做工;不过工厂的一个姓李的管理人却坏得很,知道我父亲死了,就天天的想戏弄我。"

她自家和她父亲的身世,我差不多全知道了,但她母亲是如何的一个人,死了呢还是活在那里,假使还活着,住在什么地方等等,她却从来还没有说及过。

三

天气好像变了。几日来我那独有的世界,黑暗的小房里的腐浊的空气,同蒸笼里的蒸汽一样,蒸得人头昏欲晕。我每年在春夏之交要发的神经衰弱的重症,遇了这样的气候,就要使我变成半狂。所以我这几天来,到了晚上,等马路上人静之后,也常常走出去散步去。一个人在马路上从狭隘的深蓝天空里看看群星,慢慢的向前行走,一边作些漫无涯涘的空想,倒是于我的身体很有利益。当这样的无可奈何,春风沉醉的晚上,我每要在各处乱走,走到天将明的时候才回家里。我这样的走倦了回去就睡,一睡直可睡到第二天的日中,有几次竟要睡到二妹下工回来的前后方才起来。睡眠一足,我的健康状态也渐渐的回复起来了。平时只能消化半磅面包的我的胃部,自从我的深夜游行的练习开始之后,进步得几乎能容纳面包一磅了。这事在经济上虽则是一大打击,但我的脑筋,受了这些滋养,似乎比从前稍能统一。我于游行回来之后,就睡之前,却做成了几篇Allan Poe式的短篇小说,自家看看,也不很坏。我改了几次,抄了几次,一一投邮寄出之后,心里虽然起了些微细的希望,但是想想前几回的译稿的绝无消息,过了几天,也便把它们忘了。

邻住者的二妹,这几天来,当她早晨出去上工的时候,我总在那里酣睡,只有午后下工回来的时候,有几次有见面的机会。但是不晓是什么原因，我觉得她对我的态度，又回到从前初见面的时候的疑惧状态去了。有时候她深深的看我一眼，她的黑晶晶，水汪汪的眼睛里，似乎是满含着责备我规劝我的意思。

我搬到这贫民窟里住后，约摸已经有二十多天的样子。一天午后我正点上蜡烛，在那里看一本从旧书铺里买来的小说的时候，二妹却急急忙忙的走上楼来对我说：

"楼下有一个送信的在那里，要你拿了印子去拿信。"

她对我讲这话的时候，她的疑惧我的态度更表示得明显，她好像在那里说："呵呵，你的事件是发觉了啊！"我对她这种态度，心里非常痛恨，所以就气急了一点，回答她说：

"我有什么信？不是我的！"

她听了我这气愤愤的回答，更好像是得了胜利似的，脸上忽涌出了一种冷笑说：

"你自家去看罢！你的事情，只有你自家知道的！"

同时我听见楼底下门口果真有一个邮差似的人在催着说：

"挂号信！"

我把信取来一看，心里就突突的跳了几跳，原来我前回寄去的一篇德文短篇的译稿，已经在某杂志上发表了，信中寄来的是五元钱的一张汇票。我囊里正是将空的时候，有了这五元钱，非但月底要预付的来月的房金可以无忧，并且付过房金以后，还可以维持几天食料。当时这五元钱对我的效用的广大，是谁也不能推想得出来的。

第二天午后，我上邮局去取了钱，在太阳晒着的大街上走了一会，忽而觉得身上就淋出了许多汗来。我向我前后左右的行人一看，复向我自家的身上一看，就不知不觉的把头低俯了下去。我颈上头上的汗珠，更同盛雨似的，一颗一颗的钻出来了。因为当我在深夜游行的时候，天上并没有太阳，并且料峭的春寒，于东方微白的残夜，老在静寂的街巷中留着，所以我穿的那件破棉袍子，还觉得不十分与节季违异。如今到了阳和的春日晒着的这日中，我还不能自觉，依旧穿了这件夜游的敝袍，在大街上阔步，与前后左右的和节季同时进行的我的同类一比，我哪得不自惭形秽呢？我一时竟忘了几日后不得不付的房金，忘了囊中本来将尽的些微的积聚，便慢慢的走上了闸路的估衣铺去。好久不在天日之下行走的我，看看街上来往的汽车人力车，车中坐着的华美的少年男女，和马路两边的绸缎铺金银铺窗里的丰丽的陈设，听听四面的同蜂窬似的嘈杂的人声，脚步声，车铃声，一时倒也觉得是身到了大罗天上的样子。我忘记了我自家的存在，也想和我的同胞一样的欢歌欣舞起来，我的嘴里便不知不觉的唱起几句久忘了的京调来了。这一时的涅槃幻境，当我想横越过马路，转入闸路去的时候，忽而被一阵铃声惊破了。我抬起头来一看，我的面前正冲来了一乘无轨电车，车头上站着的那肥胖的机器手，伏出了半身，怒目的大声骂我说：

"猪头三！侬（你）艾（眼）睛勿散（生）咯！跌杀时，叫旺（黄）够（狗）抵侬（你）命噢！"

我呆呆的站住了脚，目送那无轨电车尾后卷起了一道灰尘，向北过去之后，不知是从何处发出来的感情，忽而竟禁不住哈哈哈哈的笑了几声。等得四面的人注视我的时候，我才红了脸慢慢的走向了闸路里去。

我在几家估衣铺里，问了些夹衫的价钱，还了他们一个我所能出的数目。几个估衣铺的店员，好像是一个师父教出的样子，都摆下了脸面，嘲弄着说：

"侬（你）寻萨咯（什么）凯（开）心！马（买）勿起好勿要马（买）咯！"

一直问到五马路边上的一家小铺子里，我看看夹衫是怎么也买不成了，才买定了一件竹布单衫，马上就把它换上。手里拿了一包换下的棉袍子，默默的走回家来。一边我心里却在打算：

"横竖是不够用了，我索性来痛快的用它一下罢。"同时我又想起了那天二妹送我的面包香蕉等物。不等第二次的回想，我就寻着了一家卖糖食的店，进去买了一块钱巧格力，香蕉糖，鸡蛋糕等杂食。站在那店里，等店员在那里替我包好来的时候，我忽而想起我有一月多不洗澡了，今天不如顺便也去洗一个澡罢。

洗好了澡，拿了一包棉袍子和一包糖食，回到邓脱路的时候，马路两旁的店家，已经上电灯了。街上来往的行人也很稀少，一阵从黄浦江上吹来的日暮的凉风，吹得我打了几个冷噤。我回到了我的房里，把蜡烛点上，向二妹的房门一照，知道她还没有回来。那时候我腹中虽则饥饿得很，但我刚买来的那包糖食怎么也不愿意打开来，因为我想等二妹回来同她一道吃。我一边拿出书来看，一边口里尽在咽唾液下去。等了许多时候，二妹终不回来，我的疲倦不知什么时候出来战胜了我，就靠在书堆上睡着了。

四

二妹回来的响动把我惊醒的时候，我见我面前的一枝十二盎司一包的洋蜡烛已经点去了二寸的样子，我问她是什么时候了？她说：

"十点的汽管刚刚放过。"

"你何以今天回来得这样迟？"

"厂里因为销路大了，要我们做夜工。工钱是增加的，不过人太累了。"

"那你可以不去做的。"

"但是工人不够，不做是不行的。"

她讲到这里，忽而滚了两粒眼泪出来，我以为她是做工做得倦了，故而动了伤感，一边心里虽在可怜她，但一边看了她这同小孩似的脾气，却也感着了些儿快乐。把糖食包打开，请她吃了几颗之后，我就劝她说：

"初做夜工的时候不惯，所以觉得困倦，做惯了以后，也没有什么的。"

她默默的坐在我的半高的由书叠成的桌上，吃了几颗巧格力，对我看了几眼，好像是有话说不出来的样子。我就催她说：

"你有什么话说？"

她又沉默了一会，便断断续续的问我说：

"我……我……早想问你了，这几天晚上，你每晚在外边，可在与坏人做伙友么？"

我听了她这话，倒吃了一惊，她好像在疑我天天晚上在外面与小窃恶棍混在一块。她看我呆了不答，便以为我的行为真的被她看破了，所以就柔柔和和的连续着说：

"你何苦要吃这样好的东西，要穿这样好的衣服？你可知道这事情是靠不住的。万一被人家捉了去，你还有什么面目做人。过去的事情不必去说它，以后我请你改过了罢……"

我尽是张大了眼睛，张大了嘴，呆呆的在看她，因为她的思想太奇突了，使我无从辩解起。她沉默了数秒钟，又接着说：

"就以你吸的烟而论，每天若戒绝了不吸，岂不可省几个铜子。我早就劝你不要吸烟，尤其是不要吸那我所痛恨的N工厂的烟，你总是不听。"

她讲到了这里，又忽而落了几滴眼泪。我知道这是她为怨恨N工厂而滴的眼泪，但我的心里，怎么也不许我这样的想，我总要把它们当做因规劝我而洒的。我静静儿的想了一会，等她的神经镇静下去之后，就把昨天的那封挂号信的来由说给她听，又把今天的取钱买物的事情说了一遍，最后更将我的神经衰弱症和每晚何以必要出去散步的原因说了。她听了我这一番辩解，就信用了我，等我说完之后，她颊上忽而起了两点红晕，把眼睛低下去看着桌上，好像是怕羞似的说：

"噢，我错怪你了，我错怪你了。请你不要多心，我本来是没有歹意的。因为你的行为太奇怪了，所以我想到了邪路里去。你若能好好儿的用功，岂不是很好吗？你刚才说的那——叫什么的——东西，能够卖五块钱，要是每天能做一个，多么好呢？"

我看了她这种单纯的态度，心里忽而起了一种不可思议的感情，我想把两只手伸出去拥抱她一回，但是我的理性却命令我说：

"你莫再作孽了！你可知道你现在处的是什么境遇！你想把这纯洁的处

女毒杀了么？恶魔，恶魔，你现在是没有爱人的资格的呀！"

我当那种感情起来的时候，曾把眼睛闭上了几秒钟，等听了理性的命令以后，才把眼睛开了开来，我觉得我的周围，忽而比前几秒钟更光明了。对她微微的笑了一笑，我就催她说：

"夜也深了，你该去睡了罢！明天你还要上工去的呢！我从今天起，就答应你把纸烟戒下来罢！"

她听了我这话，就站了起来，很喜欢的回到她的房里去睡了。

她去之后，我又换上一枝洋蜡烛，静静儿的想了许多事情：

"我的劳动的结果，第一次得来的这五块钱已经用去了三块了。连我原有的一块多钱合起来，付房钱之后，只能省下二三角小洋来，如何是好呢！

"就把这破棉袍子去当罢！但是当铺里恐怕不要。

"这女孩子真是可怜，但我现在的境遇，可是还赶她不上，她是不想做工而工作要强迫她做，我是想找一点工作，终于找不到。

"就去做筋肉的劳动罢！啊啊，但是我这一双弱腕，怕吃不下一部黄包车的重力。

"自杀！我有勇气，早就干了。现在还能想到这两个字，足证我的志气还没有完全消磨尽哩！

"哈哈哈哈！今天的那无轨电车的机器手！他骂我什么来？

"黄狗，黄狗倒是一个好名词。

……"

我想了许多零乱断续的思想，终究没有一个好法子，可以救我出目下的穷状来。听见工厂的汽笛，好像在报十二点钟了，我就站了起来，换上白天脱下的那件破棉袍子，仍复吹熄了蜡烛，走出外面去散步。

贫民窟里的人已经睡眠静了。对面日新里的一排临邓脱路的洋楼里，还有几家点着了红绿的电灯，在那里弹罢拉拉衣加。一声二声清脆的歌音，带着哀调，从静寂的深夜的冷空气里传到我的耳膜上来，这大约是俄国的飘泊的少女，在那里卖钱的歌唱。天上罩满了灰白的薄云，同腐烂的尸体似的沉沉的盖在那里。云层破处也能看得出一点两点星来，但星的近处，黝黝看得出来的天色，好像有无限的哀愁蕴藏着的样子。

作品赏析：

《春风沉醉的晚上》写于1923年7月，是郁达夫的小说代表作之一。

小说叙述了"五四"以后一对贫苦沦落的男女青年，同住在上海的一幢贫民窟里，由素不相识到相互关怀、同情的故事，刻画了一位正直、善良、真诚、乐于助人、身处厄境不失坚韧意志和反抗精神的烟厂女工陈二妹的形象。小说以黑暗污浊的大都市为背景，通过一对穷苦青年男女的平凡生活经历，揭示出深刻的社会矛盾，反映了下层人民的苦难，揭露出他们苦难的根源是阶级压迫和剥削，同时展现了他们善良美好的品质，歌颂了下层知识分子与穷苦工人之间的真挚友谊，也表露了作者对下层人民的同情和对黑暗现实的不满。小说结构严谨精巧，语言质朴，情节自然，层层推进，心理描写细微，无论在思想上，还是在艺术上，都有较高的价值，因此它历来被认为是"五四"优秀短篇小说园地中的一朵奇葩，我国现代文学中最早表现工人生活的优秀小说之一。

报施/茅盾

入选理由
茅盾的短篇小说经典
带着对人性的思考剖析人生的处境
文章结构自然，用语拙朴

一

朦胧中听得响亮的军号声，张文安便浑身一跳。眼皮重得很，睁不开，

◇最好的小说

但心下有数,这热惹惹地吹个不歇的,正是紧急集合号。

三年多的生活习惯已经养成了他的一种本领:半睡半醒,甚至嘴里还打着呼噜,他会穿衣服。刚穿上一半,他突然清醒了,睁开眼,纸窗上泛出鱼肚白,号声却还在耳朵里响。他呆了一会儿,便自己笑起来,低声说:"呸!做梦!"

睡意是赶跑了,他靠在床上,楞着眼,暂时之间像失掉了思索的能力,又像是有无数大小不等的东西没头没脑要挤进他脑子里来,硬不由他做主;但渐渐地,这些大小不等,争先抢后的东西自伙中间长出一个头儿来了,于是张文安又拾回了他的思索力,他这时当真是醒了。他回忆刚才那一个梦。

半月以前,因为一种军医不大有办法的疙瘩病,他迟疑了相当时间,终于向师长请准了长假,离开那服务了三年多的师部,离开那敌我犬牙交错,随时会发生激战的第×战区。他刚进那师部的时候,是一位文书上士,现在他离开,却已是文书上尉。他得了假条,得了一千元的盘缠,额外又得了师长给的一千元,说是给他买药的。临走的上一晚,同事们凑公份弄几样简单的酒菜,给他饯行。可是刚喝在兴头上,突然的,紧急集合号吹起来了。这原是家常便饭,但那时候,有几位同事却动了感情,代他

作者简介

茅盾(1896—1981),原名沈德鸿,字雁冰。曾经改编了新鸳鸯蝴蝶派的文学阵地《小说月报》,并使之成为中国文学研究与创作的前沿。写下经典巨著《幻灭》《动摇》《追求》《虹》和《子夜》,影响了一代中国读者。被誉为中国社会剖析派小说的典型代表,甚至有人认为茅盾的分析是陀思妥耶夫斯基式的心理现实主义。但真实的是在他的小说中,将法国、俄国的现实主义与中国古典形态的半白话小说完美地结合在一起,具备了巴尔扎克或者托尔斯泰式的叙述笔法。而最为批评家称道的是,在中国众多的学者作家把目光对准启蒙主义、人道主义甚或个人主义的时候,茅盾的文学意念中多了份产业意识和金融意识,而这在中国现代文学史上是唯一的,《子夜》即是典型的例子。

惋惜，恐怕第二天他会走不成。后来知道没事，又为他庆幸。当时他也激动得很，平时不大善于自我表现的他，这时也兴奋地说："要是发生战斗，我就不回去也没关系，我和大家再共一次生死！"

现在到了家了，不知怎地，这在师部里遇到的最后一次紧急集合号却又闯进了他在家第一晚的梦魂里。

像突然受惊而四散躲藏起来的小鸡又一只一只慢慢地躲躲闪闪地从角落里走了出来，梦境的节目也零零碎碎在他记忆中浮起。这是惊慌和喜悦，辛酸和甜蜜，过去和未来，现实和梦想，搅在了一起的。他闭着眼睛，仿佛又回到梦中：他出其不意地把一头牛买好，牵回家来，给两位老人家一种难以形容的惊喜，正跟他昨日傍晚出其不意走进了家门一样；但正当父亲含笑拍着牛的肩项的当儿，紧急集合号突然响了，于是未来的梦幻中的牛不见，过去的现实的军中伙伴们跳出来了。……

张文安裂开嘴巴无声地笑了起来，虽然是梦，他心里照样是甜甜蜜蜜的。回来时他一路上老在那里盘算那密密缝在贴身口袋里的几个钱，应作如何用途。师长给这一千元的时候，诚恳地嘱咐他：千万别胡乱花了，回家买药保养身体。他当时感动得几乎掉下眼泪来，他真诚地回答道："报告师长：我一定遵守师长的训示。身体第一，身体是我们最大最重要的本钱！"但上路后第一天，他就有了新的意见，师长的"身体第一"的训示，他还是服膺的，可是他又一点一点自信他这疙瘩病只要休养一个时期，多吃点肉，——至多像那位不爱多开口的军医说的多吃鸡蛋，就一定会好的；他觉得他应该省下这一千元孝敬父母，让父母拿这一千元去做一件更合算的事情。但父母拿这一千元又将怎样办呢？这一点，却费去了他半月旅程中整整大半时间的思索。母亲的心事他是知道的：把房子修补修补，再给他讨一房媳妇。父亲呢，老早就想买一条牛，他家自从最后一次内战时期损失了那壮健的花牛以后，父亲好几次筹划款项，打算再买一条，都没有成功。他料得到，父母将因此而发生争执，而结果，父亲一定会说，"文儿，师长给你买药的，你不可辜负人家的好意。"整整一星期,在路上闲着的时候,他老是一边伸手偷偷地摸着贴身口袋里那一叠钞票,一边思索着怎样解决这难题。后来到底被他想出一个很巧妙的办法来了:他将不说出他有这么一注钱,到家歇一天,他就背着父母买好一条牛,亲自牵回家,给父母骤然的一喜。

张文安越想越高兴,他的眼前便出现了一条美丽的黄牛,睁大了两只润泽有光的眼睛,嘴巴一扭一扭的,前蹄跪着,很悠闲地躺在那里。

张文安又忍不住笑了:这回却笑出声来,而笑声亦惊破了他的梦幻,他抬头一看,纸窗上已经染满了鲜艳的粉红色。邻家的雄鸡正在精神百倍地引颈高啼。隔壁父母房里已经有响动,父亲在咳嗽,母亲在倾倒什么东西到蔑箩里。

张文安也就起身,穿好了衣服,一边扣着钮子,一边他又计划着,如何到镇上找那熟识的董老爹,如何进行他那梦想中的机密大事。"也许钱不够,"——他担心地想,但又立刻自慰道,"差也差不了多少罢,好在路费上头还有得剩呢,这总该够了。"于是他又一度隔着衣服扪一下贴身口袋里那一叠票子,脸上浮过一个得意的微笑。

二

昨天到家,已经不早;两位老人家体恤儿子,说他路上辛苦了,略谈了几句家常话便催他去睡了。可是两位老人家自己却兴奋得很,好像拾得了一颗夜明珠,怕没有天亮的时候,连夜就去告诉了左邻右舍。老头子还摸黑走了一里路,找到他平日在茶馆里的几个老朋友,郑重其事倾吐了他心里的一团快乐。他又打听人家:"文书上尉这官阶有多大?"老头子心里有个计较:为了庆贺儿子的荣归,他应当卖掉一担包谷摆两桌酒请一次客,他要弄明白儿子的官阶有多大,然后好物色相当的陪客。

昨天晚上,张文安回来的消息就传遍了整个村庄,所以今天张文安起身后不久,东边山峰上那一轮血红的旭日还没驱尽晨雾的时候,探望的人们就挤满了张家的堂屋。

他们七嘴八舌的把一大堆问题扔到张文安面前，竟使得这位见过世面的小伙子弄得手足无措，不晓得回答谁好！他只能笼笼统统回答道："好，好，都好，前方什么都好！打得很好！吃的么？那自然，到底是前方呢，可是也好！"他嘴里虽然这么说，心里却觉得很抱歉，为的他不能够说得再具体了。他觉得那些不满足的眼光从四面八方射过来，盯在他脸上，似乎都有这样的意思：什么都好，我们都听得惯了，可是你是本村人，自家人，你不能够多说一点么？

张文安惶惑地看着众人，伸手拉一下他的灰布制服的下摆。在师部的时候看到过的军事法庭开庭的一幕突然浮现在他心上了，他觉得眼前这情形，他区区一个文书上尉仿佛就在这一大堆人面前受着审判了，他得对自己的每一句话负责，他明白他的每一句话所关非小。这样想的时候，他就定了心，用了十分自信的口气说："苦是苦一点，可是为了打倒日本鬼子，不应该苦一点么？……"他顿住了，他很想把平时听熟了的训话拿出几句来，可是终于只忸怩地笑了笑，很不自然地就结束了。

接着，张文安的父亲和几个年老的村里人用了充满惊叹的调子谈论起这个变化多端的"世道"来。而另外几位年青的，则向张文安探听也是在前方打鬼子的几个同村人的消息。"不知道。"他想了想，慢慢摇着头说。但恐怕对方又误会，赶快接下去解释道："当真不知道呢。你想，前方地面有多大？几千里！光说前方，知道他们是在哪一个战区呢？即使同在一个战区，部队那么多，知道他是在哪一个部队里呢？就算是同在一个部队里罢，几万人呢，要不是碰巧，也不会知道的。"

"哦，早猜到你是一个都不知道的啦！"

有人这么讥讽了一句。张文安可着急起来了，他不能平白受冤，他正想再辩白，却有一个比较老成的人插嘴道："算了，算了。让我们来问一个人，要是你再不知道，那你就算是个黑漆皮灯笼了。这一个人，出去了有四年多，走的地方可不少，到过长沙府，到过湖北省，也到过江西，他上前方，不是光身子一条，他还带着四匹驮马，和一个伙计：这一个人，你不能不知道。"

"对，对，有两年光景没讯息了，他的儿子到处在打听。"

别的青年人都附和着说。

"你到底也说出他的姓名来呀！"张文安局促不安地说，好像一个临近考试的中学生，猜不透老师会出怎样的题目来作难他。

但是他这心情，人家并不了解。有一位朝同伴们扁扁嘴，半真半假的奚落张文安道："不错，总得有姓名，才好查考。""姓名么？"另一位不耐烦地叫了，"怎么没有？他就是山那边村子里的喂驮马的陈海清哪！"

"陈海——清！哦！"张文安回声似的复念了一遍。他记起来了，自己还没上前方去的时候，村里曾经把这陈海清作为谈话的资料，为的他丢下了老母和妻子，带着他的四匹驮马投效了后方勤务，被编入运输队，万里迢迢的去打日本；陈海——清，这一个人他不认识，然而这一名字连带的那股蛮劲儿，曾经像一个影子似的追着他，直到他自己也拿定主意跑到前方。他的眼睛亮起来了，正视他面前的那几位老乡，他又重复一句，"陈——海清！怎么不知道！"可是戛然缩住，他又感到了惶惑。到了前方以后的陈海清，究竟怎样呢？实在他还得颠倒向这几位老乡打听。在前方的紧张生活中，连这名字也从他记忆中消褪了，然而由于一种受不住人家嘲笑的自尊心，更由于不愿老给人家一个失望，他昧着良心勉强说：

"陈——他么——他过得很好！"

话刚出口，他就打了一个寒噤。他听自己说的声音，多么空洞。幸而那几位都没理会。第一个问他的人叹口气接着说："唉，过得很好。可是他的驮马都完了。他儿子前年接到的信，两匹给鬼子的飞机炸的稀烂，一匹吃了炮弹，也完了，剩下一匹，生病死了，这一来，陈海清该可以回来了么？可是不！他的硬劲儿给这一下挺上来了，他要给他的驮马报仇，他硬是当了兵，不把鬼子打出中国去，他说他不回家！——哦，你说，他过得很好，这是个喜讯，他家里有两年光景接不到他的信了。"

"原来是——"张文安惘然说，但感得众人的眼光都射住了他，便惊觉似的眼睛一睁，忙改口道，"原来是两年没信了。没有关系，……陈海清是一个勇敢的铁汉子，勇敢的人不会死的。他是一个好人，炮弹有眼睛，不打好人！"他越说越兴奋，自己也不大弄得清是他的想当然，还是真正实事，但奋激的心情使他不能不如此："我想，他应该是一个上等兵了，也许升了排长。陈海——清，他是我们村子里的光荣！"

"那——老天爷还有眼睛！"众人都赞叹地说。

"谁说没有眼睛！"张文安被自己的激昂推动到了忘其所以的地步。他满脸通红，噙着眼泪。"要不，侵略的帝国主义早已独霸了世界。"他庄严地伸起一只臂膊，"告诉你们：世界上到底是好人多，坏人少。我在前方看见的好人，真是太好了，太多了，好像中国的好人都在前方似的。坏人今天虽然耀武扬威，他到底逃不了报应。他本人逃过了，他的儿子一定逃不过。他儿子逃过了，儿子的儿子一定要受报应。"

张文安整个生命的力量好像都在这几句话里使用完了，他慢慢地伸手抹一下头上的汗珠，惘然一笑，便不再出声了。

三

当天午后，浮云布满空中，淡一块，浓一块，天空像幅褪色不匀的灰色布。大气潮而热，闷的人心慌。

张文安爬上了那并不怎样高的山坡，只觉得两条腿重得很，气息也不顺了。他惘然站住，抬起眼睛，懒懒地看了一眼山坡上的庄稼，就在路边一块石头上坐下。坡顶毕竟朗爽些，坐了一会，他觉得胸头那股烦躁也渐渐平下去了。他望着自己刚才来的路，躺在山沟里的那个镇，那一簇黑魆魆的房屋，长长的像一条灰黑斑驳的毛虫；他定睛望了很久，心头那股烦躁又渐渐爬起来了，然后轻轻叹口气，不愿再看似的别转了脸，望着相反的方向，这里，下坡的路比较平，但像波浪似的，这一坡刚完，另一坡又拱起来了，过了这又一坡，便是张文安家所在的村庄。他远远望着，想着母亲这时候大概正在忙忙碌碌准备夜饭，——今天上午说要宰一只鸡，专为远地回来的他。这时候,那只过年过节也舍不得吃的母鸡,该已炖在火上了罢?张文安心里忽然感到了一种说不大明白的又甜又酸的味道。而这味道,立刻又变化为单独的辛酸,——或者说,他惶恐起来了。好比一个出外经商的人,多年辛苦,而今回来,家里人眼巴巴望他带回大把的钱,殊不知他带回来的只是一双空手,他满心的惭愧,望见了里门,反而连进去的勇气都提不起来。虽然张文安的父母压根儿就没巴望他们的儿子发财回来,他们觉得儿子回来了还是好好的,就是最大的财喜了;虽然张文安一路上的打算以及今天上午他托词要到镇上看望朋友,其实却怀着一个"很大的计划",他的父母也是一丝一毫都不晓得;虽然两位老人家单纯的巴望就是看着儿子痛快淋漓享用那只炖烂的母鸡;——然而张文安此时隔着个山坡呆呆地坐在路边,却不由不满心惶恐,想着是应该早回家去,两条腿却赖在那里,总不肯起来。

他透一口长气,再望那条躺在坡下山沟里的灰黑斑驳的大毛虫,想起不过半小时前他在那些污秽的市街中碰到那一鼻子灰,想起他离开前方一路回来所做的好梦,想起上午从家里出来自己还是那么十拿十稳的一肚子兴头,他不能不生气了。他恨谁呢?说不明白,但所恨之中却也有他自己,却是真确的。他恨自己是一个大傻瓜。别说万象纷纭的世界他莫明其妙,连山坡下边那个灰黑斑驳的小小毛毛虫的社会也还看不透。

虽然董老爹嘲笑他出外几年,只学了卖狗皮膏药那几句,可是他此时想来,倒实在感激这位心直口快的酒糟鼻子老头儿的。他揭开了那霉气腾腾的暗坑的盖儿,让张文安瞥了一眼。当这老头儿告诉他"千把块钱只好买半条牛腿"的时候,张文安固然呆了一下,但亦不过扫兴而已,接着老头儿又嘶着嗓子谈到那些胀饱了的囤户,谈到那些人的偷天换日的手段,豪侈糜乱的生活,张文安这可骇住了,一种复杂的情绪扰乱了他的心灵。他还在听,但听又听不进。终于他惘惘然走出了那市镇,爬上这回家去的第一坡,带着满肚子的懊恼和气愤。

干么这样忙着回去,他自己也不大明白。他只觉得他到镇上去的目的已经一下子碰得粉碎,甚至还隐约感到他这次从前方回来也变成了毫无意义了。他的愤恨,自然是因为知道了还有这些毫无人心的家伙把民族的灾难作为发财的机会,但如果不是他一路上想得好好的计划竟成了画饼,那他在愤恨之中也许还不会那么悲哀。

一只杜鹃不知躲在什么地方,老是在叫。

云阵似乎降得更低了,好像直压在头上,呼吸不方便。

张文安终于懒懒地站起来,不情不愿地走下坡去。但走了几步以后,他的脚步就加快了。现在他又急着要回到家里,好像一个人在外边吃了亏,便想念着家的温暖,他现在正是十分需要这温暖。"只能买半条牛腿!"他想着董老爹这句话,心又一缩,但嘴角上却逼出一个狞笑来。有没有一条牛,说真心话,他倒可以不怎么关切,但最使他愤懑而伤心的,是他的想把那一千元如何运用的打算整个儿被推翻了!

他下意识地伸手隔衣服摸一摸衬衣口袋里那一叠票子。方方的,硬硬的,是在那里,一点儿不假。但手上的感觉尽管还是和一路几千里无数次的扣摸没有什么不同,心里的感觉却大大两样了。"嗨,半条牛腿呵!"他又这么想。这回却不能狞笑了,他吐了口唾沫。

四

一口气下了坡,在平坦的地面走得不多几步,便该再上坡了。因为是在峡谷,这里特别阴暗。散散落落几间草房,靠在山坡向阳这边。一道细的溪水忽断忽续从这些草房中间穿了过来。

张文安刚要上坡,有一个人从坡上奔下来,见了他就欢天喜地招呼着,可是这一个人,张文安却不认识。

这年青人满脸通红,眼里耀着兴奋喜悦的光彩,拦住了张文安,就杂七夹八诉说了一大篇。张文安听到一半,也就明白了:这年青人就是陈海清的儿子,刚到他家里去过,现在又赶回来,希望早一点看见他,希望多晓得一些他父亲的消息。

"啊，啊，你就是陈海清的儿子么？啊，你的父亲就是带着四匹驮马到前方去的？……"张文安惊讶地说。年青人的兴奋和快乐，显然感染了他了，他忘记了自己和陈海清在前方并未见过一面，甚至压根儿不知道这个人物在什么地方，"了不起，你的父亲是一个英雄！"他庄严地对那年青人说，"勇敢！……不差，当然是排长啦。"他随口回答了年青人的喜不自胜的询问，完全忘记这是他自己编造出来应付村里人的。

原来今天早上张文安信口开河说的关于陈海清的一切，早已传到了那儿子的耳朵里，儿子全盘都相信，高兴的了不得，正因为相信，正因为高兴，所以他不惜奔波了大半天，要找到张文安，请他亲口再说一遍，让自己亲耳再听一遍。

两人这时已经走近了一间草房，有一只废弃的马槽横躺在木板门的右边。陈海清的儿子说："这里是我的家了。请你进去坐一坐，我的祖母还要问你一些话呢。她老人家不是亲自听见就不会放心的。"

张文安突然心一跳。像从梦中醒来，这时候他方才理解到自己的并无恶意的编造已经将自己套住了。怎么办呢：继续编造下去呢还是在这儿子面前供认了自己的不是？他正在迟疑不决，却已经被这儿子拉进了草房。

感谢，欢迎，以及各种的询问，张文安立即受了包围，呆了半晌，他这才看清在自己面前的，除了那儿子，还有一位老太太，而在屋角床上躺着的，又有一位憔悴不堪的中年妇人。他惘然看着，嘴里尽管"唔唔"地应着，耳朵里却什么也不曾听进去。受审问的感觉，又浮起在他心头。但终于定了神，他突然问那儿子道："生病的是谁？"

"我的母亲。"儿子回答。

"快一年了，请不起郎中，也没钱买药吃。"老太太接口说，于是又诉起苦来：优待谷够三张嘴吃，可不够生病呢；哪又能不穿衣么，每年也有点额外的恤金，可是生活贵了呀，缝一件衣，光是线钱，就抵得从前两件衣。

"妈妈的病，一半是急出来的，"儿子插嘴说，"今天听得喜讯，就精神得多呢！""可不是！谢天谢地，到底是好好儿在那里，"老太太脸上的皱纹忽然像是展开了，显得庄严而虔诚，"菩萨是保佑好人的！张先生，你去打听，我们的海清向来是一个规规矩矩的好人，我活了七十多岁，看见的多了，好人总有好报！"

"可不是，好人总该有好报！"床上的病人也低声喃喃地说，像是在作祷告。

现在张文安已经真正定了神。看见这祖孙三代一家三口子那么高兴，他也不能不高兴；然而他又心中惴惴不安，不敢想像他这谎万一终于圆不下去时会发生的情形。现在他完全认明白：要是他这谎圆不了，那他造的孽可真不小。这一点，逼迫他提起了勇气，定了心，打定主意，撒谎到底。

他开始支支吾吾编造起关于陈海清的最近的生活状况；他大胆地给陈海清创造了极有希望的前途，他又将陈海清编派在某师某营某连，而且还胡诌了一个驻扎的地名。

祖孙三代这一家的三个人都静静地听着，他们那种虔敬而感奋的心情，从他们那哆开的嘴巴和急促而沉重的鼻息就可以知道。张文安说完以后，这祖孙三代一家的三个人还是入定了似的，异常庄严而肃穆。

忽然那位老祖母颤着声音问道："张先生，你回来的时候，我们的海清没有请你带个信来么？"

张文安又窘住了，心里正在盘算，一只手便习惯地去抚摸衣服的下摆，无意中碰到了藏在贴身口袋里那一叠钞票，蓦地他的心一跳，得了个计较。当下的情形，不容他多考虑，他自己也莫明其妙地兴奋起来，一只手隔衣按住了那些钞票，一只手伸起来，像队伍里的官长宣布重要事情的时候常有的手势，他大声说："信就没有，可是，带了钱来了！"

老祖母和孙儿惊异地"啊"了一声，床上的病人轻声吐了口长气。

张文安胀红着脸，心在突突地跳，很艰难地从贴身口袋里掏出那一叠票子来，这还是半月前从师长手里接来后自己用油纸包好的原样。他慌慌张张撕破了薄纸，手指木僵地摆住那不算薄的一叠，心跳的更厉害，他的手指正要渐渐摸到这一叠的约莫一半的地方，突然一个狞笑掠过他的脸，他莽撞地站起来就把这一叠都塞在陈海清的儿子的手里了。

"啊，多少？"那年青人只觉得多，却还没想到多的出乎他意料之外。

张文安还没回答，那位老太太插嘴道："嗯，这有五百了罢，海清……"可是她不能再说下去了，张文安的回答使她吓了一跳。

"一千！"张文安从牙缝里迸出了这两个字。

屋子里的祖孙三代都听得很清楚，但都不相信地齐声又问道："多少？"

"一千，够半条牛腿罢了。"张文安懒懒地说，心里有一种又像痛苦又像辛酸的异样感觉。

"阿弥陀佛！"呆了一下，终于明白了真正是一千的时候，老太太先开口了，"他哪来这多的钱？"

张文安转脸朝四面看一下，似乎在找一句适当的话来回答；可巧他的眼光碰着了挂在壁角的一副破旧的驮鞍，他福至心灵似的随口胡诌道："公家给的，赔偿他的驮马。""呵呵——"老太太突然梗咽了似的，说不下去，一会儿，她才笑了笑，对她的孙子说："可不是，我说做好人总不会没有好报！"

床上的病人低声在啜泣，那年青人捧着那些票子，老在发楞，不知道怎么好。

张文安松一口气，好像卸脱了一副重担子，伸手抒去额角的汗珠，就站起来说道："好心总有好报。这点儿钱，买药医病罢。"

从这一家祖孙三代颤着声音道谢的包围中，张文安逃也似的走了。他急急忙忙走上山坡，直到望见了自己的村子，这才突然站住，像做梦醒来一般，他揉了下眼睛，自问道，"我做了什么？"然后下意识地隔衣服扪了扪贴身的口袋，轻声自答道："哦，我总算把师长给的钱作了合理的支配了！"又回头望了下隐约模糊的陈家的草房，毅然决然说，"我应当报告师长，给他们查一查。"于是就像立刻要赶办"速件"似的，他一口气冲下坡去，巴不得一步就到了家。

作品赏析：

　　《报施》在茅盾的短篇小说中典型地体现出了文笔中的细腻的社会观察，和《虹》《幻灭》《动摇》中所塑造的知识女性的挣扎不一样，文章中是坚持的心灵的自我展露。因此文章的故事显得相对简洁，张文安从部队告假回乡，在村民对陈海清的询问中撒了弥天大谎，并在自己无力圆陈海清是否寄了信回家而掏出一千元给了陈海清的儿子，这既帮助了这多灾多难的一家，又不至于让陈海清的家人对陈海清的下落担心。

　　文章最为精华的部分在于着力刻画了他在撒谎同时的无措的形象，而最为主要的承载工具除了让张文安羞愧的言语对话，更在于张文安自己内心的不安与惩戒，这是典型的罪与罚的挣扎。而最后的结果就像文章中所说的：从这一家祖孙三代颤着声音道谢的包围中，张文安逃也似的走了。小说有点自然主义的味道，以坦诚裸露的方式解剖了一个说出善意谎言的不安，语言真挚纯朴，没有丝毫刻意的修饰，让人在静默的阅读中，感受作者的心和作者在笔下所传达的含义：正如心理学家和精神分析学家所告诫的，为了圆一个最初的谎，必须撒下连续的谎，以至于撒谎者心理憔悴，虽然最初的意思可能是善意的。

灵魂可以卖吗 /庐隐

> 现代才女庐隐的经典短篇小说
> 一个作家苦涩的生存思索
> 让人体会一段庐隐式的生命感悟

　　荷姑她是我的邻居张诚的女儿，她从十五岁上，就在城里那所大棉纱工厂里，做一个纺纱的女工，现在已经四年了。

　　当夏天熹微的晨光，笼罩着万物的时候，那铿锵悠扬的工厂开门的钟声,常常唤醒这城里居民的晓梦,告诉工人们做工的时间到了。那时我推开临街的玻璃窗,向外张望,必定看见荷姑拿着一个小盒子,里边装着几块烧饼,或是还有两片卤肉,——这就是工厂里的午饭,从这里匆匆地走过,我常喜欢看着她,她也时常注视我,所以我们总算是一个相识的朋友呢!

初时我和她遇见的时候,只不过彼此对望着,仅在这两双视线里,打个照会。后来日子长了,我们也更熟悉了,不像从前那种拘束冷淡了;每次遇见的时候,彼此都含着温和地微笑,表示我们无限的情意。

今天我照常推开窗户,向下看去,荷姑推开柴门,匆匆地向这边来了,她来我的窗下,便停住了,满脸露着很愁闷和怀疑的神气,仰着头,含着乞求的眼神颤巍巍地道:"你愿意帮助我吧?"说完俯下头去,静等我的回答,我虽不知道她要我帮助她做什么,但是我的确很愿意尽我的力量帮助她,我更不忍看她那可怜的状态,我竟顾不得思索,急忙地应道:"能够!能够!凡是你所要我做的事,我都愿意帮助你!"

"呵!谢上帝!你肯帮助我了!"荷姑极诚恳地这么说着,眼睛里露出欣悦的光彩来,那两颊温和的笑痕,在我的灵魂里,又增了一层更深的印象,甜美,神秘,使人永远不易忘记呢!过了些时,她又对我说:"今天下午六点钟的时候,我们再会吧!现在我还须到工厂里去。"我也说道:

作者简介

庐隐(1898—1934),1925年出版第一本小说集《海滨故人》,刘大杰称这是庐隐前半生的自传,而露沙就是她自己。她是"五四"时期和冰心齐名的作家,都带着自我意识的对人生的探求,但显得感伤,特别是在自己亲近的人相继过世以后,更是显示了浓郁的悲凉心境,诸如《灵海潮汐》和《曼丽》。据有评论家称,这是戴着恋爱的衣裳在方生方死的动荡中,在厚重传统意识的压抑下,展现出了惶惑与迷离,就像一个看不到前程的虚无主义者,她的悲伤弥漫在人生的旅途上,不能解脱,又让他苦苦挣扎,就像评论家苏雪林说的:这是悲哀,苦闷,偾事,视世间事无一当意、世间人无一惬心的高傲孤独的凝结。

"再会吧！"她便回转身子，匆匆地向工厂的那条路上去了。

荷姑走了！连影子都看不见了！但是我还怔怔地俯在窗子上，回想她那种可怜的神情，不禁使我生出一种神秘微妙的情感，和激昂慷慨的壮气；我觉得世界上可怜的人实在太多，但是像荷姑那种委屈沉痛的可怜，我还是第一次看见呢！她现在要求我帮助她，我的能力大约总有胜过她的，这是上帝给我为善的机会，实在是很难得而可贵的机会！我应当怎样地利用呵！

我决定帮助她了！那么我所帮助她的，必要使她满足，所以我现在应该预备了。她若果和我借钱，我一定尽我所有的帮助她；她若是有一种大需要，我直接不能给她，也要和母亲商量把我下月应得的费用，一齐给她，一定使她满足她所需要的。人们生活在世界上，缺乏金钱，实在是不幸的运命呢！但是能济人之急，才是人类互助的精神，可贵的德行！我有绝大的自尊心，不愿意做个自私自利的动物，我不住地这么想，我豪侠的壮气，也不住地增加，恨不得荷姑立刻就来，我不要她向我乞求，便把我所有的钱，好好地递给她，使她可以少受些疑难和愁虑的苦！

自从荷姑走后，我心里没有一刻宁帖，那一股勇于为善的壮气，直使我的心容留不下，时时流露在我的行动里，说话的声音特别沉着，走路都不像平日了。今天的我仿佛是古时候的虬髯客和红拂那一流的人，"气概不可一世"。

今天的日子，过得特别慢，往日那太阳射在棉纱厂的烟筒尖上，是很容易的事情，可是今天，我至少总有十几次，从这窗外看过去，日影总没到那里，现在还差一寸呢！

"呵！那烟筒的尖上，现在不是射着太阳，放出闪烁的光来吗？荷姑就要来了！"我俯在窗子上，不禁喜欢得自言自语起来。

远远地一队工人，从工厂里络绎着出来了；他们有的向南边的大街上去；有的到东边那广场里去，顷刻间便都散尽了。但是荷姑还不见出来，我急切地盼望着，又过了些时，那工厂的大铁门，才又"呀"的一声开了，荷姑忙忙地往我们这条胡同里来，她脸上满了汗珠，好似雨点般滴下来，两颊红得真像胭脂，头筋一根根从皮肤里隐隐地印出来，表示那工厂里恶浊的空气，和疲劳的压迫。

她渐渐地走近了，我们的视线彼此接触上了。她微微地笑着走到我的书房里来，我等不得和她说什么话，我便跑到我的卧室里，把那早已预备好的一包钱，送到荷姑面前，很高兴地向她说："你拿回去吧！若果还有需用，我更想法子帮助你！"

荷姑起先似乎很不明白地向我凝视着，后来她忽叹了一口气，冷笑道："世界上应该还有比钱更为需要的东西吧！"

我真不明白，也没有想到，荷姑为什么竟有这种出人意料的情形？但是我不能不后悔，我未曾料到她的需要，就造次把含侮辱人类的金钱，也可以说是万恶的金钱给她，竟致刺激得她感伤。唉！这真是一种极大的羞耻！我的眼睛不敢抬起来了！羞和急的情绪，激成无数的泪水，从我深邃的心里流出来！

我们彼此各自伤心寂静着，好久好久，荷姑才拭干她的眼泪和我说道："我现在要告诉你一件小故事，或者可以说是我四年以来的历史，这个就是我要求你帮助的。"我就点头应许她，以下的话，便是她所告诉我的故事了。

"在四年前，我实在是一个天真活泼的小孩子，现在自然是不像了！但是那时候我在中学预科里念书，无论谁不能想象我会有今天这种沉闷呢！"

荷姑说到这里，不禁叹息流下泪来，我看着她那种凄苦憔悴的神气，怎能不陪着她落下许多同情泪呢？等了许久，荷姑才又继续说：——

"日子过得极快，好似闪电一般，这个冰雪森严的冬天，早又回去了，那时我离中学预科毕业期，只有半年了，偏偏我的父亲的旧病，因春天到了，便又发作起来，不能到店里去做事，家境十分困难，我不能不丢弃这张将要到手的毕业文凭，回到家里侍奉父亲的病！当然我不能不灰心！但是这还算不得什么，因为慈爱的父母和弟妹，可以给我许多安慰。不过没有几天，我的叔叔便托人替我荐到那所绝大的棉纱厂里做女工，一个月也有十几块钱的进项。于是我便不能不离开我的父母弟妹，去做工了，幸亏这时我父亲的病差不多快好了，我还不至于十分不放心。

走到工厂临近的那条街上，早就听见轧轧隆降的声音，这种声音，实含着残忍和使人厌憎的意思，足以给人一种极大不快的刺激，更有那乌黑的煤烟和污腻的油气，更加使人头目昏胀！

我第一天进这工厂的门，看见四面黯淡的神气，实在忍耐不住，但是这些新奇的境地，和庞大的机器，确能使我的思想轮子，不住地转动，细察这些机器的装置和应用，实在不能说没有一点兴趣呢！过了几天，我被编入纺纱的那一队里。那个纺车的装置和转动，我开始学习，也很要用我的脑力，去领会和记忆，所以那时候，我仍不失为一个有活泼思想的人，常常从那油光的大铜片上，映出我两颊微笑的窝痕。

那一年春天，很随便地过去了！所有鲜红的桃花托上，那时不是托着桃花，是托着嫩绿带毛的小桃子，榆树的残花落了一地，那叶子却长得非常茂盛，遮蔽着那的人肌肤的太阳，竟是一个天然的凉篷。所有春天的燕子、杜鹃、黄莺儿，也都躲到别处去了，这一切新鲜夏天的景致，本来很容易给人们一种新刺激和新趣味。但是在那工厂里的人，实在得不到这种机会呢！

我每天早晨，一定的时间到工厂里去，没有别的爽快的事情和希望，只是每次见你俯在窗子上，微笑着招呼，那便是我一天里最快活的事情了！除了这件，便是那急徐高低永没变更过一次的轧轧隆隆的机器声，充满了我的两耳和心灵，和永远用一定规矩去转动那纺车，这便是我每天的工作了！我的工作实在使我厌烦，有时我看见别的工人打铁，我便有一个极热烈的愿望，就是要想把那铁锤放在我的手中，拿起来试打两下，使那金黄色的火星，格外多些，似乎能使这沉黑的工厂，变光明些。

有一次我看着刘良站在那铁炉旁边，摸擦那把铁锤子，火星四散，不觉看怔了，竟忘记使纺车转动，忽听见一种严厉的声音道："唉！"我吓了一跳，抬头只见管纺纱组的工头板着铁青的面孔，恶狠狠地向我道："这个工作便是你唯一的责任，除此以外，你不应该更想什么；因为工厂里用钱雇你们来，不是叫你运用思想，只是运用你的手足，和机器一样，谋得最大的利益，实在是你们的本分！"

唉！这些话我当时实在不能完全明白，不过我从那天起，我果然不敢更想什么，渐渐成了习惯，除了谋利和得工资以外，也似乎不能更想什么了！便是离开工厂以后，耳朵还是充满着纺车轧轧的声音，和机器隆隆的声音；脑子里也只有纺车怎样动转的影子，和努力纺纱的念头，别的一切东西，我都觉得仿佛很隔膜的。

这样过了三四年，我自己也觉得我实在是一副很好的机器，和那纺车似乎没有很大的分别。因为我纺纱不过是手自然的活动，有秩序的旋转，除此更没有别的意义。至于我转动的熟习，可以说是不能再增加了！

在那年秋天里的一天——八月十号——是工厂开厂的纪念日，放了一天工。我心里觉得十分烦闷，便约了和我同组的一个同伴，到城外去疏散，我们出了城，耳旁顿觉得清静了！天空也是一望无涯的苍碧，不着些微的云雾，只有一阵阵的西风吹着那梧桐叶子，发出一种清脆的音乐来，和那激石潺潺的水声，互相应和。我们来到河边，寂静地站在那里，水里映出两个人影，惊散了无数的游鱼，深深地躲向河底去了。

我们后来拣到一块白润的石头上坐下了，悄悄地看着水里的树影，上下不住地摇荡，一个乌鸦斜刺里飞过去了。无限幽深的美，充满了我们此刻的灵魂里，细微的思潮，好似游丝般不住地荡漾，许多的往事，久已被工厂里的机器声压没了，现在仿佛大梦初醒，逐渐地浮上心头。

忽一阵尖利的秋风，吹过那残荷的清香来，五年前一个深刻的印象，从我灵魂深处，渐渐地涌现上来，好似电影片一般的明显：在一个乡野的地方，天上的凉云，好似流水般急驰过去，斜阳射在那蜿蜒的荷花池上，照着荷叶上水珠，晶晶发亮，一个活泼的女学生，围绕着那荷花池，唱着歌儿,这个快乐的旅行,实在是我一生最大的幸福呢!今天的荷花香,正是前五年的荷花香,但是现在的我,绝不是前五年的我了!

我想到我可亲爱的学伴,更想到放在学校标本室的荷瓣和秋葵,我心里的感动,我真不知道怎样可以形容出来,使你真切地知道!

荷姑说到这里,喉咙忽咽住了,眼眶里满含着痛泪,望着碧蓝的天空,似乎求上帝帮助她,超拔她似的,其实这实在是她的妄想呵!我这时满心疑云乃越积越厚,忍不住地问荷姑道:"你要我帮助的到底是什么呢?"

荷姑被我一问才又往下说她的故事:

"那时我和我的同伴各自默默地沉思着,后来我的同伴忽和我说:'我想我自从进了工厂以后,我便不是我了!唉!我们的灵魂可以卖吗?'呵!这是何等痛心的疑问!我只觉得一阵心酸,愁苦的情绪,乱了我的心,我上句话也回答不出来!停了半天只是自己问着自己道:'灵魂可以卖吗?'除此我不能更说别的了!

"我们为了这个痛心和疑问,都呆呆地瞪视那去而不返的流水,不发一言,忽然从芦苇丛中,跑出四五个活泼的水鸭来,在水里自如地游泳着,捕捉那肥美的水虫充饥,水鸭的自由,便使我们生出一种嫉恨的思想——失了灵魂的工人,还不如水鸭呢!——而这一群恼人的水鸭,也似明白我们的失意,对着我们,作出傲慢得意的高吟,不住'呵,呵!'地叫着,这个我们真不能更忍受了!便急急地离开这境地,回到那尘烟充满的城里去。

"第二天工厂照旧开工,我还是很早地到了工厂里,坐在纺车的旁边,用手不住摇转着,而我目光和思想,却注视在全厂的工人身上,见他们手足的转动,永远是从左向右,他们所站的地方,也永远没有改动分毫,他们工作的熟练,实在是自然极了!当早晨工厂动工钟响的时候,工人便都像机器开了锁,一直不止地工作,等到工厂停工钟响了,他们也像机器上了锁,不再转动了!他们的面色,是黧黑里隐着青黄,眼光都是木强的,便是做了一天的工作,所得的成绩,他们也不见得有什么愉快,只有那发工资的一天，大家脸上是露着凄惨的微笑！

"我渐渐地明白了，我同伴的话实在是不错，这工厂里的工人，实在不止是单卖他们的劳力，他们没有一些思想和出主意的机会，——灵魂应享的权利，他们不是卖了他们的灵魂吗？

"但是我永远不敢相信，我的想头是对的，因为灵魂的可贵，实在是无价之宝，这有限的工资便可以买去？或者工人便甘心卖出吗？……'灵魂可以卖吗？'这个绝大的难题，谁能用忠诚平正的心，给我们一个圆满的回答呢？"

荷姑说完这段故事，只是低着头，用手摸弄着她的衣襟，脸上露着十分沉痛的样子。我心里只觉得七上八下地乱跳，更不能说出半句话来，过了些时荷姑才又说道："我所求你帮助我的，就是请你告诉我，灵魂可以卖吗？"

我被她这一问，实在不敢回答，因为这世界上的事情不合理的太多呵！我实在自悔孟浪，为什么不问明白，便应许帮助她呢？现在弄得欲罢不能！我急得眼泪湿透了衣襟，但还是一句话没有，荷姑见我这种为难的情形，不禁叹道："金钱虽是可以帮助无告的穷人，但是失了灵魂的人的苦恼，实在更甚于没有金钱的百倍呢！人们只知道用金钱周济人，而不肯代人赎回比金钱更要紧的灵魂！"

她现在不再说什么了！我更不能说什么了！只有忏悔和羞愧的情绪，激成一种小声浪，责备我道："帮助人呵！用你的勇气回答她呵！灵魂可以卖吗？"

作品赏析：

庐隐笔下多数是生命的觉悟者，可是这层觉悟的彷徨中又充斥着分不清楚的惆怅和挣扎，既寄予了生活的冷酷对世俗人生的摧残，又包容着五四运动退潮下作者无边的落寞，以致在所有的字面上都凝聚着挥之不去的哀怨。

《灵魂可以卖吗》讲的也是女性生命中自觉的悲哀，一个工厂的女工荷姑在平常的冷漠沉沦中突然之间撕裂了生活隐藏的哀伤。她问这个世界，我们为什么只是一部很好的赚钱机器，为什么要在别人的喝斥中出卖自己的灵魂，难道仅仅是可怜的生计吗。就像她所说的：金钱虽是可以帮助无告的穷人，但是失了灵魂的苦恼，实在更甚于没有金钱的百倍呢。这样的话，就是作者的质问，人生何处是归程。要想不仅仅只是别人眼中的机器，就必须活出我们自己。

文章从淡淡的文字中源源不断地流泻着生命的拷问和灵魂孤楚的悲哀，她在寻找悲剧的根源，她在倾力呼唤，可是这一切还仅仅是悲哀的人生，都只是凄切的文字。就像鲁迅所说的，最先觉醒的人是最为悲哀的，因为醒着却无路可走。

在这里，作者又联想了"五四"退潮的冲击，在援引西方而否定传统的年代，所有的灵魂都被架空在孤立无援的境遇中，他们可以发问可以感伤，可是没有人可以告诉这些先驱者，究竟该怎么办，也许这也算是人生的一种悲哀。

创造病 / 老舍

| 入选理由 | 老舍的著名短篇小说
一部类似《伤逝》的人生思考
文章结构独特，用语清婉 |

杨家夫妇的心中长了个小疙瘩，结婚以后，心中往往长小疙瘩，像水仙包儿似的，非经过相当的时期不会抽叶开花。他们的小家庭里，处处是这样的花儿。桌，椅，小巧的玩艺儿，几乎没有不是先长疙瘩而后开成了花的。

◇最好的小说

在长疙瘩的时期,他们的小家庭像晴美人间的唯一的小黑点,只有这里没有阳光。他们的谈话失去了音乐,他们的笑没有热力,他们的拥抱像两件衣服堆在一起。他们几乎想到离婚也不完全是坏事。

过了几天,小疙瘩发了芽。这个小芽往往是突然而来,使小家庭里雷雨交加。那是,芽儿既已长出,花是非开不可了。花带来阳光与春风,小家庭又移回到晴美的人间来;那个小疙瘩,凭良心说,并不是个坏包。它使他们的生活不至于太平凡了,使他们自信有创造的力量,使他们忘记了黑暗而喜爱他们自己所开的花。他们还明白了呢:在冲突中,他们会自己解和,会使丑恶的泪变成花瓣上的水珠;他们明白了彼此的力量与度量。况且再一说呢,每一朵花开开,总是他们俩的;虽然那个小包是在一个人心中长成的。他们承认了这共有的花,而忘记了那个独有的小疙瘩。他们的花都是并蒂的,他们说。

前些日子,他们俩一人怀着一个小包。春天结的婚,他的薄大衣在秋天也还合适。可是哪能老是秋天呢?冬已在风儿里拉他的袖口,他轻轻颤了一下,心里结成个小疙瘩。他有件厚大衣;生命是旧衣裳架子么?

他必须做件新的大衣。他已经计划好,用什么材料,裁什么样式,要什么颜色。另外,他还想到穿上这件大衣时的光荣,俊美,自己在这件大衣之下,像一朵高贵的花。为穿这件新大衣,他想到浑身上下应该加以修饰的地方;要是没有这件新衣,这些修饰是无须乎费心去思索的;新大衣给了他对于全身的美丽的注意与兴趣。冬日生活中的音乐,拿这件大衣作为

作者简介

老舍(1899—1966),原名舒庆春,字舍予,被誉为古典文人的最后遗存。他的博学让人惊叹,既有小说创作,也有新旧体诗行的发表,更在散文和各类剧本上触类旁通,在他的文学中最为知名的是《骆驼祥子》和《茶馆》。梁实秋曾指出老舍是满族人而他笔下的老北京也恰是典型的旗人,他们比一般人讲究,比一般人礼貌,更比一般人诙谐幽默。他的语言则被称为是中国文学语言现成的教科书。1966年老舍受迫害投湖自尽,中国文坛也由此丧失了一名神圣文学的虔诚守候者。

主音。没有它，生命是一片荒凉；风，寒，与颤抖。

他知道在定婚与结婚时拉下不少的亏空，不应当把债眼儿弄得更大。可是生命是创造的，人间美的总合是个人对于美的创造与贡献；他不能不尽自己的责任。他也并非自私，只顾自己的好看；他是想象着穿上新大衣与太太一同在街上走的光景与光荣：他是美男子，她是美女人，在大家的眼中。

但是他不能自己作主，他必须和太太商议一下。他也准知道太太必定不拦着他，她愿意他打扮得漂亮，把青春挂在外面，如同新汽车的金漆的商标。可是他不能利用这个而马上去作衣裳，他有亏空。要是不欠债的话，他为买大衣而借些钱也没什么。现在，他不应当再给将来预定下困难，所以根本不能和太太商议。可是呢，大衣又非买不可。怎办呢？他心中结了个小疙瘩。

他不愿意露出他的心事来，但是心管不住脸，正像土拦不住种子往上拔芽儿。藏着心事，脸上会闹鬼。

她呢，在结婚后也认识了许多的事，她晓得了爱的完成并不能减少别的困难；钱——先不说别的——并不偏向着爱。可是她反过来一想呢，他们还都年少，不应当把青春随便的抛弃。假若处处俭省，等年老的时候享受，年老了还会享受吗？这样一想，她觉得老年还离他们很远很远，几乎是可以永远走不到的。即使不幸而走到呢，老年再说老年的吧，谁能不开花便为果子思虑呢。她得先买个冬季用的黑皮包。她有个黄色的，春秋用着合适；还有个白的，配着个天蓝的扣子，夏天——配上长白手套——也还体面。冬天，已经快到了，还要有合适的皮包。

她也不愿意告诉丈夫，而心中结了个小疙瘩。

他们都偷偷的详细的算过账，看看一月的收入和开支中间有没有个小缝儿，可以不可以从这小缝儿钻出去而不十分的觉得难受。差不多没有缝儿！冬天还没到，他们的秋花都被霜雪给埋住了。他们不晓得能否挨过这个冬天，也许要双双的入墓！

◇最好的小说

他们不能屈服，生命的价值是在创造。假如不能十全，那只好有一方面让步，别叫俩人都冻在冰里。这样，他们承认，才能打开僵局。谁应当让步呢？二人都愿自己去牺牲。牺牲是甜美的苦痛。他愿意设法给她买上皮包，自己的大衣在热烈的英雄主义之下可以后缓；她愿意给他置买大衣，皮包只是为牺牲可以不买。他们都很坚决。几乎以为大衣或皮包的购买费已经有了似的。他们热烈的辩驳，拥抱着推让，没有结果。及至看清了买一件东西的钱并还没有着落，他们的勇气与相互的钦佩使他们决定，一不作，二不休，爽性借笔钱把两样都买了吧。

他穿上了大衣，她提上了皮包，生命在冬天似乎可以不觉到风雪了。他们不再讨论钱的问题，美丽快乐充满了世界。债是要还的，但那是将来的事，他们的前途是不可限量的。况且他们并非把钱花在不必要的东西上，他们做梦都梦不到买些古玩或开个先施公司。他们所必需的没法不买。假如他们来一笔外财，他们就先买个小汽车，这是必需的。

冬天来了。大衣与皮包的欣喜已经渐渐的衰减，因为这两样东西并不像在未买的时候所想的那么足以代替一切，那么足以结束了借款。冬天还有问题。原先梦也梦不到冬天的晚上是这么可怕，冷风把户外一切的游戏都禁止住，虽然有大衣与皮包也无用武之处。这个冬天，照这样下去，是会杀人的。多么长的晚上呢，不能出去看电影，不能去吃咖啡，不能去散步。坐在一块儿说什么呢？干什么呢？接吻也有讨厌了的时候，假如老接吻！

这回，那个小疙瘩是同时种在他们二人的心里。他们必须设法打破这样的无聊与苦闷。他们不约而同的想到：得买个话匣子。

话匣子又比大衣与皮包贵了。要买就买下得去的，不能受别人的耻笑。下得去的，得在一百五与二百之间。杨先生一月挣一百二，杨太太挣三十五，凑起来才一百五十五！

可是生命只是经验，好坏的结果都是死。经验与追求是真的，是一切。想到这个，他们几乎愿意把身份降得极低，假如这样能满足目前的需要与理想。

他们谁也没有首先发难的勇气，可是明知道他们失去勇气便失去生命。生命被个留声机给憋闷回去，那未免太可笑，太可怜了。他们宁可以将来挨饿，也受不住目前的心灵的饥荒。他们必得给冬天一些音乐。谁也不发言，但是都留神报纸上的小广告，万一有贱卖的留声机呢，万一有按月偿还的呢……向来他们没觉到过报纸是这么重要，应当费这么多的心去细看。凡是费过一番心的必得到酬报，杨太太看见了：明华公司的留声机是可以按月付钱，八个月还清。她不能再沉默着，可也无须说话。她把这段广告用红铅笔勾起来，放在丈夫的书桌上。他不会看不见这个。

他看见了，对她一笑；她回了一笑。在寒风雪地之中忽然开了朵花!

留声机拿到了，可惜片子少一点，只买了三片，都是西洋的名乐。片子是要用现钱买的，他们只好暂时听这三片，等慢慢的逐月增多。他们想象着，在一年的工夫，他们至少可以有四五十片名贵的音乐与歌唱。他们可以学着唱，可以随着跳舞，可以闭目静听那感动心灵的大乐，他们的快乐是无穷的。

对于机器，对于那三张片子，他们像对于一个刚抱来的小猫那样爱惜。杨太太预备下绸子手绢，专去擦片子。那个机器发着欣喜的光辉，每张片子中间有个鲜红的圆光，像黑夜里忽然出了太阳。他们听着，看着，抚摸着，从各项感官中传进来欣悦，使他们更天真了，像一对八九岁的小儿女。

在一个星期里，他们把三张片子已经背下来；似乎已经没有再使片子旋转的必要。而且也想到了，如若再使它们旋转，大概邻居们也会暗中耻笑，假如不高声的咒骂。而时间呢，并不为这个而着急，离下月还有三个多星期呢。为等到下月初买新片，而使这三个多星期成块白纸，买了话匣和没买有什么分别呢？马上去再买新片是不敢想的，这个月的下半已经很难过去了。

看着那个机器，他们有点说不出的后悔。他们虽然退一步的想，那个玩艺也可以当作一件摆设看，但究竟不是办法。把它送回去损失一个月的钱与那三张片子，是个办法，可是怎好意思呢！谁能拉下长脸把它送回去呢？他们俩没这个勇气。他们俩连讨论这个事都不敢，因为买来时的欣喜是那么高，怎好意思承认一对聪明的夫妇会陷到这种难堪中呢；青年是不肯认错，更不肯认自己呆蠢的。他们相对愣着，几乎不敢再瞧那个机器；那是他们自己创造出来的一块心病。

作品赏析：

　　老舍的小说向来以幽默著称，和鲁迅的尖刻、钱锺书的旁征博引不同，他的幽默来自生活，来自北京人在最为简陋的条件下也不放弃寻觅最高享受的那份生活的感念。他是温厚的，在平淡的叙述中勾勒了人生的哀伤。

　　在《创造病》中，作者以和婉的笔调叙述了当爱情遭遇冷酷生活的尴尬。没有贫贱中的相濡以沫，代之以更多的落寞指责和委屈的伤感。文章中的杨家夫妻从甜蜜小恋人沉沦在生活的苦难中，他们相爱的心被生活的无奈一步一步拉开，就像《伤逝》一样，每天为最微小的生活琐事烦恼，以致最后无辜感伤地别离，《创造病》也正是展现了这样的心态：从晴美人间的小黑点到小家庭里的雷雨交加。爱情不能缓解家庭的经济困难，反而在生活的历练中伤痕累累。

　　《创造病》这部作品没有了往前的幽默，但却不减平时笔调的现实度以及厚重性。就像有评论家所说的：他的文章展现了特殊的魅力，不仅在于他艰辛的人生探索，同时也在于语言的传神，在精粹的提炼中充分表达了人生的悲切与酸楚，打烙上社会对于人所造成的生命的创伤。就像文章所说的：他们会自己解和，会使丑恶的泪变成花瓣上的水珠；他们明白了彼此的力量与度量。

断魂枪 /老舍

入选理由
老舍的小说名篇之一
一幅生动的旧时代江湖艺人的群体画像
曾被改编为话剧，搬上舞台

沙子龙的镖局已改成客栈。

东方的大梦没法子不醒了。炮声压下去马来与印度野林中的虎啸。半醒的人们，揉着眼，祷告着祖先与神灵；不大会儿，失去了国土、自由与主权。门外立着不同面色的人，枪口还热着。他们的长矛毒弩，花蛇斑彩的厚盾，都有什么用呢；连祖先与祖先所信的神明全不灵了啊！龙旗的中国也不再神秘，有了火车呀，穿坟过墓破坏着风水。枣红色多穗的镖旗，绿鲨皮鞘的钢刀，响着串铃的口马，江湖上的智慧与黑话，义气与声名，连沙子龙，他的武艺、事业，都梦似的变成昨夜的。今天是火车、快枪，通商与恐怖。听说，有人还要杀下皇帝的头呢！

这是走镖已没有饭吃，而国术还没被革命党与教育家提倡起来的时候。

谁不晓得沙子龙是短瘦、利落、硬棒，两眼明得像霜夜的大星？可是，现在他身上放了肉。镖局改了客栈，他自己在后小院占着三间北房，大枪立在墙角，院子里有几只楼鸽。只是在夜间，他把小院的门关好，熟习熟习他的"五虎断魂枪"。这条枪与这套枪，二十年的工夫，在西北一带，给他创出来"神枪沙子龙"五个字，没遇见过敌手。现在，这条枪与这套枪不会再替他增光显胜了；只是摸摸这凉、滑、硬而发颤的杆子，使他心中少难过一些而已。只有在夜间独自拿起枪来，才能相信自己还是"神枪沙"。在白天，他不大谈武艺与往事；他的世界已被狂风吹走了。

在他手下创练起来的少年们还时常来找他。他们大多数是没落子弟，都有点武艺，可是没地方去用。有的在庙会上去卖艺：踢两趟腿，练套家伙，翻几个跟头，附带着卖点大力丸，混个三吊两吊的。有的实在闲不起了，去弄筐果子，或挑些毛豆角，赶早儿在街上论斤吆喝出去。那时候，米贱肉贱，肯卖膀子力气本来可以混个肚儿圆；他们可是不成：肚量既大，而且得吃口管事儿的；干饽饽辣饼子咽不下去。况且他们还时常去走会：五虎棍，开路，太狮少狮……虽然算不了什么——比起走镖来——可是到底有个机会活动活动，露露脸。是的，走会捧场是买脸的事，他们打扮得像个样儿，至少得有条青洋绉裤子，新漂白细市布的小褂，和一双鱼鳞洒鞋——顶好是青缎子抓地虎靴子。他们是神枪沙子龙的徒弟——虽然沙子龙并不承认——得到处露脸，走会得赔上俩钱，说不定还得打场架。没钱，上沙老师那里去求。沙老师不含糊，多少不拘，不让他们空着手儿走。可是，为打架或献技去讨教一个招数，或是请给说个"对子"——什么空手夺刀，或虎头钩进枪——沙老师有时说句笑话，马虎过去："教什么？拿开水浇吧！"有时直接把他们赶出去。他们不大明白沙老师是怎么了，心中也有点不乐意。

可是，他们到处为沙老师吹腾，一来是愿意使人知道他们的武艺有真传授，受过高人的指教；二来是为激动沙老师：万一有人不服气而找上老师来，老师难道还不露一两手真的么？所以：沙老师一拳就砸倒了个牛！沙老师一脚把人踢到房上去，并没使多大的劲！他们谁也没见过这种事，但是说着说着，他们相信这是真的了，有年月，有地方，千真万确，敢起誓！

王三胜——沙子龙的大伙计——在土地庙拉开了场子，摆好了家伙。抹了一鼻子茶叶末色的鼻烟，他抡了几下竹节钢鞭，把场子打大一些。放下鞭，没向四围作揖，叉着腰念了两句："脚踢天下好汉，拳打五路英雄！"向四围扫了一眼："乡亲们，王三胜不是卖艺的；玩艺儿会几套，西北路上走过镖，会过绿林中的朋友。现在闲着没事，拉个场子陪诸位玩玩。有爱练的尽管下来，王三胜以武会友，有赏脸的，我陪着。神枪沙子龙是我的师傅；玩艺地道！诸位，有愿下来的没有？"他看着，准知道没人敢下来，他的话硬，可是那条钢鞭更硬，十八斤重。

王三胜，大个子，一脸横肉，努着对大黑眼珠，看着四围。大家不出声。他脱了小褂，紧了紧深月白色的"腰里硬"，把肚子杀进去。给手心一口唾沫，抄起大刀来：

"诸位，王三胜先练趟瞧瞧。不白练，练完了，带着的扔几个；没钱，给喊个好，助助威。这儿没生意口。好，上眼！"

大刀靠了身，眼珠努出多高，脸上绷紧，胸脯子鼓出，像两块老桦木根子。一跺脚，刀横起，大红缨子在肩前摆动。削砍劈拨，蹲越闪转，手起风生，忽忽直响。忽然刀在右手心上旋转，身弯下去，四围鸦雀无声，只有缨铃轻叫。刀顺过来，猛地一个"跺泥"，身子直挺，比众人高着一头，黑塔似的。收了势："诸位！"一手持刀，一手叉腰，看着四围。稀稀的扔下几个铜钱，他点点头。"诸位！"他等着，等着，地上依旧是那几个亮而削薄的铜钱，外层的人偷偷散去。他咽了口气："没人懂！"他低声地说，可是大家全听见了。

"有功夫！"西北角上一个黄胡子老头儿答了话。

"啊？"王三胜好似没听明白。

"我说：你——有——功——夫！"老头子的语气很不得人心。

放下大刀，王三胜随着大家的头往西北看。谁也没看重这个老人：小干巴个儿，披着件粗蓝布大衫，脸上窝窝瘪瘪，眼陷进去很深，嘴上几根细黄胡，肩上扛着条小黄草辫子，有筷子那么细，而绝对不像筷子那么直顺。王三胜可是看出这老家伙有功夫，脑门亮，眼睛亮——眼眶虽深，眼珠可黑得像两口小井，深深地闪着黑光。王三胜不怕：他看得出别人有功夫没有，可更相信自己的本事，他是沙子龙手下的大将。

"下来玩玩，大叔！"王三胜说得很得体。

点点头，老头儿往里走。这一走，四外全笑了。他的胳臂不大动；左脚往前迈，右脚随着拉上来，一步步地往前拉扯，身子整着，像是患过瘫痪病。蹭到场中，把大衫扔在地上，一点没理会四围怎样笑他。

"神枪沙子龙的徒弟,你说?好,让你使枪吧;我呢?"老头子非常地干脆,很像久想动手。

人们全回来了,邻场耍狗熊的无论怎么敲锣也不中用了。

"三截棍进枪吧?"王三胜要看老头子一手,三截棍不是随便就拿得起来的家伙。

老头子又点点头,拾起家伙来。

王三胜努着眼,抖着枪,脸上十分难看。

老头子的黑眼珠更深更小了,像两个香火头,随着面前的枪尖儿转,王三胜忽然觉得不舒服,那俩黑眼珠似乎要把枪尖吸进去!四外已围得风雨不透,大家都觉出老头子确是有威。为躲那对眼睛,王三胜耍了个枪花。老头子的黄胡子一动:

"请!"王三胜一扣枪,向前躬步,枪尖奔了老头子的喉头去,枪缨打了一个红旋。老人的身子忽然活展了,将身微偏,让过枪尖,前把一挂,后把撩王三胜的手。啪,啪,两响,王三胜的枪撒了手。场外叫了好。王三胜连脸带胸口全紫了,抄起枪来;一个花子,连枪带人滚了过来,枪尖奔了老人的中部。老头子的眼亮得发着黑光;腿轻轻一屈,下把掩裆,上把打着刚要抽回的枪杆;啪,枪又落在地上。

场外又是一片彩声。王三胜流了汗,不再去拾枪,努着眼,木在那里。老头子扔下家伙,拾起大衫,还是拉拉着腿,可是走得很快了。大衫搭在臂上,他过来拍了王三胜一下:"还得练哪,伙计!"

"别走!"王三胜擦着汗:"你不离,姓王的服了!可有一样,你敢会会沙老师?"

"就是为会他才来的!"老头子的干巴脸上皱起点来,似乎是笑呢。"走;收了吧;晚饭我请!"

王三胜把兵器拢在一处,寄放在变戏法二麻子那里,陪着老头子往庙外走。后面跟着不少人,他把他们骂散了。

"你老贵姓?"他问。

"姓孙哪。"老头子的话与人一样,都那么干巴:"爱练;久想会会沙子龙。"

沙子龙不把你打扁了!王三胜心里说。他脚底下加了劲,可是没把孙老头落下。他看出来,老头子的腿是老走着查拳门中的连跳步;交起手来,必定很快。但是,无论他怎么快,沙子龙是没对手的。准知道孙老头要吃亏,他心中痛快了些,放慢了些脚步。

"孙大叔贵处?"

"河间的,小地方。"孙老者也和气了些:"月棍年刀一辈子枪,不容易见功夫!说真的,你那两手就不坏!"

王三胜头上的汗又回来了,没言语。

到了客栈,他心中直跳,唯恐沙老师不在家,他急于报仇。他知道老师不爱管这种事,师弟们已碰过不少回钉子,可是他相信这回必定行,他是大伙计,不比那些毛孩子;再说,人家在庙会上点名叫阵,沙老师还能丢这个脸么?

"三胜,"沙子龙正在床上看着本《封神榜》:"有事吗?"

三胜的脸又紫了,嘴唇动着,说不出话来。

沙子龙坐起来:"怎么了,三胜?"

"栽了跟头!"

只打了个不甚长的哈欠,沙老师没别的表示。

王三胜心中不平,但是不敢发作;他得激动老师:"姓孙的一个老头儿,门外等着老师呢;把我的枪,枪,打掉了两次!"他知道"枪"字在老师心中有多大分量。没等吩咐,他慌忙跑出去。

客人进来,沙子龙在外间屋等着呢。彼此拱手坐下,他叫三胜去泡茶。三胜希望两个老人立刻交了手,可是不能不沏茶去。孙老者没话讲,用深藏着的眼睛打量沙子龙。沙很客气:

"要是三胜得罪了你,不用理他,年纪还轻。"

孙老者有些失望,可也看出沙子龙的精明。他不知怎样好了,不能拿一个人的精明断定他的武艺。"我来领教领教枪法！"他不由地说出来。

沙子龙没接碴儿。王三胜提着茶壶走进来——急于看二人动手，他没管水开了没有，就沏在壶中。

"三胜，"沙子龙拿起个茶碗来："去找小顺们去，天汇见，陪孙老者吃饭。"

"什么！"王三胜的眼珠几乎掉出来。看了看沙老师的脸，他敢怒而不敢言地说了声"是啦！"走出去，撅着大嘴。

"教徒弟不易！"孙老者说。

"我没收过徒弟。走吧，这个水不开！茶馆去喝，喝饿了就吃。"沙子龙从桌子上拿起缎子褡裢，一头装着鼻烟壶，一头装着点钱，挂在腰带上。

"不，我还不饿！"孙老者很坚决，两个"不"字把小辫从肩上抡到后边去。

"说会子话儿。"

"我来为领教领教枪法。"

"功夫早搁下了，"沙子龙指着身上："已经放了肉！"

"这么办也行，"孙老者深深地看了沙老师一眼："不比武，教给我那趟五虎断魂枪。"

"五虎断魂枪？"沙子龙笑了："早忘干净了！早忘干净了！告诉你，在我这儿住几天，咱们各处逛逛，临走，多少送点盘缠。"

"我不逛，也用不着钱，我来学艺！"孙老者立起来："我练趟给你看看，看够得上学艺不够！"一屈腰已到了院中，把楼鸽都吓飞起去。拉开架子，他打了趟查拳：腿快，手飘洒，一个飞脚起去，小辫儿飘在空中，像从天上落下来一个风筝；快之中，每个架子都摆得稳、准、利落；来回六趟，把院子满都打到，走得圆，接得紧，身子在一处，而精神贯串到四面八方。抱拳收势，身儿缩紧，好似满院乱飞的燕子忽然归了巢。

"好！好！"沙子龙在台阶上点着头喊。

"教给我那趟枪！"孙老者抱了抱拳。

沙子龙下了台阶，也抱着拳："孙老者，说真的吧；那条枪和那套枪都跟我入棺材，一齐入棺材！"

"不传？"

"不传！"

孙老者的胡子嘴动了半天，没说出什么来。到屋里抄起蓝布大衫，拉拉着腿："打搅了，再会！"

"吃过饭走！"沙子龙说。

孙老者没言语。

沙子龙把客人送到小门，然后回到屋中，对着墙角立着的大枪点了点头。

他独自上了天汇，怕是王三胜们在那里等着。他们都没有去。

王三胜和小顺们都不敢再到土地庙去卖艺，大家谁也不再为沙子龙吹胜；反之，他们说沙子龙栽了跟头，不敢和个老头儿动手；那个老头子一脚能踢死个牛。不要说王三胜输给他，沙子龙也不是他的对手。不过呢，王三胜到底和老头子见了个高低，而沙子龙连句硬话也没敢说。"神枪沙子龙"慢慢似乎被人们忘了。

夜静人稀，沙子龙关好了小门，一气把六十四枪刺下来；而后，挂着枪，望着天上的群星，想起当年在野店荒林的威风。叹一口气，用手指慢慢摸着凉滑的枪身，又微微一笑："不传！不传！"

作品赏析：

《断魂枪》是老舍的短篇小说名篇，发表于1935年9月22日天津《大公报》第13期的"文艺副刊"上。小说采用对话式的叙述方式，通过比武求艺这一简单情节的刻画，绘声绘色地塑造了辛亥革命前后年间江湖艺人形象，惟妙惟肖地刻画了"神枪"沙子龙意识到自己的绝技"五虎断魂枪"在洋枪洋炮面前失去优势后的懊丧、颓唐的心理状态。在艺术上，小说以

◇最好的小说

小见大，通过小人物的前后变化反衬出大时代的变迁，暗示了为时代淘汰的落伍者的凄惨命运，流露了作者对下层人民的同情心和对当时国术不为人重视的惋惜感。

隔 绝/冯沅君

入选理由
知名作家冯沅君的短篇小说精粹
一篇轰动当时文坛的杰作
一篇发自内心的思索和反抗

　　青霭！再想不到我们计划得那样周密竟被我们的反动的势力战败了。固然我们的精神是绝对融洽的，然形式上竟被隔绝了。这是何等的厄运，对于我们的神圣的爱情！你现在也许悲悲切切的为我们的不幸的命运痛哭，也许在筹划救我出去的方法。如果你是个有为的青年你就走第二条路。

　　从车站回来就被幽禁在这间小屋内。这间屋内有床，有桌，有茶几，有椅子，茶碗面盆之类都也粗备。只是连张破纸一支秃头笔都寻不到。若不是昨晚我求我的表妹给我偷偷的送来几张纸和支自来水钢笔，恐怕我真要寂寞死了。死了你还不知道我是怎样死的！

　　今天已是我被幽禁的第二天！我在这小屋内已经孤零零的过了一夜。我的哥哥姐姐们虽然很和我表同情，屡次谏我的母亲不要这般执扭，可是都失败了。她说我们这种行为直同姘识一样，我不但已经丢尽她的面子，并且使祖宗在九泉下为我气愤，为我含羞。假如她们要再帮我，她就不活了。青霭呵！怎的爱情在我们看来是神圣的，高尚的，纯洁的，而他们却看得这样卑鄙污浊！

　　生命可以牺牲，意志自由不可以牺牲，不得自由我宁死。人们要不知道争恋爱自由，则所有的一切都不必提了。这是我的宣言，也是你常常听见的。我又屡次说道：我们的爱情是绝对的，无限的，万一我们不能抵抗外来的阻力时，我们就同走去看海去。你现在看我已到了这样境地，还是这样偷安苟活着，或者以为我背前约了。唉，若然，你是完全错误了。

世界原是个大牢狱，人生的途中又偏生许多荆棘，我们还留恋些什么。况且万一看了什么意外的变动，你是必殉情的，那末我怎能独生！我所以不在我母亲捉我回来的时候，就往火车轨道中一跳，只待车轮子一动我就和这个恶浊世界长别的原因，就是这样。此刻离那可怕的日子（逼我做刘家的媳妇的一天）还有三天，慕汉现尚未到家，我现在方运动我的表妹和姐姐设法救我出去。假如爱神怜我们的至诚，保佑我们成功，则我们日后或逃往这个世界的别个空间，或径往别个世界去，仍然是相互搀扶着。不然，我怕我现在纵然消灭了，我的母亲或许仍把我这副皮囊送葬在刘家坟内，那是多么可耻的事。

我的姊姊责备我，说我不该回此地来看母亲，不然，则鸿飞冥冥弋人何慕？我虽不曾同她深辩，我原谅她为我计划的苦心。可是，青霭！我承认她是错了，我爱你，我也爱我的妈妈，世界上的爱情都是神圣的，无论是男女之爱，母子之爱。试想想六十多岁的老母六七年不得见面了，现在有了可以亲近她老人家的机会，而还是一点归志没有，这算人吗？我此次冒险归来的目的是要使爱情在各方面的都满足。不想爱情的根本是只一个，但因为表现出来的方面不同就矛盾得不能两立了。

作者简介

冯沅君（1900—1974），出生于书香世家，也正是这样的家世渊源，冯沅君虽为女流，却也积淀下了深厚的学术功底，成为古典文学的大家，留下了弥足珍贵的《老子韵律初探》《楚辞用韵之格式》。但更让作者声名鹊起的却是"五四"的时代浪潮，这位深受鲁迅赞誉的文学青年以悱恻缠绵的爱情形式披露了当时爱情婚恋的不能自由，被誉为是当时女性所能达到的最高，也是让人无法企及的精神境界。创作了小说集《卷葹》，以抽心不死为喻，只身捍卫爱情的真谛，留下了像《隔绝》《隔绝之后》《旅行》这样的不朽篇章。在新时代与旧传统的夹缝中，展现了浓浓的时代气息。

◇最好的小说

当我刚被送进这间小屋子的时候，我曾为我不幸的命运痛哭，哭得我的泪也枯了，嗓也哑了。我的母亲向来是何等慈善的性质，此刻不知怎样变得这样残酷，不但不来安慰我，还在隔壁对我的哥哥数我的罪状，说我们的爱情是大逆不道的。我听了更气，气了更哭，哭得倦了，呵！青霭呵！真奇怪，我不知几时室内的一切都变了，都变得和我们在京时一样！仿佛是热天，河中的荷叶密密的将水面盖了起来，好像一面翠色的毯子。红的花儿红得像我的双颊，白的更是清妍。在微波清浅的地方可以看得见游鱼唼喋萍藻，垂柳的条儿因风结了许多不同样的结子，风过处远远的送来阵阵清香大概是栀子之类。又似乎是早上，荷叶，荷花，柳林，道旁的小草都满带着滚滚的零露。天边残月的光辉映得白色的荷花更显清丽绝伦。我们都穿着极薄的白色衣服，因晨风过凉，相互拥抱着，坐在个石矶上边。你伸手折了个荷叶，当顶帽子往我头上戴。我登时抓了下来放在你的头上时，你夺去丢在一边。我生气了，你来赔罪，把我手紧紧握着，对我微笑。我也就顺势倚在你的怀里，一切自然的美景顷刻都已忘了，只觉爱的甜蜜神妙。天边起块黑云渐渐的长大起来，接着就落下青铜钱大的雨点子，更加着雷声隆隆，电光闪灼。忽然间你失了踪迹，我急得仰天大叫，我的爱人哪去了？……一急醒来，方知我是方才哭得太狠了，精神虚弱，因有此似梦非梦的幻觉。青霭！过去的一段玫瑰路上的光景比这好得多呢，世间的一切都是梦也都是真。幻与真究有什么分别，我们暂且多做几个好梦吧！

晚上没有月，星是极稠密的。十一点钟后人都睡了，四围真寂静呵，恐怕是个绣花针儿落在地上也可以听得出声音。黑洞的天空中点缀着的繁星，其间有堆不知叫作什么名字，手扯手作成了个大圆圈，看去同项圈上嵌的一颗颗的明珠宝石相仿佛。我此刻真不能睡了，我披衣下床来到窗前呆呆的对天空望着，历乱的星光，沉寂的夜景，假如加上个如眉的新月，不和去年冬天我们游中央公园那夜的景色一般吗？

就在这样的夜里，
月瘦如眉，
星光历乱，
一切喧嚣的声音，
都被摒在别个世界了。

就在这样的夜里，
我们相挽扶着，
一会伫立在社稷坛的西侧，
一会散步在小河边的老柏树下，
踏碎了柏子，
惊醒了宿鸦，
听得河冰夜裂的声音。

就在这样的夜里，
我们相拥抱着，
说了平日含羞不敢说的话，
拌了嘴，
又赔了罪，
更深深的了解了彼此的心际。

就在这样的夜里，
我们回想到初次见面的情况，
说着想着，
最后是相视而笑了。
爱的神秘，
夜的神秘，

◇最好的小说

　　这时节并在一起！

　　青霭！这不是我们去年的履迹吗？这不是你所称为极好的写实诗吗？朋友们读了这首诗不是都很羡慕我们的甜蜜的生活吗？当我望着黑而无际的天空，低低的含泪念着的时候，我觉得那天晚上的情景都在我的眼前再现了。但是……但是情形的再现终究和真的差得远，他来得越甜蜜，我的心越觉得酸苦，越觉得痛楚，现在想使我得安慰，除非你把我拥抱在你的怀里，然而事实上怎样能够哟！

　　青霭！记得吗？在会馆我们初次见面的时候，你从人缝中钻了出来，什么话都不说，先问别人哪位是维乃华女士？你记得吗？初秋天气，一个很清爽的早晨，我们趁着"鬼东西"的考试，去游三贝子花园，刚进动物园门，阵阵凉风吹来，树林间都发出一种沙刺的声音。我那时因为穿得过少，支持不了这凉风的势力，就紧紧的靠着你走。你开始敢于握我的手，待走到了畅观楼旁绿树丛里，你左手抱着我的右肩，右手拉着我的左手，在那里踱来踱去，几次试着要吻我，终归不敢。现在老实告诉你吧，青霭！那时我的心神也已经不能自持了，同"维特"的脚和"绿蒂"的脚接触时所感受的一样。你记得吗？因为在你室里你抱了我，把脸紧紧贴着我的右腮，我生气了回去写信骂你，你约我在东便门外河沿上道歉，刚相逢的时候两人都是默默无言，虽肚里装了千言万语，眼里充满了热泪。后来还是你勉强嗫嚅地说："我明知道对于异性的爱恋的本能不应该在你身发展，你的问题是能解决的，我的问题是不能解决的……但是我不明白为什么对于我不爱的人非教我亲近不可，而对于我的爱人略亲近点，他们就视为大逆不道？……"那时我虽然有些害怕，很诧异你怎的为爱情迷到这步田地，怕我们这段爱史得不着幸福的归结，但是听了你的"假如你承认这种举动对于你是失礼的地方，我只有自沉在这小河里；只要我们能永久这样，以后我听信你的话，好好读书。"教我心软了，我牺牲自己完成别人的情感，春草似的生遍了我的心田。我仿佛受了什么尊严的天命立刻就允许了你的要求，你记得吗？在这桩事发生后，不久我们又去逛二闸，踏遍了秋郊，寻不到个人们的眼光注射不到的地方。后来还是你借事支开了舟子，躲在芦花深处拥抱了一会，Kiss了几下，那时太阳已快要落了，红光与远山的黛色相映，渲染出片紫色的晚霞来。林头水边也还有他的余光依恋着。满目秋色显出一片无限的萧瑟和悲壮的美，更衬得我们的行为的艺术化了。无何苍茫的暮色自远而来，水上的波纹也辨不清晰，雪白的鸭儿更早已被人家唤了回去，我们不得不舍舟登陆，重寻来时的途径。我们并肩坐在船板上，我半身都靠在你的怀里，小舟过处，桨儿拨水的声音和芦荻的叶子发出的声音相和，宛如人们叹息的声气，但是我们心中的愉快，并不为外物所移。我们偎倚得更紧些，有时我想到前途的艰难，我几乎要倒在你怀里哭，你说我们的爱情是这样神圣纯洁，你还难受吗？你说我们立志要实现易卜生、托尔斯泰所不敢实现的……你记得吗？就在那年冬天，万生园内宴春园茶楼上，你在我的面前哭着，说除我而外你什么都不信仰……我就是你的上帝……实行……的请求。我回答你：自此而后我除了你而外不再爱任何一个人，我们永久是这样，待有了相当时机我们再……你的目的达到了，温柔的微笑登时在你那还含着余泪的眼上涌现出来，你先用手按着我的双肩，低低的叫我声姐姐，并说我们是……后来你拉我坐在你的怀里。我手摸着你的颈子，你的头部低低垂着，恰恰当我的胸前。你哭诉了你在这个世界上所经历的，所遭逢的，最末一句是"我自略知人事以来，没有碰到一桩满意的事，只有在我的爱人跟前不曾受过一次委屈……"往事怎堪回首呵！爱的种子何啻痛苦烦恼的源泉，在人们未生之前，造物主已把甜蜜的花和痛苦的刺调得均均匀匀的散布在人生的路上。造物主在造爱的糖果的时候，已将其中掺了痛苦的汁儿呵。不说了吧……我们的甜蜜生活岂是叙述得尽的，这种情景的回忆，已经将我的心撕碎了，怎忍再教他们撕你的心呢？……爱的人儿啊！……

青霭！我的唯一的爱人！不要为我伤心！Hamlet说只要我的躯壳属我的时候，我终是你的。我可以对你说，只要我的灵魂还有一星半点儿知觉，

◇最好的小说

我终不负你。

糊里糊涂地昨天给你写了两大张，此后无论我的精神怎样错乱，我总努力将我每天在这小屋内发生的感想写出来，这种办法我认为是于人无损于我却有莫大的利益的。因为万一我今生不出这个樊笼，就到别个世界去了，你也可以由此得略知我被拘后的生活情况。我的表妹已自矢奋勇说将来无论如何总使你看到我这点血泪。唉，我的泪又流了，世间最惨的事，还有过于一个连死在那里的自由都被剥夺了的吗？我现在还不及个已判决死刑而又将就法场的囚徒。因为他可以预先知道在什么时候什么地方死，好教他的亲人看他咽临终一口气。我呢，也许当我咽这口气的时候，在我跟前的是我的不共戴天的仇人。

昨晚从给你写了那几句话后，我就勉强躺在床上，打算平心静气的想法儿逃走，谁知我们的过去的生活——甜蜜的生活，好像水被地心的吸力吸得不能不就下似的，在我心中涌出来了。呵，可惜人类的心太污浊了，最爱拿他们那卑鄙不堪的心，来推测别人。不然我怕没有一个人，只要他们曾听见过我们这回事，不相信并且羡慕我们的爱情的纯洁神圣的。试想以两个爱到生命可以为他们的爱情牺牲的男女青年，相处十几天而除了拥抱和接吻密谈外，没有丝毫其他的关系，算不算古今中外爱史中所仅见的。爱的人儿，我愿我们永久别忘了郑州旅馆中的最神圣的一夜哟！我们俩第一次上最甜蜜的爱的功课的一夜。呵，它的神秘和美妙！我含羞的默默的挨坐在床沿上不肯去睡，你来给我解衣服解到最里的一层，你代我把已解开的衣服掩了起来，低低的说道，请你自己解吧……说罢就远远的站在一边像有什么尊严的什么监督着似的……。当你抱我在你的怀里的时候，我虽说曾想到将来家庭会用再强横没有的手段压迫我们，破坏我们，社会上会怎样非难我们，伏在你怀里哭，可是我真觉得置身在个四无人烟，荆棘塞路，豺虎咆哮的山谷中一样，只有你是可依托的，你真爱我，能救我。……由此我深深的永久的承认人们的灵魂的确是纯洁的。这种纯洁只在绝对的无限的实用时方才表现出来。人之所以能为人也就在这点灵魂的纯洁。

当我这样想时天忽然下了雨了，淅淅沥沥打在窗外的芭蕉叶上，如怨如慕，如泣如诉。我曾竭诚默然的祝道，快下吧，雨呀，下大了把被人类践踏脏了的地面，好好洗净，重新播自由，高尚，纯洁的爱的种子。

我的一生可说为爱情播弄够了。因为母亲的爱，所以不敢毅然解除和刘家的婚约，所以冒险回来看她老人家。因为情人的爱，所以宁愿牺牲社会上的名誉，天伦的乐趣。这幕惨剧的作者是爱情，扮演给大家看的是我。我真要对上帝起交涉了。以后假如他不能使爱情在各方面都是调和的，我誓要他种一颗爱子，我拔一棵爱苗，绝不让爱字在这个世界再发现一次。索性让他们残酷得同野兽一样，你食我的肉，我寝你的皮，倒也痛快。

两天不自由的生活使我对于人间的一切明白了解了许多。我发现人类是自私的，纵然物质上可以牺牲自己以为别人，而精神上不妨因为要实现自己由历史环境得来的成见，置别人于不顾。母女可算是世间最亲爱的了，然而她们也不能逃出这个公例。其他更不用说了。又发现人间的关系无论是谁，你受他的栽培，就要受他的制裁，你说对吗？

今晨天忽晴了，阳光射在我的床上，屋内的一切似乎也都添了些生意。可是我的表妹同我的嫂嫂来看我时都很惊异的说我比昨天憔悴得更多了。我的表妹的大而有光的眼里，更装满了清泪，这也是不足为怪的。好生原是人类的本能，人生的经途中也不尽是毒蛇猛兽，我们这样轻生的心理原是变态的。

她们因为慰藉我的无聊起见，送了一瓶花来，嫣红姹紫，清香扑鼻，不过我心中的难受由此更加几倍。我想到你送我的海棠花映着灯光娇艳的样儿，想到你在你的小花园内海棠树下读书的情形。花原是爱的象征，你送我的花我都用从心坎上流出来的津液浸润着。当你在花下读书的时候，我曾用我的灵魂拥护你。现在呢，送花的人，爱花的人，都为造化小儿播弄到这步田地，眼看爱的花已经快要枯萎了，还说什么慰藉呢？

下午我又听见我的母亲在对我姐姐谈我们去年春天规定的计划并且痛痛

的骂我们……。青霭呵，伊尔文说每种关于爱情的计划都是可以原谅的，他们的见解怎的却和伊氏相反呢？……

谢天谢地！我的表妹把我们的消息传通了，不然，我怕我们连死在一处的希望也没有了。可是再告诉你个怕人的消息：就是刘家的儿子今晚十二点就到家了（我的表妹说的）。我若不于今晚设法脱离此地，一定要像我说的看我咽最后一口气的人就是我的不共戴天之仇的人。但是事实上……不写明白，你总可猜得住。

青霭，虽然我们相见的希望还有一丝存在，但是我觉得穿黑衣的神已来我身旁了，我们的爱史的末一页怕就翻到了。我们统共都只活了念四五年，学问上不能对于社会有所贡献，但是我们的历史确是我们自己应该珍重的。我们的精神我们自己应该佩服的。无论如何我们总未向过我们良心上所不信任的势力乞怜。我们开了为要求心爱自由而死的血路。我们应将此路的情形指示给青年们，希望他们成功。不遭人忌是庸才，我也不必难受了。我能跑出去同你搬家到大海中住，听悲壮的涛声，看神秘的月色更好，万一不幸我是死了，你千万不要短气，你可以将我们的爱史的前前后后详详细细写出。六百封信，也将他整好发表……

我的表妹来了，她愿将此信送给你，并告诉我这间房的窗子只隔道墙就是一条僻巷，很可以逾越。今晚十二时你可在墙外候我。

作品赏析：

冯沅君的笔法在当时显得颇为特别，总是在时代的美好憧憬与现实的艰涩残忍相互夹杂中透露人性的隐美，在青年的群体中引起不歇的共鸣。

《隔绝》是用第一人称以书信形式着力描写恋爱中的女性心理的佳作。作品通过主人公的倾诉，把一对青年男女对封建制度的不屈反抗，对恋爱自由的热烈追求，淋漓尽致地表现出来。小说中，作者以细腻率真的心理描写大胆地坦露了当时一般女性的不敢展示的恋爱心理，洋溢着反对封建礼教，打破封建思想镣铐的大无畏精神。在这些大胆的抒写中，作品展示给读者的不是庸俗与无聊，而是纯洁与庄重。

《隔绝》的笔法与情感基调都很类似于许地山的《命命鸟》，但所不同的是，她以女性独特的细腻心理分析取代了许地山宗教式的描述，别具一番风味。文章展现的是青年之间你情我愿的爱恋出现了家长阻隔的厄运，女方被寂寞地囚禁，等着出嫁成刘家的媳妇，在这月瘦如眉，星光缭乱的夜晚，哀戚地追忆着从前虽争吵却美好的时光，并发出了信誓旦旦的宣言：只要躯壳属于我的时候我终是你的。

文章的价值集中体现在人物的心理层次的分析上，以心理变迁为线索，以第一人称的手法，倾诉了爱情与旧时伦理的尖刻冲突，宣泄了积郁在作者内心的情感。杨义称誉道：这在'五四'作家中是首屈一指的。在立体型的时空安排中，完整描摹了主人公的心态变化的全程，展现了相爱的往昔，和现在为爱而死的决心。语言委婉清丽，亲切自然，评论家说这是一种成熟的大家手笔。

绣 枕/凌叔华

入选理由
凌叔华的小说代表作之一
揭示了中国旧式闺秀的孤寂、忧郁、隐秘的内心世界

大小姐正在低头绣一个靠垫，此时天气闷热，小巴狗只有躺在桌底伸出舌头喘气的分儿，苍蝇热昏昏的满玻璃窗打转，张妈站在背后打扇子，脸上一道一道的汗渍，她不住的用手巾擦，可总擦不干。鼻尖刚才干了，嘴边的又点点凸出来。她瞧着她主人的汗虽然没有她那样多，可是脸热得酱红，白细夏布褂汗湿了一背脊，忍不住说道：

"大小姐，歇会儿，凉快凉快吧。老爷虽说明天得送这靠垫去，可是没

定规早上或晚上呢。"

"他说了明儿早上十二点以前，必得送去才好，不能不赶了，你站过来扇扇。"小姐答完仍旧低头做活。

张妈走过左边，打着扇子，眼看着绣的东西，不住的啧啧称叹：

"我从前听人家讲故事，我总想那上头长得俊的小姐，也聪明灵巧，必是说书人信嘴编的，那知道就真有，这样一个水葱儿似的小姐，还会这一手活计！这鸟绣得真爱死人！"大小姐嘴边轻轻的显露一弧笑窝，但刹那便止。张妈话兴不断，接着说：

"哼，这一对靠枕儿送到白总长那里，大家看了，别提有多少人来说亲呢。门也得挤破了。……听说白总长的二少爷二十多岁还没找着合适亲事，唔，我懂得老爷的意思，上回算命的告诉太太今年你是红鸾星照命主……"

"张妈，少胡扯吧。"大小姐停针打住说，她的脸上微微红晕起来。

此时屋内又是很寂静，只听见绣花针噗噗的一上一下穿缎子的声音和扶扶轻微的风响，忽然竹帘外边有一个十三四岁的女孩子叫道：

"妈，我来了。"

"小妞儿吗？这样大热的天来干什么？"张妈赶紧问。小妞儿穿着一身毛蓝布裤褂，满头汗珠，一张窝瓜脸热得紫涨，此时已经闪身入到帘内房门口边，只望着大小姐出神。她喘着气说：

"妈，昨儿四嫂子告诉我这里大小姐用了半年功夫绣了一对靠垫，光是那只鸟已经用了三四十样线，我不信有这样多颜色，四嫂子说，不信你赶快去看看，过两天还要送人呢。我今儿吃了饭就进城，妈，我到那边儿看看行吗？"

张妈听完连忙陪笑问：

"大小姐，小妞儿想看看你的活计行吗？"

大小姐抬头望望小妞儿，见她的衣服很脏，拿住一条灰色手巾只擦脸上的汗，嘴咧开极阔，露出两排黄板牙，瞪直了眼望里看，她不觉皱眉答：

"叫她先出去，等会儿再说吧。"

张妈会意这因为嫌她的女儿脏，不愿使她看的话，立刻对小妞儿说：

"瞧瞧你鼻子上的汗，还不擦把脸去。我屋里有洗脸水。大热天的这汗味儿可别熏着大小姐。"

小妞儿脸上显出非常失望的神气，听她妈说完还不想走出去。张妈见她不动，很不忍的瞪了她一眼，说：

"去我屋洗脸去吧。我就来。"

小妞儿撅着嘴掀帘出去。大小姐换线时偶尔抬起头往窗外看，只见小妞拿起前襟擦额上的汗，大半块衣襟都湿了。院子里盆栽的石榴吐着火血的花，直照着日光，更叫人觉得暑热，她低头看见自己的胳肢窝，汗湿了一大片了。

光阴一恍便是两年，大小姐还在深闺做针线活，小妞儿已经长成和她妈一样粗细，衣服也懂得穿干净的了，现在她妈告假回家，她居然能做替工。

夏天夜上，小妞儿正在下房坐近灯旁缝一对枕头顶儿，忽听见大小姐喊她，放下针线，就跑到上房。

她与大小姐捶腿时，便有一搭没一搭的说闲话：

"大小姐，前天干妈送我一对很好看的枕头顶儿，一边是一只翠鸟，一边是一只凤凰。"

"怎么还有绣半只鸟的吗？"大小姐似乎取笑她说。

作者简介

凌叔华（1900—1990），生于北京，中国现代女作家。1922年入燕京大学外语系学习。1925年开始文学创作，与当时的冰心、庐隐、冯沅君、苏雪林等人齐名。1929年后在武汉大学、燕京大学任教多年。1974年出国，与丈夫陈源（陈西滢）旅居法、英、美、新加坡诸国，专研中外绘画，应邀为多所大学开设中国文学与书画专题讲座。1990年叶落归根，在北京病逝。她的作品淡雅幽丽，温婉细致，富有女性温柔的气质。主要作品有小说集《花之寺》《女人》《小哥儿俩》。

"说起我这对枕头顶儿，话长哪。咳，为了它，我还和干姐姐呕了回子气，那本来是王二嫂子给我干妈的，她说这是从两个弄脏了的大靠垫子上剪下来的。新的时候好看极哪。一个绣的是荷花和翠鸟，那一个是绣的一只凤凰站在石山上，头一天，人家送给她们老爷，就放在客厅的椅子上，当晚便被吃醉了的客人吐脏了一大片；另一个给打牌的人，挤掉在地上，便有人拿来当作脚踏垫子用，好好的缎地子，满是泥脚印。少爷看见就叫王二嫂捡了去。干妈后来就和王二嫂要了来给我，那晚上，我拿回家来足足看了好一会子，真爱死人咧，只那凤凰尾巴就用了四十多样线。那翠鸟的眼睛望着池子里的小鱼儿真要绣活了，那眼睛真个发亮，不知用什么线绣的。"

大小姐听到这里忽然心中一动，小妞儿还往下说：

"真可惜，这样好看东西毁了。干妈前天见了我，教我剪去脏的地方拿来缝一对枕头顶儿。那知道干姐姐真小气，说我看见干妈好东西就想法子讨了去。"

大小姐没有理会她们呕气的话，却只在回想她在前年的伏天曾绣过一对很精细的靠垫——上头也有翠鸟与凤凰的。那时白天太热，拿不得针，常常留到晚上绣，完了工，还害了十多天眼病。她想看看这鸟比她的怎样，吩咐小妞儿把那对枕顶儿立刻拿来。

小妞儿把枕顶片儿拿来说：

"大小姐你看看这样好的黑青云霞缎的地子都脏了。这鸟听说从前都是凸出来的，现在已经踏凹了。您看！这鸟的冠子，这鸟的红嘴，颜色到现在还很鲜亮，王二嫂说那翠鸟的眼珠子，从前还有两颗真珠子镶在里头，这荷花不行了，都成灰色了。荷叶太大，做枕顶儿用不着，……这个山石旁还有小花朵儿……"

大小姐只管对着这两块绣花片子出神，小妞儿末了说的话，一句听不清了。她只回忆起她做那鸟冠子曾拆了又绣，足足三次，一次是汗污了嫩黄的线，绣完才发现；一次是配错了石绿的线，晚上认错了色；末一次记不清了。那荷花瓣上的嫩粉色的线她洗完手都不敢拿，还得用爽身粉擦了手，再绣，……荷叶太大块，更难绣，用一样绿色太板滞，足足配了十二色绿线，……做完那对靠垫以后，送给了白家，不少亲戚朋友对她的父母进了许多谀词，她的闺中女伴，取笑了许多话，她听到常常自己红着脸微笑，还有，她夜里也曾梦到她从来未经历过的娇羞傲气，穿戴着此生未有过的衣饰，许多小姑娘追她看，很羡慕她，许多女伴面上显出嫉妒颜色。那种是幻境，不久她也懂得，所以她永远不愿再想起它来撩乱心思。今天却碰到了，便一一想起来。

小妞儿见她默默不言，直着眼，只管看那枕顶片儿，便说道：

"大小姐也喜欢她不是？这样针线活，真爱死人呢。明儿也照样绣一对儿不好吗？"

大小姐没有听见小妞问的是什么，只能摇了摇头算答复了。

作品赏析：

《绣枕》是凌叔华的代表作，最初发表于1925年3月《现代评论》第1卷第15期上。小说发表后反响热烈，曾受到鲁迅的赞赏。小说中的主人公是一位美丽温柔的深闺小姐，她长时间地在家中默默地精心刺绣一对靠枕，完工后将其送给白总长，以便这位上层人物请客时为人赏识，纷纷来说亲。但绣枕送去的当晚，却被醉酒的客人吐脏踩坏，最终丢给家中的佣人。小说以此反映了旧时代的中国女性难以掌握自己命运的苦闷心境，描绘了中产人家温顺女性的孤寂和忧郁的灵魂。小说笔调清淡透逸，人物心理刻画细腻传神，富于诗情画意。

◇最好的小说

菱荡 / 废名

入选理由
废名的小说代表作之一
真实反映了旧时中国南方水乡的纯朴民风、人情世俗
入选我国多种短篇小说选本

陶家村在菱荡圩的坝上，离城不过半里，下坝过桥，走一个沙洲，到城西门。

一条线排着，十来重瓦屋，泥墙，石灰画得砖块分明，太阳底下更有一种光泽，表示陶家村总是兴旺的。屋后竹林，绿叶堆成了台阶的样子，倾斜至河岸，河水沿竹子打一个湾，潺潺流过。这里离城才是真近，中间就只有河，城墙的一段正对了竹子临水而立。竹林里一条小路，城上也窥得见，不当心河边忽然站了一个人，——陶家村人出来挑水。落山的太阳射不过陶家村的时候（这时游城的很多），少不了有人攀了城垛子探首望水，但结果城上人望城下人，仿佛不会说水清竹叶绿，——城下人亦望城上。

陶家村过桥的地方有一座石塔，名叫洗手塔。人说，当初是没有桥的，往来要摆渡。摆渡者，是指以大乌竹做成的筏载行人过河。一位姓张的老汉，专在这里摆渡过日，头发白得像银丝。一天，何仙姑下凡来，度老汉升天，老汉道："我不去。城里人如何下乡？乡下人如何进城？"但老汉这天晚上死了。清早起来，河有桥，桥头有塔。何仙姑一夜修了桥。修了桥洗一洗手，成洗手塔。这个故事，陶家村的陈聋子独不相信，他说："张老头子摆渡，不是要渡钱吗？"摆渡依然要人家给他钱，同聋子"打长工"是一样，所以决不能升天。

塔不高，一棵大枫树高高的在塔之上，远路行人总要歇住乘一乘阴。坐在树下，菱荡圩一眼看得见，——看见的也仅仅只有菱荡圩的天地了，

坝外一重山，两重山，虽知道隔得不近，但树林在山腰。菱荡圩算不得大圩，花篮的形状，花篮里却没有装一朵花，从底绿起，——若是荞麦或油菜花开的时候，那又尽是花了。稻田自然一望而知，另外树林子堆的许多球，哪怕城里人时常跑到菱荡圩来玩，也不能一一说出，那是村，那是园，或者水塘四周栽了树。坝上的树叫菱荡圩的天比地更来得小，除了陶家村以及陶家村对面的一个小庙，走路是在树林里走了一圈。有时听得斧头斫树响，一直听到不再响了还是一无所见。那个小庙，从这边望去，露出一幅白墙，虽是深藏也逃不了是一个小庙。到了晚半天，这一块儿首先没有太阳，树色格外深。有人想，这庙大概是村庙，因为那么小，实在同它背后山腰里的水竹寺差不多大小，不过水竹寺的林子是远山上的竹林罢了。城里人有终其身没有向陶家村人问过这庙者，终其身也没有再见过这么白的墙。

陶家村门口的田十年九不收谷的，本来也就不打算种谷，太低，四季有水，收谷是意外的丰年（按，陶家村的丰年是岁旱）。水草连着菖蒲，菖蒲长到坝脚，树阴遮得这一片草叫人无风自凉。陶家村的牛在这坝脚下放，城里的驴子也在这坝脚下放，人又喜欢伸开他的手脚躺在这里闭眼向天。环着这水田的一条沙路环过菱荡。

菱荡圩是以这个菱荡得名。

菱荡属陶家村，周围常青树的矮林，密得很。走在坝上，望见白水的一

作者简介

废名（1901—1967），本名冯文炳，在中国文学史上被推举为京派的作家代表。他的文学理念体现了周作人的行文风格，以《竹林的故事》《桥》《莫须有先生传》称道整个中国文坛。他的小说最为典型的特征是他的散文化，既融合了西方的现代小说技巧，也包含了中国传统古典诗文的笔调，使文风相对显得幽微，曾被单独称誉为废名风，甚至影响到了后来沈从文一脉的京派作家的文体思路和行文风格。但不足的是，他文章的跳跃性和艰涩的造境让文章的阅读显得相当费力，故而，虽然他在文学史上的名气大，但真正的读者却不多。

角。荡岸，绿草散着野花，成一个圈圈。两个通口，一个连菜园，陈聋子种的几畦园也在这里。

菱荡的深，陶家村的二老爹知道，二老爹是七十八岁的老人，说，道光十九年，剩了他们的菱荡没有成干土，但也快要见底了。网起来的大小鱼真不少，鲤鱼大的有二十斤。这回陶家村可热闹，六城的人来看，洗手塔上是人，荡当中人挤人，树都挤得稀疏了。

菱叶遮蔽了水面，约半荡，余则是白水。太阳当顶时，林茂无鸟声，过路人不见水的过去。如果是熟客，绕到进口的地方进去玩，一眼要上下闪，天与水。停了脚，水里唧唧响，——水仿佛是这一个一个的声音填的！偏头，或者看见一人钓鱼，钓鱼的只看他的一根线。一声不响的你又走出来了。好比是进城去，到了街上你还是菱荡的过客。

这样的人，总觉得有一个东西是深的，碧蓝的，绿的，又是那么圆。

城里人并不以为菱荡是陶家村的，是陈聋子的。大家都熟识这个聋子，喜欢他，打趣他，尤其是那般洗衣的女人，——洗衣的多半住在西城根，河水浑了到菱荡来洗。菱荡的深，这才被她们搅动了。太阳落山以及天刚刚破晓的时候，坝上也听得见她们喉咙叫，甚至，衣篮太重了坐在坝脚下草地上"打一栈"的也与正在槌捣杵的相呼应。野花做了她们的蒲团，原来青青的草被她们踏成了路。

陈聋子，平常略去了陈字，只称聋子。他在陶家村打了十几年长工，轻易不见他说话，别人说话他偏肯听，大家都嫉妒他似的这样叫他。但这或者不始于陶家村，他到陶家村来似乎就没有带别的名字了。二老爹的园是他种，园里出的菜也要他挑上街去卖，二老爹相信他一个人，回来一文一文的钱向二老爹手上数。洗衣女人问他讨萝卜吃——好比他正在萝卜田里，他也连忙拔起一个大的，连叶子给她。不过讨萝卜他就答应一个萝卜，再说他的萝卜不好，他无话回，笑是笑的。菱荡圩的萝卜吃在口里实在甜。

菱荡满菱角的时候，菱荡里不时有一个小划子（这划子一个人背得起），坐划子菱叶上打回旋的常是陈聋子。聋子到哪里去了，二老爹也不知道，二老爹或者在坝脚下看他的牛吃草，没有留心他的聋子进菱荡。聋子挑了菱角回家——聋子是在菱荡摘菱角！

聋子总是这样的去摘菱角，恰如菱荡在菱荡圩不现其水。

有一回聋子送一篮菱角到石家井去，——石家井是城里有名的巷子，石姓所居，两边院墙夹成一条深巷，石铺的道，小孩子走这里过，故意踏得响，逗回声。聋子走到石家大门，站住了，抬了头望院子里的石榴，仿佛这样望得出人来。两匹狗朝外一奔，跳到他的肩膀上叫。一匹是黑的，一匹是白的，聋子分不开眼睛，尽站在一块石上转，两手紧握篮子，一直到狗叫出了石家的小姑娘，替他喝住狗。石家姑娘见了一篮红菱角，笑道："是我家买的吗？"聋子被狗呆住了的模样，一言没有发，但他对了小姑娘牙齿都笑出来了。小姑娘引他进门，一会儿又送他出门。他连走路也不响。

以后逢着二老爹的孙女儿吵嘴，聋子就咕噜一句：

"你看街上的小姑娘是多么好！"

他的话总是这样说的。

一日，太阳已下西山，青天罩着菱荡圩照样的绿，不同的颜色，坝上庙的白墙，坝下聋子人一个，他刚刚从家里上园来，挑了水桶，挟了锄头。他要挑水浇一浇园里的青椒。他一听——菱荡里洗衣的有好几个。风吹得很凉快。水桶歇下畦径，荷锄沿畦走，眼睛看一个一个的茄子。青椒已经有了红的，不到跟前看不见。

走回了原处，扁担横在水桶上，他坐在扁担上，拿出烟杆来吃。他的全副家伙都在腰边。聋子这个脾气厉害，倘是别个，二老爹一天少不了啰嗦几遍，但他是聋子。（圩里下湾的王四牛却这样说：一年四吊毛钱，不吃烟做个什么？何况聋子挑了水，卖菜卖菱角！）

打火石打得火喷，——这一点是陈聋子替菱荡圩添的。

吃烟的聋子是一个驼背。

衔了烟偏了头听,——

是张大嫂,张大嫂讲了一句好笑的话。聋子也笑。

烟杆系上腰。扁担挑上肩。

"今天真热!"张大嫂的破喉咙。

"来了人看怎么办?"

"把人热死了怎么办?"

两边的树还遮了挑桶的,木桶的一只已经进了菱荡。

"嗳呀——"

"哈哈哈,张大嫂好大奶!"

这个绰号鲇鱼,是王大妈的第三个女儿,刚刚洗完衣服同张大嫂两人坐在岸上。张大嫂解开了她的汗湿的裪子兜风。

"我道是谁——聋子。"

聋子眼睛望了水,笑着自语——

"聋子!"

作品赏析:

《菱荡》是废名的短篇小说代表作之一。小说以舒缓的笔调描绘了一幅旧时中国南方水乡的世俗图,反映了旧时中国南方农民的生活状态、思想意识及人与人之间的纯朴、融洽的关系,塑造了一个诚实朴讷、憨厚风趣的农民陈聋子形象。小说语言自然质朴,娓娓道来,富于口语化,通篇没有很强的故事情节,对人物的语言、行为也只是轻描淡写,但人物形象栩栩如生、跃然纸上,读来趣味横生。小说意境幽丽,承转自然,语言清纯恬美,状物摹人,细腻传神,景物与人物相互映衬,水乳交融,画面感极强,给读者以身临其境般的感受,体现了废名独特的文风和创作技巧。

桃园 /废名

入选理由
著名作家废名的小说经典
文章简约幽深，但却颇具生命感染力
一篇典型的融合散文与诗意的小说

王老大只有一个女孩儿，一十三岁，病了差不多半个月了。王老大一向以种桃为业，住的地方就叫作桃园，——桃园简直是王老大的另一个名字。在这小小的县城里再没有别个种了这么多的桃子。

桃园孤单得很，唯一的邻家是县衙门，——这也不能够叫桃园热闹，衙门口的那一座"照墙"望去已经不现其堂皇了，一眨眼就要钻进地底里去似的，而照墙距"正堂"还有好几十步之遥。照墙外是杀场，自从离开十字街头以来，杀人在这上面。说不定王老大得了这么一大块地就因为与杀场接壤里。这里，倘不是有人来栽树木，也只会让野草生长下去。

桃园的篱墙的一边又给城墙做了。但这时常惹得王老大发牢骚，城上的游人可以随手摘他的桃子吃。他的阿毛倒不大在乎，她还替城墙栽了一些牵牛花，花开的时候，许多女孩子跑来玩，兜了花回去。上城看得见红日头，——这是指西山的落日，这里正是西城。阿毛每每因了这一个日头再看一看照墙上面的那天狗要吃的一个，也是红的。当那春天，桃花遍树，阿毛高高的望着园里的爸爸道：

"爸爸，我们桃园两个日头。"

话这样说，小小的心儿实在满了一个红字。

你这日头，阿毛消瘦得多了，你一点也不减你的颜色！

秋深的黄昏。阿毛病了也坐在门槛上玩，望着爸爸取水。桃园里面有一口井。桃树，长大了的不算又栽了小桃，阿毛真是爱极了，爱得觉着自己是一个小姑娘，清早起来辫子也没有梳！桃树仿佛也知道了，阿毛姑娘今

◇最好的小说

天一天不想端碗扒饭吃哩。爸爸担着水桶林子里穿来穿去，不是把背弓了一弓就要挨到树叶子。阿毛用了她的小手摸过这许多的树，不，这一棵一棵的树是阿毛一手抱大的！——是爸爸拿水浇得这么大吗？她记起城外山上满山的坟，她的妈妈也有一个，——妈妈的坟就在这园里不好吗？爸爸为什么同妈妈打架呢？有一回一箩桃子都踢翻了，阿毛一个一个的朝箩里拣！天狗真个把日头吃了怎么办呢？……

阿毛看见天上的半个月亮了。天狗的日头，吃不掉的，到了这个时分格外的照彻她的天，——这是说她的心儿。

秋天的天实在是高哩。这个地方太空旷吗？不，阿毛睁大了的眼睛叫月亮装满了，连爸爸已经走到了园的尽头她也没有去理会。月亮这么早就出来！有的时候清早也有月亮！

古旧的城墙同瓦一般黑，墙砖上青苔阴阴的绿，——这个也逗引阿毛。阿毛似乎看见自己的眼睛是亮晶晶的！她不相信天是要黑下去，——黑了岂不连苔也看不见？——她的桃园倘若是种橘子才好，苔还不如橘子的叶子是真绿！她曾经在一个人家的院子旁边走过，一棵大橘露到院子外，——橘树的浓荫俨然就遮映了阿毛了！但小姑娘的眼睛里立刻又是一园的桃叶。

阿毛如果道得出她的意思，这时她要说不称意罢。

桃树已经不大经得起风，叶子吹落不少，无有精神。

阿毛低声的说了一句：

"桃树你又不是害病哩。"

她站在树下，抱着箩筐，看爸爸摘桃，林子外不像再有天，天就是桃，就是桃叶，——是这个树吗？这个树，到明年又是那么茂盛吗？那时她可不要害病才好！桃花她不见得怎样的喜欢，风吹到井里去了她喜欢！她还丢了一块石头到井里去了哩，爸爸不晓得！（这就是说没有人晓得）……

"阿毛，进去，到屋子里去，外面风很凉。"

王老大走到了门口，低下眼睛看他的阿毛。

阿毛这才看见爸爸脚上是穿草鞋，——爸爸走路不响。

"爸爸，你还要上街去一趟不呢？"

"今天太晚了，不去，——起来。"

王老大歇了水桶伸手挽他的阿毛。

"瓶子的酒我看见都喝完了。"

"喝完了我就不喝。"

爸爸实在是好，阿毛可要哭了！——当初为什么同妈妈打架呢？半夜三更还要上街去！家里喝了不算还要到酒馆里去喝！但妈妈明知道爸爸在外面没有回也不应该老早就把门关起来！妈妈现在也要可怜爸爸罢！

"阿毛，今天一天没有看见你吃点什么，老是喝茶，茶饱得了肚子吗？爸爸喝酒是喝得饱肚子的。"

"不要什么东西吃。"

慢慢又一句：

"爸爸，我们来年也买一些橘子来栽一栽。"

"买一些橘子来栽一栽！你晓得你爸爸活得几年？等橘子结起橘子来爸爸进了棺材！"

王老大向他的阿毛这样说吗？问他他自己也不答应哩。但阿毛的橘子连根拔掉了。阿毛只有一双瘦手。刚才，她的病色是橘子的颜色。

王老大这样的人，大概要喝了一肚子酒才不是醉汉。

"这个死人的地方鬼也晓得骗人！张四说他今天下午来，到了这么时候影子也不看见他一个！"

"张四叔还差我们钱吗？"阿毛轻声的说。

"怎么说不差呢？差两吊。"

这时月亮才真个明起来，就在桃树之上，屋子里也铺了一地。王老大坐下板凳脱草鞋，——阿毛伏在桌上睡哩。

"阿毛，到床上去睡。"

"我睡不着。"

◇最好的小说

"你想橘子吃吗？"

"不。"

阿毛虽然说栽橘子，其实她不是想到橘子树上长橘，一棵橘树罢了。她还没有吃过橘子。

"阿毛，你手也是热的哩！"

阿毛——心里晓得爸爸摸她的脑壳又捏一捏手，枕着眼睛正在哭。

王老大一门闩把月光都闩出去了。闩了门再去点灯。

半个月亮，却也对着大地倾盆而注，王老大的三间草房，今年盖了新黄稻草，比桃叶还要洗得清冷。桃叶要说是浮在一个大池子里，篱墙以下都湮了，——叶子是刚湮过的！地面到这里很是低洼，王老大当初砌屋，就高高的砌在桃树之上了。但屋是低的。过去，都不属桃园。

杀场是露场，在秋夜里不能有什么另外的不同，"杀"字偏风一般的自然而然的向你的耳朵吹，打冷噤，有如是点点无数的鬼哭的凝和，巴不得月光一下照得它干！越照是越湿的，越湿也越照。你不会去询问草，虽则湿的就是白天里极目而绿的草，——你只再看一看黄草屋！分明的蜿蜒着，是路，路仿佛说它在等行人。王老大走得最多，月亮底下归他的家，是惯事，——不要怕他一脚踏到草里去，草露湿不了他的脚，正如他的酒红的脖子算不上月下的景致。

城垛子，一直排；立刻可以伸起来，故意缩着那么矮，而又使劲的白，是衙门的墙；簇簇的瓦，成了乌云，黑不了青天……

这上面为什么也有一个茅屋呢？行人终于这样免不了出惊。

茅屋大概不该有。

其实，就王老大说，世上只有三间草房，他同他的阿毛睡在里面，他也着实难过，那是因为阿毛睡不着了。

衙门更锣响。

"爸爸，这是打更吗？"

"是。"

爸爸是信口答道。

这个令阿毛爽快：深夜响锣。她懂得打更，很少听见过打更。她又紧紧的把眼闭住——她怕了。这怕，路上的一块小石头恐怕也有关系。声音是慢慢的度来，度过一切，到这里，是这个怕。

接着是静默。

"我要喝茶。"

阿毛说。

灯是早已吹熄了的，但不黑，王老大翻起来摸茶壶。

"阿毛，今天十二，明天，后天，十五我引你上庙去烧香，去问一问菩萨。"

"是的。"

阿毛想起一个尼姑，什么庙的尼姑她不知道，记得面孔，——尼姑就走进了她的桃园！

那正是桃园茂盛时候的事，阿毛一个人站在篱墙门口，一个尼姑歇了化施来的东西坐在路旁草上，望阿毛笑，叫阿毛叫小姑娘。尼姑的脸上尽是汗哩。阿毛开言道：

"师父你吃桃子吗？"

"小姑娘你把桃子给我吃吗？——阿弥陀佛！"

阿毛回身家去，捧出了三个红桃。阿毛只可惜自己上不了树到树上去摘！

现在这个尼姑走进了她的桃园，她的茂盛的桃园。

阿毛张一张眼睛——

张了眼是落了幕。

阿毛心里空空的，什么也没有想，只晓得她是病。

"阿毛，不说话一睡就睡着了。"

王老大就闭了眼睛去睡。但还要问一句——

"要什么东西吃明天我上街去买。"

"桃子好吃。"

阿毛并不是说话说给爸爸听，但这是一声霹雳，爸爸的眼睛简直呆住了，突然一张，——上是屋顶。如果不是夜里，夜里睡在床上，阿毛要害怕她说了一句什么叫爸爸这样！

桃子——王老大为得桃子同人吵过架，成千成万的桃子逃不了他的巴掌，他一口也嚼得一个，但今天才听见这两个字！

"现在哪里有桃子卖呢？"

一听声音话是没有说完。慢慢却是——

"不要说话，一睡就睡着了。"

睡不着的是王老大。

窗孔里射进来月光。王老大不知怎的又是不平！月光居然会移动，他的酒瓶放在一角，居然会亮了起来！王老大怒目而视。

阿毛说过，酒都喝完了。瓶子比白天还来得大。

王老大恨不得翻起来一脚踢破了它！世界就只是这一个瓶子——踢破了什么也完了似的！

王老大挟了酒瓶走在街上。

"十五，明天就是十五，我要引我的阿毛上庙去烧香。"

低头丧气的这么说。

自然，王老大是上街来打酒的。

"桃子好吃，"阿毛的这句话突然在他的心头闪起来了，——不，王老大是站住了，街旁歇着一担桃子，鲜红夺目得厉害。

"你这是桃子吗！？"

王老大横了眼睛走上前问。

"桃子拿玻璃瓶子来换。"

王老大又是一句：

"你这是桃子吗！？"

同时对桃子半鞠了躬，要伸手下去。

桃子的主人不是城里人，看了王老大的样子一手捏得桃子破，也伸下手来保护桃子，拦住王老大的手——

"拿瓶子来换。"

"拿钱买不行吗？"

王老大抬了眼睛，问。但他已经听得背后有人嚷——

"就拿这一个瓶子换。"

一看是张四，张四笑嘻嘻的捏了王老大的酒瓶，——他从王老大的胁下抽出瓶子来。

王老大喜欢极了：张四来了，帮同他骗一骗这个生人！——他的酒瓶哪里还有用处呢？

"喂，就拿这一个瓶子换。"

"真要换，一个瓶子也不够。"

张四早已瞧见了王老大的手心里有十好几个铜子，道：

"王老大，你找他几个铜子。"

王老大耳朵听，嘴里说，简直是在自己桃园卖桃子的时候一般模样。

"我把我的铜子都找给你行吗？"

"好好，我就给你换。"

换桃子的收下了王老大的瓶子，王老大的铜子张四笑嘻嘻的接到手上一溜烟跑了。

王老大捧了桃子——他居然晓得朝回头的路上走！桃子一连三个，每一个一大片绿叶，王老大真是不敢抬头了。

"王老大，你这桃子好！"

路上的人问。王老大只是笑，——他还同谁去讲话呢？

围拢来四五个孩子，王老大道：

"我替我阿毛买来的。我阿毛病了要桃子。"

"这桃子又吃不得哩。"

是的，这桃子吃不得，——王老大似乎也知道！但他低头看桃子一看，想叫桃子吃得!

王老大的欢喜确乎走脱不少。然而还是笑——

"我拿我阿毛看一看……"

乒乓!

"哈哈哈,桃子玻璃做的!"

"哈哈哈,玻璃做的桃子!"

孩子们并不都是笑,——桃子是一个孩子撞跌了的,他,他的小小的心儿没有声响的碎了,同王老大双眼对双眼。

作品赏析:

《桃园》讲述的是一个很迷离难懂的故事,但从整个背景的设置上就可以看到他的惨淡与惶惑。桃园孤立地坐落着,照墙外是个杀人的刑场,而文章中的女主人公正生着病,在桃园的现实与桃园迷离的幻境中展开故事的情节,既包括了种桃子的往事,也包含着寻觅桃子的现实,更夹杂着家庭的争吵和尼姑庵的迷信。整个色调就如同作者所形容的是橘子的橙黄,而故事的哀戚就像作者在文章中所说的:孩子们并不都是笑,桃子是一个孩子撞跌了他的小小心儿没有声响地碎了。

文章的形式确实是散文化的,在阅读中很难凝结到一处,就像周作人所说的,他的文章好像一道流水,大约总是向东去朝宗于海,他流过的地方总有什么汊港弯曲,总得灌注萦回一番。可以说他在叙事话语、审美形象以及叙事意蕴上都具有了他独到的生命禅意,也表征了他必然的孤独与寂寞的命运。他的文字师从周作人,展现了行文上的简约幽微,甚至也包含了平淡美的味道,虽然文章在整体上显得生涩,让人费解,据说在这个世界上仅有周作人与俞平伯是他的文化知己,能读懂废名的字里行间的玄机。

腊八粥 /沈从文

入选理由
沈从文的小说经典
精彩篇章里的民族精神和生存方式
站在城市视角外的纯粹乡村回想

初学喊爸爸的小孩子，会出门叫洋车了的大孩子，嘴巴上长了许多白胡胡的老孩子，提到腊八粥，谁不口上就立时生一种甜甜的腻腻的感觉呢。把小米，饭豆，枣，栗，白糖，花生仁儿合并拢来糊糊涂涂煮成一锅，让它在锅中叹气似的沸腾着，单看它那叹气样儿，闻闻那种香味，就够咽三口以上的唾沫了，何况是，大碗大碗的装着，大匙大匙朝口里塞灌呢！

住方家大院的八儿，今天喜得快要发疯了。一个人出出进进灶房，看到那一大锅正在叹气的粥，碗盏都已预备得整齐摆到灶边好久了，但他妈总说是时候还早。

他妈正拿起一把锅铲在粥里搅和。锅里的粥也像是益发浓稠了。

"妈，妈，要到什么时候才……"

"要到夜里！"其实他妈所说的夜里，并不是上灯以后。但八儿听了这种松劲的话，眼睛可急红了。锅子中，有声无力的叹气正还在继续。

"那我饿了！"八儿要哭的样子。

"饿了，也得到太阳落下时才准吃。"

饿了，也得到太阳落下时才准吃。你们想，妈的命令，看羊还不够资格的八儿，难道还能设什么法来反抗吗？并且八儿所说的饿，也不可靠，不过因为一进灶房，就听到那锅子中叹气又像是正在呻唤的东西，因好奇而急于想尝尝这奇怪东西罢了。

"妈，妈，等一下我要吃三碗！我们只准大哥吃一碗。大哥同爹都吃不得甜的，我们俩光吃甜的也行……妈，妈，你吃三碗我也吃三碗，大哥同爹只准各吃一碗；一共八碗，是吗？"

"是呀！孥孥说得对。"

"要不然我吃三碗半，你就吃两碗半……""卜……"锅内又叹了声气。八儿回过头来了。

比灶矮了许多的八儿，回过头来的结果，亦不过看到一股淡淡烟气往上一冲而已！

锅中的一切，这在八儿，只能猜想……栗子会已稀烂到认不清楚了罢，赤饭豆会煮得浑身透肿成了患水臌胀病那样子了罢，花生仁儿吃来总已是面东东的了！枣子必大了三四倍——要是真的干红枣也有那么大，那就妙极了！糖若作多了，它会起锅巴……"妈，妈，你抱我起来看看罢！"于是妈就如八儿所求的把他抱了起来。

"呃……"他惊异得喊起来了，锅中的一切已进了他的眼中。

这不能不说是奇怪呀，栗子跌进锅里，不久就得粉碎，那是他知道的。他曾见过跌进到黄焖鸡锅子里的一群栗子，不久就融掉了。赤饭豆害水臌肿，那也是往常熬粥时常见的事。

花生仁儿脱了他的红外套，这是不消说的事。锅巴，正是围了锅边成一圈。总之，一切都成了如他所猜的样子了，但他却不想到今日粥的颜色是深褐。

"怎么，黑的！"八儿还同时想起染缸里的脏水。

"枣子同赤豆搁多了。"妈的解释的结果，是捡了一枚特别大得吓人的

作者简介

沈从文（1902—1988），这是中国现当代最纯粹的文学家，也是京派小说的绝对代表人物，带着独特的苗汉血统和对神秘湘西的不懈追问，沈从文在他的笔下构筑了中国纷争年代最为纯洁的文学，以乡下人的眼光反观城市所谓的文明，写下了《边城》《长河》等系列经典小说，在整个中国文学史上占据了独特而且重要的地位，丰富了现当代文学。没有战争的喧嚣与功利，而是坚守着中国文学最为纯粹的角落，书写了乡村生命的美妙形式。

赤枣给了八儿。

虽说是枣子同饭豆搁得多了一点，但大家都承认味道是比普通的粥要好吃得多了。

夜饭桌边，靠到他妈斜立着的八儿，肚子已成了一面小鼓了。如在热天，总免不了又要为他妈的手掌麻烦一番罢。在他身边桌上那两只筷子，很浪漫的摆成一个十字。桌上那大青花碗中的半碗陈腊肉，八儿的爹同妈也都奈何它不来了。

"妈，妈，你喊哈叭出去了罢！讨厌死了，尽到别人脚下钻！"

若不是八儿脚下弃得腊肉皮骨格外多，哈叭也不会单同他来那么亲热罢。

"哈叭，我八儿要你出去，快滚罢……"接着是一块大骨头掷到地上，哈叭总算知事，衔着骨头到外面啃嚼去了。

"再不知趣，就赏它几脚！"八儿的爹，看那只哈叭摇着尾巴很规矩的出去后，对着八儿笑笑的说。

其实，"赏它几脚"的话，倘若真要八儿来执行，还不是空的？凭你八儿再用力重踢它几脚，让你八儿狠狠的用出吃奶力气，顽皮的哈叭，它不还是依然伏在桌下嚼它所愿嚼的东西吗？

因为"赏它几脚"的话，又使八儿的妈记起了许多他爹平素袒护狗的事。

"赏它几脚，你看到它欺负八儿，哪一次又舍得踢它？八宝精似的，养得它恣刺得怪不逗人欢喜，一吃饭就来桌子下头钻，赶出去还得丢一块骨头，其实都是你惯死了它！"这显然是对八儿的爹有点揶揄了。

"真的，妈，它还抢过我的鸭子脑壳呢。"其实这也只能怪八儿那一次自己手松。然而八儿偏把这话来帮助他妈说哈叭的坏话。

"那我明天就把哈叭带到场上去，不再让它同你玩。"果真八儿的爹的宣言是真，那以后八儿就未免寂寞了。

然而八儿知道爹是不会把狗带到场上去的，故毫不气馁。

"让他带去,我宝宝一个人不会玩,难道必定要一个狗来陪吗?"以下的话风又转到了爹的身上,"牵了去也免得天天同八儿争东西吃!"

"你只恨哈叭,哈叭哪里及得到梁家的小黄呢?"

"要是小黄在我家里,我早就喊人来打死卖到汤锅铺子去了。"八儿的妈说来脸已红红的!

小黄是怎么一个样子,乃值得八儿的爹提出来同哈叭相较呢?那是上隔壁梁家一只守门狗,有得是见人就咬的一张狠口。梁家因了这只狗,几多熟人都不敢上门了。但八儿的妈,时常过梁家时,那狗却像很客气似的,低低吠两声就走了开去。八儿的妈,以为这已是互相认识的一种表示了,所以总不大如别人样对这狗防备。上月子,为八儿做满八岁的生日,八儿的妈上梁家去借碓舂粑粑,进门后,小黄突然一变往日态度,毫不认账似的,扑拢来大腿腱子肉上咬了一口就走。这也只能怪她自己,头上顶了那个平素小黄不曾见她顶过的竹簸。落后是梁四屋里人为敷上了止血药,又为把米粉舂好了事。转身时,八儿的妈就一一为他爹说了,还说那畜生连天天见面的人也认不清,真的该拿来打死起!因此一来,八儿的爹就找出一句为自己心爱这只哈叭护短的话了。

譬如是哈叭顽皮到使八儿的妈发气时,八儿的爹就把"比梁家小黄就不如了!""那你喜欢小黄罢?""我这哈叭可惜不会咬人!"一类足以证明这只哈叭虽顽皮实天真驯善的话来解围,自然这一类解围的话中,还夹着点逗自己奶奶开心的意味。

本来那一次小黄给她的惊吓比痛苦还多,请想,两只手正扶着一个大簸簸,而那畜生闪不知扑拢来就在你腱子肉上啃一下,怎不使人气愤?要是八儿家哈叭竟顽皮到同小黄一样,恐怕八儿的爹,不再要奶奶提议,也早做成打狗的杨大爷一笔生意了。

八儿不着意的把头转到门帘子脚边去,两个白花耳朵同一双大眼睛又在门帘下脚掀开处出现了。哈叭像是心里怯怯的,只把一个头伸进房来看里面的风色,又像不好意思似的(尾巴也在摇摆)。

"混账……"很懂事样子经过八儿一声吆喝,哈叭那个大头就不见了。然而八儿知道哈叭这时还在门帘外边徘徊。

作品赏析:

沈从文是个特立独行而且取得了辉煌成就的作家,在新作家展望西方现代精英的城市文明时,他却固执于乡间边缘的传统的和民间的独特立场,写下了中国无可比拟的文学经典,就像作者自己所说的:他的文章比时下的所谓作家更是高出一筹。

《腊八粥》也相应地体现了作家的自然哲学,回归到自然完善的人性呼唤,并将他呈现为一种近乎完美的而且健康的生存形式。在文章中作者将整个腊八粥的氛围,孩子的纯真以及家庭融洽的亲情展露无疑。并以相当细腻的刻画解读了这一乡俗的魅力:甜甜腻腻的感觉让初学喊爸爸的孩子,会出门叫洋车的孩子,嘴巴上长了许多白胡子的老孩子乐不思蜀。

这样的篇章在今天无处不在的喧嚣中,让我们听到了他在文中所架构的纯美的叹息,并以他灵魂的震颤,将所有的乡村之美带出湘西,带向从未见过这样世面的城市人群。作家汪曾祺就曾对此做出评价:这样的篇章在中国,"除了鲁迅,还有谁的文学成就比他高呢?"这是一种看似清淡的笔墨,却昭示着丰厚的民族底蕴,就像鲁迅所说的:越是民族的就越能够为世界所接受。因为在他的文章里我们根本看不到喧嚣的纷争,只有湘西和他的倔强艰难的生活底层的挣扎,就像他自己所说的:我只是把我生命所走过的痕迹写在纸上。这是一种真纯的本性,超越了世俗的界定,而转归到真正的纯粹文学。

◇最好的小说

雨后 /沈从文

入选理由
一篇展现作家性与人生观点的精彩篇章
以湘西的神秘震撼读者的心灵
对乡村唯美爱情的纯粹渲染

"我明白你会来，所以我等。"

"当真等我？"

"可不是，我看看天，雨快要落了，谁知道这雨要落多大多久，天又是黑的，我喊了五声，或者七声。我说，四狗，四狗，你是怎么啦！雨快要落了，不怕雷公打你么？全不曾回声。我以为你回家了。我又算……雨可真来了，这里树叶子响得怕人，我不怕，可只担心你。我知道你是不曾拿斗篷的。

雨水可真大，我躲在那株大楠木下，就是那株楠木，我们俩……忘记了么？你装。我要问你到底打哪儿来，身上也不湿多少，头又是光的，我问你，躲到什么洞里。"

四狗笑，四狗不答。他不说从家中来，她便明白的。

他坐到那人身边去，挤拢去坐，垫坐的是些桐木叶。

这时雨已过前山，太阳复出了，还可以看前山成块成片的云，像追赶野猪，只飞奔。四狗坐处四围是虫声，是树木枝叶上积雨下滴的声音，头上是个棚，雨后太阳蒸得山头出热气，四狗头上却阴凉。头上虽凉心却热，四狗的腰被两只手围着了。"

"四狗，——"想说什么不及说，便打一声唿哨。

因为对山有同伴，同伴这时正吹着口哨找人。

同伴是在雨止以后又散在山头摘蕨菜，这时陪四狗坐的也是摘蕨人。

在两人背后有一个背笼，是她的。四狗便回头扳那背笼看。

"今天怎么只得这一点？……喔，花倒得了不少。还有莓咧，我正渴，让我吃莓吧。下了一阵雨，莓是洗淡了，这个可是雨前摘的？我喂你一颗，算我今天赔礼，不成吗？"

"要你赔礼？我才……"

她把围着四狗的腰的两只手放松了，去采地上的枯草。

"我告你，我也总有一天要枯的，——一切也要枯，到八月九月，我总比你们枯得更早。"

四狗莫名其妙，他说道：

"我的天，我听不懂你的话。说什么枯不枯。"

"我也不一定要你懂，你总有一天懂的。"

"让我在这儿便懂，成不成？"

"你要懂，就懂了，载不得我说。"她又想，"聋子耳边响大雷，没得用处，"就咻的笑了。

四狗不再吃莓了，用手扳并排坐的人头。黑色的皮肤，红红的嘴，大大的眼睛与长长的眉毛。四狗这时重新来估价。鼻子小，耳朵大，下巴是尖的，这些地方四狗却放过了。他捏她辫子，辫子是在先盘在头上，像一盘乌梢蛇，这时这蛇挂在背后了，四狗不怕蛇咬人，从头捏至尾。

"你少野点。"说了却并不回头。

因为蛇尾在尾脊骨下，四狗的手不得到警告以前，已随随便便的……四狗渐渐明白自己的过错了。通常便如此，非使人稍稍生气，不会明白的。于是他亲她的嘴——把脸扭着不让这么办，所亲的只是耳下的颈子。四狗为这个情形倒又笑了。他算计得出，这是经验过的，像看戏一样，每戏全有打加官。打加官以后是……末了杂戏热闹之至。

稍停停，不让四狗见到那么背了脸，也笑了，四狗不必看也清楚。

四狗说："莫发我的气好了。"

"怎么还说人发你的气。女人敢惹男子吗？……嘘，七妹子，你莫颠！"

◇最好的小说

后面的话音扬得极高,为的是应付对山上一个女人的唱歌。对山七妹子知道这一边山草棚下有阿姐与四狗在,就唱歌弄人。

四狗是不常常唱歌的,除非是这时人隔一重山——然而如今隔一层什么?他的手,那只拈吃过特意为他摘来的三月莓的手,已大胆无畏从她胁下伸过去,抓定一只奶了。

但仍然得唱,唱的是:"大姐走路笑笑底,一对奶子翘翘底。心想用手摩一摩,心子只是跳跳底。"

四狗的心跳,说大话而已。习惯事情不能心跳了,除非是把桐木叶子作她的褥,四狗的身作她的被,那时得使四狗只想学狗打滚。

对山的七妹子,像看清四狗唱这歌情形下的一切,便大声的喊:"四狗!四狗!你又撒野了,我要告你们的状。"

"七妹子,你再发疯,你让我捶你!"

作妹的怕姐姐,经过一阵吓,便顾自规规矩矩扯蕨菜去了。这里的四狗不久两只手全没了空。

像捉鱼,这鱼是活的,却不挣,是四狗两手的感觉。

四狗不认字,所以当前一切却无诗意。然而听一切大小虫子的叫,听晾干了翅膀的蚱蜢各处飞,听树叶上的雨点向地下的跳跃,听在身边一个人的心跳,全是诗的。

"请你念一句诗给我听。"因为她读过书,而且如今还能看小说,四狗就这样请。

明白她是读书人,也就容易明白先时同四狗说话的深意了。她从书上知道的事,全不是四狗从实际上所能了解的事。

说是要枯了,女人只是一朵花,真要枯。知道枯比其他快,便应当更深的爱。然而四狗不是深深的爱吗?虽然深深的爱,总还有不够处,这是认字的过错。四狗幸好不认字,不然这一对,当更不知道在这样天气下找应当找的快乐了。

说是请念一句诗,她就想:

念深了又不能懂，浅了又赶不上山歌好，她只念："落花人独立，微雨燕双飞。"景不洽，但情绪是这样情绪。总还有比这个更好的诗，她不能一一去从心中搜寻了。

四狗说这诗好，——不是说诗好，他并不懂诗，是说念诗的人与此时情景好罢了。他说不出他的快乐，借诗泄气。

手是更其撒野了……

"这样天气是不准人放荡的天气，不知道么？"

四狗听到说天气，才像去注意天气一样，望望天。天是蓝分分的，还有白的云。白的云若能说是羊，则这羊是在海中走的。四狗没见过海，但是那么大，那么深，那么一望无边，天也可以说是海了。

"我说天气太好了，又凉，又清，又……""你要成痨病才快活。"

"我成痨病时，你给我的要好多！"四狗意思是身体强，纵听过人说年青人不注意身体就会害痨病，然而痨病不是一时起的事。

"给你的，——给你的什么？呸！"

到底给什么，四狗也说不出口。于是被呸了也不争这一口气。说出来，难道算聪明么？

到后他想到另外一个事情，要她把舌子让他咬。顽皮的章法，是四狗以外的别一个也想不出，不是四狗她也不会照办。

"四狗你真坏，跟谁学到这个？"

四狗不答，仍然吮，那么馋嘴，那么粘糊，活像一只叭儿狗。

"四狗……你去好了。"

"我去，你一个人在这里呆成？"

她却笑，望四狗，身子只是那么找不到安置处，想同四狗变成一个人。

她把眼闭着，还是说，"四狗，你去了吧。"

四狗要走，可也得呆一会儿。

他看她着急。这是有经验的。他仍然不松不紧的在她面前缠，则结果她将承认四狗在她面前放肆是必要的一件事。四狗"坏"，至少在这件事上是坏的，然而这是有纵容四狗坏的人在，不应当由四狗一人负责。

"我让你摆布，四狗可是，你让我……"一切照办，四狗到后被问到究竟给了他多少，可胡涂得红脸了。头上是蓝分分海样的天，压下来，然而有席棚挡驾，不怕被天压死。女人说，四狗，你把我压死了吧！也像有这样存心，到后可同天一样，作被盖的东西总不是压得人死的。

四狗得了些什么？不能说明。他得了她所给他的快活。然而快活是用升可以量还是用秤可以称的东西呢？他又不知道了。她也得了些，她得的更不是通常四狗解释的快乐两字。四狗给她一些气力，一些强硬，一些温柔，她用这些东西把自己陶醉，醉到不知人事。

一个年青女人，得到男子的好处，不是言语或文字可以解说的，所以她不作声。仰天望，望得是四狗的大鼻子同一口白牙齿。然而这是放肆过后的事了。

"四狗，不许到井边吃那个冷水！"

在草棚的她向下山的四狗遥喊时，四狗已走到竹子林中，被竹子拦了她的眼睛了。

天气还早，不是烧夜火时候。雨不落了，她还是躺着，也不去采蕨菜。

作品赏析：

《雨后》较充分地体现了作家的自然哲学，回归到自然完善的人性呼唤，并将他呈现为一种近乎完美的而且健康的生存形式。文章完整地展现了湘西爱情的粗野与圣洁，文章中描写了雨后两个青年男女在大楠木下的私会，虽然不免涉及过分亲密的举动，但在作者的笔下却以对话的巧妙形式，将浓烈的爱欲转归为唯美的场景："听一切大小虫子的叫，听晾干了翅膀的蚱蜢各处飞，听树叶上的雨点向地下的跳跃，听在身边一个人的心跳，全是诗的。"这个意境就像诗中所吟唱的：落花人独立，微雨燕双飞。

这大概也是作者的独立在世俗之外的行文风格，我们知道在当时的社会氛围中，弥漫的正是战争的残酷的硝烟，但是在宁静的边缘的小城并没有受到这样的影响。同样的作家的心也保存着最后的纯粹，在他的眼光当中，展现的还是人性的描摹，而不是在时代的潮流中狂乱的迷失。在这一点上《雨后》就表达得相当精到，也可以说是作家的一贯心态的表征。语言依然纯朴，情感依然真挚，生活场景依然宁静。据评论家称，这是一种牧歌式的情调的运用，而深层的意蕴则是说他是以理想化的笔调来看待和处理自己的故乡的风俗事件，讲述的是优美与和谐，这样的运用给人以世外的淡然的感觉。好像自己就身处在迷幻当中一般，因为它所展示的正像是陶渊明的《桃花源记》一般的湘西的纯美的印象，充满了自然的气息。

月下小景 /沈从文

沈从文的小说代表作之一——一曲凄楚的旧时代湘西地区青年男女的爱情挽歌，发表时引起轰动，在广大青年读者之间广为流传

　　初八的月亮圆了一半，很早就悬到天空中。傍了××省边境由南而北的横断山脉长岭脚下，有一些为人类所疏忽、历史所遗忘的残余种族聚集的山寨。他们用另一种言语，用另一种习惯，用另一种梦，生活到这个世界一隅，已经有了许多年。当这松杉挺茂嘉树四合的山寨，以及寨前大地平原，整个为黄昏占领了以后，从山头那个青石碉堡向下望去，月光淡淡的洒满了各处，如一首富于光色和谐雅丽的诗歌。山寨中，树林角上，平田的一隅，各处有新收的稻草积，以及白木作成的谷仓。各处有火光，飘扬着快乐的火焰，且隐隐的听得着人语声，望得着火光附近有人影走动。官道上有马项铃清亮细碎的声音，有牛项下铜铎沉静庄严的声音。从田中回去的种田人，从乡场上回家的小商人，家中莫不有一个温和的脸儿等候在大门外，厨房中莫不预备得有热腾腾的饭菜与用瓦罐炖热的家酿烧酒。

◇最好的小说

薄暮的空气极其温柔，微风摇荡大气中，有稻草香味，有烂熟了山果香味，有甲虫类气味，有泥土气味。一切在成熟，在开始结束一个夏天阳光雨露所及长养生成的一切。一切光景具有一种节日的欢乐情调。

柔软的白白月光，给位置在山岨上石头碉堡画出一个明明朗朗的轮廓，碉堡影子横卧在斜坡间，如同一个巨人的影子。碉堡缺口处，迎月光的一面，倚着本乡寨主的独生儿子傩佑，傩神所保佑的儿子，身体靠定石墙，眺望那半规新月，微笑着思索人生苦乐。

"……人实在值得活下去，因为一切那么有意思，人与人的战争，心与心的战争，到结果皆那么有意思。无怪乎本族人有英雄追赶日月的故事。因为日月若可以请求，要它们停顿在哪儿时，它们便停顿，那就更有意思了。"

这故事是这样的：第一个××人，用了他武力同智慧得到人世一切幸福时，他还觉得不足，贪婪的心同天赋的力，使他勇往直前去追赶日头，找寻月亮，想征服主管这些东西的神，勒迫它们在有爱情和幸福的人方面，把日子去得慢一点，在失去了爱，心子为忧愁失望所啮蚀的人方面，把日子又去得快一点。结果这贪婪的人虽追上了日头，却被日头的热所烤炙，在西方大泽中就渴死了。至于日月呢，虽知道了这是人类的欲望，却只是万物中之一的欲望，故不理会。因为神是正直的，不阿其所私的，人在世界上并不是唯一的主人，日月不单为人类而有。日头给一切生物热和力，月亮给一切虫类唱歌和休息，用这种歌声与银白光色安息劳碌的大地。日月虽仍然若无其事的照耀着整个世界，看着人类的忧乐，看着美丽的变成丑恶，又看着丑恶的称为美丽；但人类太进步了一点，比一切生物智慧较高，也比一切生物更不道德。既不能用严寒酷热来困苦人类，又不能不将日月照及人类，故同另一主宰人类心的创造的神，想出了一个办法，就是使此后快乐的人越觉得日子太短，使此后忧愁的人越觉得日子过长。人类既然凭感觉来生活，就在感觉上加给人类一种处罚。

这故事有作为月神与恶魔商量结果的传说，就因为恶魔是在夜间出世的。人都相信这是月亮作成的事，与日头毫无关系。凡一切人讨论光阴去得太快或太慢时，却常常那么诅咒："日子，滚你的去吧。"痛恨日头而不憎恶月亮。土人的解释，则为人类性格中，慢慢的已经神性渐少，恶性渐多。另外就是月光较温柔，和平，给人以智慧的冷静的光，却不给人以坦白直率的热，因此普遍生物都欢喜月光，人类中却常常诅咒日头。约会恋人的，走夜路的，作夜工的，皆觉得月光比日光较好。在人类中讨厌月光的只是盗贼，本地方土人中却无盗贼，也缺少这个名词。

这时节，这一个年纪还刚满二十一岁的寨主独生子，由于本身的健康，以及从另一方面所获得的幸福，对头上的月光正满意的会心微笑，似乎月光也正对了他微笑。傍近他身边，有一堆白色东西。这是一个女孩子，把她那长发散乱的美丽头颅，靠在这年青人的大腿上，把它当作枕头安静无声的睡着。女孩子一张小小的尖尖的白脸，似乎被月光漂过的大理石，又似乎月光本身。一头黑发，如同用冬天的黑夜作为材料，由盘踞在山洞中的女妖亲手纺成的细纱。眼睛，鼻子，耳朵，同那一张产生幸福的泉源的小口，以及颊边微妙圆形的小涡，如本地人所说的藏吻之巢窝，无一处不见得是神所着意成就的工作。一微笑，一睐眼，一转侧，都有一种神性存乎其间。神同魔鬼合作创造了这样一个女人，也得用侍候神同对付魔鬼的两种方法来侍候她，才不委屈这个生物。

女人正安安静静的躺在他的身边，一堆白色衣裙遮盖到那个修长丰满柔软温香的身体，这身体在年轻人记忆中，仿佛是用白玉、奶酥、果子同香花调和削筑成就的东西。两人白日里来到这里，女孩子在日光下唱歌，在黄昏里和落日一同休息，现在又快要同新月一样苏醒了。

一派清光洒在两人身上，温柔的抚摩着睡眠者的全身。山坡下是一部草虫清音繁复的合奏。天上的那规新月，似乎在空中停顿着，长久还不移动。

幸福使这个孩子轻轻的叹息了。

他把头低下去，轻轻的吻了一下那用黑夜搓成的头发，接近那魔鬼手段所成就的东西。

远处有吹芦管的声音，有唱歌声音。身近旁有斑背萤，带了小小火把，沿了碉堡巡行，如同引导得有小仙人来参观这古堡的神气。

当地年青人中唱歌圣手的傩佑，唯恐惊了女人，惊了萤火，轻轻的轻轻的唱：

龙应当藏在云里，
你应当藏在心里。
……

女孩子在迷胡梦里，把头略略转动了一下，在梦里回答着：

我灵魂如一面旗帜，
你好听歌声如温柔的风。

他以为女孩子已醒了，但听下去，女人把头偏向月光又睡去了。于是又接着轻轻的唱道：

人人说我歌声有毒，
一首歌也不过如一升酒使人沉醉一天，
你那敷了蜂蜜的言语，
一个字也可以在我心上甜香一年。

女孩子仍然闭了眼睛在梦中答着：

不要冬天的风，不要海上的风，
这旗帜受不住狂暴大风。

请轻轻的吹,轻轻的吹;
(吹春天的风,温柔的风,)
把花吹开,不要把花吹落。

小寨主明白了自己的歌声可作为女孩子灵魂安宁的摇篮,故又接着轻轻的唱道:

有翅膀的鸟虽然可以飞上天空,
没有翅膀的我却可以飞入你的心里。
我不必问什么地方是天堂,
我业已坐在天堂门边。

女孩又唱:

身体要用极强健的臂膀搂抱,
灵魂要用极温柔的歌声搂抱。

寨主的独生子傩佑,想了一想,在脑中搜索话语,如同宝石商人在口袋中搜索宝石。口袋中充满了放光炫目的珠玉奇宝,却因为数量太多了一点,反而选不出那自以为极好的一粒,因此似乎受了一点儿窘。他觉得神祇创造美和爱,却由人来创造赞誉这神工的言语。向美说一句话,为爱下一个注解,要适当合宜,不走失感觉所及的式样,不是一个平常人的能力所能企及。

"这女孩子值得用龙朱的爱情装饰她的身体,用龙朱的诗歌装饰她的人格。"他想到这里时,觉得有点惭愧了,口吃了,不敢再唱下去了。

歌声作了女孩子睡眠的摇篮,所以这女孩子才在半醒后重复入梦,歌声停止后,她也就惊醒了。

他见到女孩子醒来时，就装作自己还在睡眠，闭了眼睛。女孩从日头落下时睡到现在，精神已完全恢复过来，看男子还依靠石墙睡着，担心石头太冷，把白羊毛披肩搭到男子身上去后，傍了男子靠着。记起睡时满天的红霞，望到头上的新月，便轻轻的唱着，如母亲唱给小宝宝听的催眠歌。

睡时用明霞作被，
醒来用月儿点灯。

寨主独生子哧的笑了。
"……"
"……"
四只放光的眼睛互相瞅着，各安置一个微笑在嘴角上，微笑里却写着白日中两个人的一切行为。两人似乎皆略略为先前一时那点回忆所羞了，就各自向身旁那一个紧紧的挤了一下，重新交换了一个微笑。两人发现了对方脸上的月光那么苍白，于是齐向天上所悬的半规新月望去。

远远的有一派角声与锣鼓声，为田户巫师禳土酬神所在处。两人追寻这快乐声音的方向，于是向山下远处望去。远处有一条河。

"没有船舶不能过河，没有爱情如何过这一生？"
"我不会在那条小河里沉溺，我只会在你这小口上沉溺。"

两人意思仍然写在一种微笑里，用的是那么暧昧神秘的符号，却使对面一个从这微笑里明明白白，毫不含糊。远处那条长河，在月光下蜿蜒如一条带子，白白的水光，薄薄的雾，增加了两人心上的温暖。

女孩子说到她梦里所听的歌声，以及自己所唱的歌，还以为他们两人都在梦里。经小寨主把刚才的情形说明白时，两人笑了许久。

女孩子天真如春风，快乐如小猫，长长的睡眠把白日的疲倦完全恢复过来，因此在月光下，显得如一尾鱼在急流清溪里，十分活泼。

只想说话，说的全是那些远无边际的、与梦无异的，年青情人在狂热中所能说的糊涂话、蠢话，完全说到了。

小寨主说：

"不要说话，让我好在所有的言语里，找寻赞美你眉毛头发美丽处的言语！"

"说话呢，是不是就妨碍了你的谄谀？一个有天分的人，就是谄谀也显得不缺少天分！"

"神是不说话的。你不说话时像……"

"还是做人好！你的歌中也提到做人的好处！我们来活活泼泼的做人，这才有意思！"

"我以为你不说话就像何仙姑的亲姊妹了。我希望你比你那两个姐姐还稍呆笨一点。因为得呆笨一点，我的言语字汇里，才有可以形容你高贵处的文字。"

"可是，你曾同我说过，你也希望你那只猎狗敏捷一点。"

"我希望它灵活敏捷一点，为的是在山上找寻你比较方便，为我带信给你时也比较妥当一点。"

"希望我笨一点，是不是也如同你希望羚羊稍笨一样，好让你嗾使那只猎狗追我时，不至于使我逃脱？"

"好的音乐常常是复音，你不妨再说一句。"

"我记得到你也希望羚羊稍笨过。"

"羚羊稍笨一点，我的猎狗才可以赶上它，把它捉回来送你。你稍笨一点，我才有相当的话颂扬你！"

"你口中体面话够多了。你说说你那些感觉给我听听。说谎若比真实更美丽，我愿意听你那些美丽的谎话。"

"你占领我心上的空间，如同黑夜占领地面一样。"

"月亮起来时，黑暗不是就只占领地面空间很小很小一部分了吗？"

"月亮照不到人心上的。"

"那我给你的应当也是黑暗了。"

"你给我的是光明,但是一种炫目的光明,如日头似的逼人熠耀。你使我糊涂。你使我卑陋。"

"其实你是透明的,从你选择阿诹时,证明你的心现在还是透明的。"

"清水里不能养鱼,透明的心也一定不能积存辞藻。"

"江中的水永远流不完,人心中的话永远说不完。不要说了,一张口不完全是说话用的!"

两人为嘴唇找寻了另外一种用处,沉默了一会。两颗心同一的跳跃,望着做梦一般月下的长岭,大河,寨堡,田坪。芦笙声音似乎为月光所湿,音调更低郁沉重了一点。寨中的角楼,第二次擂了转更鼓。女孩子听到时,忽然记起了一件事。把小寨主那颗年青聪慧的头颅捧到手上,眼眉口鼻吻了好些次数,向小寨主摇摇头,无可奈何低低的叹了一声气,把两只手举起,跪在小寨主面前来梳理头上散乱了的发辫,意思想站起来,预备要走了。

小寨主明白那意思了,就抱了女孩子,不许她站起身来。

"多少萤火虫还知道打了小小火炬游玩,你忙些什么?走到什么地方去?"

"一颗流星自有它来去的方向,我有我的去处。"

"宝贝应当收藏在宝库里,你应当收藏在爱你的那个人家里。"

"美的都用不着家:流星,落花,萤火,最会鸣叫的蓝头红嘴绿翅膀的王母鸟,也都没有家的。谁见过人蓄养凤凰?谁能束缚月光?"

"狮子应当有它的配偶,把你安顿到我家中去,神也十分同意!"

"神同意的人常常不同意。"

"我爸爸会答应我这件事,因为他爱我。"

"因为我爸爸也爱我,若知道了这件事,会把我照××族人规矩来处置。若我被绳子缚了沉到天坑里去时,那地方接连四十八根箩筐绳子还不能到底,死了,做鬼也找不出路来看你,活着做梦也不能辨别方向。"

女孩子是不会说谎的，××族人的习气，女人同第一个男子恋爱，却只许同第二个男子结婚。若违反了这种规矩，常常把女子用一扇小石磨捆到背上，或者沉入潭里，或者抛到天坑里。习俗的来源极古，过去一个时节，应当同别的种族一样，有认处女为一种有邪气的东西，地方族长既较开明，巫师又因为多在节欲生活中生活，故执行初夜权的义务，就转为第一个男子的恋爱。第一个男子可以得到女人的贞洁，但因此就不能够永远得到她的爱情。若第一个男子娶了这女人，似乎对于男子也十分不幸。迷信在历史中渐次失去了它本来的意义，习俗却把古代规矩保持了下来。由于××守法的天性，故年青男女在第一个恋人身上，也从不作那长远的梦。"好花不能长在，明月不能长圆，星子也不能永远放光，"××人歌唱恋爱，因此也多忧郁感伤气氛。常常有人在分手时感到"芝兰不易再开，欢乐不易再来"，两人悄悄逃走的。也有两人携了手沉默无语的一同跳到那些在地面张着大嘴、死去了万年的火山孔穴里去的。再不然，冒险的结了婚，到后被查出来时，就应当把女的向地狱里抛去那个办法了。

当地女孩子因为这方面的习俗无法除去，故一到成年，家庭即不大加以拘束，外乡人来到本地若喜悦了什么女子，使女子献身总十分容易。女孩子明理懂事一点的，一到了成年时，总把自己最初的贞操，稍加选择就付给了一个人，到后来再同自己钟情的男子结婚。男子中明理懂事的，业已爱上某个女子，若知道她还是处女，也将尽这女子先去找寻一个尽义务的爱人，再来同女子结婚。

但这些魔鬼习俗不是神所同意的。年青男女所作的事，常常与自然的神意合一，容易违反风俗习惯。女孩子总愿意把自己整个交付给一个所倾心的男孩子。男子到爱了某个女孩时，也总愿意把整个的自己换回整个的女子。风俗习惯下虽附加了一种严酷的法律，在这法律下牺牲的仍常常有人。

女孩子遇到了这寨主独生子，自从春天山坡上黄色棣棠花开放时，即被这男子温柔缠绵的歌声与超人壮丽华美的四肢所征服，一直延长到秋天，还极其纯洁的在一种节制的友谊中恋爱着。为了狂热的爱，且在这种有节制的爱情中，两人皆似乎不需要结婚，两人中谁也不想到照习惯先把贞操给一个人蹂躏后再来结婚。

但到了秋天，一切皆在成熟，悬在树上的果子落了地，谷米上了仓，秋鸡伏了卵，大自然为点缀了这大地一年来的忙碌，还在天空中涂抹了些无比华丽的色泽，使溪涧澄清，空气温暖而香甜，且装饰了遍地的黄花，以及在草木枝叶间敷上与云霞同样的炫目颜色。一切皆布置妥当以后，便应轮到人的事情了。

秋成熟了一切，也成熟了两个年青人的爱情。

两人同往常任何一天相似：在约定的中午以后，在这个青石砌成的古碉堡上见面了。两人共同采了无数野花铺到所坐的大青石板上，并肩的坐在那里。山坡上开遍了各样草花，各处是小小蝴蝶，似乎对每一朵花皆悄悄嘱咐了一句话。向山坡下望去，入目远近皆异常恬静美丽。长岭上有割草人的歌声，村寨中有为新生小犊作栅栏的斧斤声，平田中有拾穗打禾人快乐的吵骂声。天空中白云缓缓的移，从从容容的流动，透蓝的天底，一阵候鸟在高空排成一线飞过去了，接着又是一阵。

两个年青人用山果山泉充了口腹的饥渴，用言语微笑喂着灵魂的饥渴。对日光所及的一切唱了上千首的歌，说了上万句的话。

日头向西掷去，两人对于生命感觉到一点点说不分明的缺处。黄昏将近以前，山坡下小牛的鸣声，使两人的心皆发了抖。

神的意思不能同习惯相合，在这时节已不许可人再为任何魔鬼作成的习俗加以行为的限制。理知即或是聪明的，理知也毫无用处。两人皆在忘我行为中，失去了一切节制约束行为的能力，各在新的形式下，得到了对方的力，得到了对方的爱，得到了把另一个灵魂互相交换移入自己心中深处的满足。到后来，两个人皆在战栗中昏迷了，喑哑了，沉默了。幸福把两个年青人在同一行为上皆弄得十分疲倦，终于两人皆睡去了。

男子醒来稍早一点，在回忆幸福里浮沉，却忘了打算未来。女孩子则因为自身是女子，本能的不会忘却××人对于女子违反这习惯的赏罚，故醒来时，也并未打算到这寨主的独生子会要她同回家去。两人的年龄都还只适宜于生活在夏娃亚当所住的乐园里，不应当到这"必需思索明天"的世界中安顿。

但两人业已到了向所生长的一个地方、一个种族的习惯负责时节了。

"爱难道是同世界离开的事吗？"新的思索使小寨主在月下沉默如石头。

女孩子见男子不说话了，知道这件事正在苦恼到他，就装成快乐的声音，轻轻的喊他，恳切的求他，在应当快乐时放快乐一点。

××人唱歌的圣手，

请你用歌声把天上那一片白云拨开。

月亮到应落时就让它落去，

现在还得悬在我们头上。

天上的确有一片薄云把月亮遮住了，一切皆朦胧了。两人的心皆比先前黯淡了一些。

寨主独生子说：

"我不要日头，可不能没有你。"

"我不愿作帝称王，却愿为你作奴当差。"

女孩子说：

"这世界只许结婚不许恋爱。"

"应当还有一个世界让我们去生存，我们远远的走，向日头出处远远的走。"

"你不要牛，不要马，不要果园，不要田土，不要狐皮裯子同虎皮坐褥吗？"

"有了你我什么也不要了。你是一切：是光，是热，是泉水，是果子，是宇宙的万有。为了同你接近，我应当同这个世界离开。"

两人就所知道的四方各处想了许久，想不出一个可以容纳两人的地方。南方有汉人的大国，汉人见了他们就当生番杀戮，他不敢向南方走。向西是通过长岭无尽的荒山，虎豹所据的地面，他不敢向西方走。向北是三十万本族人占据的地面，每一个村落皆保持同一魔鬼所颁的法律，对逃亡人可以随意处置。只有东边是日月所出的地方，日头既那么公正无私，照理说来日头所在处也一定和平正直了。

但一个故事在小寨主的记忆中活起来了，日头曾炙死了第一个××人，自从有这故事以后，××人谁也不敢向东追求习惯以外的生活。××人有一首历史极久的歌，那首歌把求生的人所不可少的欲望，真的生存意义却结束在死亡里，都以为若贪婪这"生"只有"死"才能得到。战胜命运只有死亡，克服一切惟死亡可以办到。最公平的世界不在地面，却在空中与地底：天堂地位有限，地下宽阔无边。地下宽阔公平的理由，在××人看来是相当可靠的，就因为从不听说死人愿意重生，且从不闻死人充满了地下。××人永生的观念，在每一个人心中皆坚实的存在。孤单的死，或因为恐怖不容易找寻他的爱人，有所疑惑，同时去死皆是很平常的事情。

寨主的独生子想到另外一个世界，快乐的微笑了。

他问女孩子，是不是愿意向那个只能走去不再回来的地方旅行。

女孩子想了一下，把头仰望那个新从云里出现的月亮。

水是各处可流的，
火是各处可烧的，
月亮是各处可照的，
爱情是各处可到的。

说了，就躺到小寨主的怀里，闭了眼睛，等候男子决定了死的接吻。寨主的独生子，把身上所佩的小刀取出，在镶了宝石的空心刀把上，从那小穴里取出如梧桐子大小的毒药，含放到口里去，让药融化了，就度送了一半到女孩子嘴里去。两人快乐的咽下了那点同命的药，微笑着，睡在业已枯萎了的野花铺就的石床上,等候药力发作。

月儿隐在云里去了。

作品赏析:

《月下小景》是沈从文根据周作人关于初夜权的性心理学理论所写的有关旧时湘西地区青年男女的爱情悲剧故事。故事中,一个寨主的独生子与一个美丽的少女相恋,但由于山寨里的规矩和风俗,女子同第一个男子恋爱,却只许同第二个男子结婚,两人的热烈恋爱就没了结果。到秋天,两人为求来生再聚,躺在山坡的石床上一同咽了毒药,殉情自尽。小说通过这对青年男女的爱情悲剧,斥责了旧时湘西一带的封建习俗对人性的伤害,说明在现代文明带来物质、道德、政治等方面的邪恶势力之前,一些旧思想、旧风俗早就在毁灭原始自然的美丽生命了。小说笔调沉着冲淡,语言优美细腻,情节结构自然顺畅,像传说一样展开。全篇情景交融,充满抒情诗的氛围和情调,画面感也极强,写人、叙事、状物熔于一炉,使人不自觉间随着作者的笔调走进美丽的湘西,去感受那凄楚哀婉的一幕。

月夜/巴金

入选理由
巴金的著名短篇小说
一篇指点乡俗故事的典范
在翔实的描绘中,蕴含深刻的情感

阿李的船正要开往城里去。

圆月慢慢地翻过山坡,把它的光芒射到了河边。这一条小河横卧在山脚下黑暗里,受到月光,就微微地颤动起来。水缓缓地流着,月光在水面上流动,就像要跟着水流到江里去一样。黑暗是一秒钟一秒钟地淡了,但是它还留下了一个网。山啦，树啦，河啦，田啦，房屋啦，都罩在它的网下。月光是柔软的，透不过网眼。

一条石板道伸进河里，旁边就泊着阿李的船。船停在水莲丛中，被密集丛生的水莲包围着。许多紫色的花朵在那里开放，莲叶就紧紧贴在船头。

船里燃着一盏油灯，灯光太微弱了。从外面看，一只睡眠了的船隐藏在一堆黑影里。没有人声，仿佛这里就是一个无人岛。然而的确有人在船上。

篷舱里直伸伸地躺着两个客人。一个孩子坐在船头打盹。船夫阿李安闲地坐在船尾抽烟。没有人说话，仿佛话已经说得太多了，再没有新的话好说。客人都是老客人。船每天傍晚开往城里去；第二天上午，就从城里开回来。这样的刻板似的日程很少改变过，这些老客人一个星期里面总要来搭几次船，在一定的时间来，不多说话，在舱里睡一觉，醒过来，船就到城里了。有时候客人在城里上岸，有时候客人转搭小火轮上省城去。那个年轻的客人是乡里的小学教员，家住在城里，星期六的晚上就要进城去。另一个客人是城里的商店伙计，在乡里有一个家。为了商店的事情他常常被老板派到省城去。

月光在船头梳那个孩子的乱发，孩子似乎不觉得，他只顾慢慢地摇着头。他的眼睛疲倦地闭着，但是有时又忽然大睁开看看岸上的路，看看水面。没有什么动静。他含糊地哼了一声，又静下去了。

"奇怪，根生这个时候还不来？"小学教员在舱里翻了一个身，低声自

作者简介

巴金（1904—2005），原名李尧棠，字芾甘。一个以生命的激情诠释这个世界和生存境遇的作家，他的人文主义情怀值得世俗人生的敬仰，他的文学在现实生活的背景下提炼出震撼人心的故事情节，再加上他的激越的情感，造就了这个伟大作家的一生。在他的小说中，以《灭亡》，激流三部曲《家》《春》《秋》和《寒夜》最为有名。日本作家大江健三郎评价说：在时代的大潮流中，作家知识分子应当如何生活，我会仰视着这个典范来回顾自身。

语着,他向船头望了望,然后推开旁边那块小窗板,把头伸了出去。

四周很静。没有灯光。岸上的那座祠堂也睡了。路空空地躺在月光下。在船边,离他的头很近,一堆水莲浮在那里,有好几朵紫色的花。

他把头缩回到舱里,就关上了窗板,正听见王胜(那个伙计)大声问船夫道:

"喂,阿李,什么时候了?还不开船?"

"根生还没有来。还早,怕什么!"船夫阿李在后面高声回答。

"根生每次七点钟就到了。今晚——"小学教员接口说,他摸出了表,然后又推开窗板拿表到窗口看,继续说:"现在已经七点八个字了。他今晚不会来了。"

"会来的,他一定会来的,他要挑东西进城去,"船夫坚决地说。"均先生,你们不要着急。王先生,你也是老客人。我天天给小火轮接送客人,从没有一次脱过班。"

均先生就是小学教员唐均。他说:"根生从来就没有迟到过,他每次都是很早就到的,现在却要人等他。"

"今晚恐怕有什么事把他绊住了。"伙计王胜说,他把右脚抬起来架在左脚上面。

"我知道他,他没什么事,他不抽大烟,又不饮酒,不会有什么事留住他。他马上就来!"船夫阿李从船尾慢慢地经过顶篷爬到了船头,一面对客人说话。他叫一声:"阿林!"在船头打盹的孩子马上站了起来。

阿李看了孩子一眼,就一脚踏上石板道。他向岸边走了几步,又回来解开裤子小便。白银似的水面上灿烂地闪着金光。圆月正挂在他对面的天空。银光直射到他的头上。月光就像凉水,把他的头洗得好清爽。

在岸上祠堂旁边榕树下一个黑影子在闪动。

"根生来了,"阿李欣慰地自语说,就吩咐孩子,"阿林,预备好,根生来,就开船。"

孩子应了一声,拿起一根竹竿把船稍微拨了一下,船略略移动,就横靠

◇最好的小说

在岸边。

阿李还站在石板道上。影子近了。他看清楚那个人手里提了一个小藤包,是短短的身体。来的不是根生。那是阿张,他今天也进城去,他是乡里一家杂货店的小老板。

"开船吗?"阿张提了藤包急急走过来,走上石板道,看见阿李,便带笑地问。

"正好,我们还等着根生!"阿李回答。

"八点了!根生一定不来了。"小学教员在舱里大声说。

"奇怪,根生还没来?我知道他从来很早就落船的。"阿张说,就上了船。他把藤包放在外面,人坐在舱板上,从袋里摸出纸烟盒取了一根纸烟燃起来,对着月亮安闲地抽着。

"喂,阿李,根生来吗?"一个剪发的中年女人,穿了一身香云纱衫裤,赤着脚,从岸边大步走来,走上石板道就唤着阿李。

"根生?今晚大家都在等根生。他倒躲藏起来。他在什么地方,你该知道!"阿李咕噜地抱怨说。

"他今晚没曾来过?"女人着急了。

"连鬼影也没看见!"

"你不是在跟我开玩笑?人家正在着急!"女人更慌张地问。

"根生嫂,跟你开玩笑,我倒没工夫!我问你根生今晚究竟搭不搭船?"阿李摆着正经面孔说话。

"糟啦!"根生嫂叫出了这两个字,转身就跑。

"喂,根生嫂,根生嫂!回来!"阿李在后面叫起来,他不知道是什么一回事情。

女人并不理他。她已经跑上岸,就沿着岸边跑,忽然带哭声叫起了根生的名字。

阿李听见了根生嫂的哭叫,声音送进耳里,使他的心很不好受。他站在石板道上,好像是呆了。

"什么事？"三个客人都惊讶地问。阿张看得比较清楚。商店伙计爬起来从舱里伸出头问。小学教员推开旁边的窗板把头放在外面去看。

"鬼知道！"阿李掉过头，抱怨地回答。

"根生嫂同根生又闹了架，根生气跑了，一定是这样！"阿张解释说。"人家还说做丈夫的人有福气，哈哈！"他把烟头抛在水里，又吐了一口浓浓的痰，然后笑起来。

"根生从来没跟他的老婆闹过架！我知道一定有别的事！一定有别的事！"阿李严肃地说。他现在纳闷的样子，因为他也不知道这别的事究竟是什么事。

"根生，根生！"女人的尖锐的声音在静夜的空气里飞着，飞到远的地方去了。于是第二个声音又突然响了起来，去追第一个，这个声音比第一个更悲惨，里面荡漾着更多的失望。它不曾把第一个追回来，而自己却跟着第一个跑远了。

"喂，怎么样？阿李！"小学教员翻个身叫起来，他把窗板关上了。没有人回答他。

"开船吧！"商店伙计不能忍耐地催促起来，他担心赶不上开往省城的小火轮。

阿李注意地听着女人的叫声，他心上的不安一秒钟一秒钟地增加。他并不回答那两个客人的话。他呆呆地站在那里，听女人唤丈夫的声音，忽然说："不行，她一定发疯了！"他就急急往岸上跑去。

"阿爸，"那个时时在船头上打盹的孩子立刻跳起来去追他，"你到哪里去？"

阿李只顾跑，不答话。孩子的声音马上就消灭了，在空气里不曾留下一点痕迹。空气倒是给女人的哀叫占据了。一丝，一丝，新的，旧的，仿佛银白的月光全是这些哀叫聚合而成的，它们不住地抖动，这些撕裂人心的哀叫，就像一个活泼的生命给毁坏了，给撕碎了，撕碎成一丝一丝，一粒一粒似的。

◇最好的小说

　　三个人在泥土路上跑着，一个女人，一个船夫，一个孩子。一个追一个。但是孩子跑到中途就站住了。

　　船依旧靠在石板道旁边，三个客人出来坐在船头，好奇地谈着根生的事情。全是些推测。每个人尽力去想象，尽力去探索。船上热闹起来了。

　　女人的哀叫渐渐低下去，于是停止了。阿李在一棵树脚下找到了那个女人，她力竭似地坐在那里，身子靠着树干，头发飘蓬，脸上满是泪痕，眼睛张开，望着对岸的黑树林。她低声哭着。

　　"根生嫂，你在干什么？你疯了吗？有什么事，你讲呀！"阿李跑上去一把抓住她，用力摇着她的膀子，大声说。

　　根生嫂把头一摆，止了哭，两只黑眼睛睁得圆圆地望着他，仿佛不认识他似的。过了半晌她才迸出哭声说："根生，根生……"

　　"根生怎么样？你讲呀！"阿李追逼地问。

　　"我不知道。"女人茫然地回答。

　　"呸，你不知道，那么为什么就哭起来？你真疯啦！"阿李责骂地说，吐了一口痰在地上。

　　"他们一定把他抓去了！他们一定把他抓去了！"女人疯狂似地叫着。

　　"抓去？哪个抓他去？你说根生给人抓去了？"阿李恐怖地问。他的心跳得很厉害。根生是他的朋友。他想，他是个安分的人，人家为什么要把他抓去？

　　"一定是唐锡藩干的，一定是他！"根生嫂带着哭声说。"昨天根生告诉我唐锡藩在县衙门里报告他通匪。我还不相信。今天下午根生出去就有人看见唐锡藩的人跟着他。几个人跟着他，还有侦探。他就没有回家来。一定是他们把他抓去了。"她说了又哭。

　　"唐锡藩，那个拼命刮钱的老龟，他为什么要害根生？恐怕靠不住。根生嫂，你又不曾亲眼看见根生给抓去！"阿李粗声地安慰她。他的声音不及刚才的那样严肃了。

　　"靠不住？只有你才相信靠不住！唐锡藩没有做到乡长，火气大得很。

他派人暗杀义先生，没有杀死义先生，倒把自己的乡长弄掉了！这几天根生正跟着义先生的兄弟敬先生组织什么农会，跟他做对。我早就劝他不要跟那个老龟做对，他不听我的话。整天嚷着要打倒土豪劣绅。现在完了。捉去不杀头也就不会活着回家来。说是通匪，罪名多大！"根生嫂带哭带骂地说。

"唐锡藩，我就不相信他这么厉害！"阿李咕噜地说。

"他有的是钱呀！连县长都是他的好朋友！县长都肯听他的话！"根生嫂的声音又大起来，两只眼睛在冒火，愤怒压倒了悲哀。"像义先生那样的好人，都要被他暗算。……你就忘了阿六的事？根生跟阿六的事并没有两样。"恐怖的表情又在她的脸上出现了。

阿李没有话说了。是的，阿六的事情他还记得很清楚。阿六是一个安分的农民。农忙的时候给人家做帮工，没有工作时就做挑夫。他有一次不肯纳扁担税，带着几个挑夫到包税的唐锡藩家里去闹过。过两天县里公安局就派人来把阿六捉去了，说他有"通匪"的嫌疑，就判了十五年的徒刑。警察捉阿六的时候，阿六刚刚挑了担子走上阿李的船，阿李看得很清楚。一个安分的人，他从没有做过坏事，衙门里却说他"通匪"。这是什么样的世界呀！阿李现在相信根生嫂的话了。

阿李的脸色阴沉起来，好像有一块沉重的石头压在他的心上。他绞着手在思索。他想不出什么办法。脑子在发胀，许多景象在他的脑子里轮流变换。他就抓起根生嫂的膀子说："快起来，即使根生真的给抓去了，我们也得想法救他呀！你坐在这里哭，有什么用处！"他把根生嫂拉起来。两个人沿着河边急急地走着。

他们走不到一半路，正遇着孩子跑过来。孩子跑得很快，高声叫着："阿爸！"脸色很难看。"根生……"他一把拉住阿李的膀子，再也说不出第二句话。

"根生，什么地方？"根生嫂抢着问，声音抖得厉害。她跑到孩子的面前摇撼他的身子。

◇最好的小说

"阿林，讲呀！什么事？"阿李也很激动，他感到了一个不吉的预兆。

阿林满头是汗，一张小脸现出恐怖的表情，结结巴巴地说"根生……在……"他拉着他们两个就跑。

在河畔一段凸出的草地上，三个客人都蹲在那里。草地比土路低了好些。孩子第一个跑到那里去。"阿爸，你看！……"他恐怖地大声叫起来。

根生嫂尖锐地狂叫一声，就跟着跑过去。阿李也跑去了。

河边有一堆水莲，紫色的莲花茂盛地开着。小学教员跪在草地上，正拿手拨开水莲，从那里露出了一个人的臃肿的胖身体，它平静地伏在水面上。香云纱裤给树根绊住了。左背下衫子破了一个洞。

"根生！"女人哀声叫着，俯下身子伸手去拉尸体，伤心地哭起来。

"不中用了！"小学教员掉过头悲哀地对阿李说，声音很低。

"一定是先中了枪。"商店伙计接口说。"看，这许多血迹！"

"我们把他抬上来吧，"杂货店的小老板说。

阿李大大地叹了一口气，紧紧捏住孩子的战抖的膀子，痴痴地望着水面。

根生嫂的哭声不停地在空中撞击，好像许多颗心碎在那里面，碎成一丝一丝，一粒一粒似的。它们渗透了整个月夜。空中、地上、水里仿佛一切全哭了起来，一棵树，一片草，一朵花，一张水莲叶。

静静地这个乡村躺在月光下面，静静地这条小河躺在月光下面。在这悲哀的气氛中，仿佛整个乡村都哭起来了。没有一个人是例外。每个人的眼里都滴下了泪珠。

这晚是一个很美丽的月夜。没有风雨。但是从来不脱班的阿李的船却第一次脱班了。

作品赏析：

《月夜》在巴金的小说中，仍然展现了他一贯的笔法，以家庭为中心衍射整个时代的风云变幻。有人说家是巴金文学的根，在小说中根生和阿香的家庭变故也同样涉及了整个社会大的环境背景。

小说从一开始就设置出悬念，一船的人都在等从未迟到过却在今天迟迟不来的根生，在寻常的等待中孕育着不寻常的气氛，也昭示着即将发生不可思议的事情。而情节的转折点在阿香的出现，她的到来，让文章的谜底更是扣人心弦，也让文章的最终答案呼之欲出。事实是根生在告发唐锡藩通匪后已经被枪杀了。而这个结局瞬间将这个河边的小故事扯上了整个中国的时代背景，可谓以小见大。

文章颇具特色的手法中有两点引人关注：其一是神态的传神描摹，诸如写等待的百无聊赖就从孩子写起——月光在船头梳那个孩子的乱发，孩子似乎不觉得，他只顾慢慢地摇着头，他的眼睛疲倦地闭着，但是有时又忽然大睁开看看岸上的路，看看水面；其二是环境氛围的渲染，在根生被发现的现场——静静地这个乡村躺在月光下面，静静地这条小河淌在月光下面，在这悲哀的氛围中，仿佛整个乡村都哭起来了。这是一种独特的审美，巴金在看似轻描淡写中寓寄了浓郁的情感内涵。有评论家说这是区别于鲁迅、茅盾理性色彩的独特的行文逻辑，好像在讲述别人的故事，但其实作者的感情又是喷薄愈发的，就如阿香的眼泪："好像许多颗心碎在那里面，碎成一丝一丝，一粒一粒似的。它们渗透了整个月夜。空中、地上、水里仿佛一切全哭了起来，一棵树，一片草，一朵花，一张水莲叶。"

梅雨之夕 /施蛰存

施蛰存的小说经典
一篇新感觉派文学的代表性作品
带着女性气质的柔和的文风

梅雨又淙淙地降下了。

对于雨，我倒并不觉得嫌厌，所嫌厌的是在雨中疾驰的摩托车的轮，它会得溅起泥水猛力地洒上我的衣裤,甚至会连嘴里也拜受了美味。我常常在办公室里,当公事空闲的时候,凝望着窗外淡白的空中的雨丝,对同事们谈起我对于这些自私的车轮的怨苦。下雨天是不必省钱的,你可以坐车,舒服些。他们会这样善意地劝告我。但我并不曾屈就了他们的好心,我不是为了省钱,我喜欢在滴沥的雨声中撑着伞回去。我的寓所离公司是很近的,所以我散工出来,便是电车也不必坐,此外还有一个我所以不喜欢在雨天坐车的理由,那是因为我还不曾有一件雨衣,而普通在雨天的电车里,几乎全是裹着雨衣的先生们,夫人们或小姐们,在这样一间狭窄的车厢里,滚来滚去的人身上全是水,我一定会虽然带着一把上等的伞,也不免满身淋漓地回到家里。况且尤其是在傍晚时分,街灯初上,沿着人行路用一些暂时安逸的心境去看看都市的雨景,虽然拖泥带水,也不失为一种自己的娱乐。在蒙雾中来来往往的车辆人物,全都消失了清晰的轮廓,广阔的路上倒映着许多黄色的灯光,间或有几条警灯的红色和绿色在闪烁着行人的眼睛。雨大的时候,很近的人语声,即使声音很高,也好像在半空中了。

　　人家时常举出这一端来说我太刻苦了,但他们不知道我会得从这里找出很大的乐趣来,即使偶尔有摩托车的轮溅满泥泞在我身上,我也并不曾因此而改了我的习惯。说是习惯,有什么不妥呢,这样的已经有三四年了。

作者简介

　　施蛰存(1905—2003),现代海派小说的代表性作家,曾被誉为中国现代派小说的先驱,新感觉派的大师。和日本新感觉派巨擘川端康成相似的是很推崇试验性的心理分析与人物的意识流动的解剖,有评论家即称这是典型的弗洛伊德式的作品。主要的作品有《将军的头》《梅雨之夕》《娟子姑娘》《石秀》,为我们展现了这位文学大家的生命思索。学者李辉曾经赞誉过施蛰存的特立独行的尊严和人格魅力。在他的文学界定中只有四窗:东窗是古典文学研究,南窗是文学创作与编辑,西窗是外国文学编译,北窗是金石碑版的考察。

　　钱谷融曾说:先生用自由主义的眼光观察衡量一切美的东西,他对待生活就像对待艺术一样,随时随地都在追求生活中的趣味。

有时也偶尔想着总得买一件雨衣来，于是可以在雨天坐车，或者即使步行，也可以免得被泥水溅着了上衣，但到如今这仍然留在心里做一种生活上的希望。

在近来的连日的大雨里，我依然早上撑着伞上公司去，下午撑着伞回家，每天都是如此。

昨日下午，公事堆积得很多。到了四点钟，看看外面雨还是很大，便独自留下在公事房里，想索性再办了几桩，一来省得明天要更多地积起来，二来也借此避雨，等它小一些再走。这样地竟逗遛到六点钟，雨早已止了。

走出外面，虽然已是满街灯火，但天色却转清朗了。曳着伞，避着檐滴，缓步过去，从江西路走到四川路桥，竟走了差不多有半点钟光景。邮政局的大钟已是六点二十五分了。未走上桥，天色早已重又冥晦下来，但我并没有介意，因为晓得是傍晚的时分了，刚走到桥头，急雨骤然从乌云中漏下来，潇潇的起着繁响。看下面北四川路上和苏州河两岸行人的纷纷乱窜乱避，只觉得连自己心里也有些着急。他们在着急些什么呢？他们也一定知道这降下来的是雨，对于他们没有生命上的危险。但何以要这样急迫地躲避呢？说是为了恐怕衣裳给淋湿了，但我分明看见手中持着伞的和身上披了雨衣的人也有些脚步踉跄了。我觉得至少这是一种无意识的纷乱。但要是我不会感觉到雨中闲行的滋味，我也是会得和这些人一样地急突地奔下桥去的。

何必这样的奔逃呢，前路也是在下着雨，张开我的伞来的时候，我这样漫想着。不觉已走过了天潼路口。大街上浩浩荡荡地降着雨，真是一个伟观，除间或有几辆摩托车，连续地冲破了雨仍旧钻进了雨中地疾驰过去之外，电车和人力车全不看见。我奇怪他们都躲到什么地方去了。至于人，行走着的几乎是没有，但有店铺的檐下或蔽荫下是可以一团一团地看得见，有伞的和无伞的，有雨衣的和无雨衣的，全都聚集着，用嫌厌的眼望着这奈何不得的雨，我不懂他们这些雨具是为了怎样的天气而买的。

至于我，已经走近文监师路了。我并没什么不舒服，我有一把好的伞，脸上绝不会给雨水淋湿，脚上虽然觉得有些潮，但这至多是回家后换一双袜子的事。我且行且看着雨中的北四川路，觉得朦胧的颇有些诗意。但这里所说的"觉得"，其实也并不是什么具体的思绪。除了"我该得在这里转弯了"之外，心中一些也不意识着什么。

　　从人行路上走出去，探头看看街上有没有往来的车辆，刚想穿过街去转入文监师路，但一辆先前并没有看见的电车已停在眼前，我止步了，依然退进到人行路上，在一支电杆边等候着这辆车的开出。在车停的时候，其实我是可以安心地对穿过去的，但我并不会这样做。我在上海住得很久，我懂得走路的规则，我为什么不在这个可以穿过去的时候走到对街去呢，我没知道。

　　我数着从头等车里下来的乘客。为什么不数三等车里下来的呢？这里并没有故意的挑选，头等坐在车底前部，下来的乘客刚在我面前，所以我可以很看得清楚。第一个，穿着红皮雨衣的俄罗斯人，第二个是中年的日本妇人，她急急地下了车，撑开了手里提着的东洋粗柄雨伞，缩着头鼠窜似地绕过车前，转进文监师路去了。我认识她，她是一家果子店的女店主。第三，第四，是像宁波人似的我国商人，他们都穿着绿色的橡皮华式雨衣。第五个下来的乘客，也即是末一个了，是一位姑娘。她手里没有伞，身上也没有穿雨衣，好像是在雨停止了之后上电车的，而不幸在到目的地的时候却下着这样的大雨。我猜想她一定是从很远的地方上车的，至少应当在卡德路以上的几站吧。

　　她走下车来，缩着瘦削的，但并不露骨的双肩，窘迫地走上人行路的时候，我开始注意着她的美丽了。美丽有许多方面，容颜的姣好固然一重要素，但风仪的温雅，肢体的停匀，甚至谈吐的不俗，至少是不惹厌，这些也有着份儿，而这个雨中的少女，我事后觉得她是全适合这几端的。

　　她向路的两边看了一看，又走到转角上看着文监师路。我晓得她是急于要招呼一辆人力车。但我看，跟着她的眼光，大路上清寂地没有一辆车子徘徊着，而雨还尽量地落下来。她旋即回了转来，躲避在一家木器店的屋檐下，露着烦恼的眼色，并且蹙着细淡的修眉。

我也便退进在屋檐下，虽则电车已开出，路上空空地，我照理可以穿过去了。但我何以不穿过去，走上了归家的路呢！为了对于少女有什么依恋么？并不，绝没有这种依恋的意识。但这也决不是为了我家里有着等候我回去在灯下一同吃晚饭的妻，当时是连我已有妻的思想都不会有，面前有着一个美的对象，而又是在一重困难之中，孤寂地单身呆立着望这永远地，永远地垂下来的梅雨，只为了这些缘故，我不自觉地移动了脚步站在她旁边了。

虽然在屋檐下，虽然没有粗重的檐溜滴下来，但每一阵风会得把凉凉的雨丝吹向我们。我有着伞，我可以如中古时期骁勇的武士似地把伞当作盾牌，挡着扑面袭来的雨丝的箭，但这个少女却身上间歇地被淋得很湿了。薄薄的绸衣，黑色也没有效用了，两支手臂已被画出了它们的圆润。她屡次旋转身去，倒立着，避免轻薄的雨之侵袭她的前胸。肩臂上受些雨水，让衣裳贴着了肉倒不打紧吗？我曾偶尔这样想。

天晴的时候，马路上多的是兜搭生意的人力车。但现在需要它们的时候，却反而没有了。我想着人力车夫的不善于做生意，或许是因为需要的人太多了，供不应求，所以即实在这样繁盛的街上，也不见一辆车子的踪迹。或许车夫也都在避雨呢，这样大的雨，车夫不该避一避吗？对于人力车之有无，本来用不到关心的我，也忽然寻思起来，我并且还甚至觉得那些人力车夫是可恨的，为什么你们不拖着车子走过来接应这生意呢，这里有一位美丽的姑娘，正窘立在雨中等候着你们的任何一个。

如是想着，人力车终于没有踪迹。天色真的晚了。远处对街的店铺门前有几个短衣的男子已经等得不耐而冒着雨，他们是拼着淋湿一身衣裤的，跨着大步跑去了。我看这位少女的长眉已颦蹙得更紧，眸子莹然，像是心中很着急了。她的忧闷的眼光正与我的互相交换，在她眼里，我懂得我是正受着诧异，为什么你老是站在这里不走呢。你有着伞，并且穿着皮鞋，等什么人么？雨天在街路上等谁呢？眼睛这样税利地看着我，不是没怀着好意么？从她将钉住着在我身上打量我的眼光移向着阴黑的天空的这个动作上，我肯定地猜测她是在这样想着。

我有着伞呢，而且大得足够容两个人的蔽荫的，我不懂何以这个意识不早就觉醒了我。但现在它觉醒了我将使我做什么呢？我可以用我的伞给她障住这样的淫雨，我可以陪伴她走一段路去找人力车，如果路不多，我可以送她到她的家。如果路很多，又有什么不成呢？我应当跨过这一箭路，去表白我的好意吗？好意，她不会有什么别方面的疑虑吗？或许她会得像刚才我所猜想着的那样误解了我，她便会得拒绝了我。难道她宁愿在这样不止的雨和风中，在冷静的夕暮的街头，独自个立到很迟吗？不啊！雨是不久就会停的，已经这样连续不断地降下了……多久了，我也完全忘记了时间的在这雨水中间流过。我取出时计来，七点三十四分。一小时多了。不至于老是这样地降下来吧，看，排水沟已经来不及宣泄，多量的水已经积聚在它上面，打着旋涡，挣扎不得流下去的路，不久怕会溢上了人行道么？不会的，决不会有这样持久的雨，再停一会，她一定可以走了。即使雨不就停止，人力车大约总能够来一辆的。她一定会不管多大的代价坐了去的。然则我是应当走了么？应当走了。为什么不？……

这样地又十分钟过去了。我还没有走。雨没有住，车儿也没有影踪。她也依然焦灼地立着。我有一个残忍的好奇心，如她这样的在一重困难中，我要看她终于如何处理她自己。看着她这样窘急，怜悯和旁观的心理在我身中各占了一半。

她又在惊异地看着我。

忽然，我觉得，何以刚才会不觉得呢，我奇怪，她好像在等待我拿我的伞贡献给她，并且送她回去，不，不一定是回去，只是到她所需要到的地方去。你有伞，但你不走，你愿意分一半伞荫蔽我，但还在等待什么更适当的时候呢？她的眼光在对我这样说。

我脸红了，但并没有低下头去。

用羞赧来对付一个少女的注目,在结婚以后,我是不常有的。这是自己也随即觉得可怪了。我将用何种理由来譬解我的脸红呢？没有！但随即有一种男子的勇气升上来,我要求报复,这样说或许较严重了,但至少是要求着克服她的心在我身里急突地催促着。

　　终归是我移近了这少女,将我的伞分一半荫蔽她。

　　——小姐,车子恐怕一时不会有,假如不妨碍,让我来送一送吧。我有着伞。

　　我想说送她回府,但随即想到她未必是在回家的路上,所以结果是这样两用地说了。当说着这些话的时候,我竭力做得神色泰然,而她一定已看出了这勉强的安静的态度后面藏匿着的我的血脉之急流。

　　她凝视着我半微笑着。这样好久。她是在估量我这种举止的动机,上海是个坏地方,人与人都用一种不信任的思想交际着！她也许是正在自己委决不下,雨真的在短时期内不会止么？人力车真的不会来一辆么？要不要借着他的伞姑且走起来呢？也许转一个弯就可以有人力车,也许就让他送到了。那不妨事么？……不妨事。遇见了认识人不会猜疑吗？……但天太晚了,雨并不觉得小一些。

　　于是她对我点了点头,极轻微地。

　　谢谢你。朱唇一启,她迸出柔软的苏州音。

　　转进靠西边的文监师路,响着雨声的伞下,在一个少女的旁边,我开始诧异我的奇遇。事情会得展开到这个现状吗？她是谁,在我身旁同走,并且让我用伞荫蔽着她,除了和我的妻之外,近几年来我并不曾有过这样的经历。我回转头去,向后面斜看,店铺里有许多人歇下了工作对我,或是我们,看着。隔着雨的,我看得见他们的可疑的脸色。我心里吃惊了,这里有着我认识的人吗？或是可有着认识她的人吗？……再回看她,她正低下着头。拣着踏脚地走。我的鼻刚接近她的鬓发,一阵香。无论认识我们之中任何一个人,看见了这样的我们的同行,会怎样想？……我将伞沉下了些,让它遮蔽到我们的眉额。人家除非低下身子来,不能看见我们的脸面。这样的举动，她似乎很中意。

我起先是走在她的右边，右手执着伞柄，为了要让她多得些荫蔽，手臂便凌空了。我开始觉得手臂酸痛，但并不以为是一种苦楚。我侧眼看她，我恨那个伞柄，它遮隔了我的视线。从侧面看，她并没有从正面看那样的美丽。但我却从此得到了一个新的发现：她很像一个人。谁？我搜寻着，我搜寻着，好像记得，岂但……几乎每日都在意中的，一个我认识的女子，像现在身旁并行着的这个一样的身材，差不多的面容，但何以现在百思不得了呢？……啊，是了，我奇怪为什么我竟会得想不起来，这是不可能的！我的初恋的那个少女，同学，邻居，她不是很像她吗？这样的从侧面看，我与她离别了好几年了，在我们相聚的最后一日，她还只有十四岁，……一年……二年……七年了呢。我结婚了，我没有再看见她，想来长成得更美丽了……但我并不是没有看见她长大起来，当我脑中浮起她的印象来的时候，她并不还保留着十四岁的少女姿态。我不时在梦里，睡梦或白日梦，看见她在长大起来，我会自己构成她是个美丽的二十岁年纪的少女。她有好的声音和姿态，当偶然悲哀的时候，她在我的幻觉里会得是一个妇人，或甚至是一个年轻的母亲。

但她何以这样的像她呢？这个容态，还保留十四岁时候的余影，难道就是她自己么？她为什么不会到上海来呢？是她！天下有这样容貌完全相同的人么？不知她认出了我没有……我应该问问她了。

小姐是苏州人么？

是的。

确然是她，罕有的机会啊！她几时到上海来的呢？她的家搬到上海来了吗？还是，哎，我怕，她嫁到上海来了呢？她一定已经忘记了我，否则她不会允许我送她走。……也许我的容貌有了改变，她不能再认识我，年数确是很久了。……但她知道我已经结婚吗？要是没有知道，而现在她认识了我，怎么办呢？我应当告诉她吗？如果这样是需要的，我将怎么措辞呢？……

我偶然向道旁一望，有一个女子倚在一家店里的柜上。用着忧郁的眼光，看着我，或者也许是看着她。我忽然好像发现这是我的妻，她为什么在这里？我奇怪。

我们走在什么地方了。我留心看。小菜场。她恐怕快要到了。我应当不失了这个机会。我要晓得她更多一些，但要不要使我们继续已断的友谊呢，是的，至少也得是友谊？还是仍旧这样地让我在她的意识里只不过是一个不相识的帮助女子的善意的人呢？我开始踌躇了。我应当怎样做才是最适当的。

我似乎还应该知道她正要到那里去。她未必是归家去吧。家——要是父母的家倒也不妨事的，我可以进去，如像幼小的时候一样。但如果是她自己的家呢？我为什么不问她结婚了不曾呢……或许，连自己的家也不是，而是她的爱人的家呢，我看见一个文雅的青年绅士。我开始后悔了，为什么今天这样高兴，剩下妻在家里焦灼地等候着我，而来管人家的闲事呢。北四川路上，终于会有人力车往来的？即使我不这样地用我的伞伴送她，她也一定早已能雇到车子了。要不是自己觉得不便说出口，我是已经会得剩了她在雨中反身走了。

还是再考验一次吧。

——小姐贵姓？

——刘。

刘吗？一定是假的。她已经认出了我，她一定都知道了关于我的事，她哄我了。她不愿意再认识我了，便是友谊也不想继续了。女人！……她为什么改了姓呢？……也许这是她丈夫的姓？刘……刘什么？

这些思想的独白，并不占有了我多少时候。它们是很迅速地翻舞过我的心里，就在与这个好像有魅力的少女同行过一条马路的几分钟之内。我的眼不常离开她，雨到这时已在小下来也没有觉得。眼前好像来来往往的人在多起来了，人力车也恍惚看见了几辆。她为什么不雇车呢？或许快要到达她的目的地了。她会不会因为心里已认识了我，不敢相认，所以故意延滞着和我同走么?

　　一阵微风,将她的衣缘吹起,飘荡在身后。她扭过脸去避对面吹来的风,闭着眼睛,有些娇媚。这是很有诗兴的姿态,我记起日本画伯铃木春信的一帖题名叫"夜雨宫诣美人图"的画。提着灯笼,遮着被斜风细雨所撕破的伞,在夜的神社之前走着,衣裳和灯笼都给风吹卷着,侧转脸儿来避着风雨的威势,这是颇有些洒脱的感觉的。现在我留心到这方面了,她也有些这样的丰度。至于我自己,在旁人眼光里,或许成为她的丈夫或情人了,我很有些得意着这种自譬的假饰。是的,当我觉得她确是幼小时候初恋着的女伴的时候,我是如像真有这回事似的享受着这样的假饰。而从她鬓边颊上被潮润的风吹来的粉香,我也闻嗅得出是和我妻所有的香味一样的。……我旋即想到古人有"担簦亲送绮罗人"那么一句诗,是很适合于今日的我的奇遇的。铃木画伯的名画又一度浮现上来了。但铃木的所画的美人并不和她有一些相像,倒是我妻的嘴唇却与画里的少女的嘴唇有些仿佛的。我再试一试对于她的凝视,奇怪啊,现在我觉得她并不是我适才所误会着的初恋的女伴了。她是另外一个不相干的少女。眉额、鼻子、颚骨,即使说是有年岁的改换,也绝对的找不出一些踪迹来。而我尤其嫌厌着她的嘴唇,侧看过去,似乎太厚一些了。

　　我忽然觉得很舒适,呼吸也更通畅了。我若有意无意地替她撑着伞,徐徐觉得手臂太酸痛之外,没什么感觉。在身旁由我伴送着的这个不相识的少女的形态,好似已经从我的心的樊笼中被释放了出去。我才觉得天已完全夜了,而伞上已听不到些微的雨声。

　　——谢谢你,不必送了,雨已经停了。

　　她在我耳朵边这样地嘤响。

　　我蓦然惊觉,收拢了手中的伞。一缕街灯的光射上了她的脸,显着橙子的颜色。她快要到了吗?可是她不愿意我伴她到目的地,所以趁此雨已停住的时候要辞别我吗?我能不能设法看一看她究竟到什么地方去呢?……

　　——不要紧,假使没有妨碍,让我送到了吧。

——不敢当呀，我一个人可以走了，不必送吧。时光已是很晏了，真对不起得很呢。

　　看来是不愿我送的了。但假如还是下着大雨便怎么了呢？……我怨怼着不情的天气，何以不再下半小时雨呢，是的，只要再半小时就够了。一瞬间，我从她的对于我的凝视——那是为了要等候我的答话——中看出一种特殊的端庄，我觉得凛然，像雨中的风吹上我的肩膀。我想回答，但她已不再等候我。

　　——谢谢你，请回转吧，再会。……

　　她微微地侧面向我说着，跨前一步走了，没有再回转头来。我站在中路，看她的后影，旋即消失在黄昏里。我呆立着，直到一个人力车夫来向我兜揽生意。

　　在车上的我，好像飞行在一个醒觉之后就要忘记了的梦里。我似乎有一桩事情没有做完成，我心里有着一种牵挂。但这并不曾清晰地意识着。我几次想把手中的伞张起来，可是随即会自己失笑这是无意识的。并没有雨降下来，完全地晴了，而天空中也稀疏地有了几颗星。

　　下了车，我叩门。

　　——谁？

　　这是我在伞底下伴送着走的少女的声音！奇怪，她何以又会在我家里？……门开了。堂中灯火通明，背着灯光立在开着一半的大门边的，倒并不是那个少女。朦胧里，我认出她是那个倚在柜台上用嫉妒的眼光看着我和那个同行的少女的女子。我惝悦地走进门。在灯下，我很奇怪，为什么从我妻的脸色上再也找不出那个女子的幻影来。

　　妻问我何故归家这样的迟，我说遇到了朋友，在沙利文吃了些小点，因为等雨停止，所以坐得久了。为了要证实我这谎话，夜饭吃得很少。

作品赏析：

　　新感觉派曾代表了中国一代的都市文学情怀，以现代派的技巧，嫁接了西方元素而完成了中国小说向现代派的完全蜕变。

在《梅雨之夕》中，男主人公在得不到妻子的足够温暖后，在一个梅雨之夕中巧遇的少女让他重新燃起了对爱的渴望，寻求生命激情的替代补偿。以致文章中充满幻想式的错乱的感觉，将人物的内心活动完全导入到无意识层面的意识流思考。但不同的是，评论家一直在肯定施蛰存小说的层次在新式作家中是独具一格的，他的故事仍然有着正常的时间和空间的变幻，仍然从属于社会的现实范畴，既体现了他的独特，又兼顾了中国读者习惯的审美情趣。

有评论家说施蛰存的小说有一种温暖柔和的女性气质，从而使文章在整体风格上显得细腻，极具浪漫的步调，虽然他的笔下多数是孤独者，但是温情的描写却足够让文章洋溢起纯洁韵味，就像文章中所说的："在车上的我，好像飞行在一个醒觉之后就要忘记的梦里。我似乎有一桩事情没有做完成，我心里有着一种牵挂。"因此有人即断言说：他以新奇和趣味以及不断变换的手法，营造了一个具有特殊气质的审美视界，而他对于现代主义的中国化的最早认识及实践无疑是其小说的最大贡献。

水葬 /蹇先艾

> **入选理由**
> 著名作家蹇先艾的成名杰作
> 充满了对乡村陋习的思考
> 以地方为背景展现了广阔的世俗人生心态

"尔妈，老子算是背了时！偷人没有偷到，偏偏被你们扭住啦！真把老子气死！……"

这是一种嘶哑粗糙的嗓音，在沉闷的空气之中震荡，从骆毛的喉头里进出来的。他的摇动躯体支撑着一张和成天在煤窑爬进爬出的苦工一样的脸孔；瘦筋筋的，一身都没有肉，只剩下几根骨头架子披着皮；头上的发虽然很乱，却缠着青布的套头；套头之下那一对黄色的眼睛鼓着直瞪。最引得起人注意的，便是他左颊上一块紫青的印迹，上面还长了一大丛长毛。他敞开贴身的油渍染透的汗衣，挺露胸膛，脸上的样子时时的变动，鼻子里偶然哼哼几声，看他的年纪约有三十岁的光景，他的两手背剪着，脚下蹬的是一双烂草鞋，涂满了溷泥。旁边有四五个浓眉粗眼的大汉，面部飞舞着得意的颜色，紧紧的寸步不离的将他把持住，匆匆的沿着松林走。仿佛稍一不留心，就要被他逃逸了去似的。这一行人是在奔小沙河。

他们送着骆毛去水葬，因为他在村中不守本分做了贼。文明的桐村向来就没有什么村长……等等名目，犯罪的人用不着裁判，私下都可以处置。而这种对于小偷处以"水葬"的死刑，在村中差不多是"古已有之"了的。

行列并不如此的简单：前后左右还络绎的拖着一大群男女，各式各样的人们都有，红红绿绿的服色，高高低低的身材，老老少少的形态……这些也不尽都是村中的闲人，不过他们共同的目的都是为看热闹而来的罢了。尤其是小孩子们，薄片小嘴唇笑都笑得合不拢来，两只手比着种种滑稽的姿式，好像觉得比看四川来的"西洋镜"还有趣的样子：拖住鞋子踢踢踏踏的跑，鞋带有时还被人家踩住了，立刻就有跌倒的危险，小朋友们尖起嗓子破口便骂，汗水在他们的头上像雨珠一般的滴下来。

妇人们，媳妇搀着婆婆，奶奶牵着小孙女，姑娘背着奶娃……有的抿着嘴直笑，有的皱着眉表示哀怜，有的冷起脸，口也不开，顶多龇一龇牙，老太婆们却呢呢喃喃的念起佛来了。她们中间有几位拐着小脚飞也似的紧跟着走，有时还超过大队的前面去了；然后她们又斯斯文文低悄悄的慢摇着八字步，显然和大家是不即不离的。被好奇心充满了的群众，此时顾不得汗的味道，在这肉阵中前前后后的挤进挤出。你撞着我的肩膀，我踩踏了你的腿跟……便一分钟一秒钟也没有宁静过。一下又密密的挨拢来，一下又疏疏的像满天的星点似的散开了。这正像蜜蜂嗡嗡得开不了交的时候，忽然一片更大的嘈杂的声浪从人海中涌起来，这声音的粗细缓急是完

◇最好的小说

全不一致的:

"呀!你们快看快看,那强盗又开口了!"

"了"字的余音还在袅袅不断,后面较远的闲杂人等跟着就像海潮一样拼命的撞击过来,前排矮小力弱的妇女和小孩却渐渐向后引退。但骆毛(便是他们呼喊为强盗的)的语声这时嘶哑的程度减轻而蓦地高朗了许多,颤颤的像破锣般的在响成一片:

"嘿!瞧你们祖宗的热闹!老子把你们的婆娘偷走了吗?叫老子吃水?你们也有吃火的一天!烧死你们这一群狗杂种!"

骆毛口里不干净的咕哝骂着:姑娘奶奶们多半红了脸,把耳朵掩起来;老太婆一类的人却装做耳聋,假装问旁边的人他说的是什么;村中的教书先生是完全听进去而且了解了,他于是撇着嘴觉得不值一钱的喊道:"丧德呀,丧德!"骆毛自己的两耳只轰轰的在响,这时什么声音都是掺不入的,他只是一味大步的走出村去。摇摇摆摆的走,几位汉子几乎要跟不上了。看看已经快离开了这个村落。后方的人群"跑百蚂"般的起来,一路还扭嘴使眼嘻嘻的嘲笑。骆毛大概耳鸣得轻了一点,仿佛听见一长串刺耳的笑声,他更是一肚子的不高兴,用力的将头扭回来,伸长着脖子狂叫道:

"跟着你们的祖先走哪儿去?你们难道也不要命吗?……老子背时的日子,你们得色啦!叫你们这一群龟儿子也都不得好死,看你们还笑不笑!"

但是当他的头刚好转过,枯瘦的脖子正要像鹭鸶似的撑长去望时,才一

作者简介

蹇先艾(1906—1994),一直被鲁迅定义为乡土小说的杰出典范,以《水葬》为题的短篇小说甚至轰动了当时的整个文坛。出版有小说散文集《朝雾》,以轻柔婉和的笔调,细腻的情感描写展现了故乡贵州牧歌式的田园情调,并带着淡淡的忧伤和莫名的惆怅,以浓郁的地方色彩占据了文学史的一席之地。

瞥，就被那长辫子的力大的村农强制的扭回去。他气愤愤的站住不走了，靠着路旁一棵大柏树。

"走！孙子！"长辫子当的给了他背脊骨上一拳。

"哎哟！你们儿子打老子吗？"他负痛的叫了一声，两条腿又只得向前挪移，"那不行！尔妈民国不讲理了是不是？……"他几乎要哭出来。

这时离开村庄已有半里的光景。这是一个阴天，天上飞驰着银灰的云浪。萧萧的风将树吹动，发出悦耳的一片清响。远处近处都蔓延着古柏苍松。路是崎岖不平的山路，有时也经过田塍或者浅浅的山丘。大家弯弯曲曲的走，似乎有点疲乏。在一座坟台之下略略休息。这一个好机会，群众都围拢来。潇飒的松枝掩盖在头顶，死寂的天空也投下几丝阳光来，透过了绿叶，骆毛傍着那一块字迹模糊的残碑坐下了。

"尔妈。老子今年三十一！"他换了一口气，提高嗓音的又开始说，"再过几十年，又不是一条好汉吗？……"

"骆大哥！啊啊，说错啦！干老爷子！你老人家死咧的话，我儿子过年过节总帮你老人家多烧几包袱纸。你就放心去罢，有什么身后开不了交的事情，都留下让我儿子帮你办。干奶奶——哎呀！啥子干奶奶，简直就是我那嫡亲奶奶呀——我养他老人家一辈子还不行吗？……"

小耗子王七着脚走过坟前，用手搓着眼睛，把眼睛圈都搓得快红了，向骆毛请了一个大安，亲热的说了上面的那一大段话。小耗子在今年跟骆毛交过手，败仗下来，就拜了老骆做干爹，是个著名的小滑头儿！

"七老弟，你就再不要干老爷子湿老爷子的啦！"老骆冷笑了一声说，"好汉作事好汉当，也用不上牵累旁人！我的妈呢——"

老骆心里忽然难过了起来，他也不再说下去，站起身来就往前走。人群又被他拖着像一根长绳，回环在山道上了。

登程以后的途中，老骆几乎绝无声响，除了习惯成自然的几声哼哼之外，不啻顿然变成哑巴。这些随从的人们都加倍的疑惑起来了。而几条大汉却很高兴，他们以为这样可以使大家安宁一点；进一步，也可以少伤点风化，因为老骆的话，没有一句不是村野难听的。所以就是老骆走得慢了，他们也不十分催逼他。

骆毛只是缓缓的走，含着一脸的苦笑，刚才王七那几句话引起他无限的感触；他心里暗暗悲酸着，想到他的母亲，便觉心里发软。那热狂的不怕死的心登时也就冷了一半。他的坚强的意志渐渐软化下去。

因为他精神上的毁伤，使他口都不愿意再开了。他心里完全是犹豫和踌躇了——

"我死后，我的妈怎么办呢？……我的妈啊，你在哪儿？你可晓得你的儿子死在眼前了吗？你如果在家紧等我不回来，你不知道焦心成哪个样子！唉！唉！……"

骆毛虽然是个粗人，可是想到死后老母无人养活，他也觉到死的可怕。直至他们捉住他的两臂，要往水下投他的时候，他狠心把眼一闭，他老母的慈容仿佛在目前似的一样。

天依旧恢复了沉寥的铅色，桐村里显得意外的冷冷落落。那黄金色的稻田被风吹着，起了轻掀的很自然的波动。真是无边的静谧，约略可以听见鹁鸪的低唱，从掩映着关帝庙那一派清幽的竹林中传来。远的山峰削壁的峙立着，遥遥与天海相接。合村都暂时掩没在清凄与寥寞的空气之中了。

村后远远的有一间草房，圮毁的仃立坡上，在风声中预备着坍塌。木栅门拉开后，一个老妇人拄着拐杖走出来。她的眼睛几乎要合成一条缝了，口里微微喘气，一手牢牢的把住门边；摩挲着老眼目不转睛的凝望，好似在期待着什么。看她站立在那里的样子，显然身体非常衰弱；脸上堆满了皱纹，露出很高的颧骨；瘦削的耳朵上还垂着一对污铜的耳环，背有点驼，荒草般的头发，黑白参差的纷披在前额。她穿着一件补丁很多的夹衣，从袖筒里伸出来的那只手，颜色青灰，骨头血管都露在外面。

她稳定的倚傍着门柱，连动也不动一下，嘴唇却不住的轻颤。最后她将拐杖靠在一边，索性在门限上坐下来了。深深的蹙着额发愁道：

"毛儿为甚么出去一天一夜还不回来？"说着又抬起头来望了一望。

东邻招儿的媳妇，掠着发带笑的扭过来。她是一个村中少见的大脚婆娘，胖胖的脸儿，粗黑的眉毛，高高的挽起一双袖子。大概是刚从地里回来。她正要同这个老妇说话的时候，只见她的十岁的孩子阿哥沿着田边喘吁吁地跑过来，口里喊道："妈，真吓死人的！我再也不敢到河边上去了。"

"甚么事，这样大惊小怪的？"招儿媳妇向她的儿子说。

"他们刚才把一个人掷到河里去了。"

"因为什么事？"

"偷东西叫人捉到了。"

"是谁？"

阿哥把嘴向那个老妇一扭，说道："是她的……"

招儿的媳妇急忙把儿子的嘴用手捂住，不让他说出来。

其实那个老妇本是耳聋的，这回又因为等儿子着急，越发听不到他们讲的是什么话。只见他们的嘴动。她因问道，"你们讲什么话，这样热闹闹的？阿哥，你见过毛儿没有？"

阿哥不敢答，只仰了面望他娘，他娘替他高声答道："没有看见。"

那个老妇把耳朵扭向招儿媳妇道，"你可是说没有看见？"

招儿媳妇点点头。那个老妇叹了一口气，口里咕哝道："他从来没有到这个时候不回家的。哪里去了！"说着又抬起头来向远处望一望。望了半天，又叹了一口气，把头倚在门框上。招儿的媳妇拉着她的儿子慢慢地躲开了。

直至招儿家里吃了晚饭，窗外吹来的风，入夜渐凉起来。外面冷清清的只有点点的星光在黝黑天空中闪烁，招儿的媳妇偷偷的跑到那个老妇的门前看一看，只见她还坐在那里，口里微弱听不清楚的声音仿佛是说，"毛儿，怎么你还不回来？"

作品赏析：

水葬在不同的风俗中含有不同的意义，在西方认为水是不朽的意思，在中国边缘的地区诸如西藏也是如此，但在贵州，则意味着一种耻辱式的惩罚。这是一种典型的地域色彩，无怪乎鲁迅会称他为乡土文学作者，因为它确实涉及了地方的风物、氛围和人物的心灵特征。

《水葬》的残酷在对待这个偷窃青年的惩罚上，殊不知他的家中还有个母亲在等待着他的归来。鲁迅对《水葬》有一段著名点评："但如《水葬》，却对我们展示了'老远的贵州'的乡间习俗的冷酷，和出于这冷酷中的母性之爱的伟大，——贵州很远，但大家的情境是一样的。"在《中国新文学大系·小说二集》中曾对此作出形容，以沉郁的笔触讲述了一个乡间悲剧，将麻木的精神与野蛮的民风所制造的一幕悲剧做了深刻的剖析。而更为残酷的这里有一群毫不同情的看客在起哄，就如同鲁迅的"看客"一般麻木、凶狠，文章中说：这些也不尽都是村中的闲人，不过他们只是为看热闹而来的罢了。

文章的高妙之处是在文章的最后把笔墨给了一个等待着自己孩子归来的老母亲，作者不无辛酸地写及了她的孤楚，自己的孩子死了，而她还在巴望着孩子回家。这是一个令人震撼的对比，一边是残忍的屠杀者，一边是焦灼的等待者，从而将文章的意蕴色彩提高到了一个无以复加的地步，足以震撼读者的心魄。

小二黑结婚/赵树理

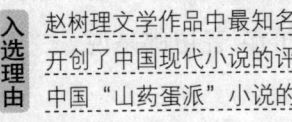

入选理由：
赵树理文学作品中最知名的一篇
开创了中国现代小说的评书体形式
中国"山药蛋派"小说的开山之作

一、神仙的忌讳

刘家峧有两个神仙，邻近各村无人不晓：一个是前庄上的二诸葛，一个是后庄上的三仙姑。二诸葛原来叫刘修德，当年做过生意，抬脚动手都要论一论阴阳八卦，看一看黄道黑道。三仙姑是后庄于福的老婆，每月初一十五都要顶着红布摇摇摆摆装扮天神。

二诸葛忌讳"不宜栽种"，三仙姑忌讳"米烂了"。这里边有两个小故事：有一年春天大旱，直到阴历五月初三才下了四指雨。初四那天大家都抢着种地，二诸葛看了看历书，又掐指算了一下说："今日不宜栽种。"初五日是端午，他历年就不在端午这天做什么，又不曾种；初六倒是个黄道吉日，可惜地干了，虽然勉强把他的四亩谷子种上了，却没有出够一半。后来直到十五才又下雨，别人家都在地里锄苗，二诸葛却领着两个孩子在地里补空子。邻家有个后生，吃饭时候在街上碰上二诸葛便问道："老汉！今天宜栽种不宜？"二诸葛翻了他一眼，扭转头返回去了，大家就嘻嘻哈哈传为笑谈。

三仙姑有个女孩叫小芹。一天，金旺他爹到三仙姑那里问病，三仙姑坐在香案后唱，金旺他爹跪在香案前听。小芹那年才九岁，晌午做捞饭，把米下进锅里了，听见她娘哼哼得很中听，站在桌前听了一会，把做饭也忘了。一会，金旺他爹出去小便，三仙姑趁空子向小芹说："快去捞饭！米烂了！"这句话却不料就叫金旺他爹听见，回去就传开了。后来有些好玩笑的人，见了三仙姑就故意问别人"米烂了没有？"

二、三仙姑的来历

三仙姑下神，足足有三十年了。那时三仙姑才十五岁，刚刚嫁给于福，是前后庄上第一个俊俏媳妇。于福是个老实后生，不多说一句话，只会在地里死受。于福的娘早死了，只有个爹，父子两个一上了地，家里就只留下新媳妇一个人。村里的年轻人们觉着新媳妇太孤单，就慢慢自动的来跟新媳妇作伴，不几天就集合了一大群，每天嘻嘻哈哈，十分哄伙。于福他爹看见不像个样子，有一天发了脾气，大骂一顿，虽然把外人挡住了，新媳妇却跟他闹起来。新媳妇哭了一天一夜，头也不梳，脸也不洗，饭也不

> **作者简介**
>
> 赵树理（1906—1970），山西沁水县人，是最受中国农民欢迎的作家之一。1943年发表《小二黑结婚》而蜚声文坛。著作有短篇小说集《下乡集》《赵树理小说选》，长篇小说《三里湾》《李家庄的变迁》，长篇评书《灵泉洞》（上），中篇小说《李有才板话》等。他的小说多以华北农村为背景，坚持用现实主义手法反映农村社会的变迁和存在其间的矛盾斗争，塑造农村各式人物的形象。同时，坚持民族化、大众化的创作道路，这种创作追求使他的作品既有强烈的时代精神，又有浓郁的生活气息。在他的影响下，马烽等山西籍作家形成了一个被列为"山药蛋派"的作家群体。

吃，躺在炕上，谁也叫不起来，父子两个没了办法。邻家有个老婆替她请了一个神婆子，在她家下了一回神，说是三仙姑跟上她了，她也哼哼唧唧自称吾神长吾神短，从此以后每月初一十五就下起神来，别人也给她烧起香来求财问病，三仙姑的香案便从此设起来了。

青年们到三仙姑那里去，要说是去问神，还不如说是去看圣像。三仙姑也暗暗猜透大家的心事，衣服穿得更新鲜，头发梳得更光滑，首饰擦得更明，官粉搽得更匀，不由青年们不跟着她转来转去。

这是三十来年前的事，当时的青年，如今都已留下了胡子，家里大半又都是子媳成群，所以除了几个老光棍，差不多都没有那些闲情到三仙姑那里去了。三仙姑却和大家不同，虽然已经四十五岁，却偏爱当个老来俏，小鞋上仍要绣花，裤腿上仍要镶边，顶门上的头发脱光了，用黑手帕盖起来，只可惜官粉涂不平脸上的皱纹，看起来好像驴粪蛋上下上了霜。

老相好都不来了，几个老光棍不能叫三仙姑满意，三仙姑又团结了一伙孩子们，比当年的老相好更多，更俏皮。

三仙姑有什么本领能团结这伙青年呢？这秘密在她女儿小芹身上。

三、小芹

三仙姑前后共生过六个孩子，就有五个没有成人，只落了一个女儿，名叫小芹。小芹当两三岁时候，就非常伶俐乖巧，三仙姑的老相好们，这个抱过来说是"我的",那个抱起来说是"我的",后来小芹长到五六岁,知道这不是好话,三仙姑教她说:"谁再这么说,你就说'是你的姑姑'。"说了几回,果然没有人再提了。

小芹今年十八了,村里的轻薄人说,比她娘年轻时候好得多。青年小伙子们,有事没事,总想跟小芹说句话。小芹去洗衣服,马上青年们也都去洗;小芹上山采野菜,马上青年们也都去采。

吃饭时候,邻居们端上碗爱到三仙姑那里坐一会,前庄上的人来回一里路,也并不觉得远。这已经是三十年来的老规矩,不过小青年们也这样热心,却是近二三年来才有的事。三仙姑起先还以为自己仍有勾引青年的本领,日子长了,青年们并不真正跟她接近,她才慢慢看出门道来,才知道人家来了为的是小芹。

不过小芹却不跟三仙姑一样,表面上虽然也跟大家说说笑笑,实际上却不跟人乱来,近二三年,只是跟小二黑好一点。前年夏天,有一天前晌,于福去地,三仙姑去串门,家里只留下小芹一个人,金旺来了,嬉皮笑脸向小芹说:"这会可算是个空子吧?"小芹板起脸来说:"金旺哥!咱们以后说话要规矩些!你也是娶媳妇大汉了!"金旺撒撒嘴说:"咦!装什么假正经?小二黑一来管保你就软了!有便宜大家讨开点,没事;要正经除非自己锅底没有黑!"说着就拉住小芹的胳膊悄悄说:"不用装模作样了!"不料小芹大声喊道:"金旺!"金旺赶紧放手跑出来。一边还咄念道:"等得住你!"说着就悄悄溜走了。

四、金旺兄弟

提起金旺来,刘家峧没有人不恨他,只有他一个本家兄弟名叫兴旺跟他对劲。

金旺他爹虽是个庄稼人,却是刘家峧一只虎,当过几十年老社首,捆人打人是他的拿手好戏。金旺长到十七八岁,就成了他爹的好帮手;兴旺也学会了帮虎吃食,从此金旺他爹想要捆谁,就不用亲自动手,只要下个命令,自有金旺兴旺代办。

抗战初年,汉奸敌探溃兵土匪到处横行,那时金旺他爹已经死了,金旺、兴旺弟兄两个,给一支溃兵作了内线工作,引路绑票,讲价赎人,又做巫婆又做鬼,两头出面装好人。后来八路军来,打垮溃兵土匪,他两人才又回到刘家峧。

山里人本来就胆子小,经过几个月大混乱,死了许多人,弄得大家更不敢出头了。别的大村子都成立了村公所、各救会、武委会,刘家峧却除了县府派来一个村长以外,谁也不愿意当干部。不久,县里派人来刘家峧工作,要选举村干部,金旺跟兴旺两个人看出这又是掌权的机会,大家也巴不得有人愿干,就把兴旺选为武委会主任,把金旺选为村政委员,连金旺老婆也被选为妇救会主席,其他各干部,硬捏了几个老头子出来充数。只有青抗先队长,老头子充不得。兴旺看见小二黑这个小孩子漂亮好玩,随便提了一下名就通过了,他爹二诸葛虽然不愿,可是惹不起金旺,也没有敢说什么。

村长是外来的,对村里情形不十分了解,从此金旺兴旺比前更厉害了,只要瞒住村长一个人,村里人不论哪个都得由他两个调遣。这几年来,村里别的干部虽然调换了几个,而他两个却好像铁桶江山。大家对他两个虽是恨之入骨,可是谁也不敢说半句话,都恐怕扳不倒他们,自己吃亏。

五、小二黑

小二黑,是二诸葛的二小子,有一次反"扫荡"打死过两个敌人,曾得到特等射手的奖励。说到他的漂亮,那不只在刘家峧有名,每年正月扮故事,不论去到哪一村,妇女们的眼睛都跟着他转。

小二黑没有上过学,只是跟着他爹识了几个字。当他六岁时候,他爹就教他识字。识字课本既不是五经四书,也不是常识国语,而是从天干、地支、五行、八卦、六十四卦名等学起,进一步便学些《百中经》《玉匣记》《增删卜易》《麻衣神相》《奇门遁甲》《阴阳宅》等书。小二黑从小就聪明，像那些算属相、卜六壬课、念大小流年或"甲子乙丑海中金"等口诀，不几天就都弄熟了，二诸葛也常把他引在人前卖弄。因为他长得伶俐可爱，大人们也都爱跟他玩，这个说："二黑，算一算十岁属什么？"那个说："二黑，给我卜一课！"后来二诸葛因为说"不宜栽种"误了种地，老婆也埋怨，大黑也埋怨，庄上人也都传为笑谈，小二黑也跟着这事受了许多奚落。那时候小二黑十三岁，已经懂得好歹了，可是大人们仍把他当成小孩来玩弄，好跟二诸葛开玩笑的，一到了家，常好对着二诸葛问小二黑道："二黑！算算今天宜不宜栽种？"和小二黑年纪相仿的孩子们，一跟小二黑生了气，就连声喊道："不宜栽种不宜种……"小二黑因为这事，好几个月见了人躲着走，从此就和他娘商量成一气，再不信他爹的鬼八卦。

　　小二黑跟小芹相好已经二三年了。那时候他才十六七，原不过在冬天夜长时候，跟着些闲人到三仙姑那里凑热闹，后来跟小芹混熟了，好像是一天不见面也不能行。后庄上也有人愿意给小二黑跟小芹做媒人，二诸葛不愿意，不愿意的理由有三：第一小二黑是金命，小芹是火命，恐怕火克金；第二小芹生在十月，是个犯月；第三是三仙姑的声名不好。恰巧在这时候，彰德府来了一伙难民，其中有个老李带来个八九岁的小姑娘，因为没有吃的，愿意把姑娘送给人家逃个活命。二诸葛说是个便宜，先问了一下生辰八字，掐算了半天说："千里姻缘使线牵"，就替小二黑收作童养媳。

　　虽然二诸葛说是千合适万合适，小二黑却不认账。父子俩吵了几天，二诸葛非养不行，小二黑说："你愿意养你就养着，反正我不要！"结果虽把小姑娘留下了，却到底没有说清楚算什么关系。

六　斗争会

　　金旺自从碰了小芹的钉子以后，每日怀恨，总想设法报一报仇。有一次武委会训练村干部，恰巧小二黑发疟疾没有去。训练完毕之后，金旺就向兴旺说："小二黑是装病，其实是被小芹勾引住了，可以斗争他一顿。"兴旺就是武委会主任，从前也碰过小芹一回钉子，自然十分赞成金旺的意见，并且又叫金旺回去和自己的老婆说一下，发动妇救会也斗争小芹一番。金旺老婆现任妇救会主席，因为金旺好到小芹那里去，早就恨得小芹了不得。现在金旺回去跟她说要斗争小芹，这才是巴不得的机会，丢下活计，马上就去布置。第二天，村里开了两个斗争会，一个是武委会斗争小二黑，一个是妇救会斗争小芹。

小二黑自己没有错，当然不承认，嘴硬到底，兴旺就下命令，把他捆起来送交政权机关处理。幸而村长脑筋清楚，劝兴旺说："小二黑发疟是真的，不是装病，至于跟别人恋爱，不是犯法的事，不能捆人家。"兴旺说："他已是有了女人的。"村长说："村里谁不知道小二黑不承认他的童养媳。人家不承认是对的，男不过十六，女不过十五，不到订婚年龄。十来岁小姑娘，长大也不会来认这笔账。小二黑满有资格跟别人恋爱，谁也不能干涉。"兴旺没话说了，小二黑反要问他："无故捆人犯法不犯？"经村长双方劝解，才算放了完事。

兴旺还没有离村公所，小芹拉着妇救会主席也来找村长，她一进门就说："村长！捉贼要赃，捉奸要双，当了妇救会主席就不说理了？"兴旺见拉着金旺的老婆，生怕说出这事与自己有关，赶紧溜走。后来村长问了问情由，费了好大一会唇舌，才给她们调解开。

七、三仙姑许亲

两个斗争会开过以后，事情包也包不住了，小二黑也知道这事是合理合法的了，索性就跟小芹公开商量起来。

三仙姑却着了急。她跟小芹虽是母女，近几年来却不对劲。三仙姑爱的是青年们，青年们爱的是小芹。小二黑这个孩子，在三仙姑看来好像鲜果，可惜多一个小芹，就没了自己的份儿。她本想早给小芹找个婆家推出门去，可是因为自己名声不正，差不多都不愿意跟她结亲。开罢斗争会以后，风言风语都说小二黑要跟小芹自由结婚，她想要真是那样的话，以后想跟小二黑说句笑话都不能了，那是多么可惜的事，因此托东家求西家要给小芹找婆家。

"插起招军旗，就有吃粮人。"有个吴先生是在阎锡山部下当过旅长的退职军官，家里很富，才死了老婆。他在奶奶庙大会上见过小芹一面，愿意续她，媒人向三仙姑一说，三仙姑当然愿意。不几天过了礼帖，就算定了，三仙姑以为了却一宗心事。

小芹已经和小二黑商量得差不多了，如何肯听她娘的话？过礼那一天，小芹跟她娘闹起来，把吴先生送来的首饰绸缎扔下一地。媒人走后，小芹跟她娘说："我不管！谁收了人家的东西谁跟人家去！"

三仙姑愁住了，睡了半天，晚饭以后，说是神上了身，打了两个呵欠就唱起来。她起先责备于福管不了家，后来说小芹跟吴先生是前世姻缘，还唱些什么"前世姻缘由天定，不顺天意活不成……"于福跪在地下哀求，神非教他马上打小芹一顿不可。小芹听了这话，知道跟这个装神弄鬼的娘说不出什么道理来，干脆躲了出去，让她娘一个人胡说。

小芹一个人悄悄跑到前庄上去找小二黑，恰在路上碰上小二黑去找她，两个就悄悄拉着手到一个大窑里去商量对付三仙姑的法子。

八、拿双

小芹把她娘怎样主婚怎样装神，唱些什么，从头至尾细细向小二黑说了一遍，小二黑说："不用理她！我打听过区上的同志，人家说只要男女本人愿意，就能到区上登记，别人谁也作不了主……"说到这里，听见外边有脚步声，小二黑伸出头来一看，黑影里站着四五个人，有一个说："拿双拿双！"他两人都听出是金旺的声音，小二黑起了火，大叫道："拿？没有犯了法！"兴旺也来了，下命令道："捉住捉住！我就看你犯法不犯法，给你操了好几天心了！"小二黑说："你说去哪里咱就去哪里，到边区政府你也不能把谁怎么样！走！"兴旺说："走？便宜了你！把他捆起来！"小二黑挣扎了一会，无奈没有他们人多，终于被他们七手八脚打了一顿捆起来了。兴旺说："里边还有个女的，也捆起来！捉奸要双，这是她自己说的！"说着就把小芹也捆起来了。

前庄上的人都还没有睡，听见有人吵架，有些人就跑出来看，麻秆火把下看见捆着的两个人，大家不问就都知道了八九分。二诸葛也出来了，见小二黑被人家捆起来，就跪在兴旺面前哀求道："兴旺！咱两家没有什么仇！看在我老汉面上，请你们诸位高高手……"兴旺说："这事情，我们管不了，送给上级再说吧！"小二黑说："爹！你不用管！送到哪里也不犯法！我不怕他！"兴旺说："好小子！要硬你就硬到底！"又逼住三个民兵说："带他们走！"一个民兵问："带到村公所？"兴旺说："还到村公所干什么？上一回不是村长放了的？送给区武委会主任按军法处理！"说着就把他两个人拥上走了。

九、二诸葛的神课

邻居们见是兴旺弟兄们捆人，也没有人敢给小二黑讲情，直等到他们走后，才把二诸葛招呼回家。

二诸葛连连摇头说："唉！我知道这几天要出事啦：前天早上我上地去，才上到岭上，碰上个骑驴媳妇，穿了一身孝，我就知道坏了。我今年是罗睺星照运，要谨防带孝的冲了运气，因此哪里也不敢去，谁知躲也躲不过？昨天晚上二黑他娘梦见庙里唱戏。今天早上一个老鸦落在东房上叫了十几声……唉！反正是时运，躲也躲不过。"他罗哩罗嗦念了一大堆，邻居们听了有些厌烦，又给他说了一会宽心话，就都散了。

有事人哪里睡得着？人散了之后，二诸葛家里除了童养媳之外，三个人谁也没有睡。二诸葛摸了摸脸，取出三个制钱占了一卦，占出之后吓得他面色如土。他说："了不得呀了不得！丑土的父母动出午火的官鬼，火旺于夏，恐怕有些危险了。唉！人家把他选成青年队长，我就说过不叫他当，小杂种硬要充人物头！人家说要按军法处理，要不当队长哪里犯得了军法？"老婆也拍手跺脚道："小爹呀！谁知道你要闯这么大的事啦？"大黑劝道："不怕！事已经出下了，由他去吧！我想这又不是人命事，也犯不了什么大罪！既然他们送到区上了，我先到区上打听打听，你们都睡吧！"说着点了个灯笼就走了。

二诸葛打发大黑去后，仍然低头细细研究方才占的那一卦。停了一会，远远听着有个女人哭，越哭越近，不大一会就来到窗下，一推门就进来了。二诸葛还没有看清是谁，这女人就一把把他拉住，带哭带闹说："刘修德！还我闺女！你的孩子把我的闺女勾引到哪里了？还我……"二诸葛老婆正气得死去活来，一看见来的是三仙姑，正赶上出气，从炕上跳下来拉住她道："你来了好！省得我去找你！你母女两个好生生把我个孩子勾引坏，你倒有脸来找我！咱两人就也到区上说说理！"两个女人滚成一团，二诸葛一个人拉也拉不开，也再顾不上研究他的卦。三仙姑见二诸葛老婆已经不顾了命，自己先胆怯了几分，不敢恋战，少闹了一会挣脱出来就走了。二诸葛老婆追出门来，被二诸葛拦回去，还骂个不休。

十、恩典恩典

二诸葛一夜没有睡，一遍一遍念："大黑怎么还不回来，大黑怎么还不回来。"第二天天不明就起程往区上走，走到半路，远远看见大黑、三个民兵已都回来了，还来了区上一个助理员，一个交通员。他远远就喊叫道："大黑！怎么样？要紧不要紧？"大黑说："没有事！不怕！"说着就走到跟前，助理员跟三个民兵先走了。大黑告交通员说："这就是我爹！"又向二诸葛说："区上添传你跟于福老婆。你去吧，没有事！二黑跟小芹两个人，一到区上就放开了。区上早就说兴旺跟金旺两个人不是东西，已经把他两个人押起来了，还派助理员到咱村开大会调查他们横行霸道的证据。我赶到那里人家就问罢了，听说区上还许咱二黑跟小芹结婚。"二诸葛说："不犯罪就好，结婚可不行，命相不对！你没有听说添传我做什么？"大黑说："不知道，大约也没有什么大事。你去吧，我先回去告我娘说。"交通员说:"老汉!这就算见了你了!你去吧,我再传那一个去!"说了就跟大黑相跟着走了。

二诸葛到了区上,看见小二黑跟小芹坐在一条板凳上,他就指着小二黑骂道:"闯祸东西!放了你你还不快回去?你把老子吓死了!不要脸!"区长道:"干什么?区公所是骂人的地方?"二诸葛不说话了。区长问:"你就是刘修德?"二诸葛答:"是!"问:"你给刘二黑收了个童养媳?"答:"是!"问:"今年几岁了?"答:"属猴的,十二岁了。"区长说:"女不过十五岁不能订婚,把人家退回娘家去,刘二黑已经跟于小芹订婚了!"二诸葛说:"她只有个爹,也不知逃难逃到哪里去了,退也没处退。女不过十五不能订婚,那不过是官家规定,其实乡间七八岁订婚的多着哩。请区长恩典恩典就过去……"区长说:"凡是不合法的订婚,只要有一方面不愿意都得退!"二诸葛说:"我这是两家情愿!"区长问小二黑道:"刘二黑!你愿意不愿意?"小二黑说:"不愿意!"二诸葛的脾气又上来了,瞪了小二黑一眼道:"由你啦?"区长道:"给他订婚不由他,难道由你啦?老汉!如今是婚姻自主,由不得你了,你家养的那个小姑娘,要真是没有娘家,就算成你的闺女好了。"二诸葛道:"那也可以,不过还得请区长恩典恩典,不能叫他跟于福这闺女订婚!"区长说:"这你就管不着了!"二诸葛发急道:"千万请区长恩典恩典,命相不对,这是一辈子的事!"又向小二黑道:"二黑!你不要糊涂了!这是你一辈子的事!"区长道:"老汉!你不要糊涂了,强逼着你十九岁的孩子娶上个十二岁的小姑娘,恐怕要生一辈子气!我不过是劝一劝你,其实只要人家两个人愿意,你愿意不愿意都不相干。回去吧!童养媳没处退算成你的闺女!"二诸葛还要请区长"恩典恩典",一个交通员把他推出来了。

十一、看看仙姑

三仙姑去寻二诸葛,一来为的是逞逞闹气的本领,二来为的是遮遮外人的耳目,其实让小芹吃一吃亏她很高兴,所以跟二诸葛老婆闹了一阵之后,回去就睡了。第二天早上,她起得很迟,于福虽比她着急,可是自己既没有主意,又不敢叫醒她,只好自己先去做饭。饭快成的时候,三仙姑慢慢起来梳妆。于福问她道:"不去打听打听小芹?"她说:"打听她做甚啦?她的本领多大啦?"于福也再没有敢说什么,把饭菜做成了放在炉边等,直等到她梳妆罢了才开饭。

饭还没有吃罢,区上的交通员来传她。她好像很得意,嗓子拉得长长地说:"闺女大了咱管不了,就去请区长替咱管教管教!"她吃完了饭,换上新衣服、新手帕、绣花鞋、镶边裤,又擦了一次粉,加了几件首饰,然后叫于福给她备上驴,她骑上,于福给她赶上,往区上去。

到了区上。交通员把她引到区长房子里,她趴下就磕头,连声叫道:"区长老爷,你可要给我作主!"区长正伏在桌上写字,见她低着头跪在地下,头上戴了满头银首饰,还以为是前两天跟婆婆生了气的那个年轻媳妇,便说道:"你婆婆不是有保人吗?为什么不找保人?"三仙姑莫名其妙,抬头看了看区长的脸。区长见是个擦着粉的老太婆,才知道是认错人了。交通员道:"认错人了!这就是于小芹的娘!"区长打量了她一眼道:"你就是小芹的娘呀?起来!不要装神做鬼!我什么都清楚!起来!"三仙姑站起来了。区长问:"你今年多大岁数?"三仙姑说:"四十五。"区长说:"你自己看看你打扮得像个人不像?"门边站着老乡一个十来岁的小闺女嘻嘻嘻笑了。交通员说:"到外边耍!"小闺女跑了。区长问:"你会下神是不是?"三仙姑不敢答话。区长问:"你给你闺女找了个婆家?"三仙姑答:"找下了!"问:"使了多少钱?"答:"三千五!"问:"还有些什么?"答:"有些首饰布匹!"问:"跟你闺女商量过没有?"答:"没有!"问:"你闺女愿意不愿意?"答:"不知道!"区长道:"我给你叫来你亲自问问她!"又向交通员道:"去叫于小芹!"

刚才跑出去那个小闺女,跑到外边一宣传,说有个打官司的老婆,四十五了，擦着粉，穿着花鞋。邻近的女人们都跑来看，挤了半院，唧唧哝哝说："看看！四十五了！""看那裤腿！""看那鞋！"三仙姑半辈没有脸红过，偏这会撑不住气了，一道道热汗在脸上流。交通员领着小芹来了，故意说："看什么？人家也是个人吧，没有见过？闪开路！"一伙女人们哈哈大笑。

把小芹叫来，区长说："你问问你闺女愿意不愿意！"三仙姑只听见院里人说："四十五""穿花鞋"，羞得只顾擦汗，再也开不得口。院里的人们忽然又转了话头，都说"那是人家的闺女""闺女不如娘会打扮"，也有人说"听说还会下神"，偏又有个知道底细的断断续续讲"米烂了"的故事，这时三仙姑恨不得一头碰死。

区长说："你不问我替你问！于小芹，你娘给你找的婆家你愿意跟人家结婚不愿意？"小芹说："不愿意！我知道人家是谁？"区长问三仙姑道："你听见了吧？"又给她讲了一会婚姻自主的法令，说小芹跟小二黑订婚完全合法，还吩咐她把吴家送来的钱和东西原封退了，让小芹跟小二黑结婚。她羞愧之下，一一答应了下来。

十二、怎么到底

三个民兵回到刘家峧，一说区上把兴旺金旺二人押起来，又派助理员来调查他们的罪恶，真是人人拍手称快。午饭后，庙里开一个群众大会，村长报告了开会宗旨，就请大家举他两个人的作恶事实。起先大家还怕扳不倒人家，人家再返回来报仇，老大一会没有人说话；有几个胆子太小的人，还悄悄劝大家说："忍事者安然。"有个被他两人作践垮了的年轻人说："我从前没有忍过？越忍越不得安然！你们不说我说！"他先从金旺领着土匪到他家绑票说起，一连说了四五款，才说道："我歇歇再说，先让别人也说几款！"他一说开了头，许多受过害的人也都抢着说起来：有给他们花过钱的，有被他们逼着上过吊的，也有产业被他们霸了的，老婆被他们奸淫过的。他两人还派上民兵给他们自己割柴，拨上民夫给他们自己锄地；浮收粮，私派款，强迫民兵捆人……你一宗他一宗，从晌午说到太阳落，一共说了五六十款。

区上根据这些罪状把他两人送到县里，县里把罪状一一证实之后，除叫他们赔偿大家损失外，又判了十五年徒刑。

经过这次大会之后，村里人也都敢出头了。不久，村干部又都经过大改选，村里人再也不敢乱投坏人的票了。这其间，金旺老婆自然也落了选。偏她还变了口吻，说："以后我也要进步了。"

两个神仙也有了变化：

三仙姑那天在区上被一伙妇女围住看了半天，实在觉着不好意思，回去对着镜子研究了一下，真有点打扮得不像话；又想到自己的女儿快要跟人结婚，自己还卖什么老俏？这才下了个决心，把自己的打扮从顶到底换了一遍，弄得像个当长辈人的样子，把三十年来装神弄鬼的那张香案也悄悄拆去。

二诸葛那天从区上回去，又向老婆提起二黑跟小芹的命相不对，他老婆道："把你的鬼八卦收起吧！你不是说二黑这回了不得吗？你一辈子放个屁也要卜一课，究竟抵了些什么事？我看小芹满不错，能跟咱二黑过就很好！什么命相对不对？你就不记得'不宜栽种'？"二诸葛见老婆都不信自己的阴阳，也就不好意思再到别人跟前卖弄他那一套了。

小芹和小二黑各回各家，见老人们的脾气都有些改变，托邻居们趁势和说和说，两位神仙也就顺水推舟同意他们结婚。后来两家都准备了一下，就过门。过门之后，小两口都十分得意，邻居们都说是村里第一对好夫妻。

夫妻们在自己卧房里有时候免不了说玩话：小二黑好学三仙姑下神时候唱"前世姻缘由天定"，小芹好学二诸葛说"区长恩典，命相不对"。淘气的孩子们去听窗，学会了这两句话，就给两位神仙加了新外号：三仙姑叫"前世姻缘"，二诸葛叫"命相不对"。

作品赏析：

《小二黑结婚》写于1943年5月。小说描写的是抗战时期解放区一对青年男女为追求婚姻自由，冲破封建传统和守旧家长的阻挠，最终结为夫妻的故事，生动地塑造了二诸葛、三仙姑两个落后农民和小二黑、小芹两个年轻进步农民的形象。二诸葛胆小怕事、落后迷信，极力想维护家长制的权威，顽固地反对儿子小二黑与小芹自由恋爱结婚。三仙姑本是一个好逸恶劳、作风不正的妇女，不仅忌妒女儿小芹的幸福婚姻，而且还贪财出卖女儿。小说通过这两对思想观念截然相反的农民的对照，揭示了当时农村中旧习俗的封建残余势力对人们思想行为的束缚，以及新老两代人的意识冲突与变迁，说明实行民主改革、移风易俗的重要性，同时歌颂了民主政权的力量，反映了解放区的重大变化。小说结构完整，情节跌宕，语言通俗，富于地方色彩，开创了中国评书体的现代小说形式。

下 篇
世界最好的
短篇小说

逃往埃及 /歌德

入选理由
德国著名作家歌德的短篇小说经典
一篇充满思辨韵味的哲理式小说
梦幻迷离，俨然一曲思想的歌谣

威廉坐在一块巨石的阴影里。这是一条陡峭山路的急转弯处，下面是万丈深渊，令人胆战心惊。太阳还很高，照耀着他脚下山谷里的松树枝头。他正在注视他的写字石板，这时，费利克斯弯弯曲曲地往上爬，手里拿着一块石头朝他走来。

"这块石头叫什么名字，爸爸？"男孩问。

"不知道。"威廉回答。

"这里边闪闪发光的，是不是金子？"孩子问。

"不是！"父亲说，"我记得，这儿的人叫猫金。"

"猫金！"孩子微笑着说，"为什么叫这个名字？"

"大概因为它是假的，大家认为猫也是假的吧。"

"我倒要弄个水落石出。"儿子把那块石头塞到皮旅行装里，顺手掏出一样东西，问："这是什么？"

"一种果实，"父亲答道，"从鳞片判断，它可能跟锥形的冷杉球果是同属。"

"这不像一个锥球的，明明是圆的嘛。""我们去问一问猎人；他们认得所有的树木和果实，会种、会栽、会保护，使它们尽量长大成材。猎人什么都知道；昨天，向导指给我看过一头鹿怎样横过这条路，把我喊回来，让我细看他所指的足迹；我从那上边跳过去，清楚地看见印在地上的几个蹄子印，看样子是一只大鹿。""我听见你在追问那个向导。""他知道的事儿真多，可他并不是猎人。我还是想当猎人，整天呆在森林里，听鸟叫，知道它们的名字，在哪里筑巢，怎样从巢里取蛋，也知道怎样喂养小鸟，什么时候捉老鸟，太美了，太有意思了。"

话音未落，就看见那条陡峭的路上出现一幅奇异的景象。两个英俊男孩，身穿花色上衣，更确切地说，是身穿敞怀的衬衫，一个一个跳下来，落在威廉面前，停留了片刻。威廉趁机在近处端详他们。大一点的孩子留一头厚厚的金色鬈发，看见他时，第一眼就会注意他的这种头发，他那明亮的蓝眼睛吸引住人们的目光，使人们为他那优美的形象而陶醉。另一个孩子像他的朋友，而不大像兄弟，披着一头棕色的直头发，搭在双肩上，两眼炯炯有神。

威廉没有时间仔细观察这两个在荒野里不期而遇的奇人，因为他听到一个男人严肃而亲切的声音从巨石转角处传来："你们为什么站着不动？不要堵住我们的路！"

如果说孩子们刚才已使他惊讶不小，那么，威廉现在朝上看的时候，映入他眼帘的人则是使他大吃一惊。这是一个中等身材的精明年轻人，嘴唇微翘，皮肤黝黑，头发乌黑，正有力而小心地从悬崖中的小路走下来，身后牵着一头驴。先出现的是那头梳洗得整整齐齐的秀发，上面驮着的很美。一个妩媚可爱的女子坐在一个安置得舒舒服服的大鞍子上。她披一件蓝色外套，里边紧贴胸部抱着一个新生婴儿，不胜温存地看着他。向导也和两个孩子一样，见到威廉时也迟疑了片刻。驴子拖着步子慢慢地走，因

作者简介

歌德（1749—1832），德国文学史上不可企及的大文豪。其创作成就了德国文学的巅峰，并将它带向了世界文坛，获取了崇高的声誉。从诗歌到小说堪称无所不能，以书信体小说《少年维特之烦恼》、诗体哲理诗剧《浮士德》以及长篇小说《威廉·迈斯特的学习时代》和《威廉·麦斯特的漫游时代》征服了整个世界。当然作为一个亚里士多德以后不可多得的全才，他也像达·芬奇一样在各个领域都有相当高的造诣，特别是在色彩的研究上和植物的分析上更是不可逾越。他的代表性作品《浮士德》与《荷马史诗》、但丁的《神曲》、莎士比亚的《哈姆雷特》并称为欧洲四大古典文学名著。

为下坡路太陡，过往行人很难站稳脚；威廉惊奇地目送他们消失在眼前的悬崖后面。

自然地，那张罕见的脸也就消失了。他好奇地站起来，向谷底望去，看他们会不会返身回来。他正要下去与这些奇特的游人打招呼，费利克斯走上来说："父亲，我跟这两个孩子到他们家去，行不行？他们要带我去，要你也一起去。这是那个男子对我说的。走吧！他们在下面等着呢。"

"我也很想跟他们谈谈。"威廉回答。

他在山路一个坡度较小的地方找到了他们，睁大眼睛望着那幅强烈吸引他注意力的奇异景象，饱尝眼福。这时，他才注意到了周围的奇境。那个健壮的年轻人肩上背着一把手斧和一个柔韧的长角尺，孩子们扛着大捆芦苇，像棕榈树一样。从这个侧面看，他们像天使；当他们再提上装食品的小篮子时，便和每天上下接送游人的挑夫一模一样了。当他仔细地打量那位母亲时，见她在那件蓝外套里面穿着一条色泽柔和的浅红色短裙。我们的朋友经常看见逃往埃及的画作，现在在这里肯定是真正亲眼地、惊奇地看到了。

大家互相问候，威廉由于惊讶不已和全神贯注，说不出话来。年轻人说："我们的孩子在这个时间里已经交上了朋友。您愿不愿意和我们一起，看看大人之间可不可以产生良好的关系？"

威廉略微思考了一下，回答说："一看到您的小家庭，我就产生了信任和羡慕，我毫无保留地承认，也产生了好奇心和强烈的愿望，想进一步了解你们。初次见面我心里就提出了问题：你们是真正的游人，还是使游人高兴或使这座荒山充满生机的山神？"

"那您就一起到我们家去看看吧，"年轻人说，"一起走吧！"孩子们喊着，早已把费利克斯拉走了。"一起走吧！"夫人说着，把可爱的友好的目光从婴儿身上转到了陌生人身上。

威廉不假思索地说："很抱歉，我不能马上跟你们走，至少还得在上面的边境旅馆住一夜。我的背包、证件，都在上面，没有包好，还乱糟糟的。为了表示诚意，不辜负你们的盛情邀请，我把我的费利克斯交给你们作抵押，明天我就到你们家去。离这儿有多远？"

"太阳落山前，我们可以到家。"木匠说，"从边境旅馆出发，您只要一个半小时。您的男孩今夜为我们家添丁增口。"

男子和牲口都动身了。威廉满意地看着他的费利克斯走在这么一个好集体之中，把他与那两个可爱的小天使作了比较，他与他们有明显的区别。从年龄看，他并不高，但是壮实，熊腰虎背，是一个天生的主仆混合体。他已经把一个棕榈枝和一个小篮子抢在手里，好像还在谈论这两件东西。当这一行人就要绕过岩石消失时，威廉突然想起什么，追着喊：

"我怎么打听你们？"

"只要问圣约瑟就行了！"这句话是从深谷中传来的，这时一切都消失在蓝色的影屏后面。虔诚的混声合唱在远处回响，威廉自信能分辨出他的费利克斯的声音。

他往山上走，太阳已经下山。他多次失掉的星空又照耀着他！当他继续向上攀登，到达边境旅馆时，仍然是白天，他再一次高兴地观赏了山区的伟大气派，然后回到房间。一进门，他就拿起笔，在书写中度过了一部分夜晚的时光。

佚名 译

作品赏析：

歌德的思辨在他的《浮士德》以及《威廉·迈斯特》的系列小说上已经表达得淋漓尽致，既包含了知识与理想，也同样包含了情感与艺术，将古典之美与理性王国的蓝图推向了一个高峰。

《逃往埃及》撰述的是佛罗伦萨大画家乔托的名画《逃往埃及》。画家在带着基督教的背景下，讲述了这一段亚伯拉罕后裔的逃生经历，这是一段很严酷的历史真相，但在歌德的描写下恍似成了一段夜游的经历。父子俩在山上偶遇了几个奇怪的行人，并在儿子的坚持下和他们结交成朋

◇最好的小说

友。但是这却又是一段迷离的经历，好像就在梦里一般，因为作者在出走之后，便再也没有踪迹可寻，只剩下恍惚的记忆，就像陶渊明笔下的桃花源一般，充满了梦幻的色彩。文章在描述两个孩子的外貌时所说的：看见他时，第一眼就会注意他的这种头发，他那明亮的蓝眼睛吸引住人们的目光，使人们为他那优美的形象而陶醉；另一个孩子披着一头棕色的直头发，搭在双肩上，两眼炯炯有神。

这是一次不可思议的人生旅程，作者在这幅绝望的逃离画作中，看到了未来再生的美好和希望，在他的眼里，他多次失掉的星空又照耀着他！当他继续向上攀登，到达边境旅馆时，仍然是白天，他再一次高兴地观赏了山区的伟大气派。

驿站长/普希金

入选理由
俄罗斯短篇小说的典范
展现了一个小人物的凄凉人生
被誉为是自然派文学的先河

十四品文官，

驿站的独裁者。

——维亚泽姆斯基公爵

谁没有咒骂过驿站长，谁没有同他们吵过架？谁没有在盛怒之下向他们索取过那要命的本子以便在上面写下自己对他们的欺压、粗暴和怠慢的无济于事的控诉！谁不把他们当做人类的恶棍，犹如过去的恶讼师，或者，至少也和牟罗姆的强盗无异？但是，我们如果公平一些，尽量为他们设身处地想一想，也许，我们责备他们的时候就会宽容得多。什么是驿站长呢？一个真正的十四级的受气包，他的官职仅仅能使他免于挨打，而且这也并非总能做到（请读者扪心自问）。维亚泽姆斯基开玩笑称他是独裁者，他的职务是怎样的呢？是不是真正的苦役？白天黑夜都不得安宁。旅客把在枯燥乏味的旅途中积聚起来的全部怨气都发泄在驿站长身上：天气恶劣，道路难行，车夫脾气犟，马不肯拉车——都成了驿站长的过错。旅客走进他的寒伧的住所，像望着仇人似的望着他。要是他能赶快打发掉这个不速之客，还好；但是如果正碰上没有马呢？……天哪！什么样的咒骂、什么样的威胁都会劈头盖脸而来！他得冒着雨、踩着泥泞挨家挨户奔走。遇上狂风暴雨天气或是受洗节前后的严寒日子，他得躲进穿堂，只是为了休息片刻，避开被激怒的投宿客人的叫嚷和推搡。来了一位将军，浑身发抖的驿站长就得给他最后的两辆三套马车，其中一辆是供信使专用的。将军连谢也不谢一声就走了。过了五分钟——又是铃声！……一个信使把自己的驿马使用证往桌上一扔……如果我们把这些都好好地想一想，我们心里的怒气就会消释而充满真挚的同情。我再说几句：我二十年来走遍了俄罗斯的东西南北，差不多所有的驿道我都知道；好几代的车夫我都认识；很少有驿站长我不面熟；很少有驿站长我不曾跟他们打过交道。我希望在不久的将来我所积累的饶有趣味的旅途见闻能够问世。目前我只想说，人们对驿站长这一类人的看法是极其错误的。这些备受诽谤的驿站长，一般说来都是和善的人，天生乐意为人效劳，容易相处，对荣誉看得很淡泊，不太爱钱财。从他们的言谈（过路的老爷们偏偏却瞧不起这些言

作者简介

普希金（1799—1837），一位头衔辉煌的伟大作家，曾被赞誉为俄罗斯浪漫主义文学的杰出代表、现实主义的开拓者、标准俄语的创始人。高尔基称他为一切开端的开端，而事实上他也是俄罗斯多余人和小人物传统的坚实缔造者，影响了整个俄罗斯文学的历史进程。其实他更多被关注的还是他的伟大的抒情诗，诸如《致恰达耶夫》《自由颂》《致大海》以及《我曾经爱过你》。但同样让他不朽的还有他的小说，就像《驿站长》《上尉的女儿》这样的典型篇章。1837年，普希金死于一场和法国男爵的决斗中。

谈）中，可以吸取许多有趣的东西，获益匪浅。至于我呢，老实说，我是宁愿听他们谈话，也不要听一位因公外出的六品文官的高谈阔论。

不难猜到，在可尊敬的驿站长这一类人中间就有我的朋友。真的，其中有一位给我留下了弥足珍贵的回忆。我们曾有机缘一度接近过，我现在准备同亲爱的读者谈谈他的故事。

一八一六年五月，我曾经乘车顺一条现在已经废弃的驿道经过某省。我官卑职小，只能在每个驿站换马，只付得起两匹驿马的租钱。因此驿站长们对我并不客气，我往往要经过力争才能得到我认为是名份应得到的东西。当时我由于年少气盛，要是驿站长把给我预备的三匹马套到一位官老爷的马车上，我对他的卑贱和怯懦就会感到愤慨；在省长设的宴会上，遇到善于辨别身份的奴才上菜时把我漏掉，我也总是耿耿于怀。如今呢，我却以为这两种情形都是理所当然的了。的确，小官尊敬大官是一条普遍适用的准则，要是用另一条准则，比方说，聪明人尊重聪明人来代替它，那我们会怎么样呢？岂不是要吵翻了天！仆人上菜又从谁开始呢？但是我还是来讲我的故事吧。

那是一个炎热的日子。离某驿站还有三俄里的时候开始落下稀疏的雨点。转眼之间，倾盆大雨已经把我淋得浑身湿透。到了驿站，第一件事就是赶快换衣服，第二件事是要一杯茶。"喂，杜尼娅！"驿站长叫道，"拿茶炊来，再去拿点鲜奶油。"听到这话，从隔扇后面出来一个十四五岁的姑娘，跑到穿堂里去了。她的美使我吃惊。"这是你的女儿吗？"我问驿站长。"是我的女儿，"他带着得意的神气回答说，"她聪明伶俐，跟她去世的母亲一模一样。"这时他动手登记我的驿马使用证，我就欣赏起他装点他那简朴而整洁的住屋的图画来。这些画画的是浪子回头的故事：第一幅画着一个头戴尖顶帽、身穿长袍的可敬的老人在给一个神情不安的青年送行，那青年人急匆匆地接受他的祝福和一个钱袋。另一幅以鲜明的线条画出这个年轻人的放荡行为：他坐在桌旁，一群虚情假意的朋友和无耻的女人围着他。再往下，这个把钱财挥霍净尽的青年衣衫褴褛，戴着三角帽在喂猪，并且与猪分食：他脸上露出深切的悲痛和悔恨。最后画着他回到父亲那里。仍旧戴着尖顶帽、穿着长袍的慈祥老人跑出来迎接他。浪子跪着，远景是厨子在宰一头肥壮的牛犊，哥哥向仆人们询问如此欢乐的原因。在每一幅画下面我都读到与内容相配合的德文诗句。这一切，还有那几盆凤仙花、挂着花布幔帐的床以及当时我周围的其他物件，至今还保留在我的记忆中。这位五十来岁的主人精神饱满，容光焕发，绿色长礼服上用褪色的绶带挂着三枚奖章，至今他的模样还历历如在眼前。

我跟老车夫还没有把账算清，杜尼娅已经拿着茶炊回来了。这小妖精看了我第二眼就察觉了她给我的印象，她垂下了浅蓝色的大眼睛。我开始同她说话，她很大方地回答我，像个见过世面的姑娘。我请她父亲喝一杯潘趣酒，给杜尼娅一杯茶，我们三个人就聊起天来，仿佛认识了很久似的。

马匹早就准备好了，可是我仍旧不愿意同驿站长和他的女儿分手。最后我同他们告别了，做父亲的祝我一路平安，女儿送我上车。到穿堂里我停下来，请她允许我吻她一下。杜尼娅答应了……

从我做这事以来，我可以算得出许多次接吻，但是没有一次亲吻在我心中留下这样悠长、这样愉快的回忆。

过了几年，我又有机会经过那条驿道，使我重临旧地。我想起老站长的女儿，想到又可以看到她而感到高兴。但是我又想，老站长也许已经调离，杜尼娅可能已经出嫁。我的头脑里也闪过他或她会不会死去的念头。我怀着悲伤的预感走近那个驿站。

马匹在驿站的小屋前停下。我一走进房间，立刻认出了那几幅画着浪子回头的故事的画，桌子和床还放在原来的地方，但是窗台上已经没有花，四周的一切都显出败落和无人照管的景象。驿站长盖着皮袄睡着，我的到来把他吵醒，他欠起身来……这正是萨姆松·维林，但是他衰老得多厉害啊！在他准备抄下我的驿马使用证的时候，我望着他的白发，望着他那好久没刮胡子的脸上的深深的皱纹和他的驼背——不能不感到惊讶，怎么三四年的工夫竟把一个精力旺盛的汉子变成一个衰弱的老头。"您还认得我吗？"我问他。"咱们是老相识了。""可能是。"他阴沉地回答说，"这儿是大路，来往旅客到过我这里的很多。""你的杜尼娅好吗？"我继续问。老头皱起了眉头。"天晓得她，"他回答说。"这么说她是出嫁了？"我说。老头装做没有听见我的问话，继续轻声念我的驿马使用证。我不再问下去，叫人拿茶来。好奇心开始使我不得安宁，我指望潘趣酒能使我的老相识开口说话。

我没有想错，老头没有拒绝送过去的酒杯。我发现甜酒驱散了他的阴郁。一杯下肚，他的话多起来。不知他是记起了呢，还是装出记起我的样子，于是我便从他口中听到了当时使我非常感兴趣、又使我深受感动的故事。

"这么说，您认识我的杜尼娅？"他开始说。"有谁不认识她呢？唉，杜尼娅，杜尼娅！是个多好的姑娘啊！以前，凡是过路的人，谁都夸她，谁也不会说她不好。太太们有的送她一块小手帕，有的送她一副耳环。过路的老爷们故意停下来，好像要用午餐或是晚餐，其实只是为了多看她几眼。往往有这样的情形，不管老爷的火气多么大，一看见她就会平静下来，和颜悦色地和我谈话。先生，您信不信：信使们跟她一聊就是半个钟头。家由她管：收拾房子啦，做饭啦，样样都安排得妥妥当当。我这个老傻瓜，对她看也看不厌，有时连喜欢都喜欢不过来。是我不爱我的杜尼娅，不疼我的孩子呢，还是她的日子过得不称心呢？都不是，灾祸是躲不了的；命该如此，要逃也逃不了啊！"于是他开始详详细细地向我讲述他的伤心事。三年前，一个冬天的晚上，驿站长正在一本新簿子上画格子，他女儿在隔扇后面给自己缝衣服。这时来了一辆三套马车，一个头戴车尔凯斯帽、身穿军大氅、裹着披肩的旅客走进来要马。马都派出去了。一听说没马，旅客就提高嗓门，扬起了马鞭。见惯这种场面的杜尼娅从隔扇后面跑出来，殷勤地问那个旅客要不要吃点什么？杜尼娅的出现起了它惯有的效果。旅客的怒火烟消云散了，他同意等待马匹，还要了晚餐。旅客脱下毛茸茸的湿帽子，解下披肩，脱掉外套，原来这是一个体格匀称、蓄着黑口髭的年轻骠骑兵。他坐到驿站长旁边，高高兴兴地同他和他的女儿交谈起来。晚餐端上来了。这时有几匹马回来了，驿站长吩咐不用喂食，马上把它们套在旅客的车上。但是等他回来的时候，却发现那个年轻人躺在长凳上，几乎失去了知觉：他感到很不舒服，头痛得厉害，不能上路……怎么办呢！驿站长把自己的床让给他，如果病情不见好转，还准备第二天一早就派人到C城去请医生。

　　第二天，骠骑兵的病情更恶化了。他的仆人骑上马进城去请医生。杜尼娅用浸了醋的手帕包扎他的头，坐在他床边做针线活。当着驿站长的面，病人直哼，几乎一言不发，但却喝了两杯咖啡，并且哼哼着要了午餐。杜尼娅一直守着他。他不断要水喝，杜尼娅给他端来一大杯她做的柠檬水。病人润着嘴唇，每次递还杯子的时候，都用他的无力的手握握杜尼娅的手表示感谢。午饭前医生来了。他摸了摸病人的脉，用德语同他谈了几句，然后用俄语宣称，病人只是需要静养，过两天就可以上路。骠骑兵付给他二十五个卢布的出诊费，还请他用午餐。医生同意了，两人的胃口都很好，喝了一瓶酒，才彼此非常满意地分手。

　　又过了一天，骠骑兵完全恢复了。他非常高兴，不停地一会儿同杜尼娅，一会儿同驿站长开玩笑。他吹着曲子，同旅客们交谈，把他们的驿马使用证登记在驿站登记册上。他大大博得了好心的驿站长的喜欢。到第三天早上，驿站长竟舍不得同他那可爱的客人分别了。那天是星期日，杜尼娅预备去做礼拜。骠骑兵的马车拉来了。他为了在这里又吃又住，重重地酬谢了驿站长，才和他告别。他也同杜尼娅告别，表示愿意送她去村边的教堂。杜尼娅犹豫不决地站着……"你怕什么？"父亲对她说，"大人又不是狼，不会把你吃掉，你就坐车子去教堂吧。"杜尼娅上了车，挨着骠骑兵坐下，仆人跳上驭座，车夫一声唿哨，马儿就奔驰起来。

　　可怜的驿站长不明白，他怎能亲口允许他的杜尼娅同骠骑兵一同乘车走呢？他怎么会瞎了眼，怎么会鬼迷心窍？过了不到半小时，他觉得心里烦躁，六神不安，忍不住自己也跑去做礼拜。到了教堂跟前，他看到人们已

◇最好的小说

经散去，但是杜尼娅既不在围墙边，也不在教堂门口。他急忙走进教堂：神父正从祭坛后面走出来，教堂执事在吹灭蜡烛，有两个老妇人还在角落里祈祷，但是杜尼娅却不在教堂里。可怜的父亲好容易才下决心去问教堂执事，杜尼娅有没有来做过礼拜。教堂执事回答说没有来过。驿站长半死不活地走回家去。他只剩下一个希望：杜尼娅年轻做事轻率，也许忽然想起来乘着车子到下一站去看她的教母去了。他痛苦而焦急地等待他让她乘坐的那辆三驾马车回来。车夫老不回来，到傍晚时分，车夫终于一个人回来了，喝得醉醺醺的，带来一个吓死人的消息："杜尼娅跟着骠骑兵又从那一站往前走了。"

老头禁不住这不幸的打击，他立时倒在那个年轻骗子昨夜躺过的床上。现在驿站长回想起种种情况，才明白生病是假装的：可怜的老人患了极为厉害的热病；他被送到C城，派了一个人暂时来代替他。给他治病的就是来给骠骑兵看病的那个医生。他对驿站长确凿有据地说，那个年轻人身体完全健康，当时他就猜到他不怀好意，但是因为怕他的鞭子，所以没有做声。这个德国医生的话不知道是真的呢，还是想炫耀自己有先见之明，但是他的话丝毫安慰不了可怜的病人。驿站长的病体刚恢复，他就向C城的驿站局长请了两个月的假，对任何人都没提自己的打算，步行寻找女儿去了。他根据驿马使用证知道骑兵大尉明斯基是从斯摩棱斯克去彼得堡的。给他驾过车的车夫说："杜尼娅一路啼哭，尽管她好像是自己情愿去的。""也许，"驿站长想道，"我能把我那迷途的羔羊带回家来。"他怀着这个想法来到彼得堡，在伊兹梅尔团一个退位的上士，他的老同事家里住下，就开始四下寻找。不久就被他打听出来，骑兵大尉明斯基在彼得堡，住在德穆特饭店，驿站长决定去找他。

他一清早就来到明斯基的前室，请求禀报大人，说有个老兵求见。一个勤务兵在擦撑着鞋楦的皮靴，他说主人在睡觉，十一点钟以前不接见任何人。驿站长走了，到指定的时间又回来了。明斯基穿着晨衣，戴着红色小帽亲自出来见他。"老兄，你要什么？"他问他。老头的心沸腾起来，泪水涌到眼睛里。他用颤抖的声音只说出了：大人！……请行行好吧……"明斯基迅速地瞥了他一眼，脸一红，就抓住他的手把他带到书房里，随手把门关上。"大人！"老头接下去说，"过去的事情就算了；至少，请您把我可怜的杜尼娅还给我吧。您已经把她玩够了，别白白地毁了她。""生米已成熟饭，无法挽回了，"年轻人十分狼狈地说，"我对不起你，希望求得你的宽恕。可是你别以为我会抛弃杜尼娅，我可以向你保证，她会幸福的。你要她做什么？她爱我，她已经不习惯原先的处境了。无论你也好，她也好——你们都不会忘记已经发生的事。"接着，他把一样东西塞到老人的衣袖里，就把门打开。驿站长自己也不记得他是怎样到了大街上的。

他呆呆地站了好久，最后看到自己衣袖的折袖里有一卷纸。他取出来打开一看，原来是几张揉皱的五卢布和十卢布的钞票。泪水又涌到他的眼睛里，是愤懑的泪水啊！他把钞票揉做一团，扔在地上，还用鞋后跟踩了一脚，走了……走了几步，他停了下来，想了一想，又回转身来……但是钞票已经不见了，一个衣着考究的年轻人看见他，就奔向一辆出租马车，急忙坐上车，喊道："走！……"驿站长没有去追他。他决定回自己的驿站，但是先要看看他的可怜的杜尼娅，哪怕见一面也好。为了这，两天后他又到明斯基那里，但是勤务兵厉声告诉他，主人不接见任何人，胸一挺就把他挤出前厅，冲着他的脸砰地关上了门。驿站长站了一会儿，只好走了。

当天晚上，他在"一切悲伤的人们"教堂做过祷告，在铸造厂街上走着。突然他面前驶过一辆华丽的马车，驿站长认出了明斯基。马车在一座三层楼房的大门口停下，骠骑兵就跑上了台阶。驿站长的头脑里闪过一个侥幸的念头。他折了回来，走到车夫跟前。"老弟，是谁的马？"他问，"是明斯基的吗？""正是，"车夫回答，"你有什么事？""是这么回事：你家老爷吩咐我送一张字条给他的杜尼娅，可我把他的杜尼娅住在哪儿给忘记了。""就在这儿二层楼上。你的信送晚了，老兄，现在他本人

◇最好的小说

已经在她那里了。""不要紧,"驿站长心里激动得不可名状,"多谢你的指点,可是我还是要把我的事办完。"说着他就走上楼梯。

门锁着。他按了铃,焦急地等了几秒钟。钥匙响了,给他开了门。"阿芙多吉娅·萨姆松诺夫娜住在这里吗?"他问。"住在这儿,"年轻的女仆回答说,"你找她有什么事?"驿站长并不回答,径自走进大厅。"不行,不行!"女仆跟在他后面叫道,"阿芙多吉娅·萨姆松诺夫娜有客。"但是驿站长不理她,自顾往前走。头两间屋子很暗,第三个房间里有灯光。他走到开着的门边,停了下来。在布置得很精致的房间里,明斯基坐在那儿沉思。杜尼娅穿着极其华丽的时装,坐在他的手圈椅的扶手上,像女骑士坐在她的英国式马鞍上一样。她深情地望着明斯基,把他的乌黑的鬈发绕在她的闪闪发光的手指上。可怜的驿站长啊!他从不曾见过他的女儿有这么美,他情不自禁地叹赏起来。"是谁?"她问,并没有抬起头来。他仍旧不做声。杜尼娅没有听到回答,抬起头来一看……接着一声惊呼,就倒在地毯上了。明斯基吓了一跳,跑过去扶她,猛然看见老站长站在门口。他放下杜尼娅,走到他跟前,气得浑身发抖。"你要干什么?"他咬牙切齿地对他说,"你怎么像强盗似的到处悄悄地跟着我?你是想杀死我还是怎么的?你给我滚!"说着就用一只有力的手抓住老头的衣领,把他推到楼梯上。

老头回到自己的住处。他的朋友劝他去控告,但是驿站长想了想,把手一摆,决定就此罢休。两天后,他从彼得堡动身回到自己的驿站,重新履行自己的职责。"我失去杜尼娅,一个人生活到现在已经是第三个年头了,没有得到她一点消息。她是死是活,只有上帝知道。什么事都可能发生。被过路的浪子勾引的,她不是第一个,也不是最后一个,把她弄去供养一阵,然后就把她甩了。在彼得堡,这种年轻的傻丫头多的是,今天穿绸缎,穿天鹅绒;可是明天,你瞧吧,就会跟穷酒鬼在一起扫大街了。有时一想到杜尼娅也许会流落在那边,我就不由得起了有罪的念头,希望她早点进坟墓……"

这就是我的朋友，年老的驿站长讲的故事：他的故事不止一次被泪水打断，——他像德米特里耶夫绝妙的叙事诗里的辛勤的捷连季伊奇那样，样子非常感人地用衣裾拭着眼泪。他的眼泪部分是由于他在讲故事时喝的五杯潘趣酒所引起的，但是不管怎样，还是使我异常感动。同他分别后，我久久不能忘掉年老的驿站长，我久久想念着可怜的杜尼娅……

还在不久以前，我路过某地的时候，想起了我的朋友。我得悉他主管的驿站已经撤掉。对我的问题："老站长还活着吗？"没有人能给我满意的答复。我决定去重访旧地，就租了私人的马匹，前往H村。

那时正值秋天。满天灰色的云朵，冷风从收割过的田野吹来，风过之处，树上的红叶和黄叶都被吹走。我进村时太阳已经落山，我在驿舍前停下。从门道里（可怜的杜尼娅曾在那里吻过我）走出一个胖妇人，她回答我说，老站长已经死了快一年了，他的房子现在住进了一个做啤酒的师傅，她就是啤酒师傅的妻子。我开始为白跑一趟、白花了七个卢布而感到惋惜。"他是怎么死的？"我问啤酒师傅的妻子。"喝酒喝死的，老爷。"她回答说。"他葬在什么地方？""在村外，在他死去的妻子旁边。""能不能带我到他坟上去？""怎么不能。喂，万卡！你玩猫该玩够了。陪这位老爷到坟地去。指给他看老站长的坟在哪里。"

她这样说着，一个穿得破破烂烂、红头发、独眼的男孩跑到我面前，立即领我到村外去。

"你认识死去的站长吗？"路上我问他。

"怎么不认识！他教我削风笛。从前他（愿他进天国）从酒店出来，我们就跟着他：'老爷爷，老爷爷！给点胡桃！'他就把胡桃分给我们。从前他总是跟我们玩。"

"那么，过路的客人还记得他吗？"

"现在过路的客人不多了。有时候陪审员顺路弯过来，他也没有谈起死去的人。夏天倒来了一位太太，她问起老站长，后来到他坟上去过。"

"什么样的太太？"我好奇地问。

◇最好的小说

"一位美极了的太太，"小男孩回答说，"她坐着一辆六驾马车，带着三个小少爷和一个奶妈，还有一只黑哈巴狗。她一听说老站长死了，就哭起来，对孩子们说：'你们乖乖地坐着，我到坟场去一下？'我说我愿意领她去。可是那位太太说：'我自己认得路。'她还给我一个五戈比的银币——真是个好心的太太！……"

我们来到墓地，一片光秃秃的地方，没有栅栏，满眼都是木头十字架，没有一棵小树遮荫。有生以来我不曾见过这样凄凉的墓地。

"这就是老站长的坟。"小男孩跳上一个砂墩告诉我说，那上面插着一个有铜质圣像的黑色十字架。

"那位太太也到这儿来过吗？"我问。

"来过，"万卡回答说，"我从远处望着她。她趴在这儿趴了好久。后来那位太太回到村子里，叫来了牧师，给了他一些钱，就上车走了。我呢，她给了一个五戈比的银币——真是个好太太！"

我也给了小男孩一枚五戈比银币，而且不再为这次旅行和花掉的七个卢布惋惜了。

水夫 译

作品赏析：

《驿站长》的意义在后代评论者的眼里一直不容忽视，虽然文章讲述的只是一个平凡的驿站长的故事，但在这故事的背后却隐含着世俗人性的偏见与辛酸。在结构上也显得相当独特，好像是专门为驿站长的名分做出的辩解。原本的驿站长形象是完全污秽的：在印象中驿站长总是被当做人类的恶棍，犹如过去衙门里的师爷，或者，至少也和莫罗姆的强盗无异。为了涤清一般民众的误解，作者在文章中引入了一个驿站长悲戚的故事：他的女儿杜尼娅被骠骑兵拐走了，这曾经是他的生命。而这之后，他的命运完全变了，成了一个彻底的孤独绝望的老人。甚至在作者回来看望他的时候，他已经死了，并且十分凄凉：来到墓地，一片光秃秃的地方，没有栅栏，满眼都是木头十字架，没有一棵小树遮荫。有生以来我不曾见过这样凄凉的墓地。

这个故事在评论家的眼里，可是揭开了俄罗斯自然派一贯的行文笔调，不管是后来的赫尔岑、果戈理还是陀思妥耶夫斯基，都将这种对小人物命运的关注进行到底，甚至达到了另外一种境界，像陀思妥耶夫斯基的《穷人》即是。别林斯基曾评论说：自普希金之后，俄国文学才成为独立的文学。可见他在俄罗斯文学上的非凡意义。而在文本本身，他的小说可谓情节集中，结构也是相当严谨，蕴含了深厚的社会内涵，更为巧妙的是，他只是以简练生动的笔调便将这层意义表达得很清晰了。

利己主义，或，胸中的蛇 /霍桑

入选理由
美国著名作家霍桑的短篇力作
以充满象征的笔调写尽世俗的罪孽心态
一篇爱伦·坡式的小说典范

"瞧他来啦！"街头一群孩子嚷嚷着，"胸膛里有条蛇的家伙来啦！"

赫基默尔正要走进埃利斯顿府的大铁门，一声呐喊留住了他的脚步。马上要与往日的朋友相见了，他却不由一个寒噤。青春时代便相识的人，阔别五年，却发现变成一个为幻觉所苦的病人，或可怕疾病的受害者。

"他胸膛里有条蛇！"年轻的雕塑家重复道，"一定是他，世上再没第二个人有这样的好朋友了。唉，可怜的罗西娜，愿上天赐我智慧，顺顺当当完成这趟使命！女人的信念真是坚强，因为你的信念还不曾错过。"

这么想着，他伫立门首，静候那位被人以这么奇怪的方式宣告来临的人露面。不一会儿就看到一位骨瘦如柴病容满面的男子，目光炯炯，头发又长又黑。好像在模仿蛇的动作，不痛痛快快笔直往前走，却在人行道上摆过来摆过去，波浪似的曲线运动。要么是他的精神，要么是他的肉体，令人联想到发生了蛇变成人的奇迹。只是变得不够彻底罢了，蛇的本性仍被人的面目遮掩，而且遮掩得很不充分。——作者注

这么说也许太离奇。赫基默尔注意到，此人苍白病态的面色还有点儿发绿，令人想起一种大理石，从前他自己就用这种大理石雕过一尊妒嫉女神头像，还有蛇一般扭曲的鬈发呢。

不幸的人儿走近大门，没进门却突然停步，亮闪闪的目光死命盯住雕塑家同情而沉着的面庞。

"它咬我！它咬我！"他叫着。

顿时一阵嘶嘶声清晰可闻，但这声音源自状如疯子的嘴，还是真有条蛇在发声，有待讨论。至少，这已使赫基默尔从心底打一个冷战。

"乔治·赫基默尔，认识我么？"这个被蛇缠身的人发问。

赫基默尔当然认识他。但雕塑家要从眼前这个人的形象中找出罗德里克·埃利斯顿的特征来，还需要通过用粘土塑造一个真实的人物形象，从而对人脸获得直接与实际的认识。然而的确是他，想到自己在佛罗伦萨逗留还不到五年，这位一度神采奕奕的青年，就发生了如此可憎可怕的变化，着实令人惊异。这变化既已成事实，不论转瞬之间还是长时间才告完成，就同样可以想象了。雕塑家感到无法言传的震动，但最大的痛苦莫过于想到表妹罗西娜。这位典型的温柔女性，却将自己的命运与这么个似乎

作者简介

霍桑（1804—1864），他的伟大在美国文学史上无可争议，英国的评论家早已撰文指出，霍桑是美国文学史上产生的第一个大作家，而他的传记也将他界定为：他的文学是在最高意义上对生活的评价，文章的人物背景来自它真实的生活观察，而结构布局则源自他对生活情感的领悟能力，他已经完全探究到了人类精神的最深的隐秘，并带着一定的永恒性来构述他的文章和小说。在他的思想中清教思想也是不可或缺的，他也同样否定生活的真实而更宁愿相信心理的想象的合力。一生写下了《红字》《裹寿衣的老小姐》《教长的黑面纱》这样的经典篇章，为读者展开了文学的真正的隐秘。

被天意剥夺了人性的家伙永远联结在一起。

"埃利斯顿！罗德里克！"他叫道，"我听说过这件事，可我的想象与亲眼所见相去甚远。你遭到了什么不幸？怎么弄成这副样子？"

"哦，不值一提！是条蛇！是条蛇！世上最普通的东西。我胸膛里有条蛇——就这么回事。"罗德里克·埃利斯顿回答，"可你自己的胸中又如何呢！"他极其敏锐且洞察一切的目光直视雕塑家的双眼，雕塑家还从没福气被人这样看过。

"全都纯洁健康？没有一条蛇？凭我的忠诚和良心发誓，凭我心中的魔鬼发誓，这可是个奇迹！一个胸中没有蛇的人！"

"冷静些，埃利斯顿，"乔治·赫基默尔轻言细语，伸手按住被蛇缠身的人肩头，"我远渡重洋来见你，听着！咱们私下谈谈，我带来了罗西娜的消息——你妻子的消息！"

"它咬我！它咬我！"罗德里克低声抱怨。

伴随这老挂在他嘴上的呼声，不幸的人双手狠抓胸膛，仿佛无法忍受的咬噬还是折磨迫使他将胸膛一把撕开，放出活生生的祸害，哪怕这东西与自己性命交缠相关。随后他敏捷地摆脱赫基默尔的手，溜入大门，躲进自家古老的大宅。雕刻家没追他，明白此刻与这人交谈没指望了，便希望在下次见面之前深入了解罗德里克疾病的本质，查明害他落到如此田地的原因。从一位有名的医生处，他得到了所需的情况。

埃利斯顿与妻子离异不久——距今约摸四年以前——熟人们便发现他的生活笼罩了一层奇怪的阴沉气氛，就像那种灰蒙蒙的冷雾有时会悄悄窃走夏日的晨曦，种种症状令人大惑不解。不知究竟是身体不佳夺走了他的轻松活泼，还是心灵的创伤——这种创伤通常如此——正逐渐侵蚀他的精神，进而戕害他的肉体，而肉体总不过是精神的影子罢了。大家又从他已经破裂的家庭幸福中寻根究底——他自己任性胡为一手造成——也没找到可信的原因。有人认为，这位一度才华横溢的朋友已处于神经失常的早期阶段，他急躁易怒的性情便是预兆。另一些人预言他会有一次大病，然后日渐衰弱。从罗德里克嘴里什么也问不出来。的确，人们不止一次听到他在喊——"它咬我！它咬我！"还有双手在胸口一顿乱抓——但是不同的听者对这种不吉利的话理解各各不同。什么东西会咬罗德里克·埃利斯顿的胸膛呢？悲伤么？只是肉体病痛的侵害么？抑或是他不顾一切，时常濒于放荡的生活方式，虽未陷得很深，却已令他感到内疚，为可怕的悔恨所折磨？种种猜度都可自圆其说。但还有一种设想不应隐瞒，不止一位寻欢作乐懒惰成性的老先生权威地宣布，全部事情的奥秘就在于消化不良！

与此同时，罗德里克好像也已觉察，怎么自己成了人们普遍好奇与闲话的对象。对这种众目睽睽或不论什么关注，他一概深恶痛绝。于是疏远了一切朋友，不仅人们的注视令他恐惧，不仅朋友的笑容让他害怕，就连圣洁的阳光，这上帝普照众生，传播爱心，光芒四射的面孔也令他恐怖。如今昏昏暮色对罗德里克·埃利斯顿都过于明亮，漆黑一片的午夜才是他选中的出门时光。倘若有谁能见到他，也只是巡夜人的灯笼忽明忽暗照到的他的身影。他沿街悄然而行，双手揪胸，仍在喃喃自语："它咬我！它咬我！"到底什么东西在咬他呢？

过了一阵儿，人人听说埃利斯顿求医成癖，专找那些横行城里名声聒噪的江湖医生，或那些老远为钱而来的家伙。其中一位得意洋洋大肆吹嘘，说治好了尊贵的罗德里克·埃利斯顿先生的病，他腹内的一条蛇已被驱除！此事凭借传单和脏兮兮的小册子传播得沸沸扬扬。这一下荒唐的秘密水落石出，从藏身处露出狰狞的真面目。秘密昭然于众，可胸中的蛇并不曾弄出。这东西若非幻觉，依旧盘踞在活人体内的巢穴。江湖郎中的灵药不过骗局罢了，据认为，这是一种令人昏迷的麻醉剂，非但未将病人胸中可恶的蛇药死，还几乎断送了病人的性命。待罗德里克·埃利斯顿完全恢复知觉，发现自己的不幸已成为全城人的话柄——远远超过昙花一现的新闻或轰动一时的恐怖事件——而同时，他感到自己胸中有一个活东西在令人作呕地蠕动，还有不肯停歇的毒牙在咬他，似乎要同时满足食欲，并发泄恶毒的仇恨。

他唤来黑人老仆。此人在父亲家中长大,罗德里克尚在摇篮之中,他就已人到中年。

"西皮奥!"罗德里克唤一声,又停一下,胳膊压在胸前,"人们在议论我什么呀,西皮奥?"

"先生!可怜的主人!人家说您胸腔里有条蛇。"老仆迟疑地回答。

"还有什么?"罗德里克可怕地瞪着他。

"没什么啦,主人,"西皮奥回答,"只说那大夫给您服了一种药粉,那蛇就跳了出来,掉到地板上。"

"不,不!"罗德里克自言自语,直摇头,双手更剧烈地压住胸口,"我觉得它还在,在咬我!咬我!"

打这次起,倒霉的人儿不再回避世人,宁愿强迫自己面对熟人生人的注意。因为他绝望地发现,自己胸中的洞穴还不够深不够黑,不足以隐藏这个秘密,既使它对钻入其中的那个可恶魔鬼是个安全堡垒。更糟的是,这种对恶名的向往,是如今已渗透他个性的严重疾病的症状之一。一切慢性病人都是自我主义者,不论那病来自精神还是肉体,不论它是罪孽还是忧伤,或只是某种无休止的疼痛所带来的尚能忍受的苦难,或生命中种种桎梏带来的危害。这类病人由于遭受折磨,自我感觉尤为敏锐,结果自我膨胀,不由得将自我呈现在所有偶而经过的路人面前。这能带来快感——许是受害者所能感受的最大快感——将残废或溃烂的肢体,或胸中的毒瘤展示他人。罪过越丑恶,犯罪者越难阻止这罪过抬起它蛇一般的脑袋吓唬世人,因为正是那毒瘤或那罪过,深入于他们各自的本性。罗德里克·埃利斯顿不久之前还自视甚高,对凡人命运不屑一顾,如今却对这条耻辱的规律俯首帖耳。他胸中的蛇就是穷凶极恶的自我主义之象征,一切都得听命于它。而且他还日日夜夜宠惯它,对这个魔鬼全心全意长期供奉。

很快他的言行举止就令多数人视为不容置疑的精神失常。说来也怪,他发作起来,还会因为与众不同而自鸣得意,以自己拥有双重人格,双重生命为荣。他似乎认为胸中的蛇是个神——当然不是天上的神,而是黑暗的地狱之神——并因此居然名声大噪，神圣非常。不错，它是令人厌恶，却比立志欲夺的任何东西都称心得多。于是他将自己的痛苦王袍般裹在身上，得意洋洋地鄙视那些五脏六腑之中不曾养育致命魔鬼的芸芸众生。然而，更多时候，人性还是维护着绝对统治。他表现得渴望与人交往，养成了终日闲逛街头的习惯，漫无目的，除非在他与世人之间建立一种兄弟情谊也称得上目的的话。以他倍受摧残的机智，他在每个人胸中寻找着自己的疾患。且不论他是否疯癫，对意志薄弱，道德过失与罪恶却具有极为敏锐的观察力，令许多人认为他不但被毒蛇缠身，而且还恶魔附体，这恶魔将妖术传授于他，使他能辨出人类心中最丑恶的一切。

举个例子，他遇到一位对自己兄弟怀有仇恨长达三十年之久的人。从街头熙攘的人群中，罗德里克伸手按住此人的胸膛，打量他阴险的面孔——

"今天那蛇怎么样啦？"他会问，满脸挖苦的关切。

"蛇！"仇恨兄弟的人惊呼——"你什么意思？"

"那蛇！那蛇！它没咬你么？"罗德里克缠住不放。"今早本该祈祷的时候你却在同它商量心事吧？你一想到兄弟的健康、财富和好名声，它就咬你了吧？你一想到兄弟的独生子挥霍放荡，它就高兴得直扭吧？不管它咬你还是高兴得直扭，你感到它的毒液流遍你的灵与肉，把一切都变得既尖酸又苦涩么？这种蛇就是这样子。从我的亲身体会，我已了解了它们的全部天性！"

"警察在哪儿？"受到罗德里克骚扰的人吼道，同时本能地抓一下自己的胸膛，"为什么让这个疯子到处乱跑？"

"哈！哈！"罗德里克大笑，松开抓住那人的手。"这下他胸中的蛇在咬他啦！"

这个不幸的年轻人常以讥讽他人取乐，这种讥讽貌似轻松，其实蛇一般恶毒。一天他遇到一位野心勃勃的政客，就一本正经地问人家压在胸口的蟒蛇是否平安无恙。因为罗德里克认定，这位先生的蛇必属这一类无疑，既然这类蟒蛇胃口极大，足以一口吞下整个国家和全部宪法。另一回，他拦住一位抠门儿的老头。这老头财富如山却破衣烂衫，穿一件补钉摞补钉的蓝外套，戴一顶褐色的帽子，蹬一双发霉的长靴，偷偷摸摸在城里乱转，搜括铜板，捡拾锈钉。罗德里克故作诚恳地端详这位可敬老头的肚皮，向他保证，他肚内的蛇是条铜斑蛇，是他成日价弄脏手指的大量破铜生出来的。又一回，他攻讦了一位满面酒色的家伙，告诉他他胸中区区几条蛇要比酒厂大酒桶内繁殖的大堆毒蛇恶毒得多。下一位有幸受到罗德里克光顾的是位负有盛名的牧师。此君当时碰巧参与一场神学大论战，其中人的愤怒倒大大超乎神的灵感。

"你已从圣酒中吞下了一条蛇。"罗德里克道。

"渎神的坏蛋！"牧师叱道，可还是偷偷用手去摸他的胸膛。

他遇到一位多愁善感的变态者，此人早年受挫，遂告退红尘，与人不相往来，终日抑郁不乐，或情绪激动，沉湎于无法挽回的往事。倘罗德里克的话可信，此君的心已化作一条蛇，终将此君与蛇一道折磨至死。注意到一对夫妻的家庭纠纷已恶名远扬，他安慰人家说，夫妻各自己将出没家室的蝰蛇放出胸中。有位满腔妒嫉的作家，对自己始终无法与之媲美的他人作品大加贬抑，罗德里克对他说，你的蛇是整个爬虫家族最粘滑最肮脏的，不过幸亏它咬人不疼。一个下流坯，脸皮三寸厚，问罗德里克他胸中是否有条蛇，他回答说有，就与从前折磨过哥德族的唐·罗德里戈的蛇一模一样。他拉住一位美丽少女的手，忧伤地注视她的双眸，警告说，她温柔的胸怀中养育着一条最致命的蛇。数月之后，可怜的姑娘死于爱情与耻辱，世人才发现这些不吉利的话原来有道理。两位社交场上的冤家相互以女人恶毒的小刺攻击对方，被罗德里克点悟道，她俩各自的心都是一窝小蛇的巢穴，这些小蛇与大蛇的毒害相差无几。

但是，似乎没比逮住一个心怀妒嫉者更让罗德里克开心的了。他说妒嫉就是一条硕大的绿蛇，浑身冰冷，除一种蛇外，任哪种蛇也没它咬人疼痛。

"那是种什么蛇呢？"一位无意听到的旁观者问。

◇最好的小说

  问话者是个眉毛浓浓的家伙，目光鬼鬼祟祟，十二年来从未直视过任何人的面孔。此人品行暧昧——名声有污——但无人确切知道到底属何种性质，尽管城中男男女女飞短流长，种种猜测恶毒以极。直到最近，此人一直航行海上，其实，他就是乔治·赫基默尔在希腊群岛某种特殊情况下遇到过的那位船长。

  "哪种蛇咬起来最疼？"这人追问，但他好像迫不得已，而且结结巴巴，面无人色。

  "干嘛问这个？"罗德里克回答，一脸不祥的智慧，"瞧瞧你自己的胸膛，听听！我的蛇在动啦！它认出了眼前的一条大蛇！"

  接着，一些旁观者证实说，就听到一种嘶嘶声，分明来自罗德里克·埃利斯顿的胸膛。据说，船长的胸膛也传出嘶嘶的响应声，仿佛真有条蛇盘踞在那儿，被自家兄弟的召唤弄醒了。倘若确有这种声音，也八成是罗德里克心怀叵测练习口技的效果。

  就这样，他把自己的蛇——假如他胸中有蛇的话——当成了人人致命的过失，隐藏的罪恶，不平静的良心等等的象征，毫不留情直刺人家最疼的痛处。咱们很可以想象，罗德里克便成了城里的瘟神。没人能躲开他——没人能抵挡他，一切最丑恶的真实，但凡落入他手中便要与之较量一番，还迫使对手也这样做。人生一大奇特场景便是，人人都本能地努力掩盖悲惨的现实，任它们不受打搅地埋在一大堆人与人交谈的肤浅话题之下！罗德里克竟敢打破世人竭力粉饰太平却又不肯放弃作恶的默契，是可忍，孰不可忍。他恶语相向的那些家伙当然有难兄难弟相助，保全面子。照罗德里克的高论，每个人胸中不是藏着一窝小蛇，就是一条能吞掉其他小蛇的大蛇。然而，全城都受不了这位新派福音使徒。几乎所有的人，特别是那些德高望重的人纷纷要求，不准罗德里克再践踏公认的礼仪规矩，将自己胸中的蛇暴露于光天化日之下，将体面人的蛇拖出藏身的巢穴。

  于是亲戚们出面干预，将他送入一家私人开办的疯人院。消息传开，人们发现，不少人走过街头时，神态安详多了，也不再频频小心地捂住胸口。

然而，把罗德里克关起来，虽对城里人的安宁贡献不小，但对他本人却大为不利。孤独使他愈加忧伤，死气沉沉。他成日价与蛇交谈——真的，这是他唯一可做的事。谈话持续不停，似乎暗藏的怪物为一方，尽管听众们不知所云，除了嘶嘶声之外没听到别的。看来也怪，受害者如今对折磨他的东西竟产生了一种感情，只是夹杂着最强烈的厌恶与恐惧，而且这种互不调和的情绪并不相互排斥。相反，还给予对方力量与锋芒。可怕的爱——可怕的恨——在他胸中拥抱。二者一齐凝聚于那个钻入他肺腑，在那儿生长的生命之上。这东西以他的食物滋养自己，寄生于他的生命，与他亲密无间，如同他自己的心脏。然而却是一切造物中最丑陋的东西！但它正是一个病态天性的真实象征。

罗德里克有时怒不可遏，对这蛇，对自己，都恨之入骨，决心将蛇置于死地，甚至搭上自家性命也在所不惜。一次，他企图饿死这条蛇，但可怜的人儿濒于饿死，蛇却把他的心当作食物。后来，他又偷偷服下一剂猛烈的毒药，以为这下可以要么杀死自己，要么杀死附体的妖魔，或者同归于尽，却又错了。因为他迄今不曾被自己有毒的心所毁灭，蛇也不因咬噬这颗毒心而死，双方也就对砒霜或升汞无所畏惧。的确，这条毒蛇似乎能抵挡所有其他毒药。医生们试过用烟草的烟来呛死它，并灌之以令人沉醉的烈酒，指望蛇会麻痹，没准儿能从罗德里克的肚里吐出来。他们成功地使罗德里克人事不省，但手一按他胸膛，却被无法形容的恐怖吓得半死。他们摸到那条蛇在扭动，翻腾，在病人狭小的肺腑之间狼奔豕突。显然，鸦片或酒精使它更为活跃，刺激它使出非同一般的手段。于是大夫们放弃了一切治愈或减轻罗德里克病痛的努力。在劫难逃的受难者只好听天由命，恢复了从前对胸中恶魔厌恶的喜爱，整天在一面穿衣镜前打发凄惨的时光，嘴巴张得老大，既怀希望，又存恐惧，巴望能从喉咙深处看上一眼探出来的蛇头。据说他成功了，因为有一回护理员们听到一声狂乱大叫，赶紧冲入房间，只见罗德里克奄奄一息，瘫倒在地。

◇最好的小说

　　以后，他并没被幽禁太久。经过详细调查，疯人院的主治大夫们认为，他的精神疾患并未达到精神错乱的程度，无须隔离，尤其隔离对他的精神极为不利，可能反倒产生本打算治疗的那种毛病。他行为反常无疑十分严重，曾惯于违犯社会的许多习俗与成见，但世人若无更充分的理由，也无权将他当疯子对待。依据这种合法而权威的决定，罗德里克获释，并于遇到乔治·赫基默尔的前一天，返回自己家乡所在的城市。

　　获悉这一切详情之后，雕塑家立刻携同一位因悲伤而颤抖不已的同伴赶往埃利斯顿家中探望。这是一幢宏大阴沉的木结构大房子，有壁柱与阳台，三层高的平台将它与大街相隔。顺石头阶梯拾级而上，便登上平台。几棵地老天荒的榆树几乎遮掩了大厦的正面。这座宽敞且一度富丽堂皇的宅子，是早在上世纪由该家族的一位显贵造成。那年头，地皮较便宜，花园及其他场地十分空阔，虽然部分祖产已经转让，但屋后仍有一座树影婆娑的院落，可任一名学生，一位幻想家，或一位心灵受伤的人，从早到晚躺在绿草地上，独自倾听枝叶飒飒低语，忘却四周已崛起一座喧闹的城市。

　　雕刻家与同伴在黑人老仆西皮奥带领下，进入隐蔽所在。老仆人对其中一位来客谦卑致敬时，皱纹密布的面孔因会知客人来意和由衷快乐简直满面春风。

　　"待在凉亭里等着，"雕塑家对靠在他臂上的人轻声说，"你会知道该不该露面，什么时候露面的。"

　　"主会教我的，"那人回答，"愿主赐予我力量！"

　　罗德里克正躺在一座喷泉边，水花在斑斓多彩的阳光中四下飞溅，依然晶莹透亮，依然宁静无声，一如年深月久的老树在它的胸上撒下的阴影。喷泉的生命多奇妙呵——生生不息，却与岩石同样久远，比年高德劭的古森林更长寿。

　　"你来了。正盼你咧。"埃利斯顿发现雕塑家光临。

　　他的举止与头一天迥然而异——心平气和，彬彬有礼。而且，如赫基默尔所想,还留神注意客人和他自己。这种不自然的自我克制,几乎是预示任何不正常的唯一特征。他刚把一本书扔在草地上,那书还半摊着,看得出来是讲蛇类发展史的书,并配有栩栩如生的插图。此书附近还躺着本大部头,是杰里米·泰勒撰写的《医科难症》,专讲五花八门的良心病病例,但凡良心尚存者都能从中找到适合于自己的东西。

"瞧,"埃利斯顿指指那本说蛇的书,嘴角挂着一丝微笑,"我正努力与胸中的朋友加深了解呐,可这本书找不到让人满意的东西。没弄错的话,我这个朋友硬是独一无二,与普天下其他爬虫毫无血亲!"

"那这怪物从何而来?"雕塑家问。

"我的黑皮肤朋友西皮奥有个故事,"罗德里克回答,"说是这座喷泉中藏着条蛇——你瞧喷泉的样子倒蛮纯洁蛮可爱——打头一代居住此地的人开始就如此。这条令人肉麻的蛇钻进了我曾祖父的肚子,在那儿一住多年,真把老先生折磨得死去活来。总之,这蛇是我家特有的东西。不过,跟你说实话,我不相信这蛇是什么传家宝,它是我自己的,与别人不相干。"

"可它从何而来?"赫基默尔问。

"哦,任何人心中的刻毒都足以养出一窝蛇来。"埃利斯顿一声假笑。"你该听听我对城里好人们的布道。毫无疑问,我觉得自己够幸运的,只养育了一条蛇。而你,胸中没有蛇,所以不会同情世上别的人。它咬我!它咬我啦!"

惊叫声中,罗德里克失去自制,扑倒在草地上,不停地辗转扭动,证明他极为痛苦。赫基默尔不由联想到这样子活像蛇的动作。接着又听到那令人毛骨悚然的嘶嘶声,这声音频频出没于受害者谈吐之中,在单词与音节之间钻来钻去,却不妨碍谈话的连贯性。

"太可怕了!"雕塑家惊呼——"不管是真实还是想象,都是一场大灾难。罗德里克·埃利斯顿,告诉我,这可恶的东西还有治么?"

"有的,可惜办不到,"罗德里克低声怨忿,脸埋在草地里打着滚,

"只要我哪怕片刻之间忘掉自己,这蛇就无法待在我体内,正是我病态的自思自苦养育了它呀。"

"那就忘掉自己吧,我的夫君。"他头上传来一个温柔的声音。"想想他人,便能忘掉自己!"

罗西娜从凉亭中走出,俯身向着丈夫。她的面容是罗德里克痛苦的镜子,却又饱含着希望与无私的爱情,使一切痛苦化为尘世的阴影与幻梦。她伸手触摸罗德里克,他浑身便一阵颤抖。那一瞬间,假使传说可信,雕刻家只见草地上腾起一阵波浪般的动静,只听一阵叮咚的响声,像有什么东西跃入了喷泉。且算此事当真。罗德里克确实一下子坐了起来,变了一个人,恢复了健全的理智,挣脱了从内心将他打得一败涂地的恶鬼,获得了新生。

"罗西娜!"他呼唤着,激动得语无伦次,长期缠绕他声音中的哀鸣一扫而光。"原谅我!原谅我吧!"

罗西娜欢乐的泪水打湿了他的面颊。

"惩罚够严厉的,"雕刻家评论道,"就连正义之神此刻也会原谅,何况是一个女子的柔肠!罗德里克·埃利斯顿,不论这蛇是否果真存在,还是你的天性令你想象出这么个东西。此事的教训都同样深刻。膨胀的自我主义,在你身上表现出来的是妒嫉,它与潜入人心的一切恶魔同样可怕。被恶魔盘踞了如此之久的心胸,还能变得纯洁么?"

"哦,当然能,"罗西娜一展天使般的笑靥,"那蛇只是阴暗的幻觉罢了,它象征的东西与它本身同样虚空。过去的事尽管令人灰心,但它的阴影不会笼罩将来。此事应有的重要性仅仅在于,它是咱们永恒生命中的一件奇闻。"

佚名 译

作品赏析:

在霍桑的文学作品中,最为典型的是他的隐喻性的构写,这一点倒和爱伦·坡相似，他们都同样地对世俗风情毫不关注，只在乎人的心灵的传奇。有评论家说，他们共同的天性在人类心灵的深处，在这不可预知的深渊中探究绝望的痛苦与罪恶，然后以寓言般的故事进行表述，这是一种道德的呼唤，从一个侧面展现人物之间的关系甚至是人与周边环境之间矛盾重重的冲突。

在《利己主义，或，胸中的蛇》中同样是一则撼人心魄的寓言，文章中重复出现的寄寓"胸中的蛇""它在咬我"之类的恍惚的哀叹，都在一定意义上肯定了罪恶对人心的折磨，而这一点又恰好是和陀思妥耶夫斯基相互契合的，心灵的磨难才是真正的所谓的刑法。他在文章中这样肯定："是条蛇！是条蛇！世上最普通的东西。我胸膛里有条蛇——就这么回事。"紧接着作者就将这层寓意挑明了：罪过越丑恶，犯罪者越难阻止这罪过抬起它蛇一般的脑袋吓唬世人。

霍桑的语言也像爱伦·坡一样，充满了残酷的色彩，有忧郁有冰冷，有隔绝也同样有着罪孽。就像文章中重复出现的"它在咬我"，就是一个典型的残酷的语词，而另一方面则不断地通过这种渲染强加给读者这样的感受：罪恶是心头永远的折磨。

隐存着并不就是被忘却 / 安徒生

> **入选理由**
> 童话大师安徒生的短篇小说经典
> 讲述了一个充满生活启迪的故事
> 呈现出诗意的美

有一座古老的庄园。庄园外面有一条泥泞的护庄沟，上面有一座吊桥。吊桥吊起的时候比放下的时候多，来访的人不都是好人。屋檐下面有许多洞眼，可以朝外放枪。要是敌人靠得太近，还可以从这些洞里往外泼

◇最好的小说

开水,是啊,甚至倒融化了的铅。屋里木顶很高,这对于因壁炉烧大块的湿木头而冒出的那些烟是很好的出路。墙上挂着身穿铠甲的男人和衣着臃肿、傲气十足的妇人的画像。这些女人中最高贵的一位现在还活着,住在这里,她的名字叫麦特·莫恩斯。她是这座庄园的主人。

一天傍晚,强盗来了。他们杀死了她家的三口人,连看庄园的狗也被杀了。接着他们用拴狗的链子把麦特夫人拴在狗窝里,他们自己则坐在大厅里,喝着从她的地窖里搬来的葡萄酒和上等啤酒。

麦特夫人被狗链子拴着,她连像狗那样吠也不行。接着强盗里的一个小孩子来了,他蹑手蹑脚一点声音都没有。他不能让人察觉,一被发觉他们便会杀死他。

"麦特·莫恩斯夫人!"小男孩说道,"你记得你丈夫在世的时候,我的父亲被捆在木马上吗?那时你为他求情,但是没有用;他必须骑在上面,骑成残废。但是你悄悄地走来,就像我现在悄悄地溜来一样;你亲手在他的脚下摆上了一小块石头,让他能够休息。没有人看见,或者他们装作没看见。你是那位年轻仁慈的夫人。我父亲对我说过,我把这事隐存着,但并不曾忘却!现在我来解救你,麦特·莫恩斯夫人!"接着他们从马厩牵来马,在风雨中骑马跑了,他们得到了人们友好的帮助。

"我对那位老人做的一点善事却得到了这样好的回报!"麦特·莫恩斯夫人说道。"隐存不是被遗忘!"男孩说道。

作者简介

安徒生(1805—1875),一位世界文学童话的最初开拓者和成就的巅峰者,为世界儿童留下了或凄美或诗意的童话故事,并包含着绝对的人生的哲理,用他自己的话说是为了争取未来的一代,以及讲给孩子们听的故事。对此托尔斯泰曾给出了相当高的评价,而在中国著名作家周作人更是称他为以孩童的眼光和诗人的手笔写下的文学世界中的极品。这是一个不可超越的童话作家,为世界留下了像《拇指姑娘》《丑小鸭》《白雪公主》这样不朽的经典,当然我们知道安徒生成为童话巨匠纯粹是无心插柳,作者当年渴望的是成为一个文学大家,但童话却为他赢得了世界声誉。

强盗后来被处以绞刑。

有一座古老的庄园，它也还在那里。它不是麦特·莫恩斯夫人的。它属于另外一个高贵的家族。

这是我们的时代。太阳照在金光闪闪的塔尖上，一座座郁郁葱葱的小岛像花环似地浮在水上，小岛的四周有野天鹅在游弋。园子里生长着玫瑰，庄园的女主人便是最美的玫瑰花；她在欢乐中，在善行的欢乐中闪闪发光，不是在广阔的世界里，而是在心中。它隐存在那里，但不等于被忘却。现在她从庄园走向田野里一所孤单的小房子。房里住着一个可怜的、瘫痪的女孩子。她房间里的窗是朝北面开的，阳光不能射进来，她只能看到被那条很高的沟堤隔断的一小片田野。但是今天屋子里有阳光了，上帝那温暖可爱的阳光射进来了。这阳光是从南墙上新开的窗子里射进来的。以前那边只是一道墙。

瘫痪的姑娘坐在温暖的阳光里，看着树林和海滩。世界变得宽阔起来，十分可爱，这一切都是庄园里的那位夫人的一句话带来的。

"讲一句话是轻而易举的，做的事是那么微不足道！"她说道。"我得到的快乐却无边无垠，十分幸福。"

因为如此，她做了许多许多的善事，她心中装着贫寒家庭和有痛苦的富裕家庭的每一个人。善行隐存着，但是没有被上帝忘却。

有一座古老的宅子，它在那座热闹的大城市里。宅子里有厅有堂。我们不进厅堂去，我们留在厨房里。那儿暖和、明亮、清洁而整齐；铜器都闪闪发光，桌子就像是打了蜡一样亮，洗碗盆就像是刚刨光的砧板。这都是一个女佣收拾的，她甚至还有时间将自己打扮整齐，就像要去教堂一般。她的帽子上打了一个蝴蝶结——一个黑色的结子，这是表示哀悼的。可是并没有要她照顾的人，她没有父亲也没有母亲，没有亲戚也没有恋人。她是一个贫苦的女孩子。她曾经订过婚，是和一个贫苦的男佣；他们真诚地相爱着。有一天他来找她。"我们两人什么东西都没有！"他说道。"那边那个住在地下室的有钱的寡妇对我说了许多热情的话，她将让我富裕起来。但是只有你在我的心中。你说我该怎么办？"

"你所相信的，便是你的幸福！"姑娘说道。"和善地、亲切地对待她。可是请记住，从我们分手的那一刻起，我们就不能常见面了。"

——两年过去了。一天她在街上遇见了昔日的朋友和恋人，他看上去一副可怜的病态。于是她不得不管，必须问一句："你到底怎么了？"

"怎么说都算得上很富裕很好！"他说道。"那妇人很能干很善良，但你在我的心中。

我斗争得很厉害，一切很快便会结束！我们去上帝那儿之前，再也见不到了。"

过了一个星期。晨报上说他去世了。所以姑娘便戴上了表示哀悼的结子。她从报纸上读到，他死后留下了那位妻子和前夫的三个孩子。钟声浑浊不清，可是铸钟的铜是很纯净的。

她的黑蝴蝶结表示哀悼。姑娘的脸显得更加哀伤。"它隐存在心中，永不被忘却！"

是啊，瞧，这里有三个故事，一根秆上的三片花瓣。你还希望有更多的花瓣吗？心的书里有许多；它们被隐藏起来，并不是被遗忘。

佚名 译

作品赏析：

安徒生童话能够超越单纯收集民间故事的《格林童话》，在很大的意义上该归属于作者深厚的文学功底，当年流落哥本哈根时出众的诗剧和长篇小说早已为他赢得文坛的美名。据托尔斯泰说这个作家的内心里充满了原始的孤独，他的一切旨在寻找人生的美好。

也因此我们才能在他的童话中看到贫穷的眼泪和对美好的极度渴望的挣扎。在《隐存着并不就是被忘却》中讲述的同样是对生活的感念，文章中充满了浓郁的基督教的意识，是对善和纯真的崇敬。就像文章中所举的例子，麦特夫人许久以前的一桩善举在多年以后的一场厄难中得到了回报，这是一种冥冥中预注的因果联系，按照作者的话说，这是上帝的阳光，他将照耀一切，而最初的定义是，你的善行可能暂时被隐忍，但仁慈的上帝在澄澈中注视着你，正等着为你寻找生命的美好时刻。而这也是文章本身的意义。就像文章中所说的：她做了许多许多的善事，她心中装着贫寒家庭和有痛苦的富裕家庭的每一个人。善行隐存着，但是没有被上帝忘却。

就像评论家所说，他的文学充满了高妙的精致艺术，带着上帝之爱，以诗人的笔调，在呼唤着这个世界的最美。虽然在写法中我们还是能看到他孤独的掩映，但是他的细致入微的描摹还是让人印象深刻，特别是他的阿拉伯式的故事的笔法，更是将文章的外在框架形式与内涵完全地凝结在了一起。

泄密的心 /爱伦·坡

| 爱伦·坡的短篇小说经典
| 侦探文学中的典范作品
| 阐述了一段迷狂的内心经历，真实却残酷

对！——我神经过敏，非常，非常过敏，十二万分过敏，过去是这样，现在也是这样；可您干吗偏偏说人家疯了呢？犯了这种病，感觉倒没失灵，倒没迟钝，反而敏锐了。尤其是听觉，分外灵敏。天上人间的一切声息全都听得见。阴曹地府的种种声音也在耳边。那么怎是疯了呢？听！瞧我跟您谈这一切，有多精神，有多镇静。

我说不好这念头最初怎么钻进脑子里来的；但一想起来，白天黑夜就念念不忘。可惜没什么目的。可没什么怨恨。我爱那老头。他压根没得罪我。他压根没侮辱我。我也不贪图他的金银财宝。大概是那只眼睛作祟吧！不错，正是那只眼睛作祟！他长了一只鹰眼——浅蓝色的，蒙着层薄

膜。只要瞅我一眼，我就浑身发毛；因此心里渐渐——逐步逐步——打定主意，结果他的性命，好永远不再瞅见那只眼睛。

瞧，问题就在这儿。您当我疯了。疯子可什么也不懂。可惜您当初没瞅见我。可惜没瞧见我干得多么聪明——做得多细心，多周到，多做作！

我害死老头前一个礼拜中，对他倒是空前体贴。天天晚上，半夜光景，我把他门锁一扭，打了开来——啊，真是悄无声息！房门掀开条缝，刚好探进脑袋，就拿盏牛眼灯塞进门缝，灯上遮得严严密密，无缝无隙，连一丝灯光都漏不出，接着头再伸进去。啊，您要瞅见我多么巧妙地探进头去，包管失声大笑！我慢慢探着头，一寸一寸地慢慢伸进门，免得惊醒老头。花了个把钟头，整个脑袋才探进门缝里，恰好看见他躺在床上。哈！——难道疯子有这么聪明？我头一伸进房里，就小心翼翼——啊，真是万分小心——小心地打开灯上活门，因为铰链吱轧响呢——我将活门掀开条缝，细细一道灯光刚好射在鹰眼上。这样一连干了整整七夜，天天晚上都恰好在半夜时分，可老见那只眼闭着；我无从下手，因为招我生气的不是老头本人，是他那只"白眼"。每当清晨，天刚破晓，我就肆无忌惮地走进他卧房，放胆跟他谈话，亲亲热热地喊他名字，问他晚上是否睡得安宁。所以您瞧，他要不是个深谋远虑的老头，决不会疑心天天晚上恰好在十二点钟，我趁他睡着探进头去偷看他。

到了第八天晚上，我比往日还要小心地打开房门。就是表上长针走起来也要快得多呢。那天晚上，我才破题儿头一遭认清自己本领有多高强，

作者简介

爱伦·坡（1809—1849），一位在世界文坛上特立独行的侦探小说的最初开拓者。虽然在他的年代，美国甚至涌现了大量的经典作家，但作者还是凭借着自己的残酷的文笔、怜悯的内心和对世界的深刻的见解为自己赢得了崇高的声誉。他的擅长之处在对死亡的描摹和制造无处不在的恐怖的悬念，这样的创作笔法给他的内心造成了极大的伤害，这是一个一生贫瘠在愁苦中挣扎的人，在面对死亡的时候甚至希望得到上帝对他的心灵的拯救。

头脑有多聪明。心头那分得意简直按捺不住。倒想想看，我就在他房外，一寸一寸打开门，可这种秘密举动和阴谋诡计他连做梦都没想到。想到这儿，我禁不住噗哧一笑；大概他听到了，因为他仿佛大吃一惊，突然翻了个身。这下您总以为我回去了吧——才没呢。他生怕强盗抢，百叶窗关得严严实实，房里漆黑，伸手不见五指，我知道他看不见门缝，就照旧一步一步，一步一步推开门。

我刚探进头，正要动手掀开灯上活门，大拇指在铁皮扣上一滑，老头霍地坐起身，破口嚷道："谁？"

我顿时不动，也没做声。整整一个钟头，就是纹丝不动，可也没听到他躺下。他照旧坐在床上，侧耳静听，正跟我天天晚上倾听墙里报死虫的叫声一般。

不久，耳边听到微微一声哼，我知道只有吓得没命才这么哼一声。既不是呻吟，也不是悲叹——才不是呢！——每逢吓得魂飞魄散，心底里才憋不住发出这么低低一声。这我倒听惯了。不知多少个晚上，恰好在半夜时分，四下里万籁无声，我总是毛骨悚然，心坎里不由涌起这声呻吟，激荡出阴森森的回响，就此更加害怕了。刚才说过，这早就听惯了。我知道老头是怎么股心情，虽然暗自好笑，可还是同情他。我知道他乍听到微微一声响，在床上翻过身，就一直睁着眼躺着，心里愈来愈怕，拚命把这当做一场虚惊，可总是办不到。他一直自言自语："不过是烟囱里的风声罢了——只是耗子穿过罢了。"或者说："只不过是蛐蛐叫了一声罢了。"对，他老是这么东猜西想，聊以自慰；可也明白这全是枉费心机。这全是枉费心机；因为眼前死神就要来临，大模大样走着，一步步逼近，找上他这冤鬼。正是那看不见面目的死神，惹得他心里凄凄凉凉，才觉得我的脑袋在房里，看虽没看到，听也没听见。

我沉住气，等了好久，既然没听到他躺下，就决定将灯掀开条小缝，极小，极小的一道缝。我动手掀开灯上活门——您可想不出，有多鬼鬼祟祟，鬼鬼祟祟——一点一点掀开，缝里终于射出蒙蒙一线光，像游丝，照在鹰眼上。

那只眼睁着呢,睁得老大,老大;我愈看愈火。我看得一清二楚——整个眼睛只是一团暗蓝,蒙着层怕人的薄膜,吓得我心惊胆战;可是,老头的脸庞和身体却都看不见:因为鬼使神差似的,灯光恰好射在那鬼地方。

瞧,我不是早跟您讲过,您把我错看做发疯,其实只是感觉过分敏锐罢了。——啊,刚才说过,我耳边匆匆传来模模糊糊一阵低沉声音,恰似蒙着棉花的表声。那种声音我倒也听惯了。正是老头的心跳。我愈听愈火,就比好咚咚战鼓催动了士气。

就是在这时,我照旧沉住气,依然不动。气都不透一口。我掌住灯。灯光尽量紧紧射在鹰眼上。这工夫,吓人的扑通扑通的心跳愈来愈厉害了。一秒秒钟过去,愈跳愈快,愈跳愈快,愈跳愈响,愈跳愈响。老头管保吓得半死了!刚才说过,愈来愈响,一秒钟比一秒钟响,——明白了吗?不是早跟您说过,我神经过敏:确实过敏。眼下正是深更半夜,古屋里一片死寂,耳听得这种怪声,禁不住吓死。可我依旧沉住气,纹丝不动地站了片刻。不料扑通扑通声竟愈来愈响,愈来愈响!我看,那颗心准要炸开。这时又不由得提心吊胆——街坊恐怕会听到吧!老头的大限到啦!我哇的嚷了一声,打开灯上活门,一个箭步进了房。他哎哟一声尖叫——只叫了那么一声。霎时间,我将他一把拖到地板上,推倒大床,压在他身上。眼看一下子完了事,心里乐得笑了。谁知,闷声闷气的心跳声竟不断响了半天。可没招我生气;隔着堵墙,这种声音倒听不到。后来终于不响了。老头死喽。我搬开床,朝尸首打量了一番。可不,他咽气了,连口气也没有。我伸手按在他心口,搁了好久。一跳也不跳。连口气也没有。那只眼睛再也不会折磨人啦。

您还当我发疯的话,容我交代了匿藏死尸的妙计,就不会这么想了。夜尽了,我悄无声息地赶紧动手。先将尸首肢解开来:砍掉脑袋,割掉手脚。

我再撬起房里三块地板,将一切藏在两根间柱当中。重新放好木板,手法非常利落，非常巧妙，什么人的眼睛都看不出有丝毫破绽，连他的眼睛也看不出。没什么要洗刷的，什么斑点都没有，丝毫血迹都没有。我干得才谨慎呢，没留下一点痕迹。全盛在澡盆里了——哈！哈！

一切干好，已经四点钟——天色还跟半夜一般黑呢。钟打四下，大门外猛然传来一阵敲门声。我稀松平常地下楼去开门——现在有什么好怕的呢？门外进来三个人，他们彬彬有礼地自我介绍，说是警官。有个街坊在夜间听到一声尖叫，疑心出了人命案子，报告了警察局，这三位警官就奉命前来搜查屋子。

我满脸堆笑——有什么好怕的呢？我对三位先生欢迎了一番，就说，我刚才在梦里失声叫了出来。我讲，老头到乡下去了。我带着三位来客在屋里上上下下走了个遍，请他们搜查，仔细搜查。后来我还领他们到老头的卧房里，指给他们看他的家私好好放着。我心头有恃无恐，就热诚地端进几把椅子，请他们在这间房里歇脚。我心头又是洋洋得意，就大胆地端了椅子，在埋着冤鬼尸首的地方坐下了。

三位警官称心了。我这种举止不由他们不信。我也就十二万分安心。他们坐着，闲聊家常，我是有问必答。但没多久，只觉得脸色愈来愈白，巴不得他们快走。头好疼呵，还感到耳朵里嗡嗡地响；无奈他们照旧坐着，照旧聊天。嗡嗡声听得更清楚了；不断响着，听得更清楚了；我想摆脱这种感觉，嘴里谈得更畅；谁知嗡嗡声不断响着，反而变得毫不含糊；响着，响着，我终于明白原来不是耳朵里作怪。

不消说，我这时脸色雪白了；可嘴里谈得更欢，还扯高了嗓门。不料声音愈来愈大——怎么办呢？这是匆匆传来的一阵模模糊糊的低沉声音——简直像蒙着棉花的表声。我直喘粗气，可三位警官竟没听到。我谈得更快，谈得更急；谁知响声反而无休无止地愈来愈大。我站起身，连鸡毛蒜皮的小事都尖声尖气地争辩，一边还舞手跺脚；谁知响声反而愈来愈大。他们干吗偏不走呢？我拖着沉重的脚步在房里踱来踱去，仿佛他们三人的看法把我惹火了；谁知响声反而愈来愈大。啊，天呐！怎么办呢？我唾沫

◇最好的小说

乱溅，大肆咆哮，咒天骂地！让椅子就地摇动，在木板上磨得嘎嘎响，可是那响声却压倒一切，而且继续不断，愈来愈大。愈来愈响，愈来愈响，愈来愈响！那三人竟照旧高高兴兴聊着，嘻嘻哈哈笑着。难道没听见？老天爷呵！——不，不！听见了！——疑心了！——有数了！——正在笑话我这样心惊胆战呢！——我过去是这么看法，现在还是这么看法。可什么都比这种折磨强得多！什么都比这种奚落好受得多！这种假惺惺的笑我再也受不了啦！只觉得不喊出来就要死了！——瞧——又来了！——听！愈来愈响！愈来愈响！愈来愈响！愈来愈响！——

"坏蛋！"我失声尖叫，"别再装蒜了！我招供就是！——橇开地板！——这儿，这儿！——他那颗可恶的心在跳呢！"

徐汝椿 译

作品赏析：

　　爱伦·坡的侦探小说虽然在数量上并不多见，只有为数不多的六篇，但这六篇却奠定了他在这一领域崇高的地位。爱伦·坡是侦探文学在世界文坛上的第一声呼唤，是他的出现才造就了这一独特文体形式的繁荣。特别是他的小说的结构范式更是在未来的所有侦探文学中留下了深刻的印记。

　　《泄密的心》是对死亡的描摹。但死亡本身只是一个过程的催化剂，就像陀思妥耶夫斯基在《罪与罚》中所塑造的拉斯科尼科夫，他们同样为了自己的真切的理由去实现自己的杀人计划，最后因为这一桩杀人事件而陷入深深的恐惧和不安中，以致这样的生活本身成了让人不能忍受的折磨，文章中的主人公时刻处在幻听的磨难中不能自拔。这是魔鬼的栖息在文章中的渗透，带着极度的幽幻的恐怖，把人性中最为可怕的甚至是黑暗的部分展露在读者的眼前，这是一种原始的恐惧和原始的神秘的完美结合，所以文章能带给人相应的心灵震撼。

　　文章典型的特征在对可怖心理的如实描摹，让人胆战心惊，就像文章所说的：坏蛋！我失声尖叫，别再装蒜了！我招供就是！——撬开地板！——这儿，这儿！——他那颗可恶的心在跳呢！而这也是他文学理念的一部分，因为在他看来：每一个事件，每一个描写的细节，甚至每一个字句都应该收到某种统一的效果，某种预想的效果。

塔曼 / 莱蒙托夫

入选理由
俄国著名作家莱蒙托夫的短篇小说经典
长篇大作《当代英雄》的有机组成部分
文章惶惑迷离却道出了生命的残疾成分

塔曼是俄罗斯滨海城市中最可恶的一个小城。我在那里差点儿饿死，而且险些儿被人淹死。我乘驿车在深夜到达这个小城。车夫把累坏的三驾马车停在小城入口处那座惟一的石头房子门前。站岗的黑海哥萨克兵一听见铃铛声，就用睡意未消的粗野声音喝道："什么人？"军士和班长走了出来。我向他们说明我是军官，有公事到战斗部队去，同时向他们要一处公家宿舍，那班长领我们跑遍全城。我们看到的房子全部客满。天气很冷，我又有三夜没睡觉，累得筋疲力尽，就发起火来。我大声嚷道："随便带我到哪儿去吧，强盗！就是到魔鬼家去也成，只要有个地方住！"那班长

作者简介

莱蒙托夫（1814—1841），俄罗斯文学中不可替代的文学巨匠。他的存在对俄罗斯而言，在作为诗人方面，堪称比肩普希金和后来的聂克拉索夫；在作为小说家方面，他同时又是赫尔岑、陀思妥耶夫斯基的伟大先驱。他在《当代英雄》中所创作的多余人形象，衍射了整个俄罗斯的生存现状和俄罗斯文学发展的基本步调。他曾经创作了大量的不朽作品，包括诗剧《假面舞会》，长诗《诗人之死》以及具备心理小说开创性的《当代英雄》。可以说他的存在是俄国文学的一个奇迹，他在27岁和人决斗身亡。高尔基称他为一曲未唱完的歌。

◇最好的小说

搔搔后脑勺，回答说，"有是有一所房子，只是先生您不会中意的，那边不干净。"我不太了解最后三个字的确切意思，就叫他在前面带路。我们在东倒西歪的篱笆夹峙的泥泞小巷里兜了好半天，来到海滨的一所小房子前面。

一轮明月照着这所新居的芦苇屋顶和白色墙壁。在石卵子矮墙围着的院子里，另外有一所房子，比那一所更小更旧。海岸像悬崖似的，几乎就在房子墙脚下一直伸到水里，湛蓝的波浪在下面拍打着海岸，不断发出喃喃的絮语。月亮悄悄地俯视着动荡不安而对她却很驯顺的大海；在月光底下，我看见离岸很远的地方停泊着两艘大船，船上的黑色缆索像蛛网一般刻划在白茫茫的地平线上。"这港里有船呢，"我心里想，"明天可以上格连吉克去了。"

一个边防哥萨克兵来给我当勤务员。我吩咐他卸下皮箱，把车夫打发走了，就去唤房东——没有人答应；我敲敲门——还是没有人答应……这是怎么回事啊？最后有个十四五岁的男孩子从穿堂里钻出来。

"房东呢？"

"没有了。"

"怎么？房东不在了？"

"不在了。"

"那么女房东呢？"

"下乡去了。"

"那谁给我开门呢？"我朝门踢了一脚，说。门开了，屋子里冲出来一股潮气。我划亮一根火柴，把它举到男孩子面前：火柴照见了两只白眼睛。他是个瞎子。两眼天生是瞎的。他一动不动地站在我面前，我开始观察他的相貌。

老实说，凡是瞎眼的、独眼的、聋子、哑巴、缺腿的、少胳膊的、驼背的以及诸如此类的人，我对他们都有一种执拗的成见。我发现人的外表同内心之间有一种奇怪的联系：一个人五官四肢一有缺陷，他的内心就会丧失某种感情。

我开始仔细打量瞎孩子的相貌，可是在一张没有眼睛的脸上你能看出什么来呢？我怀着情不自禁的怜悯对他瞧了好一阵。忽然在他的薄嘴唇上掠过一丝微笑。不知怎的，这微笑给了我极不愉快的印象。我心里起了疑虑：这孩子是不是真的像看上去那样完全瞎了？我竭力使自己相信，白翳是不能假装的，而且何必假装呢？可是没有用。我这人常常容易受成见的影响……

"你是房东的孩子吗？"我终于问他。

"不是。"

"那你是什么人？"

"是个孤儿，穷人家的。"

"那么女房东有孩子吗？"

"没有，有过一个女儿，可是跟一个鞑靼人渡海跑了。"

"跟个什么样的鞑靼人呢？"

"鬼才知道他！是个克里米亚的鞑靼人，从刻赤来的船夫。"

我走进屋子，里面的全部家具只有两条板凳、一张桌子和一只放在火炉旁边的大箱子。墙上连一幅圣像也没有——不祥的兆头，海风从打破的玻璃窗里灌进来。我从皮箱里拿出一个蜡烛头，把它点着了，动手安顿东西。我把马刀和步枪放在屋角，把手枪摆在桌上，在一条板凳上铺开斗篷。那哥萨克兵把他的斗篷铺在另一条板凳上。过了十分钟，他就打起鼾来。可是我睡不着：在黑暗中，那孩子和他那双白眼睛一直在我面前晃动。

这样过了一小时光景。月亮照着窗子，月光倾泻在屋子的泥地上。忽然在明晃晃的月光中，有个黑影在地上一闪而过。我欠起身，往窗口一望：这个人又在窗外跑过，不知藏到哪儿去了。我简直不能想象这个人是从海岸的峭壁上跑下去的，但他确实没有别的路可走。我起了床，披上棉袄，腰里插了短剑，悄悄儿地走出屋子。那瞎孩子向我迎面走来。我躲在篱笆旁边，他迈着稳当而谨慎的步子在我旁边走过。他腋下挟着一个包裹，拐到码头那边，就顺着狭窄而陡峭的小径走下去。"当那一天，哑巴说话，瞎子看见"，我一边这样想，一边保持一定距离跟在他后面，免得他在我的视野里消失。

这当儿，月亮开始被云遮住，海面上起了迷雾；近处一只船的艄灯在雾中朦胧发亮；靠岸的地方，白沫翻腾的浪花仿佛每瞬间都可能把海岸吞没。我费力地顺着陡坡往下走，接着就看见：那瞎孩子停了停，然后又转身往右下方走去；他走着，离水那么近，似乎波浪马上就会把他卷走，不过，就他从一块石头迈到另一块石头、避开坑坑洼洼的稳当步伐来判断，他不是第一次走这条路。最后他站住了，仿佛在倾听什么，又就地坐下来，把包裹放在身边。我躲在岸上一块突出的岩石后面，窥察着他的行动。过了几分钟，对面出现了一个白色的人影；那人走到瞎孩子跟前，在他旁边坐下了。风不时把他们的谈话送到我的耳朵里。

"你看怎么样，瞎小子？"一个女人说，"风暴太大，杨柯不会来了。"

"杨柯可不怕风暴，"瞎孩子回答。

"雾越来越大了，"那女人带着忧虑的口吻反驳道。

"在大雾里倒容易从巡逻艇旁边滑过去，"那孩子应声说。

"万一他淹死了呢？"

"那有什么关系？只是没人给你买新缎带，让你星期日系着上教堂了。"

接着是一阵沉默。然而有一件事使我感到惊奇：那瞎孩子跟我讲的是乌克兰话，此刻却操着一口纯粹的俄语。

"你瞧，我说对了，"瞎孩子两手一拍，又说，"杨柯这家伙不怕海，不怕风，不怕雾，不怕海岸巡逻兵。你听：这不是波浪的溅拍声，我说的准没错儿，这是他那对长桨划水的声音。"

那女人霍地跳起来，焦急地往远处望去。

"你胡说，瞎小子！"她说，"我什么也没看见。"

老实说，不论我怎样竭尽目力想看出远处有没有像船那样的东西，却一无结果。这样过了十分钟光景，突然在汹涌起伏的波涛中出现了一个黑点，它忽大忽小，慢慢地升到浪涛的顶端，又一下子跌落在浪谷里。小船离岸越来越近了。那水手胆敢在这样的夜晚横渡四十里宽的海峡，的确十分勇敢，而他敢冒这个险，一定有重大的原因！我这样想着，心儿不由得突突地悸动起来。我紧张地望着那只可怜的小船，看它怎样像鸭子一样钻到水里，又像振翼高飞的鸟儿似地飞快划动着双桨，从深渊里的浪花中窜出来。啊呀，我想这下子它要猛冲到岸上，撞个粉碎了，不料它却灵活地侧转过来，安全地驶进一个小湾。接着从小船里出来一个中等身材的男人，头戴鞑靼式羊皮帽。他招招手，于是他们三人就动手从船里搬出一些货物来。货物很重，我至今还弄不懂那小船怎么会不沉没。他们每人捐了一个包裹，沿着海岸走去，不多一会儿我就瞧不见他们了。我只好回到屋子里去，可是说实话，这些怪事使我十分激动，我好容易才等到天亮。

哥萨克勤务兵醒来，看见我已经穿戴好了，感到十分惊奇，但我没向他说明原因。我从窗口欣赏了一会儿白云朵朵的蓝天和克里米亚遥远的海岸。那海岸像一条淡紫色的带子，一直伸展到悬崖那儿，悬崖上有一座闪着白光的灯塔。随后我动身到弗纳果里亚要塞去，想从司令那儿打听我上格连吉克去的时间。

真倒霉，司令也不能给我确切的答复。停泊在港里的船只不是巡逻艇就是还没开始装货的商船。司令说："过三四天也许有邮船来，到那时咱们瞧着办吧。"我又懊丧又气愤地回到宿舍里，哥萨克勤务兵神色慌张地在门口迎接我。

"糟啦，老爷！"他对我说。

"是啊，老弟，谁知道咱们多会儿才能离开这儿！"

他听了越发不安了，弯下腰对我低声说：

"这地方不干净！我今天遇见一个黑海军士，那是我去年在部队里认识的。我一告诉他我们待在什么地方，他就对我说，'老弟，这地方不干净，那些人不老实！……'的确，那瞎小子到底是什么路数啊？一个人到处乱跑，一会儿上市场买面包，一会儿打水……哼，看来这儿的人都是搞惯那一套的。"

"你指的是什么？女房东该露过脸了吧？"

"刚才您不在的时候，有个老太婆跟她女儿来过了。"

"什么女儿？她不是没有女儿吗？"

"要不是她女儿，鬼知道她是什么人。喏，那老太婆这会儿就坐在她自己的屋子里。"

我走进那所破小屋。炉子烧得很热，上面煮着就穷人来说相当讲究的饭菜。那老太婆，不论我问她什么，总是回答说她耳朵聋听不见。叫我拿她怎么办呢？我就转身对付那个坐在炉子前面、往火里添枯枝的瞎孩子。"喂，瞎眼小鬼，"我扯着他的耳朵说，"你说，你夜里背着包裹上哪儿去了，呃？"那瞎孩子忽然哭起来，尖声尖气地嚷道："我上哪儿去啦？……哪儿也没去……背着包裹？什么包裹呀？"这一次老太婆也听见了，她就嘀咕道："哼，真是胡说八道，冤枉一个苦命的孩子！你们要拿他怎么样？他碍着你们什么啦？"我讨厌极了，就走出屋子，心里渴望揭开这个哑谜。

我裹紧斗篷，在篱笆旁边的一块石头上坐下来，向远处眺望。

我面前展开了一片被夜晚的狂风激怒的大海，它那单调的涛声有点像刚入睡的城市的梦呓，使我想起了逝去的岁月，把我的思潮引到北方，引到我们寒冷的京城。我在激动的回忆中出神了……这样过了一小时光景，也许还不止……突然一阵像唱歌一般的声音传到我的耳朵里。不错，是唱歌，是一个女人的清脆歌声，——可是从哪儿来的呀？……我用心细听……调子很奇怪，一会儿悠长而悲伤，一会儿急促而活泼。我往四下里一望，一个人也没有；再仔细倾听，那声音像是从天上落下来的。我举目一望：在我的小屋顶上站着一个穿条纹衣服的姑娘，头发披散，一个十足的鱼美人。她把一只手罩在眼睛上遮住阳光，凝神望着远方，一会儿笑着自言自语，一会儿又唱起歌来。

我把她唱的歌逐字逐句地记住了：

在碧波翻滚的大海上，
一张张白帆，
自由自在地飘翔。
在无数白帆中间，
划动着我那只小船——
它没有帆儿，只有简单的双桨。
狂风在海面上呼啸，
古旧的海船仿佛展开翅膀，
在惊涛骇浪中乘风飞翔。
我弯腰向大海敬礼，祷告：
"怒海呀，你千万别碰我的小船！
贵重的货物就在我那只船上，
还有一个勇敢的汉子，
在黑夜中驾着它乘风破浪。"

我不禁想到，昨天夜里听到的就是这声音。我沉思了片刻，再往屋顶上望望，那姑娘已经不在了。忽然她在我身边跑过，嘴里哼着另一支歌，嗒嗒地弹响手指，跑进老太婆的屋子里。接着，她们就争吵起来。老太婆生气了，那姑娘却哈哈大笑。于是我看见这水妖又跳跳蹦蹦地跑出来；她跑到我旁边站住了，盯住我的眼睛，仿佛看到我在这地方感到十分惊奇；然后若无其事地背转身，悄悄地往码头那边走去。事情并没有就此结束：她整天在我屋子周围兜来兜去，一刻不停地又唱歌又蹦跳。真是个怪物！她的脸上没有一点疯狂的神气；相反，她的眼睛光芒逼人地盯住我，真有一种勾魂摄魄的魔力，仿佛时时刻刻都在等待着人家的问话。但只要我一开口，她就狡猾地笑着跑掉了。

真的，我从来没有见过这样的女人。她根本不是什么美人儿，但我对于美也有偏见。她身上有许多血统纯粹的标志……女人的血统也像马的血统一样，关系十分重大；这是青年法兰西发现的。它（我不是指青年法兰西，我是指血统）多半可以从手脚，从走路的姿势上看出来；而鼻子的关系尤其重大。一个秀美的鼻子在俄罗斯比一双玲珑的小脚更稀奇。这位女歌手看上去不会超过十八岁。她那十分苗条的身段，她那别具一格的侧着头的姿势，她那栗壳色的长发，她那脖子上和肩膀上光泽发亮的古铜色皮肤，特别是她那个端正的鼻子，——这一切都使我销魂。尽管我在她的斜睨里看出一种犷野和猜疑的神色，尽管在她的微笑里含有一种难以捉摸的表情，偏见的力量可实在厉害：那个秀美的鼻子逗得我神魂颠倒。我仿佛觉得我已经找到了歌德笔下的迷娘——这个凭他德国式的想象所塑造的美妙人物。真的，在她们之间确实有许多相似的地方：同样会从极度激动一下子变得十分宁静，同样说着神秘莫测的语言，同样喜欢蹦蹦跳跳，唱着古怪的歌曲……

傍晚，我在门口拦住她，跟她做了下面的谈话：

"喂，美人儿，告诉我，你今儿个在屋顶上干什么来啦？"我问道。

"瞧瞧风从哪儿吹来呗。"

"瞧这个干什么？"

"风从哪儿来，幸福也从哪儿来。"

"这么说，你唱歌是为了要召来幸福？"

"哪儿唱歌，哪儿就有幸福。"

"难道你不会把悲伤也唱到头上来吗？"

"那有什么关系？反正不是吉就是凶，吉凶之间本来相差就不远。"

"那么这支歌是谁教你的？"

"谁也没教我。自己想出来，自己就唱唱。谁该听，谁就听得见；谁不该听,就是听了也不懂。"

"你叫什么名字,我的歌手?"

"谁给我行洗礼,谁准知道。"

"那么,是谁给你行洗礼的?"

"这我怎么知道?"

"你这姑娘真鬼!嗨,你的事情我可知道一些。"她听了面不改色,嘴唇一动不动,仿佛跟她不相干。"我知道你昨天夜里到海边去过了。"于是我就一本正经地把我看见的一切讲给她听,满以为能难住她,——毫无结果!她呵呵大笑起来,说:

"您见到的很多,知道的很少。您知道什么,可得保守秘密呀!"

"要是我去向司令官告发,怎么样?"我说着摆出一副十分正经、甚至严厉的神气。她忽然跳了一跳,唱起歌来,像一只从灌木丛里惊起的小鸟,一下子不见了。我最后那句话说得实在不合适,我当时也没想到这话的严重性,过后可懊悔莫及了。

等到天色一黑,我就吩咐那哥萨克兵按行军的习惯烧热茶壶,自己点亮蜡烛,在桌旁坐下来,吸着旅行用的烟斗。我刚要喝完第二杯茶,门忽然吱嘎一声,接着就听见背后有窸窣的衣服声和脚步声。我吃了一惊,转过身去,原来是她,我那个水妖!她悄悄地在我对面坐下来,一声不响,只用一双眼睛盯着我。不知怎的,我觉得她的目光温柔得叫人心醉,我不禁联想到过去年月里那些恣意玩弄过我生命的目光。她似乎在等我发问,我却一言不发,说不出心里有多么尴尬。她脸上蒙着一层灰暗的苍白,透露出内心的激动;她的一只手下意识地抚摸着桌子,我发现它在微微哆嗦;她的胸脯一会儿高耸,一会儿又像屏住呼吸。这幕喜剧开始使我感到不耐烦了。我刚想用最平庸的方式来打破这沉默,就是说递给她一杯茶,她忽然跳起来,双臂搂住我的脖子,于是我的嘴唇上就响起了湿滋滋、热辣辣的亲吻声。我的眼睛发黑,头脑发晕,我怀着火热的青春的激情把她紧搂在怀里,她却像条蛇似的从我的胳膊里滑掉了,只在我耳朵边说了一

◇最好的小说

句"今儿晚上等大家都睡着了，你到海边来！"接着就像一支箭似的从屋子里飞了出去。她在穿堂里撞翻茶壶，踢倒地上的蜡烛。"哼，这鬼丫头！"哥萨克勤务兵嚷道，他正坐在干草上，满想喝掉壶里剩下的茶来暖和暖和身子。我这才清醒过来。

大约过了两小时，码头上一切都安静了，我推醒我的哥萨克兵说："要是我开枪，你就跑到海边来！"他瞪着两眼，机械地回答说："是，老爷。"我把手枪插在腰里，出去了。她在斜坡边上等我，她的衣服非常单薄，她的细腰上缠着一条不大的围巾。

"跟我来！"她拉住我的手说。我们就往下走去。我不懂我怎么没把脖子摔断；在坡下我们向右转弯，顺着昨天我跟踪瞎孩子的那条路走去。月亮还没升起，只有两颗小星星在苍茫的天空中闪烁发亮，好像两点救命的灯塔的灯光。汹涌的海浪有节奏地滚滚涌来，微微浮起系在岸边的一只孤零零的小船。"咱们上船吧！"我的女伴说。我犹豫起来。我不是个喜欢在海上浪游的人，但后退也不是时候。她纵身跳到船里，我随着她跳下去。不等我弄清楚是怎么一回事，我们已经离岸了。"这是什么意思？"我怒气冲冲地说。"这是说，"她一边回答，一边把我按在凳上，双臂搂住我的腰，"这是说，我爱你。"……于是她把面颊贴住我的面颊，我的脸上就感觉到她那热呼呼的气息。忽然水里扑通一声，我往腰里一摸——手枪没有了。哦，这下子我心里发生了强烈的猜疑，血往脑袋里直冲！我回头一望，我们离岸已有一百米光景，而我又不会游泳！我想把她推开，她却像猫似的抓住我的衣服不放。突然，她猛力一推，险些儿把我推到海里去。小船摇晃起来，我连忙站稳脚跟。于是我同她就展开了一场决死的搏斗。愤怒给我添了力量，但不多一会儿我就发现我不如对方灵活……"你要干什么？"我紧紧地捏住她的小手，喊道。她的手指被我捏得格格发响，可是她不吭一声。她那蛇一样的性格忍住了这样的疼痛。

"让你看见了，"她回答说，"你会去告发的！"她说着用一股蛮劲把我摔倒在船舷上。我们两人都半个身子挂在船外，她的头发触到了海水。

这可真是个生死关头哇！我用一个膝盖顶住船底，一只手抓住她的头发，一只手掐住她的喉咙，她一放松我的衣服，我就一下子把她抛到波浪里。

天色相当黑了；她的头在海浪里闪了两次，我就再也没有瞧见什么了……

我在船底找到半截旧桨，费了好大劲，总算靠了码头。我沿着海岸往我的小房子走去，不由得向昨晚那瞎孩子等候夜航者的地方望望。月亮已经升到空中，我仿佛看到有个穿白衣服的人坐在岸上。我被好奇心所驱使，悄悄地走过去，伏在海岸悬崖之上的草丛里。我稍稍探出头去，从峭壁上可以清清楚楚地看见下面发生的一切。当我认出那是我的鱼美人的时候，我并不感到太突兀，反而觉得高兴。她正在拧去她那长头发里的海水，湿淋淋的衬衫勾勒出她那苗条的身段和高耸的胸脯。不多一会儿，远处出现了一只小船，飞快地驶过来。跟昨天晚上一样，船里出来一个戴鞑鞑帽，头发却剃得像哥萨克的人，他的腰里插着一把大刀。"杨柯，全完啦！"她说。他们就这样谈下去，可是声音太轻，我什么也听不见。"瞎孩子在哪儿啊？"最后杨柯提高嗓门问。"我叫他拿东西去了，"她回答。过了几分钟，瞎孩子来了，背着一个袋子。他们把袋子放到小船里。

"听我说，瞎孩子！"杨柯说，"你要守着那地方……知道吗？那边的货都很值钱……你告诉……（我听不清那名字），说我不再给他当差了。事情糟了，他再也别想看见我了。现在很危险，我到别处找工作去，他再也别想找到像我这样大胆的人了。你再告诉他，要是他本来花钱大方些，我杨柯也不会丢下他的。我反正到处都有生路，只要是有风有海的地方。"杨柯沉默了一下又说，"她得跟我走，她不能待在这儿了。你对老太婆说，她该死了，活得够久了，叫她放明白些。她也别想再见着我们了。"

"那么我呢？"瞎孩子声音凄凉地说。

"我要你干什么？"对方回答。

这当儿，我的水妖跳到船里，向同伴招招手。杨柯往瞎孩子手里放了些什么,说:"喏,拿去买糖饼吃吧!"那瞎孩子问道:"只有这一点吗?"对方又说:"喏,再给你一个。"接着就有一枚钱币当的一声落在石头上。瞎孩子没去捡它。杨柯坐到船里,风从岸那边吹来。他们扬起小帆,迅速离开了海岸。在月光底下,白帆在苍茫的波涛中闪烁了好一阵,瞎孩子一直坐在岸上,我好像听见哭声。真的,那瞎孩子在哭,而且哭了好久好久……我心里感到很难受。为什么命运要把我投到一伙清清白白的走私贩子的宁静生活中来呢?就像一块石子被投到平静的水塘里,我搅乱了他们的安宁,而且自己也险些儿像一块石子似的沉到水底!

  我回到家里。在穿堂里,木盘里那支将要烧尽的蜡烛发出劈拍的响声,我的哥萨克勤务兵不听我的叮嘱,两手抱住那支枪,睡得很熟了。我不去弄醒他,拿了蜡烛走到屋子里。啊呀!我的钱盒子、那把镶银的马刀、那柄达吉斯坦短剑(是一个朋友送的)全不见了。这时我才想到那该死的瞎孩子刚才背的是什么。我不客气地推醒了那哥萨克兵,大发脾气,把他骂了一顿,可是有什么用呢!要是去向上级控诉,说是一个瞎孩子把我的东西偷个精光,一个十八岁的姑娘差点儿没把我淹死,岂不是太可笑了吗?

  谢天谢地,早晨有机会动身,我就离开了塔曼。至于那个老太婆和可怜的瞎孩子后来怎样了,我不知道。再说,人家的欢乐和苦难同我这个到处流浪而且随身带着驿马使用证的军官又有什么相干呢!……

草婴 译

作品赏析:

  莱蒙托夫的小说展现了俄罗斯广阔大地上人物的心灵在现实的演变和挣扎中所表现出来的种种矛盾。而最为典型的是《当代英雄》,作为《当代英雄》的组成部分,《塔曼》也同样展现了这一点。

  《塔曼》以军官为整个行文的中心,以他的行踪和所见所闻来表现作者对这个世界的现实态度和看法。开头起手处便为整篇文章奠定了深沉的基调,就像文章中所说的:塔曼是俄罗斯滨海城市中最可恶的一个小城。我在那里差点儿饿死,而且险些儿被人淹死。而文章中并且还一再通过别人和现实环境的侧面烘托告诉我们,在这个地方,文章的主人公将遭遇到坎坷的命运,而事实上事情也正是这样发生的。我们在文章中看到主人公的寓居的小屋充满了阴森的氛围,而那个穿着条纹华衣的女郎更是他的生命的威胁者,虽然他在最后还是安全地离开了,但这毕竟是一次生与死的经历,无怪乎他的心情的惨淡。就像文章中所说的:人家的欢乐和苦难同我这个到处流浪而且随身带着驿马使用证的军官又有什么相干呢。

《当代英雄》的结构是以毕巧林的行踪为全文线索,同样这在文章的每一个章节也是不能例外,《塔曼》故事紧随着军官的一举一动,甚至是围绕着他的视觉感受来展开情节。而这在发掘文章主人公的性格心理上具有不可忽视的功效。总体上说文章的语言相当简洁,不枝不蔓,而且颇有诗意。

苹果熟了的时候/施笃姆

德国著名作家施笃姆的短篇小说经典
施笃姆在中国五四时期具有广泛的影响
文章充满了诗意化的文笔表达

夜半。月亮刚刚从板栅后列队站着的一排高高的菩提树后升起来,透过果树的梢头,照在对面一所小楼的后墙上,照在下边一块用矮篱同园子隔开的小小的石砌院坝上;楼里低矮的小窗后的白色帘子,给月光一照显得越发明晃晃的。这当儿,仿佛有一只小手探进窗帘中间,轻轻地把带子分开了。接着,窗前突然出现一个少女的身影。她头上包着一块白头巾,正举起一只小小的女式手表对着月光,像是在仔细观察着表上的指针的移动。这时远处的钟楼正好敲十一点三刻。

楼下，花园灌木丛之间的小径和草坪上，晦暝幽暗，万籁俱寂；只有蹲在李子树上的一只黄鼠狼，在喊嚓喊嚓地吃它的晚餐，用尖爪搔得树皮发出的声音。蓦地，它警觉地扬起了腮帮：园外的板栅上，哧的一声响，一个大脑袋便探了出来。黄鼠狼一下跳到地上，在房屋间不见了；从园外却慢慢翻进来一个矮笃笃的小男孩。

李子树对面，离板栅不远，立着一棵不十分高的苹果树；眼下果子正好熟了，满满地挂在枝头，枝丫差点儿没给压折。小家伙想必很了解这树，只见他一边踮起脚尖绕着它转圈，一边笑眯眯地冲它点脑袋。然后，他一动不动地站了一会儿，竖起耳朵听了听周围，便从身上解下一只大口袋来，拿着口袋小心翼翼地开始爬树。不多时，他已蹲在树杈间，苹果也就一个接着一个，以快而均匀的节奏，跑进了他的口袋。

可冷不丁儿地，一只苹果不留神掉到地上，一滚滚进几步开外的一丛小树下；而在树下一个非常非常幽蔽的角落，却立着一张小石桌和一条长石凳。在这石凳上，小家伙可万万没想到，此刻竟胳膊肘支着桌面，纹丝不动地坐着个年轻人。苹果碰到他的脚，吓得他一跃而起；他定了定神，才蹑手蹑脚地钻出树丛，走上小径。抬头望去，他发现月光里一根果实累累的树枝先轻轻颤动一下，紧接着便摇晃起来，越摇越厉害，越晃越厉害，随之又见一只手伸进月光中，摘下一个苹果后又缩回深黑的叶丛里。

站在下边的年轻人悄悄溜到树底，终于看清了那个像一条黑色大土蚕似

作者简介

施笃姆（1817—1888），在德国文学史上地位较为尴尬的文人。据说他的名气比不上他的前辈克莱斯特或者是凯乐，也比不上后出的新生代作家诸如托马斯·曼。但奇怪的是他在中国特别是五四时期却具有了相当显赫的声名。在评论界这是一个绝对诗意的作家，在他的文学中不管是《她来自大洋彼岸》《燕语》还是他的成名作《茵梦湖》，都无不展现了作家的一贯行文气质。有人说这是他刻意回避社会现实以致生活面相对狭窄的代价，但事实上这是一个为艺术而艺术的典型作家，在他的文章里到处是刻意的精雕细琢，甚至是加工成完美代名词的情感。

的攀附在树干上的小偷。年轻人尽管留着两撇小胡子，穿了件饰有波浪形凹边的狩猎外套，却很难说是否猎人；只不过，此刻他必定是心血来潮，突然生出了打猎的兴致。只见他屏住呼吸，手伸进树枝，轻轻地，但却牢牢地，一把捏住了那只悬在树干边的无力反抗的脚脖子，好像他在园中等了半夜，仅仅就为逮住苹果树上这个小偷似的。脚脖子哆嗦一下，上边摘苹果的活儿停止了，可谁也没开一声腔。小家伙的脚拼命往上缩，年轻猎手牢牢抓住不放；这么相持了好一会儿工夫，小男孩终于讨起饶来。

"好先生！"

"小鬼头！"

"可谁叫它们整个夏天都冲篱笆外瞅呢！"

"等着吧，等我来惩治惩治你！"年轻人说着便往上一伸手，抓住了小家伙的裤脚。"怎么这样粗啊！"他说。

"还是曼彻斯特呢哩，好先生！"

猎人从口袋里掏出一把小刀，设法用空着的手打开了它。当小男孩听见小刀啪的一声弹开来时、便做出要往下爬的架势。可年轻人印制止他。"别动！"他厉声道，"你这么是着对我正好！"

小家伙像是完全抓了瞎。"我的上帝啊！"他说。"这裤子可是我师父他的呀！——难道您就没根棍子什么的吗，亲爱的先生：您可以单独和我算账嘛！这样会更有意思一些，简直称得上一种运动；我师父就常讲，这跟骑着马遛弯儿似的对身体有好处！"

然而——猎手还是割了一刀。当小男孩感到凉飕飕的小刀贴着他的肉一下滑过去以后，装得鼓鼓的口袋便从手中掉到了地上；年轻人则把割下来的布片揣进自己的背心口袋里。"嗨，这下你好下来啦！"他说。

谁料却没有回音。一秒钟又一秒钟地过去了，小家伙仍然不下树。原来，正当下边在割他裤子的时候，他在上边突然发现，对面房子里有一扇小窗慢慢开了，从窗里伸出一只小小的脚来——小家伙清清楚楚看见那脚上的白袜子在月光下闪亮——，跟着便在院子中出现一个少女的身姿。她用手把着敞开的窗扇站了一会儿，然后走到矮篱门边，向幽暗的园中探过来半个身子。

为了看清这一切，小家伙伸长了脖子。看着看着，他脑瓜地里像是有了主意；只见他嘴巴一直咧开到了耳根，叉开双腿稳稳站在两棵树对着的枝丫上，一只手捏拢割破了的裤子。

"喂，快点呀！"年轻人催他。

"很快，"小家伙回答。

"可是，"小家伙一边应着，一边啃了一口苹果，连树下的猎手也听见他牙床相磨的声音。"可是，我偏偏是个鞋匠呀！"

"你要不是鞋匠又怎么样？"

"我要是个裁缝就好了，那我便可以自己把裤子上的洞补好。"他说罢，又大嚼起他的苹果来。

年轻人在自己口袋中摸索铜毫子，但摸到的只是一枚两塔勒的大银元。他本已打算抽出手来，这时却清清楚楚听见下边花园的篱笆门吱嘎响了一声。远处教堂的钟正好敲十二点。年轻人猛然一惊。"傻瓜！"他嘀咕着，拍了一下自己的额头，随后又把手伸进口袋，同时和气地说：

"看样子你是个穷人家的孩子吧？"

"这您知道，"小家伙回答，"没啥不是辛辛苦苦挣来的啊。"

"接住，请人替你把裤子补一下！"年轻人说着便把银元扔上去。小家伙伸手接住，凑着月光翻来覆去检查一通，然后狡黠地笑着把它揣进了口袋里。

在长着苹果树的土坛旁是条长长的小径，小径上响起了细碎的脚步声和衣裙扫过沙地的声。猎人咬紧嘴唇，下定决心用暴力把小鬼头拽下来；但那一位却谨慎小心地早把脚缩上去了，一只接着一只；年轻人白费脑筋。

"听见了吗？"他气急败坏地说，"你可以走啦！"

"当然，"小家伙回答，"只要拿到了口袋！"

"口袋？"

"它刚才从我手里滑下去喽。"

"这跟我有什么关系？"

"喏，好先生，您刚巧站在下边嘛！"

年轻人弯下腰去拾袋子，提了一下重又放回地上。

"您只管猛劲儿往上扔呀，"小家伙说，"我准能接住的！"

猎人绝望地瞅了树上一眼，只见那矮墩墩的黑色身躯叉开腿站在树枝上，毫不动弹。前面的细碎的步履声越来越近，越来越急，他便赶紧跑到小径上去。

还没等他看清楚，姑娘已经扑到他脖子上。

"亨利希！"

"上帝保佑，别响！"他捂住她的嘴，用手指指树上。她怔怔地盯着他，可他根本顾不上，只用双手推着她进了小树林。

"小鬼头，该死的！——当心下次别碰在我手里！"说着，他一把拎起地上那沉甸甸的口袋，哼哧哼哧地举到头顶上。

"是的，是的！"小家伙说，同时从年轻人手中接过袋子，"怪不得这么沉，都红透了嘛！"接着，他从衣袋中拽出一很短带子，用牙齿咬住袋口，腾出手来将带子打成活扣，紧紧扎在袋口上，然后再把口袋往肩上一搭，搭好后又仔仔细细作了一番调整，把胸前和背后的负担分配得不多不少，刚刚合适。等这件事也令他满意地完成了，他才抓住头顶上一根横住的树枝，用两手抱着使劲儿摇起来。

"有贼啊！贼偷苹果啦！"小家伙拉开嗓门喊着，熟透了的苹果顿时噼里啪啦掉了一地。

他脚下的小树林中传出一阵喊喊嚓嚓的响动，一个女孩子尖叫一声，花园的篱笆门随之咣的一响；当小家伙再一次伸长脖子往外张望时，只看见小窗户正好关上，白裤子又消失在窗里。

转瞬间，小家伙已分开两腿骑在花园尽头的板栅上，眼睛巡视着大路，看见他那位新相识拉开双腿，逃进了园外的月亮地里。与此同时，他把手插进衣袋，捻弄着他那枚银币，哧哧地暗笑起来，直笑得他背上的苹果都跳起了舞。末了，等主人全家都拎着棍子提着灯在花园中奔来跑去时，他才悄悄溜下板栅，大摇大摆地横过大路，走进旁边一座园子，那儿便是他的家。

佚名 译

作品赏析：

　　施笃姆的小说是习惯回避时代潮流的。在他的作品里，我们所能见到的只是他笔下的平凡人物所演绎的平凡的生活故事，但事实上也正是他的刻意回避让他在整个德国文坛上显得独树一帜。《苹果熟了的时候》讲述的表面上好像是一个不懂事的孩子在借着月光偷盗苹果，但实际上，故事中还以一个女孩子在月光下若隐若现的身影昭示着故事本身并不纯粹，其实包含着朦胧的爱恋之美。就像我们在文章中所看到的，这个被发现的男孩赖在树上不下来的理由仅仅是为了能多看一眼这个迷梦中闪现的女孩。这就是文章在平凡的故事中所展现的生活的诗意，带着一种精致的美，就像文章中所说的：她用手把着敞开的窗扇站了一会儿，然后走到矮篱门边，向幽暗的园中探过来半个身子。

　　这是一种高深的行文艺术，在极普通的故事中绽放了非凡的艺术之花，他的语言是朴素的，可是却真切动人，并善于在精致的烘托下展现人物的情感部分，将文章带入一种幻境。就像文章所说的，在这个本来很尴尬的夜晚，窗口出现的女孩却在瞬间将它染成唯美的诗意。

情人的形象 /波德莱尔

法国著名作家波德莱尔的短篇小说经典
一个诗人的女性观点
以诗歌的笔调构写的小说文本

  这是属于男人的世界。一个高级赌博俱乐部的吸烟室里，有四位先生正在抽烟饮酒。他们的年纪不算轻，也不算老；不能说他们漂亮，可也还不怎么难看。总之，不管年老也罢，年轻也罢，俊也罢，丑也罢，他们身上都具有明显的古代豪侠的气质，有一股无法名状的味道，一种冷冰冰，嘲弄似的忧郁，仿佛在叹息："我们已经竭尽全力从生活中闯过来了。我们想找寻我们还能够珍重和向往的东西。"

  其中有一个人忽然谈起了女人经。一谈到女人，他们似乎不那么有哲学家风度了。即使有相当文化修养的人，酒后的谈吐也难免有失高雅。其余的人也乐意听他讲，就像欣赏爵士音乐那样兴味盎然。他说：

  "所有的男人都有过小天使般的黄金时代。在少年时代往往笃信天仙般的美人都是花木成精，因此甚至肯去吻树干。这是爱的第一阶段。年纪大

作者简介

  波德莱尔（1821—1867），一个堪称世界上最为残酷的诗人，他对恶的意象的嗜好，在他的诗行中表达得淋漓尽致，让人惊叹，特别是他的《恶之花》更令所有的道德虚伪者整日坐立不安，因为他的诗行已经透过了文字本身的粉饰直达到心灵的最为黑暗处，甚至挖掘出灵魂的地狱来。这是一个语言的天才，据评论家说，忧郁滋润了他伟大的成功，而有人则甚至将他称为现代所有国家中诗人的楷模。他的梦呓一般的残酷的语言，以及高雅的精雕细琢的华彩的文字已经成了华美的骷髅，站立在读者眼前。他成功地幻化了雨果在《〈克伦威尔〉序言》中对美与丑关系的重新发现，从而缔造了自己的审美领域。

了，就是第二阶段开始，对情侣有选择的要求。这时就想狠下心去找一个美女。至于我么，不是自吹早已进入第三阶段了。我领悟到单纯追求自然的美已经不够了。女人有风度、气质、芳香、饰物等等，加以辅助才能完美。有时我甚至还在向往一种自己也说不清楚的幸福。那就是到达了第四阶段，也称稳定阶段。我的一生中撇开少年时代不算，我对由于女人的庸俗而引起的无聊蠢事最为恼火。所以我特别喜爱动物。它们最为天真。话扯远了。你们还是来评一评我在以前一个情人身上吃到的苦头吧！

"她是一位侯爵的私生女。不用说她绝对是美丽的，否则我会要她吗？可惜的是她身上有一种无法容忍的丑恶野性，毁掉了她的美。她是一个一心只想玩弄男人、摆布男人的。她竟然会说：'你不是男人，但愿我是男人。在我们两人之中我才配当男人！'这就是她令人难以忍受的口头语。从本来应当唱出美妙动听歌声的嘴里却说出这种话来，你说恼火不恼火？还有，每当我对一本书、一首诗、一场歌剧赞美几句时，她马上会说：'你只看到表面上的东西，你能理解其深刻意义吗？'接着她如数家珍，一条条道理说得振振有词，说得我哑口无言。

"有一天天气很好。她心血来潮搞起化学试验来了。从此我的嘴上成天都得套上防毒面罩，而且她变得不容亲近。有时候我在动情时抱她抱得猛了一点，她会一阵痉挛，好像谁要强奸她似的……"

"后来又怎么样呢？"其余三个中的一个问道，"我佩服你居然如此有耐心。"

"上帝呀！"他回答道，"然而不幸的本身就孕育着解脱的方法。有一天我当场抓住了这个智慧女神——当年我常这样称呼她——她在超乎自然的饥渴中和我的男仆亲密地搂在一起。富有绅士风度的我为了不使她过于难堪而悄悄地退场了。到了晚上我才宣布与他们脱离，并把仆人的工资算清了。"

"至于我，"那个打断他话的人说，"只能抱怨自己了。当幸福降临到身上时还木然不知。命运之神让我好几年来享受到了一个女人的滋味。她是一个最最温柔的、十分顺从的、乐意献身于男人的女人。总是那么心甘情愿，那么惟命是从，根本不用去挑逗她。'是的，我很乐意，只要你喜欢就好。'这是她常有的回答。然而话又说回来了。如果你在墙壁或沙发上拍它几下，还会引出些回响来。可是，在我那情人的胸脯上扇不起热情来。我们一起生活了几年。我承认她从来没有真正快活过。我终于觉得这种不平等的两性生活是多么乏味。于是，这个无与伦比的女人跟别人结了婚。以后我忽然想起还是她好。我再去找她，她指着六个活泼的孩子对我说：'亲爱的朋友，我当了六个孩子的母亲，哪里还像从前做你情人时的少女！'如果她至今情况没有改变的话该有多好。唉！悔不该当初我没有娶她。"

三人大笑，轮到第三个人说了。

"我的先生们，我和你们不一样。我得到过你们也许耽误了的欢乐。我指的是爱情中的幽默，值得称道的幽默。我赞赏往日的情人，比你们爱或者恨你们情人的程度要强烈得多，而且不管谁都会赞赏她的。等我们踏进一家餐馆以后，吃客会忘了进食，甚至于招待员、收账员一个个凝眸止息，呆呆地望着她一动不动，至少保持好几秒钟。我和这位绝色佳人在一起生活了一段时间。她经常以世界上最轻松、最无忧无虑的方式吃喝、啃咬、吞咽、细嚼、品味。她在长时间里以这种优美的吃喝风姿使我陶醉。她惯用一种温柔的、梦幻似的、英国式的浪漫色彩说：'亲爱的，我饿了！'她日日夜夜重复着这句话，并且露出她世间少有的、白玉般的整齐牙齿。那是一口看了使人愉快和动情的牙齿。如果允许我在新年集市上让这个贪吃星下凡的仙女表演吃喝，参加比赛，我也许会因此而发财。我不断地以好吃好喝的喂她。可是最后她还是离开了我。"

"毫无疑问地她是跟一个食品商人跑了吧！"

"也差不多少。一个军事机关里管后勤的职员。他以舞弊手段把许多军人的日常供应品喂了这个永远吃不饱的女人，至少我是这样猜测的。"

"我，"第四个说，"我受到的痛苦却不是由于一般女人常有的自私天性造成的。你们都是些幸福的男人，如果你们还在抱怨你们的情人有缺点的话，我认为是过分了。"

他说这话时的神情十分认真。他是一位看上去很温和的先生，脸上那对淡灰色的眼睛显露的几乎是有宗教色彩的不幸。他眼睛里射出的目光似乎在说："我想要！"或者"应该这样，"或者更确切一点："我决不宽恕。"

"G先生，我了解你，你是那样容易激动。K先生和J先生！你们两位那样胆小和轻率，如果让你们碰到了我所认识的那种女人，而且结成了一对，那就不是逃走，便是自杀了。可是，你们看到了，我不是还好好地活着吗？你们想像一下，有那么一个女人，她要求男人感情上要绝对地循规蹈矩，做任何事都要深思熟虑。那是一种难以接受的性格。生活在一起，没有一点亲昵的嬉戏，没有一点刺激冲动的性爱，一味的温柔，没有一点爱好，永远精力旺盛，没有恼怒。这种爱情等于在光秃秃的大沙漠里作无休无止的旅行，单调乏味得令人感到不如死了的好。我的情感和行动时刻要自我约束，不允许有丝毫邪念产生。任何行动都受到她的监督。她无数次阻挡了我感情冲动时想做的事，令人遗憾。爱情好像就是受妻子的监护。我为这种违背意愿付出了多大代价！她剥夺了我多少次可以从自己的傻气中得到的欢乐。她用冷冰冰的、不可逾越的清规戒律封锁住我奔放感情的通道。她要求时刻一本正经，要求克服欲望，而不是允许我做了以后对她表示感谢。这是最可怕的。我多少次尽力克制自己才没有扑上去掐她的脖子，没有对她大喊大叫：'不要过分一本正经，可怜的人！不要使我在做爱时产生厌恶和怒气！'多少年来我心中充满着反感。不过，最后因此而死的不是我！"

"啊！"另外三个人同时喊道，"她死了？"

"是的，我实在感到这样是过不下去的。这种爱情对我来说是头上压了座大山。胜利与死亡两者必居其一。这是命运给我的抉择。有一天晚上在小树林里……在小湖边上……沉闷地散步。散步时她的眼睛里呈现温和的天蓝色，而我的心剧烈地痉挛起来。"

"发生了什么事？"

"怎么样？"

"你快说！"

"那是不可避免的。假如我去殴打、斥责或解雇一个没有过错的仆人，我还能保持得住平静的心情。可是，我在摆脱时要把对她的厌恶和对她的尊重协调起来。你们说我该怎么办？她是那么完美。"

另外三个人失神地望着他，目光有点呆滞，仿佛无法理解他，又想默默地表示赞同。是的，他们是不敢采取这种强硬手段的，尽管是可以理解的行动。

于是，为了消磨剩下的时光，为了让流逝得这样缓慢的生活过去得快些，他们又要了几瓶酒。

赵学铭 译

作品赏析：

在波德莱尔的意念中，女人是他文学表达的不可缺少的部分，但是正是这个在爱情中屡受挫折的可怜的人，在重新面对女性话题的时候甚至已经残酷起来了，据评论家说巴黎，死亡和女人是他共同的精神幻象。这在他的诗行表达得更是淋漓尽致。

在《情人的形象》中也同样地展现了诗人自己毫不掩饰的情怀，带着赏玩的心态对女性存在的意义作出挑剔。在高级赌博俱乐部的吸烟室里，四个男子颇失高雅地谈论着他们各自心目中的女人，甚至已经完全沦为一种叹息了：我们已经竭尽全力从生活中闯过来了，我们想找寻我们还能够珍重和向往的东西。但事实上每个人都带着抱怨来解读自己的不幸。因为在他们眼里，所谓的女性已不再小鸟依人，而是充满了野蛮的复仇，又或者显得相对风骚。在他们眼里女性的风姿绰约已经完全沦落了，只剩下相互之间的幽怨。

◇最好的小说

小说已经散文化,但其实波德莱尔本身是散文和诗歌的行家,对这两种形式有独到的浸润,以致在他的小说中也不可避免地带上了这种色彩。小说没有具体的结构,而显得相当散乱,唯一能支撑话题的只是他们的共同对女人的议论。充满了疯疯癫癫的嬉笑怒骂,在这个仇恨的世界里,这就是病态的审美。

舞会以后 /列夫·托尔斯泰

入选理由

俄国著名作家列夫·托尔斯泰的短篇小说名篇
展现了一段情感激变的心灵历程
再现了列夫·托尔斯泰小说的行文笔法

"你们是说,一个人本身不可能懂得什么是好,什么是坏,问题全在环境,是环境坑害人。我却认为问题全在机缘。就拿我自己来说吧……"

我们谈到,为了使个人趋于完善,首先必须改变人们的生活条件;接着,人人敬重的伊万·瓦西里耶维奇就这样说起来了。其实谁也没有说过人自身不可能懂得什么是好,什么是坏,然而伊万·瓦西里耶维奇有个习惯,总爱解释他自己在谈话中产生的想法,随后为了证实这些想法,讲起他生活里的插曲来。他时常把促使他讲话的原因忘得一干二净,只管全神贯注地讲下去,而且讲得很诚恳、很真实。

现在他也是这样做的。

"拿我自己来说吧。我的整个生活成为这样而不是那样,并不是由于环境,完全是由于别的缘故。"

"到底由于什么呢?"我们问道。

"这可说来话长了。要讲上一大篇,你们才会明白。"

"您就讲一讲吧。"

伊万·瓦西里耶维奇沉思了一下,摇了摇头。

"是啊,"他说,"我的整个生活在一个夜晚,或者不如说,在一个早晨,起了变化。"

"到底是怎么回事啊?"

"是这么回事:当时我正在热恋。我恋爱过多次,可是这一次爱得最热烈。事情早过去了,她的几个女儿都已经出嫁了。她叫B——,是的,瓦莲卡·B——"伊万·瓦西里耶维奇说出她的姓氏,"她到了五十岁还是一位出色的美人。在年轻的时候,十八岁的时候,她简直能叫人入迷:修长、苗条、优雅、端庄——正是端庄。她总是把身子挺得笔直,仿佛非这样不可似的,同时又微微仰起她的头,这配上她的姣美的容貌和修长的身材——虽然她并不丰满,甚至可以说是清瘦,——就使她显出一种威仪万千的气概;要不是她的嘴边、她的迷人的明亮的眼睛里、以及她那可爱的年轻的全身有那么一抹亲切的、永远愉快的微笑,人家便不敢接近她了。"

"伊万·瓦西里耶维奇多么会渲染!"

"但是无论怎么渲染,也没法渲染得使你们能够明白她是怎样一个女人。不过问题不在这里。我要讲的事情出在四十年代。那时候我是一所外省大学的学生。我不知道这是好事还是坏事:那时我们大学里没有任何小组,也不谈任何理论,我们只是年轻,照青年时代特有的方式过生活:除

作者简介

列夫·托尔斯泰(1828—1910),一位让俄国文学走上世界文坛最高位置的巅峰作家。他是个典型的基督徒,在他的文学中甚至一再地贯彻了他自己的带着浓郁宗教色彩的对世界的理解,这主要表现在他对人性修养的执着与肯定上。而承载这一思想主题的主要作品有《复活》《安娜·卡列尼娜》《一个地主的早晨》。它们完美表现了作家孜孜不倦的对人性的永恒的关怀,就像作家自己所说的:在文学当中如果不承载着对世界的理解与关注,对人性的探求,而只是沉迷在技巧的玩弄中,这样的作品其实不是所谓的文学而是典型的文学犯罪。

了学习，就是玩乐。我是一个很愉快活泼的小伙子，况且家境又富裕。我有一匹烈性的溜蹄快马，我常常陪小姐们上山滑雪（溜冰还没有流行），跟同学们饮酒作乐（当时我们只喝香槟，没有钱就什么也不喝，可不像现在这样改喝伏特加）。但是我的主要乐趣在参加晚会和舞会。我跳舞跳得很好，人也不算丑陋。"

"得啦，不必太谦虚，"一位交谈的女士插嘴道，"我们不是见过您一张旧式的银版照片吗？您不但不丑，还是一个美男子哩。"

"美男子就美男子吧，反正问题不在这里。问题是，正当我狂热地爱着她的期间，我在谢肉节的最后一天参加了本省贵族长家的舞会；他是一位忠厚长者，豪富好客的侍从官。他的太太接待了我，她也像他一样忠厚，穿一件深咖啡色的丝绒长衫，戴一副钻石头饰，袒露着衰老可是丰腴白净的肩膀和胸脯，如同伊丽莎白·彼得罗夫娜的画像上描画的那样。这是一次绝妙的舞会：设有乐队楼厢的富丽的舞厅，来自爱好音乐的地主之家的、当时有名的农奴乐师，丰美的菜肴，喝不完的香槟。我虽然也喜欢香槟，但是并没有喝，因为不用喝酒我就醉了，陶醉在爱情中了。不过我跳舞却跳得筋疲力尽——又跳卡德里尔舞，又跳华尔兹舞，又跳波尔卡舞，自然是尽可能跟瓦莲卡跳。她身穿白色长衫，束着粉纤腰带，一双白羊皮手套差点儿齐到她的纤瘦的、尖尖的肘部，脚上是白净的缎鞋。玛祖尔卡舞开始的时候，有人抢掉了我的机会：她刚一进场，讨厌透顶的工程师阿尼西莫夫——我直到现在还不能原谅他——就邀请了她，我因为上理发店去买手套，来晚了一步。所以我跳玛祖尔卡舞的女伴不是瓦莲卡，而是一位德国小姐，从前我也曾稍稍向她献过殷勤。可是这天晚上我对她恐怕很不礼貌，既没有跟她说话，也没有望她一眼，我只看见那个穿白衣衫、束粉红腰带的修长苗条的身影，只看见她的晖朗、红润、有酒窝的脸蛋和亲切可爱的眼睛。不光是我，大家都望着她，欣赏她，男人欣赏她，女人也欣赏她，虽然她盖过了她们所有的人。不能不欣赏她啊。

"照规矩应该说，我不是她跳玛祖尔卡舞的舞伴，可实际上，我几乎一直都在跟她跳。她大大方方地穿过整个舞厅，径直向我走来。我不待邀请，就连忙站起来；她微微一笑，酬答我的机灵。当我们被领到她跟前而她没有猜出我的代号时，她只好把手伸给别人，耸耸她的纤瘦的肩膀，向我微笑，表示惋惜和安慰。当大家在玛祖尔卡舞中变出花样，插进华尔兹的时候，我跟她跳了很久的华尔兹，她尽管呼吸急促，还是笑眯眯地对我说：'再来一次。'于是我一次又一次地跳着华尔兹，甚至感觉不到自己还有一个沉甸甸的肉体。"

"咦，怎么感觉不到呢？我想，您搂着她的腰，不但能够清楚地感觉到自己的肉体，还能感觉到她的哩。"一个男客人说。

伊万·瓦西里耶维奇突然涨红了脸，几乎是气冲冲地叫喊道：

"是的，你们现代的青年就是这样。你们眼里只有肉体。我们那个时代可不同。我爱得越强烈，就越是不注意她的肉体。你们现在只看到腿子、脚踝和别的什么，你们恨不得把所爱的女人脱个精光，而在我看来，正像 Alphonse Karr——他是一位好作家——说的：我的恋爱对象永远穿着一身铜打的衣服。我们不是把她脱个精光，而是极力遮盖她赤裸的身体，像挪亚的好儿子一样。嗨，反正你们不会了解……"

"不要听他的。后来呢？"我们中间的一个男人问道。

"好吧。我就这样尽跟她跳，没有注意时光是怎么过去的。乐师们早已累得要命——你们知道，舞会快结束时总是这样——翻来覆去地演奏玛祖尔卡舞曲。老先生和老太太们已经从客厅里的牌桌旁边站起来，等待吃晚饭，仆人拿着东西，更频繁地来回奔走着。这时是两点多钟。必须利用最后几分钟。我再一次选定了她，我们沿着舞厅跳到一百次了。

"'晚饭后还跟我跳卡德里尔舞吗？'我领着她回她的座位时问。

"'当然，只要家里人不把我带走，'她笑眯眯地说。

"'我不让带走，'我说。

"'扇子可要还给我，'她说。

"'舍不得还，'我说，同时递给她那把不大值钱的白扇子。

"'那就送您这个吧,您不必舍不得了,'说着,她从扇子上扯下一小片羽毛给我。

"我接过羽毛,只能用眼光表示我的全部喜悦和感激。我不但愉快和满意,甚至感到幸福、陶然,我善良,我不是原来的我,而是一个不知有恶、只能行善的超凡脱俗的人了。我把那片羽毛塞进手套,呆呆地站在那里,再也离不开她。

"'您看,他们在请爸爸跳舞,'她对我说道,一边指着她那身材魁梧端正、戴着银色肩章的上校父亲,他正跟女主人和其他的太太们站在门口。

"'瓦莲卡,过来,'我们听见戴钻石头饰、露出伊丽莎白式肩膀的女主人的响亮声音。

"瓦莲卡往门口走去,我跟在她后面。

"'我亲爱的,劝您父亲跟您跳一跳吧。喂,彼得·弗·拉季斯拉维奇,请,'女主人转向上校说。

"瓦莲卡的父亲是一个器宇不凡的老人,长得端正、魁梧、神采奕奕。他的脸色红润,留着两撇雪白的、尼古拉一世式的尖端拳曲的唇髭和同样雪白的、跟唇髭连成一片的络腮胡子,两鬓的头发向前梳着,他那明亮的眼睛里和嘴唇上,也像他女儿一样露出亲切快乐的微笑。他生就一副堂堂的仪表,宽阔的胸脯照军人的派头高挺着,胸前挂了不多几枚勋章,此外他还有一副健壮的肩膀和两条匀称的长腿。他是一位具有尼古拉一世风采的宿将型的军事长官。

"我们走近门口的时候,上校推辞说,他对于跳舞早已荒疏,不过他还是笑眯眯地把手伸到左边,从刀剑带上取下佩剑,交给一个殷勤的青年人,右手戴上麂皮手套。'一切都要合乎规矩,'他含笑说,然后握住女儿的一只手,微微转过身来,等待着拍子。

"等到玛祖尔卡舞曲开始的时候,他灵敏地踏着一只脚,伸出另一只脚,于是他的魁梧肥硕的身体就一会儿文静从容地,一会儿带着靴底踏地声和两脚相碰声，啪哒啪哒地、猛烈地沿着舞厅转动起来了。瓦莲卡的优美的身子在他的左右翩然飘舞，她及时地缩短或放长她那穿白缎鞋的小脚的步子，灵巧得叫人难以察觉。全厅的人都在注视这对舞伴的每个动作。我不仅欣赏他们，而且受了深深的感动。格外使我感动的是他那用裤脚带扣得紧紧的靴子，那是一双上好的小牛皮靴，但不是时兴的尖头靴，而是老式的、没有后跟的方头靴。这双靴子分明是部队里的靴匠做的。'为了把他的爱女带进社交界和给她穿戴打扮，他不买时兴的靴子，只穿自制的靴子，'我想；所以这双方头靴格外使我感动。他显然有过舞艺精湛的时候，可是现在身体发胖，要跳出他竭力想跳的那一切优美快速的步法，腿部的弹力已经不够。不过他仍然巧妙地跳了两圈。他迅速地叉开两腿，重又合拢来，虽说不太灵活，他还能跪下一条腿。她微笑着理了理被他挂住的裙子，从容地绕着他跳了一遍，这时候，所有的人都热烈鼓掌了。他有点吃力地站立起来，温柔亲热地抱住女儿的后脑，吻吻她的额头，随后领她到我身边，他以为我要跟她跳舞。我说，我不是她的舞伴。

"'呃，反正一样，您现在跟她跳吧，'他说，一边亲切地微笑着，将佩剑插进刀剑带里。

"瓶子里的水只要倒出一滴，其余的便常常会大股大股地跟着往外倾泻；同样，我心中对瓦莲卡的爱，也把蕴藏在我内心的全部爱的力量释放出来了。那时我真是用我的爱拥抱了全世界。我也爱那戴着头饰、露出伊丽莎白式的胸脯的女主人，也爱她的丈夫、她的客人、她的仆役，甚至那个对我板着脸的工程师阿尼西莫夫。至于对她的父亲，连同他的家制皮靴和像她一样的亲切的微笑，当时我更是体验到一种深厚的温柔的感情。

"玛祖尔卡舞结束之后，主人夫妇请客人去用晚饭，但是B上校推辞说，他明天必须早起，就向主人告别了。我惟恐连她也给带走，幸好她跟她母亲留下了。

"晚饭以后，我跟她跳了她事先应许的卡德里尔舞，虽然我似乎已经无限地幸福，而我的幸福还是有增无已。我们完全没谈爱情。我甚至没有问问她，也没有问问我自己，她是否爱我。只要我爱她，在我就尽够了。我只担心一点——担心有什么东西破坏我的幸福。

"等我回到家中，脱下衣服，想要睡觉的时候，我就看出那是决不可能的事。我手里有一小片从她的扇子上扯下的羽毛和她的一只手套，这只手套是她离开之前，我先后扶着她母亲和她上车时，她送给我的。我望着这两件东西，不用闭上眼睛，便能清清楚楚地回想起她来：或者是当她为了从两个男舞伴中挑选一个而猜测我的代号，用可爱的声音说出'骄傲？是吗？'，并且快活地伸手给我的时候；或者是当她在晚餐席上一点一点地呷着香槟，皱起眉头，用亲热的眼光望着我的时候；不过我多半是回想她怎样跟她父亲跳舞，她怎样在他身边从容地转动，露出为自己和为他感到骄傲与喜悦的神态，瞧了瞧欣然赞赏的观众。我不禁对他和她同样发生柔和温婉的感情了。

"当时我和我已故的兄弟单独住在一起。我的兄弟向来不喜欢上流社会，不参加舞会，这时候又在准备学士考试，过着极有规律的生活。他已经睡了。我看看他那埋在枕头里面、叫法兰绒被子遮住一半的脑袋，不觉对他动了怜爱之心。我怜悯他，因为他不知道也不能分享我所体验到的幸福。服侍我们的农奴彼得鲁沙拿着蜡烛来接我，他想帮我脱下外衣，可是我遣开了他。我觉得他的睡眼惺忪的面貌和蓬乱的头发使人非常感动。我极力不发出声响，踮起脚尖走进自己房里，在床沿坐下。不行，我太幸福了，我没法睡。加之我在炉火熊熊的房间里感到闷热，我就不脱制服，轻轻地走进前厅，穿上大衣，打开通向外面的门，走到街上去了。

"我离开舞会是四点多钟，等我到家，在家里坐了一坐，又过了两个来钟头，所以，我出门的时候，天已经亮了。那正是谢肉节的天气，有雾，饱含水分的积雪在路上融化了，所有的屋檐都在滴水。当时B家住在城市的尽头，靠近一大片空地；空地的一头是人们游息的场所，另一头是女子中学。我走过我们的冷僻的胡同，来到大街上，这才开始碰见行人和装运柴火的雪橇，雪橇的滑木触到了路面。马匹在光滑的木轭下有节奏地摆动着湿漉漉的脑袋，车夫们身披蒲席，穿着肥大的皮靴，跟在货车旁边扑嚓扑嚓地行走，沿街的房屋在雾中显得分外高大——这一切都使我觉得特别可爱和有意思。

"我走到B宅附近的空地，看见靠游息场所的一头有一大团黑糊糊的东西，听到从那边传来笛声和鼓声。我一直满心欢畅，有时玛祖尔卡舞曲还在我耳边萦绕。但这里是另一种音乐，一种生硬难听的音乐。

"'这是怎么回事？'我想，随即沿着空地当中一条由车马碾踏出来的溜滑的道路，朝着发出声音的方向走去。走了一百来步，我开始从雾霭中看出那里有许多黑色的人影。显然是一群士兵。'大概在上操，'我想，便跟一个身穿油迹斑斑的短皮袄和围裙、手上拿着东西、走在我前头的铁匠一起，更往前走近些。士兵们穿着黑军服，面对面地分两行持枪立定，一动也不动。鼓手和吹笛子的站在他们背后，不停地重复那支令人不快的、刺耳的老调子。

"'他们这是干什么？'我问那个站在我身边的铁匠。

"'对一个鞑靼逃兵用夹鞭刑，'铁匠瞧着远处的行列尽头，愤愤地说。

"我也朝那边望去，看见两行士兵中间有个可怕的东西正在向我逼近。向我逼近来的是一个光着上身的人，他的双手被捆在枪杆上面，两名军士用这枪牵着他。他的身旁有个穿大衣、戴制帽的魁梧的军官，我仿佛觉得面熟。受刑人浑身痉挛着，两只脚扑嚓扑嚓地踩着融化中的积雪，向我走来，棍子从两边往他身上纷纷打下，他一会儿朝后倒，于是两名用枪牵着他的军士便把他往前一推，一会儿他又向前栽，于是军士便把他往后一拉，不让他栽倒。那魁梧的军官迈着坚定的步子，大摇大摆地，始终跟他并行着。这就是她的脸色红润、留着雪白的唇髭和络腮胡子的父亲。

"受刑人每挨一棍子，就好像吃了一惊似的，把他的痛苦得皱了起来的脸转向棍子落下的一边，露出一口雪白的牙齿，重复着两句同样的话。直到他离我很近的时候，我才听清这两句话。他不是说话，而是呜咽道：

'弟兄们，发发慈悲吧。弟兄们，发发慈悲吧。'但是弟兄们不发慈悲，当这一行人走到我的紧跟前时，我看见站在我对面的一名士兵坚决地向前跨出一步，呼呼地挥动着棍子，使劲朝鞑靼人背上劈啪一声打下去。鞑靼人往前扑去，可是军士们拽住了他，接着，同样的一棍子又从另一边落在他的身上，又是这边一下，那边一下。上校在旁边走着，一会儿瞧瞧自己脚下，一会儿瞧瞧受刑人。他吸进一口气，鼓起腮帮，然后噘着嘴唇，慢慢地吐出来。这一行人经过我站立的地方的时候，我向夹在两行士兵中间的受刑人的背脊扫了一眼。这是一个斑斑驳驳的、湿淋淋的、紫红色的、奇形怪状的东西，我简直不相信这是人的躯体。

"'天啊！'铁匠在我身边叫道。

"这一行人慢慢离远了，棍子仍然从两边落在那踉踉跄跄、浑身抽搐的人背上，鼓声和笛声仍然鸣响着，身材魁梧端正的上校也仍然迈着坚定的步子，在受刑人身边走动。突然间，上校停下来，快步走到一名士兵面前。

"'我要让你知道厉害，'我听见他用气呼呼的声音说，'你还敢糊弄吗？还敢吗？'

"我看见他举起戴麂皮手套的有力的手，给了那惊慌失措、没有多大气力的矮个子士兵一记耳光，只因为这个士兵没有使足劲儿往鞑靼人的紫红的背脊打下棍子。

"'来几条新的军棍！'他一边吼叫，一边回头观看，终于看见了我。他假装不认识我，可怕地、恶狠狠地皱起眉头，连忙转过脸去。我觉得那样羞耻，不知道往哪里看才好，仿佛我有一桩最可耻的行径被人揭发了似的，我埋下眼睛，匆匆回家去了。一路上我的耳边时而响起鼓声和笛声，时而传来'弟兄们，发发慈悲吧'这句话，时而又听见上校充满自信的、气呼呼的吼声：'你还敢糊弄吗？还敢吗？'同时我感到一种近似恶心的、几乎是生理上的痛苦，我好几次停下脚步，觉得我马上就要把这幅景象在我内心引起的恐怖统统呕出来了。我不记得是怎样到家和躺下的。可是我刚刚入睡，就又听见和看到那一切，我索性一骨碌爬起来了。

"'他显然知道一件我所不知道的事情，'我想起上校，'如果我知道他所知道的那件事，我也就会了解我看到的一切，不致苦恼了。'可无论我怎样反复思索，还是无法了解上校所知道的那件事。我直到傍晚才睡着，而且是上一位朋友家，跟他一起喝得烂醉后才睡着的。

"嗯，你们以为我当时就断定了我看到的是一件坏事吗？决不。'既然这是带着那样大的信心干下的，并且人人都承认它是必要的，那么可见他们一定知道一件我所不知道的事情，'我想，于是努力去探究这一点。但是无论我多么努力，始终探究不出来。探究不出，我就不能像原先希望的那样去服军役，我不但没有进军队供职，也没有在任何地方供职，所以正像你们看到的，我成了一个废物。"

"得啦，我们知道您成了什么'废物'，"我们中间的一个男人说，"您还不如说：要是没有您，有多少人会变成废物。"

"得了吧，这完全是扯淡。"伊万·瓦西里耶维奇真正懊恼地说。

"好，那么，爱情呢？"我们问。

"爱情吗？爱情从这一天起衰退了。当她像平常那样面带笑容在沉思的时候，我立刻想起广场上的上校，总觉得有点别扭和不快，于是我跟她见面的次数渐渐减少，结果爱情便消失了。世界上就有这样的事情，它使得人的整个生活发生变化，走上新的方向。你们却说……"他结束道。

蒋路 译

作品赏析：

列夫·托尔斯泰在像《复活》这样的大著作中，展现了惊心动魄的心灵历程的流变，有人将它称为作家的心灵辩证法。但事实上，像《舞会以后》这样的简短的表述也充分体现了作家对心灵的关注。有人说这样的形式是从卢梭转接而来，但可以肯定的是，他着重领会了心灵的细腻甚至是微妙的转变。

《舞会以后》讲述的是个很简单的故事，青年瓦西里耶维奇在舞会之前很坦诚地恋着瓦莲卡，甚至是爱屋及乌地以为她的父亲也是一样的和蔼可亲。但在舞会以后他才发现，这个父亲竟对一个不愿牺牲自己生命的逃兵施以严酷的刑罚，这让他感到不寒而栗。而这竟浇熄了他心中对瓦莲卡的热恋，转变为一种巨大的挣扎，和挣扎下的不可忍受的痛苦。这种情况已超越了一般的情感或者是理性，而纯粹只是一种厌恶，也同时感到了自己的脆弱。

在结构上，这是一种落差的表达方式。但事实上，要探究瓦西里耶维奇的心理并不能以正常的心态去揣摩，而应该关注的是作家的基督教背景和他在文章中对主人公心态转变的特殊的宗教式的情感，才不至于觉得这种改变过于荒谬。而这也是作者所着力塑造的主人公形象，描摹出心灵的多面性和它的不可思议的复杂性。

竞选州长/马克·吐温

> **入选理由**
> 美国著名作家马克·吐温的短篇小说经典
> 以天真无知的笔调披露这个世界的真相
> 语言幽默，具有极强的讽刺力度

几个月以前，我被提名为纽约州州长候选人，代表独立党参加竞选，对方是斯坦华脱·L.伍福特先生和约翰·T.霍夫曼先生。我总觉得自己名声不错，同这两位先生相比，这是我显著的长处。从报上很容易看出：如果说这两位先生也曾知道爱护名声的好处，那是以往的事情了。近年来他们显然已经把各种各样的无耻勾当看作家常便饭。当时，我虽然醉心于自己的长处，暗自得意，但是一想到我得让自己和这些人的名字混在一起到处传播，总有一股不安的混浊暗流在我愉快心情的深处"翻腾"。我心里越想越乱。末了我给我祖母写了一封信，把这件事告诉她。她回信又快又干脆，她说：

你生平没有做过一桩亏心事——一桩也没有做过。你看看报纸——看一看就会明白，伍福特和霍夫曼先生是何等样人，看你愿不愿意把自己降低到他们的水平，跟他们一道竞选。

我正是这个想法！那天晚上我一夜没合眼。但是我毕竟不能打退堂鼓。我既然已经卷了进去，只好干下去。

我一边吃早饭，一边无精打采地翻阅报纸。我看到这么一段消息，老实说，我从来没有这样惊惶过：

伪证罪——一八六三年，在交趾支那的瓦卡瓦克，有三十四名证人证明马克·吐温先生犯有伪证罪，企图侵占一小片种植香蕉的地，那是当地一位穷寡妇和她一群孤儿靠着活命的惟一资源。马克·吐温先生现在既然在众人面前出来竞选州长，是否可以请他讲讲此事的经过。吐温先生不论对自己或是对其要求投票选举他的伟大人民，都有责任把此事交代清楚。他愿意交代吗？

我当时惊愕得不得了！这样残酷无情的指控。我从来没有到过交趾支

作者简介

马克·吐温（1835—1910），一位生长在密西西比河边怀着朴质情感走上文坛的大作家，被福克纳誉为是美国的文学之父。他本名叫克兰门斯，改名马克·吐温，取意于密西西比河河工的简短说辞：两倍六英尺水深。展现了他的对密西西比河的依恋情怀。这个在苦难中成长的作家，以自己敏锐的眼光感受着美国的社会现实，写下了像《竞选州长》《傻瓜威尔逊》这样的不朽名篇，奠定了他的世界短篇小说大师的地位。同时，在他的文学中充满了对美国现实社会的深刻不满，到处留下了对丑陋世相的尖刻披露，令人叹为观止，被誉为是美国文学中的林肯。

◇最好的小说

那！我从来没有听说过瓦卡瓦克这个地方！我不知道什么种植香蕉的地，就像我不知道什么是袋鼠一样！我不知道怎么办才好。我都气疯了，却又毫无办法。那一天我什么也没干就这么过去了。第二天早晨，这家报纸没说别的，只有这么一句：

值得注意——大家都会注意到：马克·吐温先生对交趾支那伪证案保持缄默，自有难言之处。

［备忘——在这场竞选运动中，这家报纸此后凡提到我必称"臭名昭著的伪证犯吐温"。］

下一份是《新闻报》，登了这么一段：

急需查究——吐温先生在蒙大那州野营时，与他同一帐篷的伙伴经常丢失小东西，后来这些东西一件不少都在吐温先生身上或"箱子"（即他卷藏杂物的报纸）里发现了。大家为他着想，不得不对他进行友好的告诫，在他身上涂满柏油，插上羽毛，叫他跨坐在横杆上，把他撵出去，并劝告他让出铺位，从此别再回来。这件小事是否请新州长候选人向急得难熬、要投他票的同胞们解释一下？他愿意解释吗？

难道还有比这种控告用心更加险恶的吗？我一辈子也没有到过蒙大那州。

［从此以后，这家报纸按例管我叫"蒙大那小偷吐温"。］

于是，我拿起报纸总有点提心吊胆，好像你想睡觉，可是一拿起床毯，心里总是嘀咕，生怕毯子下面有条蛇似的。有一天，我看到这么一段消息：

谎言已被揭穿！——根据五点区的密凯尔·奥弗拉纳根先生、华脱街的吉特·彭斯先生和约翰·艾伦先生三位的宣誓证书,现已证明:马克·吐温先生曾恶毒声称我们尊贵的领袖约翰·T.霍夫曼的祖父系拦路抢劫被处绞刑一说,纯属卑劣无端之谎言,毫无事实根据。用毁谤故人、以谰言玷污其美名的下流手段,来掠取政治上的成功,使有道德的人见了甚为痛心。我们一想到这一卑劣的谎言必然会使死者无辜的亲友蒙受极大悲痛时,恨不得鼓动起被伤害和被侮辱的公众,立即对诽谤者施行非法的报复。但是,我们不这样做,还是让他去经受良心的谴责吧。(不过,公众如果气得义愤填膺,盲目行动起来,竟对诽谤者施以人身上的伤害,显然,对于肇事者,陪审员不可能判罪,法庭也不可能加以惩处。)

最后这句妙语大起作用,当天晚上"被伤害和被侮辱的公众"从前门冲了进来,吓得我赶紧从床上爬起来,打后门溜走。他们义愤填膺,来的时候捣毁家具和门窗,走的时候把能抄走的财物统统抄走。然而,我可以把手按在《圣经》上起誓:我从来没有诽谤过霍夫曼州长的祖父。不仅如此,在那之前,我从来没有听人说起过他,我自己也没有提到过他。

〔要顺便提一下,刊登上述新闻的那家报纸此后总是称我为"盗尸犯吐温"。〕

下一篇引起我注意的报上文章是这样写的:

好一个候选人——马克·吐温先生原定于昨晚独立党民众大会上作一次毁损对方的演说,却未按时到会。他的医生打来一个电报,说是他被一辆疯跑的马车撞倒,腿部两处负伤,极为痛苦,无法起身,以及一大堆诸如此类的废话。独立党的党员们硬着头皮想把这一拙劣的托词信以为真,只当不知道他们提名为候选人的这个放任无度的家伙未曾到会的真正原因。

昨天晚上,分明有一个人喝得酩酊大醉,歪歪斜斜地走进吐温先生下榻的旅馆。独立党人刻不容缓,有责任证明那个醉鬼并非马克·吐温本人。

这下我们到底把他们抓住了。这一事件不容躲躲闪闪，避而不答。人民用雷鸣般的呼声要求回答："那个人是谁？"

把我的名字果真与这个丢脸的嫌疑挂在一起，一时叫我无法相信，绝对叫我无法相信。我已经有整整三年没有喝过啤酒、葡萄酒或任何一种酒了。

［这家报纸第二天大胆地授予我"酗酒狂吐温先生"的称号，而且我明白它会一个劲儿地永远这样称呼下去，但是，我当时看了竟无动于衷，现在想来，足见这种时势对我起了多大的影响。］

到那时候，我所收到的邮件中，匿名信占了重要的部分。一般是这样写的：

被你从你寓所门口一脚踢开的那个要饭的老婆子，现在怎样了？

包·打听

还有这样写：

你干的有些事，除我之外无人知晓，奉劝你掏出几元钱来孝敬老子，不然，咱们报上见。

惹事大王

大致是这类内容。读者如果想听，我可以不断引用下去，弄得你腻烦为止。

不久，共和党的主要报纸"宣判"我犯了大规模的贿赂罪，民主党最主要的报纸把一桩极为严重的讹诈案件"栽"在我的头上。

［这样我又多了两个头衔："肮脏的贿赂犯"和"恶心的讹诈犯"。］

这时候舆论哗然，纷纷要我"答复"所有这些可怕的指控。我们党的报刊主编和领袖们都说，我如果再不说话，政治生命就要完蛋。好像为使他

们的要求更为迫切似的,就在第二天,有一家报纸登了这么一段话:

注意这个人——独立党这位候选人至今默不作声。因为他不敢答复。对他的控告条条都有充分根据,并且为他满腹隐衷的沉默所一而再、再而三地证实,现在他永远翻不了案。独立党的党员们,看看你们这位候选人!看看这位臭名昭著的伪证犯!这位盗尸犯!好好看一看你们这位酗酒狂的化身!你们这位肮脏的贿赂犯!你们这位恶心的讹诈犯!你们好好看一看,想一想——这个家伙犯下了这么可怕的罪行,得了这么一连串倒霉的称号,而且一条也不敢张嘴否认,看你们愿不愿意把自己正当的选票去投给他!

我没有办法摆脱这个困境,只得深怀耻辱,着手"答复"一大堆毫无根据的指控和卑鄙下流的谎言。但是我始终没有做完这件事情,因为就在第二天,有一家报纸登出一个新的耸人听闻的案件,再次恶意中伤,严厉地控告我因一家疯人院妨碍我家的人看风景,我就将这座疯人院烧掉,把里面的病人统统烧死。这叫我十分惊慌。接着又是一个控告,说我为吞占我叔父的财产,不惜把他毒死,并且要求立即挖开坟墓验尸。这叫我神经都快错乱了。这一些还不够,竟有人控告我在负责育婴堂事务时雇用掉了牙的、年老昏庸的亲戚给育婴堂做饭。我都快吓晕了。最后,党派斗争的积怨对我的无耻迫害达到了自然而然的高潮:有人教唆九个刚刚在学走路的小孩,包括各种不同的肤色、穿着各式各样的破烂衣服,冲到一次民众大会的讲台上来,抱紧我的双腿,管我叫爸爸!

我放弃了竞选。我降旗,我投降。我够不上纽约州州长竞选运动所要求的条件,所以,我递上退出竞选的声明,而且怀着痛苦的心情签上我的名字:

你忠实的朋友,过去是好人,现在却成了臭名昭著的伪证犯、蒙大那小

◇最好的小说

偷、盗尸犯、酗酒狂、肮脏的贿赂犯和恶心的讹诈犯的马克·吐温。

董衡巽 译

作品赏析：

马克·吐温对社会的洞彻堪称极致深入，被收入中学教材的名篇《竞选州长》入木三分地刻画了他对这个社会世俗人生的讽刺与不满，淋漓尽致地对政客们进行了挖苦。

《竞选州长》讲述的是"我"竞选州长整个历程的遭遇。因为"我"的良好的名声在政敌的眼中成了一种阻碍他们走向成功的障碍，就以各种各样的污蔑诸如：伪证犯、蒙大那的小偷、挖坟盗尸犯、酗酒狂、肮脏的贿赂犯、可恶的行贿者进行中伤，企图让"我"最后身败名裂，而果然"我"也不堪这样的骚扰而自动退出这场无聊的游戏。

文章的一个显著特点是第一人称的手法，当然第一人称在马克·吐温的文学中是很常见的一种表达形式，这样更容易地表达出自己的内心的真实感受，将各种各样的不堪的丑陋揭露到底。也正是这样的遭遇，这样的人称形式，才更让读者易于产生深刻的共鸣，带领他们共同看透这世间的残酷的真相，让人对"我"的遭遇表示同情，也对各种各样无耻的政客表示愤怒。

更有甚者文章中的"我"并没有一丁点儿的辩解，就轻易地落败或者说轻易地退出，让人疑惑为什么善良正直的人在这样的地方没有丝毫的立足之地，这也是评论者最经常探讨的地方，当然这样的探讨有着十足的政治意味。

文章的语言据评论家说是典型的美国式的口语，也是一种渊博的西部式的幽默，使人在捧腹大笑的同时产生深思，甚至是愤怒。它还是一种调侃的民间口气，让人感觉真实和贴近生活。

我的叔叔于勒 /莫泊桑

入选理由
法国著名作家莫泊桑的不朽经典
展现了世俗人生的冷漠心态
小说布局相当精巧，叙事自然

一个白胡子穷老头儿向我们讨钱。我的同伴约瑟夫·达夫朗什竟给了他一个五法郎的银币。我感到很惊奇。于是他对我说：

这个穷汉使我回想起了一件事，这件事我一直记在心上，念念不忘，我这就讲给您听。事情是这样的：

我的家庭原籍勒阿弗尔，并不是有钱人家，也就是勉强度日罢了。我的父亲做事，很晚才从办公室回来，挣的钱不多。我有两个姐姐。

我的母亲对我们的拮据生活感到非常痛苦，她常常找出一些尖酸刻薄的话，一些含蓄、恶毒的责备话发泄在我的父亲身上。这个可怜人这时候总做出一个手势，叫我看了心里十分难过。他总是张开了手摸一下额头，好像要抹去根本不存在的汗珠，并且总是一句话也不回答。我体会到他那种无可奈何的痛苦。那时家里样样都要节省；有人请吃饭是从来不敢答应的，以免回请；买日用品也是常常买减价的日用品和店铺里铺底的存货。

作者简介

莫泊桑（1850—1893），一个将法国短篇小说带上文学巅峰的伟大作家，曾被誉为和俄国的契诃夫、美国的欧·亨利齐名的世界三大短篇小说家。同样在法国国内被尊称为短篇小说之王，曾经师从福楼拜，习得高超的小说创作艺术，再加上作者本身对世界的理解和人生心态的感悟，终于写下了像《羊脂球》《漂亮朋友》《一生》这样经典不朽的小说，享誉世界。在中国他的《项链》和《我的叔叔于勒》因为独特的影响而多次入选教材，影响了一代又一代的中国学生。

◇最好的小说

姐姐们自己做衣服，买十五个铜子一米的花边时还常常要在价钱上争论半天。我们日常吃的是肉汤和用各种方式做的牛肉。据说这又卫生又富于营养，不过我还是喜欢吃别的东西。

我要是丢了钮子或是撕破了裤子，那就要狠狠地挨一顿骂。

可是每星期日我们都要衣冠整齐地到防波堤上去散步。我的父亲穿着礼服，戴着礼帽，套着手套，让我母亲挽着胳膊；我的母亲打扮得五颜六色，好像节日悬万国旗的海船。姐姐们总是最先打扮整齐，等待着出发的命令；可是到了最后一刻，总会在一家之主的礼服上发现一块忘记擦掉的污迹，于是赶快用旧布蘸了汽油来把它擦掉。

于是我的父亲头上依旧顶着大礼帽，只穿着背心，露着两只衬衫袖管，等着这道手续做完；在这时候，我的母亲架上她的近视眼镜，脱下了手套，免得弄脏它，忙得个不亦乐乎。

全家很隆重地上路了。姐姐们挽着胳膊走在最前面。她们已经到了出嫁的年龄，所以常带她们出来叫城里人看看。我依在我母亲的左边，我父亲在她的右首。我现在还记得我可怜的双亲在星期日散步时候那种正言厉色、举止庄重、郑重其事的神气。他们挺直了腰，伸直了腿，迈着沉着的步伐向前走着，就仿佛他们的态度举止关系着一桩极端重要的大事。

每个星期日，只要一看见那些从辽远的陌生地方回来的大海船开进港口，我的父亲总要说他那句从不变更的话：

"唉！如果于勒就在这条船上，那会多么叫人惊喜呀！"

我父亲的弟弟于勒叔叔是全家惟一的希望，而在这以前曾经是全家的祸害。我从小就听家里人谈论这位叔叔，我对他已是那样熟悉，大概一见面就能立刻认出他来。他动身到美洲去以前的生活，连细枝末节我都完全知道，虽然家里人谈起他这一段生活总是压低了声音。

据说他当初行为很不端正，就是说他曾经挥霍过一些钱财，这在穷人的家庭里是罪恶当中最大的一种。在有钱人的家里，一个人吃喝玩乐无非算是糊涂荒唐。大家笑嘻嘻地称呼他一声花花公子。在生活困难的家庭里，一个人要是逼得父母动老本儿，那他就是一个坏蛋，一个流氓，一个无赖了。

虽然事情是一样的事情，这样区别开来还是对的，因为行为的好坏，只有结果能够决定。

总之，于勒叔叔把自己应得的那部分遗产吃得一干二净之后，还大大减少了我父亲所指望的那一部分。

按照当时的惯例，他被送上一只从勒阿弗尔开往纽约的商船，到美洲去了。

一到了那里，我这位于勒叔叔就做上了不知什么买卖，不久就写信来说他赚了点钱，并且希望能够赔偿我父亲的损失。这封信在我的家庭里引起了极大的震动。于勒，大家都认为分文不值的于勒，一下子成了正直好人，有良心的人，达夫朗什家的好子弟，跟所有达夫朗什家的子弟一样公正无欺了。

有一位船长又告诉我们，说他已租了一所大店铺，做着一桩很大的买卖。

两年后又接到第二封信，信上说：

我亲爱的菲利普，我给你写这封信是免得你担心我的健康，我身体很好。买卖也好。明天我就动身到南美去作一次长期旅行，也许要好几年不给你写信。如果真的不给你写信，你也不必担心。我发了财就会回勒阿弗尔的。我希望为期不会太远，那时我们就可以一起快活地过日子了……

这封信成了我们家里的福音书。一有机会就要拿出来念，见人就拿出来给他看。

果然，十年之内于勒叔叔没有再来过信，可是我父亲的希望却在与日俱增；我的母亲也常常这样说：

"只要这个好心的于勒一回来，我们的境况就不同了。他可真算得一个有办法的人！"

于是每个星期日，一看见大轮船向上空喷着蜿蜒如蛇的黑烟，从天边驶过来的时候，我父亲总是重复说他那句永不变更的话：

"唉！如果于勒就在这条船上，那会多么叫人惊喜呀！"

简直就像是马上可以看见他手里挥着手帕叫喊：

"喂！菲利普！"

叔叔回国这桩事十拿九稳，大家拟定了上千种计划，甚至于计划到要用这位叔叔的钱在安古维尔附近置一所别墅。我不敢肯定我的父亲是不是已经就这件事进行过商谈。

我的大姐那时二十八岁，二姐二十六岁。她们还没有结婚，全家都为这件事十分发愁。

后来终于有一个看中二姐的人上门来了。他是一个公务员，没有什么钱，但是诚实可靠。我总认为这个年轻人下决心求婚，不再迟疑，完全是因为有一天晚上我们给他看了于勒叔叔的信的缘故。

我们家赶忙答应了他的请求，并且决定婚礼之后全家都到泽西岛去小游一次。

泽西岛是穷人们最理想的游玩地点，路并不远；乘小轮船渡过海，便到了外国的土地上，因为这个小岛是属于英国的。因此，一个法国人只要航行两个钟头，就可以到一个邻国去看看这个民族，并且研究一下在大不列颠国旗覆盖下的这个岛上的风俗，那里的风俗据说话直率的人说来是十分不好的。

泽西岛的旅行成了我们朝思暮想、时时刻刻盼望、等待的一件事了。

我们终于动身了。我现在想起来还像是昨天刚发生的事：轮船靠着格朗维尔码头生火待发；我的父亲慌慌张张地监视着我们的三个包袱搬上船；我的母亲不放心地挽着我那未嫁姐姐的胳膊。自从二姐出嫁后，我的大姐就像一窝鸡里剩下的一只小鸡一样有点丢魂失魄；在我们后边是那对新婚夫妇，他们总落在后面，使我常常要回过头去看看。

汽笛响了。我们已经上了船，轮船离开了防波堤，在风平浪静，像绿色大理石桌面一样平坦的海上驶向远处。我们看着海岸向后退去，正如那些不常旅行的人们一样，感到快活而骄傲。

我的父亲高高挺着藏在礼服里面的肚子，这件礼服，家里人在当天早上仔细地擦掉了所有的污迹，此刻在他四周散布着出门日子里必有的汽油味；我一闻到这股气味，就知道星期日到了。

我的父亲忽然看见两位先生在请两位打扮很漂亮的太太吃牡蛎。一个衣服褴褛的年老水手拿小刀撬开牡蛎，递给了两位先生，再由他们传给两位太太。他们的吃法也很文雅，一方精致的手帕托着蛎壳，把嘴稍稍向前伸着，免得弄脏了衣服；然后嘴很快地微微一动就把汁水喝了进去，蛎壳就扔在海里。

在行驶着的海船上吃牡蛎，这件文雅的事毫无疑问打动了我父亲的心。他认为这是雅致高级的好派头儿，于是他走到我母亲和两位姐姐身边问道：

"你们要不要我请你们吃牡蛎？"

我的母亲有点迟疑不决，她怕花钱；但是两位姐姐马上表示赞成。于是我的母亲很不痛快地说：

"我怕伤胃，你买给孩子们吃好了，可别太多，吃多了要生病的。"

然后转过身对着我，她又说：

"至于约瑟夫，他用不着吃了，别把小孩子惯坏了。"

我只好留在我母亲身边，心里觉得这种不同的待遇很不公道。我一直望着我的父亲，看见他郑重其事地带着两个女儿和女婿向那个衣服褴褛的老水手走去。

先前的那两位太太已经走开，我父亲就教给姐姐怎样吃才不至于让汁水洒出来，他甚至要吃一个做做样子给她们看。他刚一试着模仿那两位太太，就立刻把牡蛎的汁水全溅在他的礼服上，于是我听见我的母亲嘟囔着说：

"何苦来！老老实实待一会儿多好！"

不过我的父亲突然间好像不安起来；他向旁边走了几步，瞪着眼看着挤在卖牡蛎的身边的女儿女婿，突然他向我们走了回来。他的脸色似乎十分苍白，眼神也跟寻常不一样。他低声对我母亲说：

"真奇怪！这个卖牡蛎的怎么这样像于勒！"

我的母亲有点莫名其妙，就问：

"哪个于勒？"

我的父亲说：

"就……就是我的弟弟呀……如果我不知道他现在是在美洲，有很好的地位，我真会以为就是他哩。"

我的母亲也怕起来了，她结结巴巴地说：

"你疯了！既然你知道不是他，为什么这样胡说八道？"

可是我的父亲还是放不下心，他说：

"克拉丽丝，你去看看吧！最好还是你去把事情弄个清楚，你亲眼去看看。"

她站起身来去找她两个女儿。我也端详了一下那个人。他又老又脏，满脸都是皱纹，眼睛始终不离开他手里干的活儿。

我的母亲回来了。我看出她在哆嗦。她很快地说：

"我看就是他。去跟船长打听一下吧。可要多加小心，别叫这个小子又回来缠上咱们！"

我的父亲赶紧去了，我这次可跟着他走了。我心里感到异常激动。

船长是个大高个儿，瘦瘦的，蓄着长长的颊须，他正在驾驶台上散步，那不可一世的神气，就仿佛他指挥的是一艘开往印度的大邮船。

我的父亲客客气气地和他搭上了话，一面恭维一面打听与他职业上有关的事情，例如：泽西是否重要？有何出产？人口多少？风俗习惯如何？土地性质如何？等等。

不知道内情的人还以为他们谈论的至少是美利坚合众国哩。

后来终于谈到我们搭乘的这只船"快速号"，接着又谈到船员。最后我的父亲才有点局促不安地问：

"您船上有一个卖牡蛎的,看上去倒很有趣。您知道点儿这个人的底细吗?"

船长最后对这番谈话感到不耐烦了,他冷冷地回答:

"他是个法国老流浪汉,去年我在美洲碰到他,就把他带回国。据说他在勒阿弗尔还有亲戚,不过他不愿回去找他们,因为他欠着他们钱。他叫于勒……姓达尔芒什,或者是达尔旺什,总之是跟这差不多的那么一个姓。听说他在那边曾经一度阔绰过,可是您看他今天落魄到了什么地步。"

我的父亲脸色煞白,两眼呆直,嗓子发哽地说:

"啊!啊!好……很好……我并不感到奇怪……谢谢您,船长。"

他说完就走了,船长困惑不解地望着他走远了。

他回到我母亲身旁,神色是那么张皇,母亲赶紧对他说:

"你先坐下吧!别叫他们看出来。"

他一屁股就坐在长凳上,嘴里结结巴巴地说道:

"是他,真是他!"

然后他就问:

"咱们怎么办呢?……"

我母亲马上回答:

"应该把孩子们领开。约瑟夫既然已经全知道了,就让他去把他们找回来。千万要留心,别叫咱们女婿起疑心。"

我的父亲好像吓傻了,低声嘟哝着:

"真是飞来横祸!"

我的母亲突然大发雷霆,说:

"我早就知道这个贼不会有出息,早晚会再来缠上我们!倒好像一个达夫朗什家里的人还能让人抱什么希望似的!"

我父亲用手抹了一下额头,正如平常受到太太责备时那样。

我母亲接着又说:

"把钱交给约瑟夫,叫他赶快去把牡蛎钱付清。已经够倒霉的了,要是

◇最好的小说

再被这个讨饭的认出来,在这船上可就有热闹看了。咱们到船那头去,注意别叫那人挨近我们!"

她站了起来,他们在给了我一个五法郎的银币以后,就走了。

我的两个姐姐等着父亲不来,正在纳闷。我说妈妈有点晕船,随即问那个卖牡蛎的:

"应该付您多少钱,先生?"

我真想喊他:"我的叔叔。"

他回答:

"两个半法郎。"

我把五法郎的银币给了他,他把找头递回给我。

我看了看他的手,那是一只满是皱痕的水手的手;我又看了看他的脸,那是一张贫困衰老的脸,满面愁容,疲惫不堪。我心里默念道:

"这是我的叔叔,父亲的弟弟,我的亲叔叔。"

我给了他半个法郎的小费,他赶紧谢我:

"上帝保佑您,我的年轻先生!"

说话的声调是穷人接到施舍时的声调。我心想他在那边一定要过饭。

两个姐姐看我这么慷慨,觉得奇怪,仔细地端详着我。

等我把两法郎交给我父亲,母亲诧异起来,问:

"吃了三个法郎?……这不可能。"

我用坚定的口气宣布:

"我给了半个法郎的小费。"

我的母亲吓了一跳,瞪着眼睛望着我说:

"你简直是疯了!拿半个法郎给这个人,给这个无赖!……"

她没有再往下说,因为我的父亲望望女婿对她使了个眼色。

后来大家都不再说话。

在我们面前,天边远远地仿佛有一片紫色的阴影从海里钻出来。那就是泽西岛了。

当船驶到防波堤附近的时候，我心里产生了一种强烈的愿望：我想再看一次我的叔叔于勒，想到他身旁，对他说几句温暖的安慰话。

可是他已经不见了，因为没有人再吃牡蛎；毫无疑问，他已回到他所住的那龌龊的舱底了，这个可怜的人啊！

我们回来的时候改乘圣玛洛号船，以免再遇见他。我的母亲一肚子心事，愁得了不得。

我再也没见过我父亲的弟弟！

今后您还会看见我有时候要拿一个五法郎的银币给要饭的，其缘故就在于此。

赵少侯 译

作品赏析：

《我的叔叔于勒》讲述的是一个平凡的但带着些许幻想的人生故事。于勒的形象在作者一家的心中因为钱的多寡而出现了不同的印象和态度：没有钱的时候是全家的瘟疫，在美国发财后成了全家的最后的希望。作者带着淡淡的笔调讽刺了这个家庭对待亲人的势利的心态。

小说的情节上显得相对独特，这是一个故事中的故事，但却是紧紧围绕着于勒的形象来构述文章、展开情节的，而全家人到泽西岛的旅行成了文章的主体部分，也是文章的高潮，因为在这里所有的故事将出现重大的转机。因为所谓的富翁于勒此时只是个行乞的人。就像评论家所说的，这是个发人深省的文章的结尾，展现了完全的冷漠的人际关系。当然文章的细节描写也让文章生色不少，就像文章中提到的父亲面对妻子的责备的神态：他总是张开了手摸一下额头，好像要抹去根本不存在的汗珠，并且总是一句话也不回答。

而在另一个方面，文章采用了第一人称的写法，以"我"的视角作为文章发展过程的见证者，更是将文章的讽刺力度提高到一个新的层次。就像评论家所说的：忠实地描写精神的丑恶，比一切攻击他的话要有力得多。

◇最好的小说

于是文章就因此展现了不同的人生世相,由菲利普的容易紧张和爱慕虚荣的架子,甚至是菲利普太太两难的矛盾性格:一方面为了维持家庭的生计的勤俭,另一方面是奢望富裕的虚荣。

项 链/莫泊桑

莫泊桑的短篇经典
对爱慕虚荣的人性的深刻解读
构思巧妙,叙事自然

    世上有这样一些女子,面庞儿好,丰韵也好,但被造化安排错了,生长在一个小职员的家庭里。她便是其中的一个。她没有陪嫁财产,没有可以指望得到的遗产,没有任何方法可以使一个有钱有地位的男子来结识她,了解她,爱她,娶她;她只好任人把她嫁给了教育部的一个小科员。

    她没钱打扮,因此很朴素;但是心里非常痛苦,犹如贵族下嫁的情形;这是因为女子原本就没有什么一定的阶层或种族,她们的美丽、她们的娇艳、她们的丰韵就可以作为她们的出身和门第。她们中间之所以有等级之分,仅仅是靠了她们天生的聪明、审美的本能和脑筋的灵活,这些东西就可以使百姓家的姑娘和最高贵的命妇并驾齐驱。

    她总觉得自己生来是为享受各种讲究豪华生活的,因而无休止地感到痛苦。住室是那样简陋,壁上毫无装饰,椅凳是那么破旧,衣衫是那么丑陋,她看了都非常痛苦。这些情形,如果不是她而是她那个阶层的另一个妇人的话,可能连理会都没有理会到,但给她的痛苦却很大,并且使她气愤填胸。她看了那个替她料理家务的布列塔尼省的小女人,心中便会产生许多忧伤的感慨和想入非非的幻想。她会想到四壁蒙着东方绸、青铜高脚灯照着、静悄悄的接待室;她会想到接待室里两个穿短裤长袜的高大男仆如何被暖气管闷人的热度催起了睡意，在宽大的靠背椅里昏然睡去。她会想到四壁蒙着古老丝绸的大客厅，上面陈设着珍贵古玩的精致家具和那些精致小巧、香气扑鼻的内客厅，那是专为午后五点钟跟最亲密的男友娓娓清谈的地方，那些朋友当然都是所有的妇人垂涎不已、渴盼青睐、多方拉拢的知名人士。

每逢她坐到那张三天未洗桌布的圆桌旁去吃饭，对面坐着的丈夫揭开盆盖，心满意足地表示："啊！多么好吃的炖肉！世上哪有比这更好的东西……"这时她便想到那些精美的筵席、发亮的银餐具和挂在四壁的壁毯，毯上面织着古代人物和仙境森林中的异鸟珍禽；她也想到那些盛在名贵盘碟里的佳肴；她也想到一边吃着粉红色的鲈鱼肉或松鸡的翅膀，一边带着莫测高深的微笑听着男友低诉绵绵情话的情境。

她没有漂亮的衣装，没有珠宝首饰，总之，什么也没有。而她呢，爱的却偏偏就是这些；她觉得自己生来就是为享受这些东西的。她最希望的是能够讨男子们的喜欢，惹女人们的欣羡，风流动人，到处受欢迎。

她有一个有钱的女友，那是学校读书时的同学；现在呢，她再也不愿去看望她了，因为每次回来她总感到非常痛苦。她要伤心、懊悔、绝望、痛苦得哭好几天。

可是有一天晚上，她的丈夫回家的时候手里拿着一个大信封，满脸得意之色。

"拿去吧！"他说，"这是专为你预备的一样东西。"

她赶忙拆开了信封，从里面抽出一张请帖，上边印着：

兹订于一月十八日（星期一）在本部大厦举行晚会，敬请准时莅临。
此致
罗瓦赛尔先生
　　夫人

教育部部长乔治·朗蓬诺暨夫人谨订

她并没有像她丈夫所希望的那样欢天喜地，反而赌气把请帖往桌上一丢，咕哝着说：

"我要这个干什么？你替我想想。"

"可是，我的亲爱的，我原以为你会很高兴的。你从来也不出门做客，这可是一个机会，并且是一个千载难逢的机会！我好不容易才弄到这张请帖。大家都想要，很难得到，一般是不大肯给小职员的。在那儿你可以看见所有那些官方人士。"

她眼中冒着怒火瞪着他，最后不耐烦地说：

"你可叫我穿什么到那儿去呢？"

这个，他却从未想到；于是他吞吞吐吐地说：

"你上戏园穿的那件衣服呢？照我看，那件好像就很不错……"

他说不下去了，他看见妻子已经在哭了，他又是惊奇又是慌张。两大滴眼泪从他妻子的眼角慢慢地向嘴角流下来，他结结巴巴地问：

"你怎么啦？你怎么啦？"

她使了一个狠劲儿把苦痛压了下去，然后一面擦着被泪沾湿的两颊，一面用一种平静的语气说：

"什么事也没有。不过我既没有衣饰，当然不能去赴会。哪位同事的太太的衣衫比我的好，你就把请帖送给他吧。"

他感到很窘，于是说道：

"玛蒂尔德，咱们来商量一下。一套过得去的衣服，一套在别的场合还可以穿的，十分简朴的衣服得用多少钱？"

她想了几秒钟，心里盘算了一下钱数，同时也考虑到提出怎样一个数目才不致当场遭到这个俭朴的科员拒绝，也不致把他吓得叫出声来。

她终于吞吞吐吐地说了：

"我也说不上到底要多少钱；不过有四百法郎，大概也就可以办下来了。"

他脸色有点发白，因为他正巧积攒下这样一笔款子打算买一支枪，夏天好和几个朋友一道打猎作乐，星期日到南泰尔平原去打云雀。

不过他还是这样说了：

"好吧。我就给你四百法郎。可是你得好好想法子做件漂漂亮亮的衣服。"

晚会的日子快到了，罗瓦赛尔太太却好像很伤心，很不安，很忧虑。她的衣服可是已经齐备了。有一天晚上她的丈夫问她：

"你怎么啦？三天以来你的脾气一直是这么古怪。"

"我心烦，我既没有首饰，也没有珠宝，身上任什么也戴不出来，实在是太寒伧了。我简直不想参加这次晚会了。"

他说：

"你可以戴几朵鲜花呀。在这个季节里，这是很漂亮的。花上十个法郎，你就可以有两三朵十分好看的玫瑰花。"

这个办法一点也没有把她说服。

"不行……在那些阔太太中间，显出一副穷酸相，再没有比这更丢脸的了。"

她的丈夫忽然喊了起来：

"你可真算是糊涂！为什么不去找你的朋友福雷斯蒂埃太太，跟她借几样首饰呢？拿你跟她的交情来说，是可以开口的。"

她高兴地叫了起来：

"这倒是真的。我竟一点儿也没想到。"

第二天她就到了她朋友家里，把自己的苦恼讲给她听。

福雷斯蒂埃太太立刻走到她的带镜子的大立柜跟前，取出一个大首饰箱，拿过来打开之后，便对罗瓦赛尔太太说：

"挑吧！亲爱的。"

她首先看见的是几只手镯，接下来便是一串珍珠项链，一个威尼斯制的镶嵌珠宝的金十字架，做工极其精细。她戴上这些首饰对着镜子里左试右试，犹豫不定，舍不得摘下来还主人。她嘴里还老是问：

"你再没有别的了？"

"有啊。你自己找吧。我不知道你都喜欢什么？"

忽然她在一个黑缎子的盒里发现一串非常美丽的钻石项链，一种过分强烈的欲望使她的心都跳了起来。她拿它的时候手也直哆嗦。她把它戴在脖子上，衣服的外面，对着镜中的自己看得出了神。

然后她心里十分焦急，犹豫不决地问道：

"你可以把这个借给我吗？我只借这一样。"

"当然可以啊。"

她一把搂住了她朋友的脖子，亲亲热热地吻了她一下，带着宝贝很快就跑了。

晚会的日子到了。罗瓦赛尔太太非常成功。她比所有的女人都美丽，又漂亮又妩媚，脸上总带着微笑，快活得几乎发狂。所有的男子都盯着她，打听她的姓名，求人给介绍。部长办公室的人员全都要跟她跳舞。部长也注意到了她。

她已经陶醉在欢乐之中，什么也不想，只是兴奋地、发狂地跳舞。她的美丽战胜了一切，她的成功充满了光辉，所有这些人都对自己殷勤献媚、阿谀赞扬、垂涎欲滴，妇人心中认为最甜美的胜利已完完全全握在手中，她便在这一片幸福的云中舞着。

她在早晨四点钟才离开。她的丈夫从十二点起就在一间没有人的小客厅里睡着了。客厅里还躺着另外三位先生，他们的太太也在尽情欢乐。

他怕她出门受寒，把带来的衣服披在她的肩上，那是平日穿的家常衣服，那一种寒伧气和漂亮的舞装是非常不相称的。她马上感觉到这一点，为了不叫旁边的那些裹在豪华皮衣里的太太们注意，她就急着想要跑出大门。

罗瓦赛尔还拉住她，不让走：

"你等一等啊，到外面你要着凉的。我去叫一辆马车吧。"

不过她并不听他这套话，很快地走下了楼梯。等他们到了街上，那里并没有出租马车；于是他们就找起来，远远看见马车走过，他们就追着向车夫大声喊叫。

他们向塞纳河一直走下去，浑身哆嗦，非常失望。最后在河边找到了一辆夜里做生意的旧马车，这种马车在巴黎只有在天黑了以后才看得见，它们是那么寒伧，白天出来好像会害羞的。

这辆车一直把他们送到殉道者街，他们的家门口，他们凄凄凉凉地爬上楼，回到自己家里。在她说来，一切已经结束。他呢，他想到的是十点钟就该到部里去办公。

她脱下了披在肩上的衣服，那是对着大镜子脱的，为的是再一次看看笼罩在光荣中的自己。但是她忽然大叫一声。原来脖子上的项链不见了。

她的丈夫这时衣裳已经脱了一半，便问道：

"你怎么啦？"

她已经吓得发了慌，转身对丈夫说：

"我……我……我把福雷斯蒂埃太太的项链丢了。"

他惊慌失措地站起来：

"什么！……怎么！……这不可能！"

于是他们在裙子的褶层里、大氅的褶层里、衣袋里，到处都搜寻了一遍。哪儿也没找到。

他问：

"你确实记得在离开舞会的时候，还戴着吗？"

"是啊，在部里的前厅里我还摸过它呢。"

"不过，如果是在街上失落的话，掉下来的时候，我们总该听见响声啊。大概是掉在车里了。"

"对，这很可能。你记下车子的号头了吗？"

"没有。你呢，你也没有注意号头？"

"没有。"

他们你看我，我看你，十分狼狈地看着。最后罗瓦赛尔重新穿好了衣服，他说：

"我先把我们刚才步行的那一段路再去走一遍，看看是不是能够找着。"

说完他就走了。她呢，连上床去睡的气力都没有了，就这么穿着赴晚会的新装倒在一张椅子上，既不生火，也不想什么。

七点钟丈夫回来了。他什么也没找到。

他随即又到警察厅和各报馆，请他们代为悬赏寻找，他又到出租小马车的各车行，总之，凡是有一点希望的地方他都去了。

她呢，整天地等候着；面对这个可怕的灾难她一直处在又惊又怕的状态中。

罗瓦赛尔傍晚才回来，脸也瘦削了，发青了；什么结果也没有。他说：

"只好给你那朋友写封信，告诉她你把链子的搭扣弄断了，现在正找人修理。这样我们就可以有应付的时间。"

他说她写，把信写了出来。

过了一星期，他们已是任何希望都没有了。

罗瓦赛尔一下子老了五岁，他说：

"只好想法买一串赔她了。"

第二天，他们拿了装项链的盒子，按照盒里面印着的字号，到了那家珠宝店。珠宝商查了查账说：

"太太，这串项链不是在我这儿买的，只有盒子是在我这儿配的。"

于是他们一家一家地跑起珠宝店来，凭着记忆要找一串和那串一式无二的项链；两个人连愁带急，眼看要病倒了。

在王宫附近一家店里他们找到了一串钻石的项链，看来跟他们寻找的完全一样。这件首饰原值四万法郎，但如果他们要的话，店里可以减价，三万六可以脱手。

他们要求店主三天之内先不要卖它，并且谈妥条件：如果在二月底以前找到那个原物，这一串项链便以三万四千法郎作价由店主收回。

罗瓦赛尔手边有他父亲遗留给他的一万八千法郎。其余的便需借了。

于是他借起钱来，跟这个人借一千法郎，跟那个人借五百，这儿借五个路易，那儿借三个。他签了不少借约，应承了不少足以败家的条件，而且和高利贷者以及种种放债图利的人打交道。他葬送了他整个下半辈子的生活，不管能否偿还，他都冒险乱签借据。他既害怕未来的忧患，又怕即将压在身上的极端贫困，也怕各种物质匮乏和各种精神痛苦的远景；他就这样满心怀着恐惧，把三万六千法郎放到那个商人的柜台上，取来了那串新的项链。

等罗瓦赛尔太太把首饰给福雷斯蒂埃太太送回去时，这位太太神情很不痛快地对她说：

"你应该早点儿还我呀，因为我也许要戴呢。"

她并没有打开盒子来看，她的朋友担心害怕的就是她当面打开。因为如果她发现了掉包，她会怎么想呢？会怎么说呢？难道不会把她当做窃盗吗？

罗瓦赛尔太太尝到了穷人的那种可怕生活。好在她早已一下子英勇地拿定了主意。这笔骇人听闻的债务是必须清偿的。因此，她一定要把它还清。他们辞退了女仆，搬了家，租了一间紧挨屋顶的顶楼。

家庭里的笨重活，厨房里的腻人的工作，她都尝到了个中的滋味。碗碟锅盆都得自己洗刷，在油腻的盆上和锅子底儿上她磨坏了她那玫瑰色的手指甲。脏衣服、衬衫、抹布也都得自己洗了，晾在一根绳上。每天早上她必须把垃圾搬到街上，并且把水提到楼上，每上一层楼都要停一停喘喘气。她穿得和一个平常老百姓的女人一样，手里挎着篮子上水果店，上杂货店，上猪肉店，对价钱是百般争论，一个铜子一个铜子地保护她那一点可怜的钱，这就难免挨骂。

每月都要还几笔债，有一些则要续期，延长偿还的期限。

丈夫傍晚的时候替一个商人去誊写账目，夜里常常替别人抄写，抄一页挣五个铜子。

这样的生活过了十年。

十年之后,他们把债务全部还清,确实全部还清了,不但高利贷的利息,就是利滚利的利息也还清了。

罗瓦赛尔太太现在看上去是老了。她变成了穷苦家庭里的敢作敢当的妇人,又坚强,又粗暴。头发从不梳光,裙子歪系着,两手通红,高嗓门说话,大盆水洗地板。不过有几次当她丈夫还在办公室办公的时候,她一坐到窗前,总还不免想起当年那一次晚会,在那次舞会上她曾经是那么美丽,那么受人欢迎。

如果她没有丢失那串项链,今天又该是什么样子?谁知道?谁知道?生活够多么古怪!多么变化莫测!只需微不足道的一点小事就能把你断送或者把你拯救出来!

且说有一个星期天,她上大街去散步;劳累了一星期,她要消遣一下。正在此时,她忽然看见一个妇人带着孩子在散步。这个妇人原来就是福雷斯蒂埃太太,还是那么年轻,那么美丽,那么动人。

罗瓦赛尔太太感到非常激动。去跟她说话吗?当然要去。既然债务都已经还清了,她可以把一切都告诉她。为什么不可以呢?

于是她走了过去。

"您好,让娜。"

对方一点也认不出她来了,被这个民间女人这样亲密地一叫觉得很诧异,便吞吞吐吐地说:

"可是……太太!……我不知道……您大概认错人了吧?"

"没有。我是玛蒂尔德·罗瓦赛尔。"

她的朋友喊了起来:

"哎哟!……是我的可怜的玛蒂尔德吗?你可变了样儿啦!……"

"是的,自从那一次跟你见面之后,我过的日子可艰难啦,不知遇到了多少危急穷困……而这一切都是因为你!……"

"因为我……那是怎么回事啊?"

"你还记得你借给我赴部里晚会戴的那串钻石项链吧？"

"是啊。那又怎样呢？"

"那又怎样！我把它丢了。"

"那怎么会呢！你不是给我送回来了吗？"

"我给你送回的是跟原物一式无二的另外一串。这笔钱我们整整还了十年。你知道，对我们说来这可不是容易的事，我们是任什么也没有的……现在总算还完了，我太高兴了。"

福雷斯蒂埃太太站住不走了。

"你刚才说，你曾买了一串钻石项链赔我那一串吗？"

"是的。你没有发觉这一点吧，是不是？两串原是完全一样的。"

说完她脸上显出了微笑，因为她感到一种足以自豪的、天真的快乐。

福雷斯蒂埃太太非常激动，抓住了她的两只手。

"哎哟！我的可怜的玛蒂尔德！我那串是假的呀。顶多也就值上五百法郎！……"

赵少侯 译

作品赏析：

《项链》展现了一个爱慕虚荣的小人物的可悲的人生际遇。玛蒂尔德为能在舞会上维持自己的尊严，而向朋友借到了钻石项链，却不慎将它丢失。为了赔偿这价值不菲的项链，小夫妻为此付出了十年的代价，而结果却让人失笑，因为所谓的钻石项链不过是一件并不值钱的赝品。

这是一个悲剧的人生，从虚荣开始，以苦涩的磨难作为结束。文章的前后因此出现了笔调上的落差，从欢愉到无尽的哀愁，就像文章所说的：从一片幸福的云彩一下子堕落到了可悲的生活的地狱。虽然作者是带着批判的语气来写的，但是小说中我们却不能找到作者的直接的批评，反而显得委婉，这样的笔法更是将作者的态度渗透在作品的行文之中。就像在小说的开始我们就能看到玛蒂尔德对奢靡生活的极度向往，这就是文章的伏笔，因为也正是这样的心态才将她一步一步推向生活的不幸的。

小说中最为重要的是刻画了玛蒂尔德这样的一个典型的形象，主要是通过语言和行动来展示这一性格特征的，诸如在她接到了项链之后在镜子前的反复尝试，甚至哆嗦的神态，都可见出她对这样的生活的神往。而在情节的构思上，也是突出了这一虚荣心所带来的深刻的不幸，从相对的逆境，到稍许的顺境，再回归到绝对的逆境，充满了戏剧性的氛围，但却更能让人深思。当然文章中插入的一段议论也具有它自己的价值，这是对文章最终悲剧命运的揭示。

变色龙/契诃夫

> **入选理由**
> 人性丑陋的经典刻画篇章
> 以对比的方式展现人心的趋炎附势
> 文章简短意赅，属于典型的契诃夫风格

警官奥楚美洛夫穿着新的军大衣，胳膊底下夹着一个小包，穿过市集的广场。他身后跟着一个警察，生着棕红色的头发，手里端着一个粗箩，其中盛着没收来的醋栗，装得满满的。四下里一片寂静。……广场上连人影也没有。小铺和酒店的大门敞开着，无精打采地面对着上帝创造的这个世界，像是些饥饿的嘴巴。店门附近连乞丐都没有。

"你竟敢咬人，该死的东西！"奥楚美洛夫忽然听见了说话声。"伙计们，别放走它！如今不许咬人！抓住它！哎哟，……哎哟！"

狗叫声响起来。奥楚美洛夫往那边一看，瞧见商人彼楚京的木柴场里窜出来一条狗，用三条腿跑路，不住地回头看。在它身后，有一个人追出来，穿着浆硬的花布衬衫和敞开怀的坎肩。他紧追那条狗，身子往前探出去，仆倒在地上，抓住了那条狗的后腿。紧跟着又传来了狗叫声和人喊声:"别放走它!"带着睡意的脸纷纷从小铺里探出来,不久在木柴场的门口就聚合了一群人,像是从地底下钻出来的一样。

"仿佛出乱子了,官长!……"警察说。

奥楚美洛夫把身子微微往左边一转,迈步往人群那边走过去。在木柴场门口,他看见上述那个解开坎肩的人站在那儿,举起右手,伸出一根血淋淋的手指头给那群人看。他那张半醉的脸上仿佛写着:"我要揭你的皮,坏蛋!"而且那根手指头本身就近似于一面胜利的旗帜。奥楚美洛夫认出这个人就是首饰匠赫留金。闹乱子的罪魁祸首是一条白毛的小猎狗,尖尖的脸,背上有一块黄斑,这时候坐在人群中央的地上,前腿劈开,浑身发抖。它那含泪的眼睛里流露出苦恼和恐惧的神情。

"这儿出了什么事?"奥楚美洛夫挤到人群当中去,问道,"这是怎么了?你竖起你的手指头干什么?……是谁在嚷?"

"我本来在走我的路,官长,没招谁没惹谁……"赫留金对着他的空拳头咳嗽着,开口说,"我正在跟米特利·米特利奇谈木柴的事,忽然间,这个坏东西无缘无故地咬我的这根手指头……请您原谅我,我是个干活的人啊。……我的活儿细致。这得赔我一笔钱才成,因为我也许一个星期都不能动这根手指头了。……法律里,官长,也没有这么一条,说是人受了畜生的害就该忍着。……要是任什么东西都这么咬人,那还不如别在这个世界上活着了。……"

作者简介

契诃夫(1860—1904),和法国的莫泊桑、美国的欧·亨利并称为世界三大短篇小说家。他夸张的行文中袒露的生活真相,以及在生活中隐藏的悲剧和含泪的微笑。据有评论家说,契诃夫在他的文章中表达了我们的缺点,然后又带着怜悯的心情寻找我们身上的优点,这是一种爱,为自己笔下的人物作最为深层的道白。也是在这个基础上他写下了像《小公务员之死》《变色龙》《万卡》等这样的不朽的篇章,在俄罗斯文学浩瀚的长篇巨著中争取到了短篇小说自己的生命的活力。

◇最好的小说

"嗯！……好……"奥楚美洛夫严厉地说，咳嗽着，活动他的眉毛，"好。……这是谁家的狗？这种事我不能放过不管。我要拿点颜色出来叫那些放出狗来闯祸的人看看！现在也该管一管这类不愿意遵守法令的老爷们了！等到罚了款子，他这个混蛋才会明白把狗和别的牲畜放出来是什么滋味！我要给他个厉害看看！……叶尔迪陵，"警官对警察说，"你去调查清楚这是谁家的狗，打个报告上来！这条狗得消灭才成。不许迟延！这多半是一条疯狗。……我问你们：这是谁家的狗？"

"这似乎是席加洛夫将军家的！"人群里有个人说。

"席加洛夫将军家的？嗯！……你，叶尔迪陵，把我身上的大衣脱下来。……天好热啊！大概快要下雨了。……只是有一件事我不懂：它怎么会咬着你的？"奥楚美洛夫转过身去对赫留金说，"难道它够得到你的手指头？它矮小，可是你，要知道，长成这么一个彪形大汉！你这个手指头多半让小钉子扎了个窟窿，后来却异想天开，要人家来赔你钱了。你这种人……谁都知道是个什么路数！我可知道你们这些魔鬼！"

"他呀，官长，把他的雪茄烟戳到它的脸上去，拿它开心。它呢，不肯做傻瓜，咬了他一口。……他是个无聊的人，官长！"

"你胡说，独眼的家伙！你没看见，那你为什么胡说？官长是个聪明的老爷，明白谁是胡说，谁是像当着上帝一样，凭着良心说话。……要是我胡说，那就让调解法官审判我好了。他的法律上写得明白。……如今大家都平等了。……不瞒您说……我的弟弟就在当宪兵……"

"少说废话！"

"不，这条狗不是将军家的……"警察沉思地说，"将军家里没有这样的狗。他家里的，多半都是大猎狗……"

"你拿得准吗？"

"拿得准，官长。……"

"我自己也知道。将军家里的狗都名贵，都是良种，而这条狗，鬼才知道是什么东西！毛色也不好，模样也不中看……完全是贱畜生。……他老人家会养这样的狗？！你的脑筋上哪儿去了？要是这样的狗在彼得堡或者莫斯科跑出来，那你们知道会怎么样？那儿才不管什么法律不法律，一下子就叫它断了气！你，赫留金，受了苦，这件事可不能放过不管。……这得给他们一个教训！是时候了……"

"也许它就是将军家的……"警察一面想一面说，"它的脸上又没写着。……前几天我在他家的院子里就见过这样的一条狗。"

"没错儿，是将军家的！"人群里有一个声音说。

"嗯！……你，叶尔迪陵老弟，给我穿上大衣吧。……有点起风了。……怪冷的。……你带着这条狗到将军家里去一趟，在那儿问一下。……你就说这条狗是我找着，派你送去的。……你说以后不要把它放到街上来。也许它是一条名贵的狗，要是每个猪猡都拿雪茄烟戳到它的脸上去，那要不了多久就能把它作践死。狗是娇嫩的动物嘛。……你，蠢货，把手放下去！用不着把你那蠢手指头摆出来！这都怪你自己不好！……"

"将军家里的厨师来了，我们来问问他吧。……喂，普罗霍尔！走过来，亲爱的！你看一看这条狗。……它是你们家的吗？"

"亏你想得出！我们那儿从来也没有过这样的狗！"

"那就用不着费很大的功夫去多问了，"奥楚美洛夫说，"这是条野狗！用不着多说了。……既然他说是野狗，那它就是野狗。……把它消灭算了。"

"这不是我们家的，"普罗霍尔继续说，"可这是将军的哥哥的狗，他前几天到我们这儿来了。我们的将军不喜欢这种猎狗。他老人家的哥哥却喜欢。……"

"难道他老人家的哥哥来了？符拉季米尔·伊凡内奇来了？"奥楚美洛夫问，他的整个脸上洋溢着温情的笑容，"可了不得，天主啊！我都还不知道呢！他是来住一阵的吧？"

"住一阵。……"

"可了不得，天主啊！……他是惦记他的弟弟了。……可是我还不知道呢！那么这是他的狗？很高兴。……你把它带去吧。……这条小狗怪不错的。……挺伶俐的。……它把这家伙的手指头咬了一口！哈哈哈！……咦，你干什么发抖啊？呜呜，……呜呜。……它生气了，小坏包，……挺好的狗崽子。……"

普罗霍尔招呼一下那条狗，带着它离开了木柴场。……那群人就对着赫留金哈哈大笑。

"我早晚要收拾你！"奥楚美洛夫对他威胁说，然后把身上的大衣裹一裹紧，穿过市集的广场径自走去。

汝龙 译

作品赏析：

《变色龙》可谓是对人性丑态刻画的经典篇章，并且主要是通过军官奥楚美洛夫的表演以及他身边的人来得以体现的。小说讲述的是赫留金被一条狗咬伤寻求赔偿的故事，并通过这个故事展开了对人性的分析。在相当短暂的时间内，这个可怜的警官依据现场的人对狗主人的身份的描述来作为如何判断的凭证，展现了他趋炎附势的丑陋的内心，也因此狗的主人倒成了这场游戏中未曾露面却主宰着故事进程的绝对主角。文章中我们看到，警官所表现的截然相反的态度：当狗的主人身份低微的时候他自己就是赫留金的赔偿案的恩主，而当狗的主人是个显赫的高官时，赫留金的被咬反倒幸运或者活该了。作者将他称为变色龙，大概就是这个道理，当然和自然界中的真正的变色龙一样，这也是一种生活的方式，但在这里却成了一个绝对的讽刺。

文章最为典型的是对比手法的巧妙运用，不仅在警官的身上，也在围观者的身上。文章并不追求情节的复杂与跳跃，而是在平凡的日常人生中的事件和人物中展现深刻的人生哲理，可以说文章更为重要的是以内心的分析取代了情节的繁复，显得相当的简洁精练。就像作者自己所说的：天才的姐妹是简练。这篇小说的语言相当拙朴,却展现了厚重的关于社会世俗人生的表达的力度。

小官吏之死 /契诃夫

| 入选理由 | 契诃夫的不朽短篇
展现了一场深刻的心理分析
情节简洁凝练,语言拙朴 |

在一个美好的夜晚,有一位毫不逊色地美好的庶务官伊凡·德米特里奇·契尔维亚科夫,坐在剧院第二排,用望远镜在观赏《科涅维尔的钟声》。他看着戏,觉得心旷神怡。然而突然……小说里经常会遇到"然而突然"这种字眼。作者没有错:生活就是这样充满着偶然性!然而突然他的脸皱了起来,眼珠向下翻动,呼吸也停了下来……他把望远镜从眼前拿开,低下头,于是……阿嚏!!!您看到,他打了个喷嚏。无论何人,无论何地,打喷嚏是不会禁止的。打喷嚏的有农民,有警察局长,有时连三等文官也要打喷嚏。谁都会打喷嚏。契尔维亚科夫一点也不觉得难堪,他用手绢擦了擦脸。作为一个懂礼貌的人,他看了看自己的周围:他的一声阿嚏是否搅扰了什么人?可这时他不得不感到难堪了。他看到坐在他前面第一排的一个小老头正使劲用一只手套在擦自己的秃顶和脖颈,嘴里还喃喃说着什么。契尔维亚科夫认出了小老头就是将军级文官勃里沙洛夫,他在交通道路管理部门任职。

"我把唾沫溅到他身上了!"契尔维亚科夫想道。"他不是我的上司,是别的机关的长官,不过总不大好。得向他道声歉。"

契尔维亚科夫咳了一声,把身子凑向前面,轻轻地在这位长官的耳边说道:

"对不起，大人，我的唾沫溅着您了……我不是有意……"

"没事，没事……"

"看在上帝分上，对不起。我实在……我可不是有意的！"

"唉，请坐下！让我听戏！"

契尔维亚科夫很尴尬，傻乎乎地微微一笑，开始向舞台上看。他看是看着，可是那种怡然自得的感觉却没有了。一种不安的心理开始时不时地折磨他。幕间休息时他向勃里沙洛夫走去，走到他身边，壮起胆子嘟嘟囔囔地说道：

"我的唾沫溅着您了，大人……请原谅……我实在……可不是……"

"唉，够了……我都忘了，你还在唠叨那件事！"大官说道，同时下唇轻轻动了动。

"说是忘了，可他的眼神却不怀好意，"契尔维亚科夫狐疑地望了望大官想道。"他不愿和我说话。应当向他解说，这根本不是我愿意的……这是本能反应，要不他会以为我有意向他吐唾沫。现在他不会这么想，可以后会这么想！……"

回到家里，契尔维亚科夫向妻子说了自己的无知行为。在他看来，妻子对刚才那件事的态度似乎过于掉以轻心。起初她只是吃了一惊，后来听说勃里沙洛夫"不是本单位的"，也就放心了。

"不过你还是得走一趟，去道个歉，"她说。"他会认为你在大庭广众面前连如何举止都不会。"

"就是嘛！我倒是赔了不是了，可是他那样子好像有点怪……连一句相关的话也没有说。不过当时确也没有时间说话。"

第二天契尔维亚科夫换了一套崭新的文官制服，理了发，就前往勃里沙洛夫官邸登门进行解说……走进接待室，他看见有许多有事求见的人，在这些人中间的正是这位大官本人，后者已经开始接受呈文。询问了几位求见者后，大官把眼睛抬起来向着契尔维亚科夫。

"昨天在'阿尔卡狄亚'戏院，如果大人想得起来的话，"庶务官开始汇报，"我打了个喷嚏，无意中把唾沫溅……请原谅……"

"我当什么事呢……天晓得！您有何贵干？"大官转向下一个求见者。

"他连话也不愿跟我说！"契尔维亚科夫脸色变白，想道。"那就是说他生气了……不，这件事不能就这么不管了……我要对他把话说清楚……"

当大官和最后一名求见者谈完话，起身向里间走去时，契尔维亚科夫跨步跟上他，开始喃喃地说话：

"大人！如果我斗胆搅扰大人的话，那我敢说，正是出于一种悔恨之情！您自己清楚，那不是故意的！"

大官摆出一副哭笑不得的面孔，挥了挥手。

"您简直在嘲弄人嘛，仁慈的先生！"大官说着消失在门里面了。

"这怎么是嘲弄呢？"契尔维亚科夫想。"压根儿就没有一点儿嘲弄的意思！当了这么大的官，居然连这一点也不明白！既然这样，那我再也不向这位自以为了不起的人赔不是了。让他见鬼去！我给他写信吧，不上门了！真的，不上门了。"

契尔维亚科夫在回家的路上这样想着。给大官的信他没有写。他想呀想，就是想不出该怎么写这封信。只好明天亲自去作解释。

"我昨天来打扰大人，"当大官抬头把疑问的目光向着他的时候，他喃喃地说道，"并非为了像您说的那样嘲弄您。我是因为打了喷嚏，唾沫溅着了您，才来道歉的……可嘲弄两个字连想都没想过。我敢嘲弄吗？我们这样的人如果敢嘲弄，那就意味着对大人物的敬重……一丝一毫也没有了……"

"滚出去！！"大官突然脸色发青，浑身发抖，大声吼起来。

"怎么啦，大人？"契尔维亚科夫吓得愣住了，轻声说。

"滚出去！！"大官双脚跺地，又一次吼道。

契尔维亚科夫肚子里似乎有东西在翻腾。他什么也看不见，什么也听不见，倒退着向门口走去，到了街上，摇摇晃晃地走着……他机械地回到

◇最好的小说

家,衣服也不脱,往沙发上一躺……死了。

沈念驹 译

作品赏析:

《小官吏之死》的情节相对简单,讲述了一个小官吏契尔维亚科夫在剧场中不慎将自己的唾沫喷到前面长官的光头上,由此战战兢兢,在绝对的恐惧中绝望而死的故事。虽然我们是在笑声中结束阅读的,但这却是一种典型的含泪的笑。因为在这场几乎没有人在意的事件中,小官吏却近乎疯狂地展现了自己荒诞的一面,他让自己处在一种无处不在的恐惧当中,以致演绎成一个喷嚏的代价是一个生命的逝去。

作者在这里既讽刺了小官吏的胆小怕事的心态,同时也暴露了整个社会的不合理的等级观念。因此,作者不仅塑造了一个小官吏的形象,同时也再现了这个社会的风俗面貌。

喀布尔人 /泰戈尔

入选理由
印度文学巨匠泰戈尔的短篇名作
讲述了人性中最为温柔的爱
文章借鉴了散文诗的笔法,显得相当唯美

我的五岁的女儿敏妮,没有一天不唧唧喳喳地说个不停。我真相信她这一生没有一分钟是在沉默中度过的。她母亲时常为此生气,总是拦住她的话头,可是我就不这样做。看到敏妮沉默是很不自然的,她倘若半天不说话,我就不能忍受。因此我和她的谈话一直是很热闹的。

比方说,一天上午,我正在写我的新小说第十七章的时候,我的小敏妮溜进房间里来,把小手放在我的手心里,说:"爸爸!看门的拉蒙达雅管乌鸦叫'五鸦'。他什么都不懂，对不对？"

我还没有来得及向她解释世界上的语言是不同的，她已经转到了另一个话题的高潮。"您猜怎么着，爸爸？普拉说云里有一只象，从鼻子里喷出水来，天就下雨了！"

当我静坐在那儿思索着怎样来回答她最后的问题的时候，她忽然又提出了一个新问题："爸爸！妈妈跟您是什么关系呢？"

我不知不觉地低声自语着："她在法律上是我的亲爱的妹妹！"但是我绷起脸来敷衍她道："去跟普拉玩去吧，敏妮！我正忙着呢！"

我屋子的窗户是临街的。这孩子就在我书桌旁，靠近我脚边坐下来，用手轻轻地敲着自己的膝盖玩。我正在专心地写我小说的第十七章。小说中的主人公普拉达·辛格，刚刚把女主人公康昌拉达抱住，正要带着她从城堡的三层楼窗子里逃出去，忽然间敏妮不玩了，跑到窗前，喊道："一个喀布尔人！一个喀布尔人！"下面街上果然有一个喀布尔人，正在慢慢地走过。他穿着宽大的污秽的喀布尔族服装，裹着高高的头巾，背着一个口袋，手里拿着几盒葡萄干。

我不知道我女儿看到这个人有什么感想，但是她开始大声地叫他。"哎！"我想，"他要进来了，我这第十七章永远写不完了！"就在这时

作者简介

泰戈尔（1861—1941），第一位获得诺贝尔文学奖的亚洲人。在他的身上展现了印度文学的伟大的传统。据研究者分析，泰戈尔的思想可谓博大精深，既包含了印度古代奥义书和吠檀多哲学，同时也包含了印度教的虔诚信仰成分，当然因为西方的殖民入侵也让他饱受西方文明的熏陶。这位在民族灾难的背景下崛起的伟大作家，像伟大的甘地一样呼唤着民族的觉醒，他不仅是个诗人，也是个哲学家和小说家，同时更是一个社会活动家。也正因为他在人道主义上的关切和不懈的努力，让他的文学在世界上得到了广泛的认可，并在1913年"由于他那至为敏锐、清新与优美的诗篇；这些诗不但具有高超的技巧，并且由他自己用英文表达出来，便使他那充满诗意的思想成为西方文学的一部分"而荣获了诺贝尔文学奖。

◇最好的小说

候，那个喀布尔人回过身来，抬头看这孩子。她看到这光景，却吓住了，赶紧跑到妈妈那里去躲起来了。她糊里糊涂地认为这大个子背着的口袋里也许有两三个和她一样的孩子。这时那小贩已经走进门里，微笑着和我招呼。

我书里的男女主人公的情况是那样地紧急，当时我想，既然已经把他叫进来了，我就停下来买一点东西吧。我买了点东西，开始和他谈到阿卜都·拉曼、俄国人、英国人和边疆政策。

他要走的时候，问道："先生，那个小姑娘在哪儿呢？"

我想到敏妮不应当有这种无谓的恐惧，就叫人把她带出来。

她站在我的椅子旁边，望着这个喀布尔人和他的口袋。他递给她一些干果和葡萄干，但是她没有动心，只是更紧地靠近我，她的疑惧反而增加了。

这是他们第一次会面。

可是，没过几天，有一个早晨，我正要出门，出乎意外地发现敏妮坐在门口长凳上，和那个坐在她脚边的大个儿喀布尔人又说又笑。我这小女儿，一生中除了她父亲以外，似乎从来没遇见过这么一个耐心地听她说话的人。她的小纱丽的角上已经塞满了杏仁和葡萄干——她的客人送给她的礼物。"你为什么给她这些东西呢？"我说，一面拿出一个八安那的银角子来，递给了他。这人不在意地接了过去，丢进他的口袋里。

糟糕得很，一个钟头以后我回来时，发现那个不祥的银角子引起了比它的价值多一倍的麻烦！因为这喀布尔人把银角子给了敏妮，她母亲看到这亮晶晶的小圆东西，就不住地追问："这个八安那的小角子，你从哪里弄来的？"

"喀布尔人给我的。"敏妮高兴地说。

"喀布尔人给你的！"她母亲吓得叫起来。"呵，敏妮！你怎么能拿他的钱呢？"

我正在这时候走进了门，把她从危急的灾难中救了出来，我自己对她进行了盘问。

我发现这两个人会面不止一两次了。喀布尔人用干果和葡萄干这种有力的贿赂,把这孩子当初的恐怖克服了,现在这两人已成了很好的朋友。

他们常说些好玩的笑话,给他们增加了许多乐趣。敏妮满脸含笑地坐在喀布尔人的面前,小大人似的低头看着这大高个儿:"呵,喀布尔人!喀布尔人!你口袋里装的是什么?"

他就用山民的鼻音回答说:"一只象!"也许这并不可笑;但是这两个人多么欣赏这句俏皮话!依我看来,这种小孩和大人的对话里面,带有一些非常引人入胜的东西。

这喀布尔人也不放过开玩笑的机会,便反问道:"那么,小人儿,你什么时候到你公公家去呢?"

孟加拉的小姑娘,多半早就听说过公公家这一回事了;但是我们有点新派作风,没有让孩子知道这些事情,敏妮对于这个问题一定有点莫名其妙,但是她不肯显露出来,却机灵地回答道:"你到那里去么?"

可是在喀布尔人这一阶层中间谁都知道,"公公家"这几个字有一个双关的意思,那就是"监狱"的雅称,一个不用自己花钱而照应得很周到的地方。这粗鲁的小贩以为我女儿是指这个说的。"呵,"他就向幻想中的警察挥舞着拳头说:"我要揍我的公公!"听到他这样说,想像到那个狼狈不堪的"公公",敏妮就哈哈大笑起来,她那了不起的大个子朋友也跟她一起笑着。

那些日子是秋天的早晨,正是古代的帝王出去东征西讨的季节;我却在加尔各答我的小角落里,从来也不走动,却让我的心灵在世界上漫游。一听到别的国家的名字,我的心就飞往那边去,在街上一看到一个外国人,我的脑子里就要织起梦想的网,——他那遥远的家乡的山岭啦、溪谷啦、森林啦,布景里还有他的茅舍和那些远方山野的人们自由独立的生活。也许因为我过的是植物一般固定的生活,叫我去旅行,就等于当头一个霹雳,所以在我眼前幻现的漫游景象,加倍生动地在我的想像中重复地掠过。看到这个喀布尔人，我立刻神游于光秃秃的山峰之下，在高耸的山岭间，有许多窄小的山径蜿蜒出入。我似乎看见那连绵不断的、驮着货物的骆驼，一队队裹着头巾的商人，有的带着古怪的武器，有的带着长矛，从山上向着平原走来。我似乎看见——但是正在这时，敏妮的母亲就要来打扰，她央求我"留心那个人"。

敏妮的母亲偏偏是个极胆小的女人。只要她一听见街上有什么声音，或是看见有人向我们的房子走来，她就立刻断定他们不外乎是盗贼、醉汉、毒蛇、老虎、疟疾菌、蟑螂、毛虫，或是英国的水手。甚至有了多年的经验，她还不能消除她的恐怖。因此她对于这个喀布尔人充满了疑虑，常常叫我注意他的行动。

我总是笑一笑，想把她的恐惧慢慢地去掉，但是她就会很严肃地向我提一些严重的问题。

小孩从来没有被拐走过么？

那么，在喀布尔不是真的有奴隶制度么？

那么，说这个大汉把一个小娃娃抱走，会是荒唐无稽的事情么？

我辩解说，这虽然不是不可能，但多半是不会发生的。可是这解释还不够，她的恐怖始终存在着。因为这样的事没有根据，那么不让这个人到我们家里来似乎是不对的，所以他们的亲密友谊就不受约束地继续着。

每年一月中旬，拉曼，这个喀布尔人，总要回国去一趟，快动身的时候，他总是忙着挨家挨户去收欠款。今年，他却匀出工夫来看敏妮。旁人也许以为他们两人有什么密约，因为他若是早晨不能来，晚上总要来一趟。

有时在黑暗的屋角，忽然发现这个高大的、穿着宽大的衣服、背着大口袋的人，连我也不免吓一跳。但是当敏妮笑着跑进来，叫着"呵，喀布尔人！喀布尔人！"的时候，年纪相差得这么远的这两个朋友，就沉没在他们的往日的笑声和玩笑里，我也就觉得放心了。

在他决定动身的前几天，有一天早晨，我正在书房里看校样。天气很凉。阳光从窗外射到我的脚上，微微的温暖使人非常舒服。差不多八点钟了，早出的小贩都蒙着头回家了。忽然我听见街上有吵嚷的声音，往外一看，我看见拉曼被两个警察架住带走了，后面跟着一群看热闹的孩子。喀布尔人的衣服上有些血迹，一个警察手里拿着一把刀。我赶紧跑出去，拦住他们，问这是怎么回事。众口纷纭之中，我打听到有一个街坊欠了这小贩一条软浦围巾的钱，但是他不承认他买过这件东西，在争吵之中，拉曼把他刺伤了。这时在盛怒之下，这犯人正在乱骂他的仇人，忽然间，在我房子的凉台上，我的小敏妮出现了，照样地喊着："呵，喀布尔人！喀布尔人！"拉曼回头看她的时候，脸上露出了笑容。今天他胳臂底下没有夹着口袋，所以她不能和他谈到关于那只象的问题。她立刻就问到第二个问题："你到公公家里去么？"拉曼笑了说："我正是要到那儿去，小人儿！"看到他的回答没有使孩子发笑，他举起被铐住了的一双手。"呵，"他说，"要不然我就揍那个老公公了，可惜我的手被铐住了！"

因为蓄意谋杀，拉曼被判了几年的徒刑。

时间一天一天地过去了，他被人忘却了。我们仍在原来的地方做原来的事情，我们很少或是从来没有想到那个曾经是自由的山民正在监狱里消磨时光。说起来真不好意思，连我的快活的敏妮，也把她的老朋友忘了。她的生活里又有了新的伴侣。她长大了，她和女孩子们在一起的时间更多了。她总是和她们在一起，甚至不像往常那样到她爸爸的房间里来了。我几乎很少和她攀谈。

一年一年过去了。又是一个秋天，我们把敏妮的婚礼筹备好了。婚礼定在杜尔伽大祭节举行。在杜尔伽回到凯拉斯去的时候，我们家里的光明也要到她丈夫家里去，把她父亲的家丢到阴影里。

早晨是晴朗的。雨后的空气给人一种清新的感觉，阳光就像纯金一般灿烂，连加尔各答小巷里肮脏的砖墙，都被照映得发出美丽的光辉。打一清早，喜事的喇叭就吹奏起来，每一个节拍都使我心跳。拍拉卑的悲调仿佛在加深着我别离在即的痛苦。我的敏妮今晚就要出嫁了。

◇最好的小说

从清早起，房子里就充满了嘈杂和忙乱。院子里，要用竹竿把布篷撑起来，每一间屋子和走廊里要挂上丁丁当当的吊灯。真是没完没了的忙乱和热闹。我正坐在书房里查看账目，有一个人进来了，恭敬地行过礼，站在我面前。原来是拉曼，那个喀布尔人。起先我不认识他。他没有带着口袋，没有了长头发，也失去了他从前的那种生气。但是他微笑着，我又认出他来。

"你什么时候来的，拉曼？"我问他。

"昨天晚上，"他说，"我从监狱里放出来了。"

这些话听起来很刺耳。我从来没有跟伤害过自己的同伴的人说过话，我一想到这里，我的心瑟缩不安了，我觉得碰巧他今天来，这不是个好的预兆。

"这儿正在办喜事，"我说，"我正忙着。你能不能过几天再来呢？"

他立刻转身往外走，但是走到门口，他迟疑了一会儿说："我可不可以看看那小人儿呢，先生，只一会儿工夫？"他相信敏妮还是像从前那个样子。他以为她会像往常那样向他跑来，叫着："呵，喀布尔人！喀布尔人！"他又想像他们会和往日一样地在一起说笑。事实上，为着纪念过去的日子，他带来了一点杏仁、葡萄干和葡萄，好好地用纸包着，这些东西是他从一个老乡那里弄来的，因为他自己的一点点本钱已经用光了。

我又说："家里正在办喜事，今天你什么人也见不到。"

这个人的脸上露出失望的神色。他不满意地看了我一会儿，说声"再见"，就走出去了。

我觉得有点抱歉，正想叫住他，发现他已自动转身回来了。他走近我跟前，递过他的礼物，说："先生，我带了这点东西来，送给那小人儿。您可以替我交给她吗？"

我把它接过来，正要给他钱，但是他抓住我的手说："您是很仁慈的，先生！永远记着我。但不要给我钱！——您有一个小姑娘，在我家里我也有一个像她那么大的小姑娘。我想到她，就带点果子给您的孩子——不是想赚钱的。"

说到这里，他伸手到他宽大的长袍里，掏出一张又小又脏的纸来。他很小心地打开这张纸，在我桌上用双手把它抹平了。上面有一个小小的手印。不是一张相片。也不是一幅画像。这个墨迹模糊的手印平平地捺在纸上。当他每年到加尔各答街上卖货的时候，他自己的小女儿的这个印迹总在他的心上。

眼泪涌到我的眼眶里。我忘了他是一个穷苦的喀布尔小贩，而我是——，但是，不对，我又哪儿比他强呢？他也是一个父亲呵。

在那遥远的山舍里的他的小帕拔蒂的手印，使我想起了我自己的小敏妮。

我立刻把敏妮从内室里叫出来。别人多方阻挠，我都不肯听。敏妮出来了，她穿着结婚的红绸衣服，额上点着檀香膏，打扮成一个小新娘的样子，含羞地站在我面前。

看着这景象，喀布尔人显出有点惊讶的样子。他不能重温他们过去的友谊了。最后，他微笑着说："小人儿，你要到你公公家里去么？"

但是敏妮现在懂得"公公"这个词的意思了，她不能像从前那样地回答他。听到他这样一问，她脸红了，站在他面前，把她新娘般的脸低了下去。

我想起这喀布尔人和我的敏妮第一次会面的那一天，我感到难过。她走了以后，拉曼长长地吁了一口气，就在地上坐下来。他突然想到在这悠长的岁月里他的女儿一定也长大了，他必须重新和她做朋友。他再看见她的时候，她一定也和从前不一样了。而且，在这八年之中，她怎么可能不发生什么变故呢？

婚礼的喇叭吹起来了，温煦的秋天的阳光倾泻在我们周围。拉曼坐在这加尔各答的小巷里，却冥想着阿富汗的光秃秃的群山。

我拿出一张钞票来，给了他，说："回到你的家乡，你自己的女儿那里去吧，拉曼，愿你们重逢的快乐给我的孩子带来幸运！"

因为送了这份礼,在婚礼的排场上我必须节省一些。我不能用我原来想用的电灯,也不能请军乐队,家里的女眷们感到很失望。但是我觉得这婚筵格外有光彩,因为我想到,在那遥远的地方,有一个久出不归的父亲和他的独生女儿重逢了。

冰心 译

作品赏析:

《喀布尔人》在泰戈尔数以百计的短篇小说中仍然以它自己独特的爱的表达为广大的读者所关注。文章主要写的是一个来自遥远地方的贫穷的喀布尔人,因为对孩子的思念而将这种情感转嫁到一个年龄与自己的女儿相仿的印度孩子身上,展现了一份伟大的爱的情操。

文章有一个很大的优点,就在于泰戈尔在处理小说的情节表述和语言的运用上,并没有完全和他自己所擅长的诗歌相互分离,从而在组织文章的形式上,展现了与众不同的表述风格,或许可以说这样的方式就是散文诗的形式。也正是这样的优点让小说情感的表达相当到位,而且丝丝入扣。虽然和诗行的跳跃不同,文章截取的只是生活的精致的片断,但却同样地绽放出了诗一般的意境。

在这种氛围的熏陶下,文章将这种厚重的人道主义情怀竭尽所能地挖掘到相当深刻的程度,命运多舛的喀布尔人的悲伤的爱,印度作家自己的对女儿的爱,都让敏妮在情感上得到了更大的眷顾。就像在文章的结尾处作者所提到的:"我觉得这婚筵格外有光彩,因为我想到,在那遥远的地方,有一个久出不归的父亲和他的独生女儿重逢了。"

警察与赞美诗 /欧·亨利

入选理由
美国知名作家欧·亨利的小说经典
写尽了不堪的世相和世俗人生的尴尬
文章结构独特，运用了典型的欧·亨利式结尾

苏比躺在麦迪生广场他那条长凳上，辗转反侧。每当雁群在夜空引吭高鸣，每当没有海豹皮大衣的女人跟丈夫亲热起来，每当苏比躺在街心公园长凳上辗转反侧，这时候，你就知道冬天迫在眉睫了。

一张枯叶飘落在苏比的膝头。这是杰克·弗洛斯特的名片。杰克对麦迪生广场的老住户很客气，每年光临之前，总要先打个招呼。他在十字街头把名片递给"露天公寓"的门公佬"北风"，好让房客们有所准备。

苏比明白，为了抵御寒冬，由他亲自出马组织一个单人财务委员会的时候到了。为此，他在长凳上辗转反侧，不能入寐。

苏比的冬居计划并不过奢。他没打算去地中海游弋，也不想去晒南方令人昏昏欲睡的太阳，更没考虑到维苏威湾去漂流。他衷心企求的仅仅是去岛上度过三个月。整整三个月不愁食宿，伙伴们意气相投，再没有"北风"佬儿和警察老爷来纠缠不清，在苏比看来，人生的乐趣也莫过于此了。

作者简介

欧·亨利（1862—1910），美国最为知名的短篇小说家。生于北卡罗来纳普通的乡医家庭，成长于各式工作的艰难尝试中，但却凭借自己的努力和先天的对世界和生命的感悟力，创造了美国史上文学的首个巅峰，被誉为曼哈顿的桂冠散文作家，以及美国现代短篇小说之父。他的小说源自纽约的真实社会生活，蕴藉着作家对生活的纵深理解，主要包括为欧·亨利赢取了世界声誉的《警察与赞美诗》《爱的牺牲》《麦琪的礼物》《最后一片叶子》等。他的小说以真实的生活感触和新颖的构思为我们营造了比比皆是的生活中的尴尬，以及尴尬背后心酸的眼泪。

◇最好的小说

多年来，好客的布莱克威尔岛监狱一直是他的冬季寓所。正如福气比他好的纽约人每年冬天要买票去棕榈滩和里维埃拉一样，苏比也不免要为一年一度的"冬狩"作些最必要的安排。现在，时候到了。昨天晚上，他躺在古老的广场喷泉附近的长凳上，把三份星期天的厚报纸塞在上衣里，盖在脚踝和膝头上，都没有能挡住寒气。这就使苏比的脑海里迅速而鲜明地浮现出岛子的影子。他瞧不起慈善事业名下对地方上穷人所作的布施。在苏比眼里，法律比救济仁慈得多。他可去的地方多的是，有市政府办的，有救济机关办的，在那些地方他都能混吃混住。当然，生活不能算是奢侈。可是对苏比这样一个灵魂高傲的人来说，施舍的办法是行不通的。从慈善机构手里每得到一点点好处，钱固然不必花，却得付出精神上的屈辱来回报。真是凡事有利必有弊，要睡慈善单位的床铺，先得让人押去洗上一个澡；要吃他一块面包，还得先一五一十交代清个人的历史。因此，还是当法律的客人来得强。法律虽然铁面无私，照章办事，至少没那么不知趣，会去干涉一位大爷的私事。

既经打定主意去岛上，苏比立刻准备实现自己的计划。省事的办法倒也不少。最舒服的莫过于在哪家豪华的餐馆里美美地吃上一顿，然后声明自己不名一钱，这就可以悄悄地、安安静静地给交到警察手里。其余的事，自有一位识相的推事来料理。

苏比离开长凳，踱出广场，穿过百老汇路和五马路汇合处那片平坦的柏油路面。他拐到百老汇路，在一家灯火辉煌的餐馆门前停了下来，每天晚上，这里汇集着葡萄、蚕丝与原生质的最佳制品。

苏比对自己西服背心最低一颗纽扣以上的部分很有信心。他刮过脸，他的上装还算过得去，他那条干干净净的活结领带是感恩节那天一位教会里的女士送给他的。只要他能走到餐桌边不引人生疑，那就胜券在握了。他露出桌面的上半身还不至于让侍者起怀疑。一只烤野鸭，苏比寻思，那就差不离——再来一瓶夏白立酒，然后是一份夏曼包干酪，一小杯浓咖啡，再来一支雪茄烟。一块钱一支的那种也就凑合了。总数既不会大得让饭店柜上发狠报复，这顿牙祭又能让他去冬宫的旅途上无牵无挂，心满意足。

可是苏比刚迈进饭店的门，侍者领班的眼光就落到他的旧裤子和破皮鞋上。粗壮利落的手把他推了个转身，悄悄而迅速地把他打发到人行道上，那只险遭暗算的野鸭的不体面命运也从而得以扭转。

苏比离开了百老汇路。看来靠打牙祭去那个日思夜想的岛是不成的了。要进地狱，还得想想别的办法。

在六马路拐角上有一家铺子，灯光通明，陈设别致，大玻璃橱窗很惹眼。苏比捡起块鹅卵石往大玻璃上砸去。人们从拐角上跑来，领头的是个巡警。苏比站定了不动，两手插在口袋里，对着铜纽扣直笑。

"肇事的家伙在哪儿？"警察气急败坏地问。

"你难道看不出我也许跟这事有点牵连吗？"苏比说，口气虽然带点嘲讽，却很友善，仿佛好运在等着他。

在警察的脑子里苏比连个旁证都算不上。砸橱窗的人没有谁会留下来和法律的差役打交道。他们总是一溜烟似地跑。警察看见半条街外有个人跑着去赶搭车子。他抽出警棍，追了上去。苏比心里窝火极了，他拖着步子走了开去。两次了，都砸了锅。

街对面有家不怎么起眼的饭馆。它投合胃口大钱包小的吃客。它那儿的盘盏和气氛都粗里粗气，它那儿的菜汤和餐巾都稀得透光。苏比挪动他那双暴露身份的皮鞋和泄露真相的裤子跨进饭馆时倒没遭到白眼。他在桌子旁坐下来，消受了一块牛排、一份煎饼、一份油炸糖圈，以及一份馅儿饼。吃完后他向侍者坦白：他无缘结识钱大爷，钱大爷也与他素昧平生。

"手脚麻利些，去请个警察来，"苏比说，"别让大爷久等。"

"用不着惊动警察老爷，"侍者说，嗓音油腻得像奶油蛋糕，眼睛红得像鸡尾酒里浸泡的樱桃，"喂，阿康！"

两个侍者干净利落地把苏比往外一叉，正好让他左耳贴地摔在铁硬的人行道上。他一节一节地撑了起来，像木匠在打开一把折尺，然后又掸去衣服上的尘土。被捕仿佛只是一个绯色的梦。那个岛远在天边。两个门面之外一家药铺前就站着个警察,他光是笑了笑,顺着街走开去了。

苏比一直过了五个街口,才再次鼓起勇气去追求被捕。这一回机会好极了,他还满以为十拿九稳,万无一失呢。一个衣着简朴颇为讨人喜欢的年轻女子站在橱窗前,兴味十足地盯着陈列的剃须缸与墨水台。而离店两码远,就有一位彪形大汉——警察,表情严峻地靠在救火龙头上。

苏比的计划是扮演一个下流、讨厌的小流氓。他的对象文雅娴静,又有一位忠于职守的巡警近在咫尺,使他很有理由相信,警察那双可爱的手很快就会落到他身上,使他在岛上冬蛰的小安乐窝里吃喝不愁。

苏比把教会女士送的活结领带拉拉挺,把缩进袖口的衬衫袖子拉出来,把帽子往后一推,歪得马上要掉下来,向那女子挨将过去。他厚着面皮把小流氓该干的那一套恶心勾当一段段表演下去。苏比把眼光斜扫过去,只见那警察在盯住他。年轻女人挪动了几步,又专心致志地看起剃须缸来。苏比跟了过去,大胆地挨到她的身边,把帽子举了一举,说:

"啊哈,我说,贝蒂丽亚!你不是说要到我院子里去玩儿吗?"

警察还在盯着。那受人轻薄的女子只消将手指一招,苏比就等于进安乐岛了。他想象中已经感到了巡捕房的舒适和温暖。年轻的女士转过脸来,——伸出一只手,抓住苏比的袖子。

"可不是吗,迈克,"她兴致勃勃地说,"不过你先得破费给我买杯猫尿。要不是那巡警老盯着,我早就要跟你搭腔了。"

那娘们像常春藤一样紧紧攀住苏比这棵橡树,苏比好不懊丧地在警察身边走了过去。看来他的自由是命中注定的了。

一拐弯,他甩掉女伴撒腿就走。他一口气来到一个地方,一到晚上,最轻佻的灯光,最轻松的心灵,最轻率的盟誓,最轻快的歌剧,都在这里荟萃。身穿轻裘大氅的淑女绅士在寒冷的空气里兴高采烈地走动。苏比突然感到一阵恐惧,会不会有什么可怕的魔法镇住了他,使他永远也不会被捕呢?这个念头使他有点发慌,但是当他遇见一个警察大模大样在灯火通明的剧院门前巡逻时,他马上就捞起"扰乱治安"这根稻草来。

苏比在人行道上扯直他那破锣似的嗓子,像醉鬼那样乱嚷嚷。他又是跳,又是吼,又是骂,用尽了办法大吵大闹。

警察让警棍打着旋,身子转过去背对苏比,向一个市民解释道:

"这是个耶鲁的小伙子在庆祝胜利,他们跟哈德福学院赛球,请人家吃了鸭蛋。够吵的,可是不碍事。我们有指示,让他们只管闹去。"

苏比怏怏地停止了白费气力的吵闹。难道就没有一个警察来抓他了吗?在他的幻想中,那岛子已成为可望不可即的仙岛。他扣好单薄的上衣以抵挡刺骨的寒风。

他看见雪茄烟店里一个衣冠楚楚的人对着摇曳的火头在点烟。那人进店时,将一把绸伞靠在门边。苏比跨进店门,拿起绸伞,慢吞吞地退了出去。对火的人赶紧追出来。

"我的伞。"他厉声说道。

"噢,是吗?"苏比冷笑说;在小偷小摸的罪名上又加上侮辱这一条。"好,那你干吗不叫警察?不错,是我拿的。你的伞!你怎么不叫巡警?那边拐角上就有一个。"

伞主人放慢了脚步,苏比也放慢脚步。他有一种预感:他又一次背运了。那警察好奇地瞅着这两个人。

"当然,"伞主人说,"嗯……是啊,你知道有时候会发生误会……我……要是这伞是你的我希望你别见怪……我是今天早上在一家饭店里捡的……要是你认出来这是你的,那么……我希望你别……"

"当然是我的。"苏比恶狠狠地说。

伞的前任主人退了下去。那警察急匆匆地跑去搀一位穿晚礼服的金发高个儿女士过马路,免得她被在两条街以外往这边驶来的电车撞着。

苏比往东走,穿过一条因为翻修而高低不平的马路。他忿忿地把伞扔进一个坑。他嘟嘟哝哝咒骂起那些头戴铜盔,手拿警棍的家伙来。因为他想落入法网,而他们偏偏认为他是个永远不会犯错误的国王。

最后,苏比来到通往东区的一条马路上,这儿灯光暗了下来,嘈杂声传来也是隐隐约约的。他顺着街往麦迪生广场走去，因为即使他的家仅仅是公园里的一条长凳，他仍然有夜深知归的本能。

可是，在一个异常幽静的地段，苏比停住了脚步。这里有一座古老的教堂，建筑古雅，不很规整，是有山墙的那种房子。柔和的灯光透过淡紫色花玻璃窗子映射出来，风琴师为了练熟星期天的赞美诗，在键盘上按过来按过去。动人的乐音飘进苏比的耳朵，吸引了他，把他胶着在螺旋形的铁栏杆上。

明月悬在中天，光辉、静穆；车辆与行人都很稀少；檐下的冻雀睡梦中啁啾了几声——这境界一时之间使人想起乡村教堂边上的墓地。风琴师奏出的赞美诗使铁栏杆前的苏比入定了，因为当他在生活中有母爱、玫瑰、雄心、朋友以及洁白无瑕的思想与衣领时，赞美诗对他来说是很熟悉的。

苏比这时敏感的心情和老教堂的潜移默化会合在一起，使他灵魂里突然起了奇妙的变化。他猛然对他所落入的泥坑感到憎厌。那堕落的时光，低俗的欲望，心灰意懒，才能衰退，动机不良——这一切现在都构成了他的生活内容。

一刹那间，新的意境醍醐灌顶似地激荡着他。一股强烈迅速的冲动激励着他去向坎坷的命运奋斗。他要把自己拉出泥坑，他要重新做一个好样儿的人。他要征服那已经控制了他的罪恶。时间还不晚，他还算年轻，他要重新振作当年的雄心壮志，坚定不移地把它实现。管风琴庄严而甜美的音调使他内心起了一场革命。明天他要到熙熙攘攘的商业区去找事做。有个皮货进口商曾经让他去赶车。他明天就去找那商人，把这差使接下来。他要做个赫一时的人。他要——

苏比觉得有一只手按在他胳膊上。他霍地扭过头，只见是警察的一张胖脸。

"你在这儿干什么？"那警察问。

"没干什么。"苏比回答。

"那你跟我来。"警察说。

第二天早上，警察局法庭上的推事宣判道："布莱克威尔岛，三个月。"

李文俊 译

作品赏析：

　　这个美国的桂冠诗人在《警察与赞美诗》中，借助流浪汉苏比在冬天的心理历程和真实的遭遇展现了这个世界的荒诞和尴尬。苏比因为在生存上遭遇了困境，所以他尝试了很多的、在他自己看来很不道德的、甚至可以称得上犯罪的事实，只想着被抓入监狱度过这个苦难的冬天，但事与愿违，他没有得到他想得到的。相反，在他听完教堂的赞美诗后想改过自新重新做人的时候，偏偏就在这时，他被投入了监狱。这是一个可能显得荒诞不经的故事，但却显示了相当苦涩的人生境遇的分析。

　　这是一种幽默，同时也是一种辛酸的眼泪。虽然作者的这篇文章充满了艺术的创造，但同样的因为表达出的情感得到了广泛的认同，于是故事也相应地成为一种近乎真实的表达了。当然这也是一种杰出的欧·亨利笔法，在前面文章的铺垫中我们丝毫不会感觉到，流浪汉被抓的原因不是因为他的犯罪，而是在他得到改过自新的人生呼唤以后，这是一种绝对的落差，多少让人心酸。因为作者引领我们，让我们看到了在苏比身上新生的希望了：风琴师奏出的赞美诗使铁栏杆前的苏比入定了，一刹那间新的意境醍醐灌顶似地激荡着他，一股强烈迅速的冲动激励着他去向坎坷的命运奋斗。

◇最好的小说

麦琪的礼物 /欧·亨利

入选理由 语言平淡哀伤，有着幽默的悲叹
写尽世界最为伟大的相濡以沫式的尘俗之爱
文章结构独特，运用了典型的欧·亨利式结尾

一块八毛七分钱。全在这儿了。其中六毛钱还是铜子儿凑起来的。这些铜子儿是每次一个、两个向杂货铺、菜贩和肉店老板那儿死乞白赖地硬扣下来的；人家虽然没有明说，自己总觉得这种掂斤播两的交易未免太吝啬，当时脸都臊红了。德拉数了三遍。数来数去还是一块八毛七分钱，而第二天就是圣诞节了。

除了扑在那张破旧的小榻上号哭之外，显然没有别的办法。德拉就那样做了。这使一种精神上的感慨油然而生，认为人生是由啜泣、抽噎和微笑组成的，而抽噎占了其中绝大部分。

这个家庭的主妇渐渐从第一阶段退到第二阶段，我们不妨抽空儿来看看这个家吧。一套连家具的公寓，房租每星期八块钱。虽不能说是绝对难以形容，其实跟贫民窟也相去不远。

下面门廊里有一个信箱，但是永远不会有信件投进去；还有一个电钮，除非神仙下凡才能把铃按响。那里还贴着一张名片，上面印有"詹姆斯·迪林汉·扬先生"几个字。

"迪林汉"这个名号是主人先前每星期挣三十块钱的时候，一时高兴，加在姓名之间的。现在收入缩减到二十块钱，"迪林汉"几个字看来就有些模糊，仿佛它们正在郑重考虑，是不是缩成一个质朴而谦逊的"迪"字为好。但是每逢詹姆斯·迪林汉·扬先生回家上楼，走进房间的时候，詹姆斯·迪林汉·扬太太——就是刚才已经介绍给各位的德拉——总是管他叫做"吉姆"，总是热烈地拥抱他。那当然是很好的。

德拉哭过之后，在脸颊上扑了些粉。她站在窗子跟前，呆呆地瞅着外面灰蒙蒙的后院里，一只灰猫正在灰色的篱笆上行走。明天就是圣诞节了，她只有一块八毛七分钱来给吉姆买一件礼物。好几个月来，她省吃俭用，能攒起来的都攒了，可结果只有这么一点儿。一星期二十块钱的收入是不经用的。支出总比她预算的要多。总是这样的。只有一块八毛七分钱来给吉姆买礼物。她的吉姆。为了买一件好东西送给他，德拉自得其乐地筹划了好些日子。要买一件精致、珍奇而真有价值的东西——够得上为吉姆所有的东西固然很少，可总得有些相称才成呀。

房里两扇窗子中间有一面壁镜。诸位也许见过房租八块钱的公寓里的壁镜。一个非常瘦小灵活的人，从一连串纵的片断的映像里，也许可以对自己的容貌得到一个大致不差的概念。德拉全凭身材苗条，才精通了那种技艺。

她突然从窗口转过身，站到壁镜面前。她的眼睛晶莹明亮，可是她的脸在二十秒钟之内却失色了。她迅速地把头发解开，让它披落下来。

且说，詹姆斯·迪林汉·扬夫妇有两样东西特别引为自豪，一样是吉姆三代祖传的金表，另一样是德拉的头发。如果示巴女王住在天井对面的公寓里，德拉总有一天会把她的头发悬在窗外去晾干，使那位女王的珠宝和礼物相形见绌。如果所罗门王当了看门人，把他所有的财富都堆在地下室里，吉姆每次经过那儿时准会掏出他的金表看看，好让所罗门妒忌得吹胡子瞪眼睛。

这当儿，德拉美丽的头发披散在身上，像一股褐色的小瀑布，奔泻闪亮。头发一直垂到膝盖底下，仿佛给她铺成了一件衣裳。她又神经质地赶快把头发梳好。她踌躇了一会儿，静静地站着，有一两滴泪水溅落在破旧的红地毯上。

她穿上褐色的旧外套，戴上褐色的旧帽子。她眼睛里还留着晶莹的泪光，裙子一摆，她就飘然走出房门，下楼跑到街上。

她走到一块招牌前停住了，招牌上面写着："莎弗朗妮夫人——经营各种头发用品"。德拉跑上一段楼梯，气喘吁吁地让自己定下神来。那位夫人身躯肥硕，肤色白得过分，一副冷冰冰的模样，同"莎弗朗妮"这个名字不大相称。

"你要买我的头发吗？"德拉问道。

"我买头发，"夫人说，"脱掉帽子，让我看看头发的模样。"

那股褐色的小瀑布泻了下来。

"二十块钱。"夫人用行家的手法抓起头发说。

"赶快把钱给我。"德拉说。

噢，此后的两个钟头仿佛长了玫瑰色翅膀似的飞掠过去。诸位不必理会这种杂凑的比喻。总之，德拉正为了送吉姆的礼物在店铺里搜索。

德拉终于把它找到了。它准是专为吉姆，而不是为别人制造的。她把所有店铺都兜底翻过，各家都没有像这样的东西。那是一条白金表链，式样简单朴素，只是以货色来显示它的价值，不凭什么装潢来炫耀——一切好东西都应该是这样的。它甚至配得上那只金表。她一看到就认为非给吉姆买下不可。它简直像他的为人。文静而有价值——这句话拿来形容表链和吉姆本人都恰到好处。店里以二十一块钱的价格卖给了她，她剩下八毛七分钱，匆匆赶回家去。吉姆有了那条链子，在任何场合都可以毫无顾虑地看看钟点了。那只表虽然华贵，可是因为只用一条旧皮带来代替表链，他有时候只是偷偷地瞥一眼。

德拉回家以后，她的陶醉有一小部分被审慎和理智所替代。她拿出卷发铁钳，点着煤气，着手补救由于爱情加上慷慨而造成的灾害。那始终是一件艰巨的工作，亲爱的朋友们——简直是了不起的工作。

不出四十分钟，她头上布满了紧贴着的小发卷，变得活像一个逃课的小学生。她对着镜子小心而苛刻地照了又照。

"如果吉姆看了一眼不把我宰掉才怪呢，"她自言自语地说，"他会说我像是康奈岛游乐场里的卖唱姑娘。我有什么办法呢？——唉！只有一块八毛七分钱，叫我有什么办法呢？"

到了七点钟，咖啡已经煮好，煎锅也放在炉子后面热着，随时可以煎肉排。

吉姆从没有晚回来过。德拉把表链对折着握在手里，在他进来时必经的门口的桌子角上坐下来。接着，她听到楼下梯级上响起了他的脚步声。她脸色白了一忽儿。她有一个习惯，往往为了日常最简单的事情默祷几句，现在她悄声说："求求上帝，让他认为我还是美丽的。"

门打开了，吉姆走进来，随手把门关上了。他很瘦削，非常严肃。可怜的人儿，他只有二十二岁——就负起了家庭的担子！他需要一件新大衣，手套也没有。

吉姆在门内站住，像一条猎狗嗅到鹌鹑气味似的纹丝不动。他的眼睛盯着德拉，所含的神情是她所不能理解的，这使她大为惊慌。那既不是愤怒，也不是惊讶，又不是不满，更不是嫌恶，不是她所预料的任何一种神情。他只带着那种奇特的神情凝视着德拉。

德拉一扭腰，从桌上跳下来，走近他身边。

"吉姆，亲爱的，"她喊道，"别那样盯着我。我把头发剪掉卖了，因为不送你一件礼物，我过不了圣诞节。头发会再长出来的——你不会在意吧，是不是？我非这么做不可。我的头发长得快极啦。说句'恭贺圣诞'吧！吉姆，让我们快快乐乐的。我给你买了一件多么好——多么美丽的好东西，你怎么也猜不到的。"

"你把头发剪掉了吗？"吉姆吃力地问道，仿佛他绞尽脑汁之后，还没有把这个显而易见的事实弄明白似的。

"非但剪了，而且卖了，"德拉说，"不管怎样，你还是同样地喜欢我吗？虽然没有了头发，我还是我，不是吗？"

吉姆好奇地向房里四下张望。

"你说你的头发没有了吗？"他带着近乎白痴般的神情问道。

"你不用找啦，"德拉说，"我告诉你，已经卖了——卖了，没有了。今天是圣诞前夜，亲爱的。好好地对待我，我剪掉头发为的是你呀。我的头发也许数得清，"她突然非常温柔地接下去说，"但我对你的情爱谁也数不清。我把肉排煎上，好吗，吉姆？"

吉姆好像从恍惚中突然醒过来。他把德拉搂在怀里。我们不要冒昧，先花十秒钟工夫瞧瞧另一方面无关紧要的东西吧。每星期八块钱的房租，或是每年一百万元房租——那有什么区别呢？一位数学家或是一位俏皮的人可能会给你不正确的答复。麦琪带来了宝贵的礼物，但其中没有那件东西。对这句晦涩的话，下文将有所说明。

吉姆从大衣口袋里掏出一包东西，把它扔在桌上。

"别对我有什么误会，德尔，"他说，"不管是剪发、修脸，还是洗头，我对我姑娘的爱情是决不会减少的。但是只消打开那包东西，你就会明白，你刚才为什么使我愣住了。"

白皙的手指敏捷地撕开了绳索和包皮纸。接着是一声狂喜的呼喊；紧接着，哎呀！突然转变成女性神经质的眼泪和号哭，立刻需要公寓的主人用尽办法来安慰她。

因为摆在眼前的是那套插在头发上的梳子——全套的发梳，两鬓用的，后面用的，应有尽有；那原是百老汇路上一个橱窗里德拉渴望了好久的东西。纯玳瑁做的，边上镶着珠宝的美丽的发梳——来配那已经失去的美发，颜色真是再合适也没有了。她知道这套发梳是很贵重的，心向神往了好久，但从来没有存过占有它的希望。现在居然为她所有了，可是佩带这些渴望已久的装饰品的头发却没有了。

但她还是把这套发梳搂在怀里不放，过了好久，她才能抬起迷蒙的泪眼，含笑对吉姆说："我的头发长得很快，吉姆！"

接着，德拉像一只给火烫着的小猫似的跳了起来，叫道："喔！喔！"

吉姆还没有见到他的美丽的礼物呢。她热切地伸出摊开的手掌递给他。那无知觉的贵金属闪烁着仿佛反映着她快活和热诚的心情。

"漂亮吗，吉姆？我走遍全市才找到的。现在你每天要把表看上百来遍了。把你的表给我，我要看看它配在表上的样子。"

吉姆并没有照着她的话做，却坐到榻上，双手枕着头，笑了起来。

"德尔，"他说，"我们把圣诞节礼物搁在一边，暂且保存起来。它们实在太好啦，现在用了未免可惜。我是卖掉了金表，换了钱去买你的发梳的。现在请你煎肉排吧。"

那三位麦琪，诸位知道，全是有智慧的人——非常有智慧的人——他们带来礼物，送给生在马槽里的圣子耶稣。他们首创了圣诞节馈赠礼物的风俗。他们既然有智慧，他们的礼物无疑也是聪明的，可能还附带一种碰上收到同样的东西时可以交换的权利。我的拙笔在这里告诉了诸位一个没有曲折、不足为奇的故事；那两个住在一间公寓里的笨孩子，极不聪明地为了对方牺牲了他们一家最宝贵的东西。但是，让我们对目前一般聪明人说最后一句话，在所有馈赠礼物的人当中，那两个人是最聪明的。在一切接受礼物的人当中，像他们这样的人也是最聪明的。无论在什么地方，他们都是最聪明的。他们就是麦琪。

王永年 译

作品赏析：

欧·亨利的短篇小说在世界上曾和莫泊桑、契诃夫并举，但总让人感觉虽然在情感的蕴含上似乎不相上下，但在结构体式上，欧·亨利比较于后两者更显自己的独特魅力，而这就是被历代评论家所津津乐道的欧·亨利式的结尾。

《麦琪的礼物》同样秉承了作家一贯的创作原则，我们在文章中也再次见证了这一传奇式的结构：文章中贫穷的夫妻德拉与吉姆在生活的苦难中挣扎着，却为我们展现出了陀思妥耶夫斯基式的相濡以沫的生活之爱。在圣诞节的前一天，仍在为生活奔波忧愁的他们，不是像普通的美国人那样，张罗着为这个伟大的日子欢庆。与之相反，出人意料的，他们双方把自己最珍贵的东西典当了，只为让爱人的生活能够更加安适一些，这即是文章的高潮部分。它既为我们展露了生命的高尚之爱，也同时让人在他们

◇最好的小说

的凄美的爱恋中感伤不已，这大概就是爱的最绝美的误会。就像文章中所说的：让我们把礼物放在一起吧，保存一会儿吧，他们实在是太美好了，只是目前尚不可用。而这就是作者心目中的麦琪。这个结尾就是评论家所津津乐道的欧·亨利式的结尾。它的精妙处在于营造了文章前后情感意蕴的明显落差，引起读者思考对这一事件的促成因素，让人的阅读视觉从单一的文本走向更为广阔的现实社会，并且模糊了它们之间的界限，让文本在一定意义上具备了"含泪的微笑"这一传统的小人物式的悲哀。

如果再加上语言平淡中的忧伤，看似幽默的感叹，以及穷人生活中难堪的喜剧色彩，则将更让我们迷失在作者为我们营造的小说氛围中。

亡夫 / 皮兰德娄

> **入选理由**
> 意大利著名作家皮兰德娄的精彩短篇小说
> 讲述了人生之间的生存态度
> 以戏剧化的形式写下完美的小说艺术

从第一天开始，巴尔托利诺·菲奥伦佐就听他的未婚妻说："莉娜，本来，你知道吗……莉娜，不，我不叫这个名。我叫卡罗莉娜，我的亡夫喜欢叫我莉娜，而且叫出了名。"

亡夫就是科西莫·塔代伊，她的第一位丈夫。

"这就是他！"

她扬手一指，因为他的照片挂在沙发对面的墙上；巴尔托利诺·菲奥伦佐坐在沙发旁边，他笑着向他脱帽致意：一张非常自然的放大快镜照片。巴尔托利诺下意识地感觉到对方在点头还礼。

这张相片表明塔代伊仍是这一家之主，他的遗孀莉娜·萨鲁利从未想过要把这张相片从客厅中拿掉，因为她现在所住的是科西莫·塔代伊的房子,作为土木工程师,这幢房子最初是他亲自设计的,后来又把它布置得如此雅致,最终连同一切家财都留给了她。

萨鲁利太太一点也没注意到未婚夫的窘态,继续往下说:

"本来我并不高兴改名。但是我的亡夫当时说:'如果我不叫你卡罗莉娜而叫你卡拉·莉娜,岂不更讨人喜欢?基本相同,但是好听多了!'你说不是吗?"

"好极了,当然,完全好极了!"巴尔托利诺·菲奥伦佐回答说,仿佛是照片上的那个人在征求他的意见。

"那么就叫卡拉·莉娜,你同意了?"她最后说。

"同意……是的,当然……同意……"巴尔托利诺·菲奥伦佐结结巴巴地说,羞愧得不知所措,觉得墙上之人正得意地冲着他笑并向他点头致意。

三个月之后,菲奥伦佐夫妇要去罗马度蜜月。当亲戚朋友送他们到火车站,奥尔滕西亚·莫塔——菲奥伦佐家的亲密女友,同时也是萨鲁利太太的知心朋友——对她的丈夫说:

"可怜的男子汉,他当真结婚了吗?在我看来,七分像是他嫁了个男人。"

莫塔太太岂不是等于说莉娜·萨鲁利,塔代伊的遗孀,现在是莉娜·菲奥伦佐,她三分像女人,七分像男人。绝对不是!她恰恰是太妇道了,这个卡拉·莉娜!但是,要说他们俩如何如何,那毫无疑问,她的生活阅历

作者简介

皮兰德娄(1867—1936),一位在意大利颇有声名的小说家、戏剧家。在他的文学世界中没有什么是可以最终完全确定的,一切都将处在嬗变的虚幻中。当然,为作家赢取显赫声名的还是他的不朽戏剧创作,主要包括《诚实的快乐》《六个寻找剧作者的角色》《给裸体者穿上衣服》等,甚至有评论家认为他的戏剧可以和小说中的乔伊斯、绘画中的毕加索相媲美。霍顿就此还认为:他代表了20世纪20年代思考的一代,不仅是他本国的,而且是整个西方一代的思考。

和事理见识要比他多得多。他脑袋浑圆、头发金黄、两颊绯红，看上去像个结实滚壮的孩子，当然是一个奇特罕见的孩子：秃顶，但是他秃顶如假的一般，似乎是为了使自己看来老成一点而特意将头顶剃光。但此举并不成功，可怜的巴尔托利诺！

"怎么个可怜，为什么可怜？"年轻的奥尔滕西亚的老头儿丈夫莫塔恼怒地说，虽瓮声瓮气的，却是刺耳得很，因为这桩婚事是他促成的，他不愿听到别人对此说三道四。"巴尔托利诺可不是需要别人怜悯的笨蛋：一个杰出的化学家……"

"当然！一个熟手！"妻子嘲笑道。

"一个高手！"他马上反驳。

一个杰出的化学家。他从年轻时起就从事化学的基础研究，如果把他迄今的研究结果，那些全新的、未经答辩的结果——这是他有生以来惟一的嗜好——排印出版，谁知道……他将无疑在下一次竞争王国某名牌大学教席的时候成为教授。一个学者，一个学识渊博的人。难道他将成为一个作摆设的丈夫。他可是以纯洁无邪的心缔结这门亲事的。

"唷，你要这么说就……"莫塔太太附和道，听她的口气，在他是"纯洁无邪"的这一点上，已准备作出更大的让步。

在与萨鲁利太太订婚之前，每当她在菲奥伦佐家里听丈夫对巴尔托利诺的叔叔说给小伙子"找个人家"的时候，她都要放声大笑。噢，她笑的那副样子……

"给她找个人家，是的，太太，给他找个人家！"她的丈夫恼怒地朝她别转身来。

笑声戛然而止。她说道：

"你们俩尽管替他找人家好了，我在笑我自己，笑我书上的东西。"

当莫塔与他的老对手巴尔托利诺的叔叔安塞尔莫先生下棋的时候，她确是在念一本书，一本什么法国书，念给菲奥伦佐老太太听，她坐在轮椅上，瘫痪已有半年了。

事实上这几个晚上他们是轻松愉快的。菲奥伦佐把自己关在他的化学实验室里；老婶娘装作一副倾听的样子，其实一个字也听不进去；另外两位老人正在紧张地对弈，都在绞尽脑汁谋划如何出奇制胜……巴尔托利诺命该找个人家出嫁，以便这个家变得稍微有生气一些。而现在他们终于把他嫁了出去。

这时，奥尔滕西亚想到新郎新娘正在蜜月旅行途中又忍不住要笑出声来。当她自称莉娜并亲亲热热地自我介绍给那位心灵纯洁且初出茅庐的秃顶大小伙子的时候，她的丈夫是如何说的：莉娜·萨鲁利，她在意气相投的塔代伊工程师身边生活了四年之久，他是一个善于交际、活泼乐观而且近乎鲁莽的丈夫。

这一刻，再婚新娘也许已经领略了两位丈夫之间的差别。

在火车开动之前，安塞尔莫叔叔对新婚的侄媳提出了一个请求：

"莉娜，我把巴尔托利诺交给你了，你要时刻当心……现在就靠你领着他了！"

他的意思是，巴尔托利诺没有去过罗马，她应处处领着他。

她本人当然到过罗马，当她与亡夫进行她首次蜜月旅行的时候；而且当时的每一个细节，每一件芝麻绿豆的小事，都深刻地留在她的记忆里；一切都仍是活生生的，仍是那样清晰，似乎事情不是过了六年，而是仅仅过了六个月。

还未等火车在罗马车站停下来，莉娜就对她的丈夫说：

"现在听我的。把箱子拿下来！"

而对于开门进来的行李搬运员，她说：

"三只箱子，两只帽盒，不，三只帽盒，一只大衣袋，旅行袋，第二只旅行袋……还有什么？没有了，都在这里。维多利亚旅馆。"

他们提着远洋箱离开火车站之后，她一下子就认出了公共汽车的司机并向他招手。上得车来，她对丈夫说：

"你将看到：一个简朴、但非常亲切的旅馆，服务周到，干净，价格适中而且地处市中心。"

亡夫——并非存心要想他，但总是会想着他——当时非常满意。这次巴尔托利诺一定也会很喜欢。这位勇敢的小伙子此时几乎不敢喘气。

"你有点儿紧张，"她问，"第一次的时候我也完全一样……不过你等着瞧吧，罗马会使你喜欢的。看，看……这是泰尔门广场……桑塔·玛利亚……在那儿下面，朝这儿看，国家公路，漂亮极了，不是吗？那儿我们也还要去散步。"

在旅馆里，莉娜感觉像在家里一样。她希望至少有一个人想认出她来，而她则几乎认识所有的人。譬如说那个老勤杂工……皮波，当然，他与六年前的是同一个人。

"几号房间？"

旅馆给他们留的房间是二楼十二号：一个明亮宽敞的房间，带有凹室，陈设优雅。可是莉娜对老勤杂工说：

"皮波，三楼十九号怎么样？劳您驾去看一下，看看是不是空着？"

"马上就去，"勤杂工回答道，并鞠了一个躬。

"要适意多了，"莉娜对丈夫解释道，"据我所知，凹室旁边还有一个小房间……此外要更通风些，更安静些。要是空着的话我们必定会感到适意多啦。"

她回想起亡夫当时也是这样的：旅馆给他留了二楼的一个房间，结果他换了另外一间。

过不一会儿勤杂工回来了，告诉她十九号空着，他们可以换过去，如果他们很看重这一点的话。

"那当然喽，这是毫无疑问的，"莉娜回答，并且愉快地拍起手来。

刚一踏进房间，她就高兴地看到一切都没有改变：地毯是原来的地毯，家具是原来的家具，而且摆设也同当时一个样……巴尔托利诺愣愣地站在一旁，不明白她为什么这样高兴。

"你不喜欢吗？"莉娜问，一边在五斗橱上早就用惯了的镜子前把帽子摘下来。

"的确……相当好……"他回答。

"噢，你看那儿……挂着一个日本盘子……要打碎的。哎！你说，你难道不喜欢吗？不，不，不，不，不！现在不接吻……嘴这么脏……你在这儿洗，我到我的小套间里……再见！"

她满心喜悦，兴高采烈地去了。

巴尔托利诺·菲奥伦佐默默地环视四周，感到有点难堪；他走到凹室前，拉起帐幔看床。他妻子第一次与塔代伊工程师睡觉的必定就是这一张床。

巴尔托利诺而且仿佛看到，有一张照片正从远方向他打招呼，那张挂在他妻子客厅墙上的照片。

在他们整个蜜月旅行的过程中，他不仅躺在这同一张床上，而且吃午饭和晚饭的饭店，就是当时亡夫领他妻子去的那几家。他在罗马散步，就像一条狗在追寻她亡夫的足迹。正是那位亡夫心不在焉地领着他的妻子转悠。他参观了古代的纪念碑、博物馆、画廊、教堂和公园，把亡夫当时领他妻子看的全部领略了一遍。

他胆小而羞怯，在最初的几天里忍气吞声，不敢显露出难堪的感觉，慢慢地习惯成了自然，于是他时时处处都得按照他前任的经验、方法、嗜好和意向行事。

当然她并无恶意。她根本没有发觉，也不可能发觉。

当她年方十八的时候，毫无生活经验和判断能力，是丈夫完全占有了她，指教她塑造她，从而使她成了一个像样的妻子。总而言之，她是科西莫·塔代伊创造的活物，她的一切的一切都归功于他；她的思想和感受以及言语乃至动作，全都按照他的见解和意愿。

那么她怎么会又结婚了呢？当然是由于科西莫·塔代伊的教导，因为任何痛苦和忧伤不可能用眼泪来治愈。死者长已矣，存者且偷生。倘若先死的是她，那么他肯定也已再婚了……

现在嘛，巴尔托利诺就得按照她的生活方式，也就是科西莫·塔代伊的生活方式生活，他是他们俩的导师：什么也别去想，什么事也别生气，只要活在世上，就应心满意足，笑口常开。她确实并无恶意。

当然，但是至少……例如一个吻，一种爱抚，无论什么总得有一样并不与他的完全一样……不，什么也不行，他根本不可以让这位妻子感到他有他自己的个性存在！她本人也不行，即使是从死者的控制下解放出来一点点！

巴尔托利诺不断进行尝试，然而他的胆怯阻碍他想出新的温存。

这就是说，他的内心想出了一种示爱方式，甚至非常大胆；但是他很快就满足了，只要当她发现他的脸变得通红通红而问一声：

"你怎么啦？"

一切都烟消云散，顿时化为乌有。他会装作一副傻样回答：

"什么——我怎么啦？"

一条意外的噩耗，使他们蜜月旅行的回程变得暗淡而悲凉：莫塔，他们的月下老人猝然去世了。

当塔代伊去世之时，奥尔滕西亚一直守在莉娜旁边，像姐妹似的安慰她体贴她。现在她突遭变故，莉娜赶紧奔到她那里，以同样的安慰和体贴去报答她。

莉娜以为，她只要略表同情即可，不必费太大的劲，虽说是受到了命运的打击，但奥尔滕西亚不可能过于悲伤：可怜的老莫塔诚然是个好人，但他是个爱找碴儿的刺儿头，再说他比她年龄大得多。

可是，当她在莫塔去世十天后见到她的女友的时候，她竟那样悲痛欲绝，因而使她大为震惊。她猜想，大概是莫塔留下了一屁股的债。

"不，不！"奥尔滕西亚急忙斩钉截铁地含泪否定，"可是……你是知道的……"

怎么？这种悲痛是真的？莉娜·菲奥伦佐无法理解。她决定把此事讲给丈夫听。

"噢，是啊！"巴尔托利诺耸耸肩膀回答，本来很聪明的妻子碰到了这么多不可理解的事，使他的脸一下子红得像只大龙虾。"终于……我发现……是她的丈夫死了……"

"去你的蛋，她的丈夫！"莉娜喊道，"他做她的父亲要更像些！"

"父亲难道就算不了什么？"

"但是他终究不是她的父亲！"

莉娜是对的，奥尔滕西亚哭得太多了。

巴尔托利诺作为未婚夫的时间延续了一个季度。当时莫塔太太就注意到，未婚妻如此毫无顾忌地在他面前谈论她的第一位丈夫，准使可怜的小伙子心烦意乱。因为对前夫这样顽强执着而清晰生动的回忆与她重新结婚是格格不入的。关于这一点，他曾在家里对叔叔谈起过，而叔叔则安慰他说道，这是她心地坦诚爽直的证明，对此侄儿不必介意，因为事实恰恰是她还要结婚，所以须得向他表明，对第一个丈夫的思念不再埋藏于内心，而是仅仅局限于记忆之中，因此她完全可以落落大方地述说，包括在他面前。巴尔托利诺根本不相信这种解释。奥尔滕西亚知道得很清楚。现在她有理由相信，由于她的所谓坦诚，在经过了蜜月旅行之后，年轻丈夫的烦恼肯定与日俱增。因此，当他们俩来吊唁的时候，她装出了一副悲痛欲绝的样子：为了莉娜和巴尔托利诺的缘故，但并不尽然。

寡妇的悲痛深深地感动了巴尔托利诺·菲奥伦佐，以至他敢于破天荒地顶撞他的妻子，她不愿相信奥尔滕西亚的悲伤。他红着脸对她说：

"请原谅，你是不是差不多没有哭，当你那位……"

"这有什么相干？"莉娜打断他，"首先亡夫……"

"还年轻，确实，"巴尔托利诺抢在她前头，为的是免得听她叨咕。

"再说，"她接着说，"我哭了又哭，哭了又哭，这是真的……"

"不太厉害？"巴尔托利诺大着胆问。

"非常，非常……当然我最后还是恢复了理智，这一点你看到了！相信我，巴尔托利诺，奥尔滕西亚的眼泪是夸大了。"

巴尔托利诺不能相信。经过了这次谈话之后，巴尔托利诺觉得他心中的怒火反而蹿得更高了，但是对于他妻子并没有像对死去的塔代伊那样厉害，因为他已经明白，这种思想感情的方式不是他妻子所固有的，而是这位丈夫教导的结果，他必定是一个十足玩世不恭的人。当他走进客厅的时候，不正是他每天在贼忒嘻嘻地向他打招呼么？

噢，这张照片他再也不能忍受了！它在追踪他。最终总是堵在他的眼前。每当他走进工作室——塔代伊的照片就笑着向他打招呼，仿佛他要说：

"您走近点，请！这儿原来也是我的工作室，您知道！现在您把实验室设在这里？多么惬意！死者长已矣，存者且偷生！"

要是他踏进卧室——塔代伊的照片又盯着他，笑着向他致意：

"不要客气！请，不要客气！晚安！您对我的妻子满意吗？噢，我本来是她的一位出色的师傅……死者长已矣，存者且偷生！"

他再也不能这样下去！整幢房子里包括他的妻子身上到处都是这个男人的幽灵。而他，本来是个自由自在的人，现在却被无休无止的不安揪住了心，得费好大的努力才能掩饰。

为了奚落他妻子的习惯，最后他沉沦到各式各样的放肆之中。

诚然，莉娜的这种习惯是在她当寡妇的年月里养成的。科西莫·塔代伊秉性非常活泼，他没有什么习惯，而且始终拒绝养成习惯。因此，当巴尔托利诺开始胡来的时候，不可避免地听到了她这样的谴责：

"我的天，巴尔托利诺，与亡夫一模一样？"

当然他不愿意认输。他强迫他的天性，挖空心思迭出新招。但是无论他干什么，莉娜总是感到，似乎是另一个人先在她身上使过，因为她曾经所遭受的实在太多了。

当莉娜开始觉得他的恶作剧倒也颇为有趣的时候，巴尔托利诺越发感到沮丧。要是这样下去，她必定实实在在地相信，她又生活在前夫的身边了。

巴尔托利诺的心情日益压抑和憋闷，为了发泄胸中的愤懑，他不由自主地干出了一桩不体面的勾当。

本来他倒是并不想欺骗妻子，来作为对她结发丈夫的报复：他曾经完全占有了她，而且现在还仍然占有着。他相信，他的邪念是他自己想出来的，然而为了逃脱罪责，应该说事实上几乎是奥尔滕西亚诱发了他，因为当他还是小伙子的时候，奥尔滕西亚曾徒劳地施展过她的伎俩，为的是要将他从过度的化学研究中吸引开来。

对于奥尔滕西亚·莫塔，那是一种遂心如愿、终于得逞的满足。但她装出痛苦的样子，似乎不忍心欺骗女友；而当她吞吞吐吐地让巴尔托利诺明白，她，在他考虑结婚之前……算了吧，这差不多就是命运的安排。

对于这个所谓"命运"，巴尔托利诺并不怎么在意，而当他发现他是多么轻易地达到了目的时，勇敢的年轻人失望了，是的，他几乎感到是受了欺骗。在老好人莫塔的房间里独自呆了一会之后，他后悔做了不光彩的事。其时他的眼睛偶然看见了一点发光的东西，在奥尔滕西亚一侧的床前小地毯上。那是一枚金质挂件，还连着项链，一定是从她脖子上滑下来的。他捡起来，想还给她。但是，当他神经质地捏在手指上的时候，他无意识地打开了它。

他吓了一跳。

里面是一张极小的科西莫·塔代伊的照片。这儿也有！

他正贼忒嘻嘻地在向他打招呼。

张兆奎 译

作品赏析：

《亡夫》在情节的构造上，充满了迷幻的色彩，不仅菲奥伦佐对待萨鲁利太太的爱情，也包括萨鲁利太太本身的对亡夫的时刻的追念，让整个婚姻从一开始就充斥着不安定的因素。因为这一切都在考验着萨鲁利太太对自己的把持能力，也在考验着菲奥伦佐对萨鲁利太太的包容性。但遗憾的是,他们各自的固执终于将事实向非理性的方向推进。所以故事中的虚幻与真实的相互交融,深刻地展现了一代人的生存困境。

总觉得小说是站在戏剧的高度上下笔的,不管是对菲奥伦佐的倾心依赖,还是萨鲁利太太对亡夫的念念不忘,这在现实生活当中都不尽能这样凑巧相联在一起。但是文章的故事的架设前提就是把所有的矛盾凝结在一个相对简短的篇章中,让他们各自展现自己的不足,也同时让这些不完满的缺点凝结在一起,以致诱发最后的冲突。在文章中,从侧面而来的对菲奥伦佐孩子似的依赖评价让反抗在他的心中扎下了根,他会以为他是个出色的化学家,而不是一个纯粹的做摆设的丈夫。而萨鲁利太太的不知自己的克制也是其中的一个主要成因。可以说这是一种戏剧冲突的笔法在小说当中成功地运用,并且使故事充满了戏剧化的可读性。

深夜/蒲宁

俄罗斯作家蒲宁的短篇小说经典
展现了一段迷蒙的爱情
一篇典型的以散文和诗的笔法创作的小说

这是一个梦呢,还是像梦境似的神秘的夜间生活?我感觉到忧郁的秋月老早就在天空徘徊,已经是该摆脱白天的一切虚伪和忙乱而休息的时刻了。似乎整个巴黎,包括它最贫困的角落,都已沉入了睡乡。我睡了很久,最后,睡眠慢慢地离开了我,仿佛一个不慌不忙的关切的大夫做完自己的手术,看到病人已能均匀地呼吸,睁开眼睛,为生命得到恢复而羞怯地、愉快地微微一笑,就离开了病人。我醒来,睁开眼睛,看到自己处身在宁静、明亮的夜的王国。

我在五层楼自己的房间里,沿着地毯悄没声儿地走到窗口。我有时看看光线微弱的宽大的房间,有时通过窗子上边的玻璃看看月亮。月亮把光线洒在我身上,我举目仰望,久久地看着它的脸庞。月光穿过淡白色的花边窗帘,给房间深处添加了一丝微光。在房间里边是看不见月亮的。可是房间的所有四扇窗子都被月光映得狰亮,窗边的一切东西也同样照得清清楚楚。月光穿过窗子照在地上,形成几个浅蓝色、银白色的拱形图案,每一个图案中都有一个由朦胧的阴影构成的十字架,但图案投在圈椅和椅子上,这十字架就柔和地折断了。靠边的一扇窗子旁边的圈椅里,坐着我所爱的人——她穿着一身白色衣服,模样像一个小姑娘,面色苍白而美丽,由于我们所经受的一切事情,由于经常使我们反目成仇的一切事情,她已经疲惫不堪了。

这一夜她为什么也不睡呢?

我避免接触她的目光,坐在同她并排的窗台上……是的,夜已深了——对面房屋的整个五层楼墙壁全被阴影笼罩着。那里的窗子露出一个个黑洞,像是失明的眼睛。我朝下看看——街道像是深深的、狭窄的小巷,光线也很昏暗,空无人迹。整个城市也是如此。只有那朦胧的月亮,斜挂在天空,慢慢地移动,有时又久久地躲藏在烟雾般飘动的云朵里,一动不动,只有它孤单单的、清醒地守在城市上空。它直照着我的眼睛,光艳夺目可是有点儿亏蚀,因此显得楚楚可怜。薄云轻烟似的在它旁边飘动。在

作者简介

蒲宁(1870—1953),出生于没落的贵族家庭,但却以诗的语言展现了俄罗斯的贫瘠和贫瘠中相濡以沫的相爱。他曾被视为异类,以致不得不忍痛流亡。所以在他的文学中才独自伤愁地流泻出对逝去时代的追忆和感念,和对现实世界的冷漠的极度的无奈,就如他的小说《黑土》和《松树》所表达的,正是作者的无奈无辜的情绪。这样的忧伤让他感受了深切的俄罗斯式的痛苦,并且带着追寻幸福的渴望在到处苦苦挣扎,他痴迷在自己的迷梦中,执着于纯粹的人生的幸福,这也促成他的文学走向辉煌。在1933年的时候作家蒲宁被授予了诺贝尔文学奖:他是个与生俱来的抒情诗人,继承了俄国散文文学古典的传统,表现出了精巧的艺术手法。

◇最好的小说

月亮旁边，云也显得很亮，像融化了似的，稍远一点，就变得浓厚了，而在屋脊后面，就完全积成阴森的、沉甸甸的一堆了……

我很久没看见月夜的景色了！我的思潮又回到童年时代，在中俄罗斯丘陵起伏、树木稀少的草原上的、迢遥的、几乎遗忘了的秋夜。那里，月亮在我故家的屋檐下窥视着，那里，我第一次认识并且爱上了它温和的、苍白的脸庞。我在想象中离开了巴黎，霎时间依稀看见了整个俄罗斯，仿佛站在高出之巅俯视着一片辽阔的低地。看，这是波罗的海金波粼粼的荒凉的海面；看，这是在昏暗中向东方延伸的阴沉的松树林；看，这是稀疏的森林、湖泊、小树林；这下面，往南，是一望无际的田野和平原。森林中铺着长达数百俄里的铁轨，在月光下发出暗淡的光线。沿铁路线闪烁着睡眼惺忪的五颜六色的小灯，一盏接一盏，一直伸向我的故乡。在我面前是一片丘陵起伏的田野，田野里有一幢古老的、灰色的住房，在月光下显得破旧而温柔……儿时曾经照进我的房间，后来又看我变成为少年，而现在又和我一起伤悼我那不幸的青春的，难道就是这个月亮吗？是它在这个明亮的夜的王国给予我安慰吗？

"你干什么不睡觉？"我听到一个胆怯的声音。

经过长久的、固执的沉默之后，她首先同我讲话，使我心中感到既痛苦，又甜蜜。我低声回答："不知道……你呢？"

我们又长时间地沉默着。月亮明显地往屋檐那边落下去了，月光已经深深地照进我的房间。

"原谅我吧！"我走近她身边说。

她没有回答，用双手捂住了眼睛。

我握住她的手，把它从眼睛上挪开。她的脸颊上挂着泪水，眉毛举得高高的，抖动着，像是孩子的眉毛。我跪在她脚下，把脸紧贴在她身上，任凭自己的眼泪和她的眼泪不停地淌下来。

"难道这是你的过错吗？"她不好意思地低声说，"难道这不全是我的过错吗？"

她破涕而笑，又快乐又痛苦地笑着。

我对她说，我们两人都有过错，因为我们两人都破坏了在世界上愉快地生活所必须遵循的准则。我们又相爱着，像那些一起经受过痛苦、一起感到过迷惘，而后来又一起找到难能可贵的真理的人们一样地相爱着。只有这苍白的、忧郁的月亮看到我们的幸福。

张草纫 译

作品赏析：

《深夜》的唯美，让我们看到了作家在悲悯残忍的心态下，温柔的另外一个侧面。展现了在迷蒙的夜晚，自己和自己喜欢的人一段互相眷念却伤愁的言语对白。表达的是休戚与交融。就像文章在最后的结尾中所说的："我们又相爱着，像那些一起经受过痛苦、一起感到过迷惘，而后来又一起找到难能可贵的真理的人们一样地相爱着。只有这苍白的、忧郁的月亮看到我们的幸福。"

对于一个身上背负着俄罗斯深重苦难的作家而言，很难得停下自己追逐的心，体验生活的滋美。就像陀思妥耶夫斯基一样，他的每时每刻都在想念着他的对这个世界的莫名的哀愁。而现在他就像一个纯粹的诗人，只面对着自己的恋人，喷薄而出的只是夫妻之间的婉美的怜惜。

文章的语言让人感觉到完美而丰富，这是一种独特的精到的对生活的感触，在情感的流泻中洋溢着华丽辞藻的诱惑，使这种韵味具备了醇酒的芳香。据评论家说，这是一种出神入化的笔法，已经完全超越了文体之间的隔阂，没有足够的背景，淡化如丝的情节，只剩下浓郁的忧郁气质在飘荡，以及在这种感觉背后所蕴藏的情感的骚动。就像文章中所说的："这是一个梦呢，还是像梦境似的神秘的夜间生活？我感觉到忧郁的秋月老早就在天空徘徊，已经是该摆脱白天的一切虚伪和忙乱而休息的时刻了。"

神童 / 托马斯·曼

入选理由
德国当代最伟大的作家之一
托马斯·曼的短篇小说经典
再现了一段艺术的完美故事

神童进来了，大厅里静下来。

大厅里静下来后，人们鼓起掌来，因为在靠边的什么地方一位生来有权势的先生，一位公众的领袖带头鼓起了掌。他们虽然什么也没有听到，但是他们却热烈地鼓掌；因为一个强大的广告机构已经为神童预先做了宣传，知道他也好，不知道他也好，大家都被迷住了。

神童从一座富丽堂皇的屏风后面走出来，这座屏风全部绣着灿烂的花环和巨大的奇异的花朵。他敏捷地沿着阶梯登上舞台，沉浸在喝彩声中，如像在沐浴的时候，有一阵寒意袭来，感到有些颤栗，但另一方面，他觉得周围的气氛非常亲切友好。他站在舞台的边上，微笑着，好像有人要为他照相似的；他虽然是个男孩，但是他却像少女那样向大家招手致谢，显得腼腆可爱。

他全身都穿着白绸的衣服，这事在大厅里引起一阵骚动。他上身穿一件

作者简介

托马斯·曼（1875—1955），可以说他是一位声誉在德国仅次于歌德的天才作家，当然也是歌德一样的既被高度赞扬又被极度讽刺的集合一身矛盾的大作家。一直以来，人们也认为他是人类良心的体验者和实践者，他把爱把他对这个世界的理解完全地诠释给了这个世界，成为人类共同精神的保护者。曾经写下了像《魔山》《布登勃洛克一家》以及《威尼斯之死》这样不朽的世界名著。并在1929年荣获了诺贝尔文学奖，在授奖词中称他是史诗性的而非戏剧性的生命，这让他在世界文坛上占据了独特的地位，并以此成就了自己的完美。甚至有评论家将其称为德国的民族灵魂。

剪裁得非常美妙的白绸短上衣，中间束着一根腰带，甚至连他的鞋也是白绸做的。但是，同白绸裤子形成明显对照的是两条赤裸着的小腿，它们完全是棕色的；因为他是一个希腊男孩子。

他名叫比比·萨采拉费拉卡斯，这就是他的姓名。"比比"这个词是那个名字的简写或昵称，除了音乐会经理外，别的人谁也不知道，这位经理把这个看作是营业上的秘密。比比一头黑发，梳得光光的，微带棕色的突出前额上扎一条绸带，头发向两边分开，一直垂到双肩。他长着像世界上一切孩子一样善良的面容，小鼻子是那样的稚嫩，小嘴巴是那样的天真；只是他的乌黑的小眼睛下面的肌肉已经有些疲乏，并且有两道特别的线条清晰地勾画出来。他看起来好像九岁，实际上只有八岁，却被说成七岁。人们自己也不知道，他们到底是否相信他真的这样小。也许他们知道得很清楚，却仍然相信他只有七岁，有些时候，他们常常这样做。他们想，说一点儿谎是一种美事。他们想，如果人们没有一点善良的愿望，对一些事情马虎一点的话，那么日常生活中哪里还会有虔敬的心情和赞扬呢？他们的头脑想得完全对！

神童向大家致谢，一直到欢迎的掌声停息下来为止；然后他走向钢琴，人们向节目单最后看了一眼。第一个曲子是《庄严进行曲》，接着是《梦幻曲》，然后是《猫头鹰与麻雀》——所有这些都是由比比·萨采拉费拉卡斯演奏。节目单上全是他的节目，这些都是他创作的乐曲。他虽然还不能写出来，但是所有这些曲子都装在他那异常聪慧的头脑里；正如音乐会经理亲自撰写的广告上认真地、客观地所说明的那样，这些曲子具有高度的艺术价值，必须给以足够的评价。看来，音乐会经理是经过艰苦的思想斗争才克服他那批评的本性承认这一点的。

神童坐在转椅上，努力把小腿伸到钢琴的踏板上，这两块踏板靠着巧妙的装置安装得比一般的钢琴高出许多，这样比比才能够得着。这是他自己的钢琴，到什么地方都把它带着走。这台钢琴放在木头支架上，由于经常搬来搬去，它的光泽已经磨损得相当厉害；但是这一切只能使这件东西更加有趣。

比比把他的穿着白绸鞋的双脚放到踏板上，然后露出一丝伶俐的表情，眼睛向前看着，举起右手。这是一只棕色的天真的小手，但是手关节是强壮的，不像是孩子的样子，完全可以看出训练有素的指节骨来。

比比露出伶俐的表情是为了取悦于听众，因为他知道他必须表演，让他们娱乐，让他们高兴。但是他在演奏时也自有一种特别的乐趣，一种不能言传的乐趣。每当他坐到打开的钢琴旁时，他就感到有一种不可言状的幸福，他如醉如狂，不能自已，——他永远不会丧失这种感情。钢琴的键盘七个黑白相间的八度音，又一次呈现在他的面前，他在这个键盘上奏出的曲子时而激越昂扬，时而悲壮深沉，他自己的感情常常沉浸在乐曲中，随着乐曲的变化而波动。而这键盘却始终像一块尚未涂抹过的画板那样洁净无暇。使他如此陶醉的是音乐，是整个摆在他面前的音乐！这音乐像迷人的大海在他的面前展开，他能够跳进大海，非常快乐地游泳，舒舒坦坦，自由自在，随着海浪飘流，在暴风雨中被大浪吞没，然而他却始终能控制大海，驾驭大海，指挥大海……他举起右手停在空中。

听众们屏声息气，大厅里寂静无声。大家都紧张地期待着他弹出第一个音……怎样开始呢？是这样开始的。比比用食指在钢琴上弹出第一个音响，在中音阶弹出一个意想不到的强有力的音响，就像吹奏的喇叭声一样。其余的手指跟着弹起来，乐曲就开始了——人们听得四肢都溶解了。

这是一间华丽的大厅，是在一家第一流的新式旅馆中，墙上画着玫瑰红色的、肉色的彩画，厅里有许多柱子，挂着镶花边的镜子，天花板上、墙上、柱上各种灯不计其数，有伞形花序的，有束形的，放射出明亮的、金色的光线，把大厅照得如同白昼……所有的椅子全坐满了人，甚至在两边过道和后面也都站满了人。前排座位十二个马克一张票（因为音乐会经理醉心高价原则），坐着一排一排上流社会的先生和太太；上流社会对神童非常感兴趣。那里面可以看到许多穿着军服的人，许多穿着各色高级服装的人……甚至还有一些孩子，他们有着很好的教养，两条小腿从椅子上垂下来，眼睛里闪烁着光芒，注视着他们那穿着绸衣服的天才小伙伴……

前排左边坐着神童的母亲，一个极其肥胖的夫人。她的双下巴搽满脂粉，头上插着一根羽毛，在她的旁边坐着音乐会经理，一个东方型的先生，他的非常突出的衬衫袖口上装饰着巨大的金纽扣。前排正中间坐着公主。她是一个瘦小的、布满皱纹的、已经有些皱缩的老公主，她鼓励资助感情细腻的艺术的发展。她坐在一张铺着厚厚的天鹅绒的靠椅上，脚下铺着波斯毯子。当她注视着神童演奏的时候，她把双手紧紧地交叠在有灰色条纹的绸衣的胸前，头侧向一边，显示出一种高雅安宁的神态。在她的旁边坐着女侍官，她穿着绿色条纹的绸衣。正因为她是穿绿色条纹绸衣的一位女侍官，所以她只能笔挺地坐着，不能靠到椅背上。

比比在极其紧凑的音节之后结束了这一乐曲。这个孩子使出了多大的力气弹奏这台钢琴啊！人们简直不相信自己的耳朵了。庄严进行曲的乐旨在完全和谐的结构中，突然再一次迸发出有生气的、热情的旋律，音域宽阔和夸张，比比在弹奏每一个节拍时上身向后仰着，就像胜利地行进在庆祝游行的队伍中一样。然后他有力地结束了演奏，弯着身子向旁边移动，从椅子的一边下来，微笑地期待着听众的鼓掌喝彩。

喝彩声突然响起来了，大家一致地、感动地、热烈地鼓着掌；看哟，当这孩子像女人一般地致谢时，他的腰身多么柔软可爱！鼓掌，鼓掌！等一会儿，现在我要摘下手套。好啊！小萨柯费拉克斯，或者你的真名姓萨采拉费拉卡斯！——但是这真是一个机灵鬼！

比比从屏风后面出来谢幕三次，人们才平静下来。一些最后来到的人，一些迟到者从后面往前挤，费力地在挤满了人的大厅里找个合适的地方。然后音乐会又继续进行。

比比轻轻地演奏了由一系列琶音组成的《梦幻曲》，在这些琶音上鼓动着微弱的翅膀升起一段小小的曲调；接着他又演奏了《猫头鹰与麻雀》。这一首曲子取得了极大的成功，产生了激动人心的效果。这是一首真正的儿童乐曲，异常明白易懂。在低音中人们看见猫头鹰栖息在那里，带着迷

◇最好的小说

糊的眼睛愤怒地轻轻地拍击，同时在高音中人们看见麻雀轻佻地、胆怯地嗖嗖飞过，想要嘲弄那只猫头鹰。这一首曲子演奏完后比比出来谢幕四次。一个旅馆侍者穿着纽扣闪闪发光的衣服，把三个巨大的月桂花环送到舞台上，从侧面把花环递到比比面前，比比向大家致意，表示感谢。甚至那位公主也鼓掌赞许，她非常温柔地轻轻拍起她那薄薄的手掌，但是没有发出一点声音……

这个精明干练的小家伙多么了解怎样去招引这些掌声啊！他在屏风后面迟迟不出来，他在那通向舞台的阶梯上停了一会，天真幼稚地看着花环上那五彩缤纷的缎带，有些快乐，虽然这些东西早就已经使他感到厌烦了；他可爱地、犹豫地向大家致意，让人们有足够的时间，尽情喝彩鼓掌。他想《猫头鹰》是我的拿手好戏，这个词他是从音乐会经理那儿学来的。然后要演奏一首幻想曲，这首曲子还要好得多，特别是那些升C音章节。但是你们都痴爱这首《猫头鹰》，你们这些观众；虽然这首曲子是我创作演奏的第一首也是最糟的曲子。他仍然亲切地向大家致谢。

接着他演奏了一首沉思曲和一首练习曲——说真的，节目相当丰富。那沉思曲演奏得同《梦幻曲》非常相像，对于它也是无可指摘的；比比在弹奏练习曲时显示了熟练的技巧，顺便说一下，他的熟练技巧比起他的天才来还是略逊一筹。然后就演奏幻想曲了。这是他最心爱的乐曲。他演奏这首曲子，每一次都有些不同，他很自由地弹着，有时晚会非常成功，他灵感一来，会演奏出许多新的东西，连他自己都感到惊讶。

他坐着，演奏着，在巨大的、黑色的钢琴面前他是那样瘦小，而且发出白色的闪光；他一个人被挑选出来坐在舞台上，舞台下黑乎乎一片，坐着数不清的人群，这众多的听众仅仅只有一个抑郁而滞重的灵魂，现在他要以他一个人的、出众的灵魂去影响这个灵魂……他那柔软的、黑色的头发同白绸带子一起垂到前额，他那节骨强壮的、训练有素的手腕在演奏着，人们看见他那棕色的、孩子般的面颊在颤动。

有时在忘却一切和孤寂的瞬间，他那奇异的、黯淡无神的小眼睛向旁边扫去，从听众那里渐渐移到他旁边的画着彩画的墙壁上，他的眼睛似乎穿过墙壁，凝望着那描绘着众多事件的、充满模糊生活的远方。然后他的眼角一动，把目光从墙上移回大厅，他又在人们的面前了。

"哀诉和欢呼，飞升和沉沦，……我的幻想曲！"比比非常亲切地想着，"听啊，现在的节拍是升C大调！"他让这个延长下去，演奏升C音。他们是否注意到这点啊？噢，不会，决不可能，他们是不会注意到这点的！所以他至少要做一个好看的翻眼，抬眼望着天花板，以引起他们的注意。

人们一长排一长排的坐着，目不转睛地看着神童。在他们的头脑里也有着各种各样的想法。一位长着白胡子的老先生，食指上戴一只印章戒指，他的秃头上生着一个球状的肉瘤，一个赘疣。他心里想道："还没有把《从普法尔茨选帝侯领地来的三个猎人》演奏好，就成了白发苍苍的老人，坐在这里看这个小家伙演奏这么奇妙的乐曲，说实在的，真该感到羞愧。不过，这是天意。上帝分配他的礼物，谁也没有法子，再说，做一个普通的人，也不是什么可耻的事。这有点像襁褓中的耶稣一样，在一个小孩面前鞠躬跪拜，不必羞耻。这使人多么的舒服啊！"——他不敢想：这是多么甜蜜可爱啊！——"甜蜜可爱"这个词对于一个健壮的老先生来说是有失体面的。但是他是感到甜蜜！他到底还是感觉到了！

"艺术……"那长着鹦鹉鼻子的商人想道。"是的，自然，艺术给生活带来了一点闪光，带来悦耳的声音和白色的绸子。而且收入也不错。你看五十个座位，每个座位十二马克，单单这些就已经是六百马克，——此外，还有次等座位。扣除大厅的租金、电灯费和印节目单的费用，至少可净赚一千马克。这些都进了他们的腰包了。"

"对了，他刚才演奏的是肖邦的曲子！"钢琴女教师想道。她是个尖鼻子女人，到了她这个年纪，她已不想入非非，也不抱奢望了，但她的理解力却越来越敏锐。"人们可以说，他不是没有一点小错误的。以后我要说：他是有一点错误的。但是听起来确实很好。此外，他的指法是完全没有受过指教的。手背上应该能放一枚塔勒……我要用尺子去量量。"

一个年青的姑娘,看起来非常苍白,正是对什么都好奇的年龄,在这样的年龄人们很容易产生一些美妙的想法,她暗自想道:"这是什么!他在那里演奏的是什么啊!他演奏的是热情!难道真是个孩子?!如果他来和我接吻,这就像我的小弟弟来吻我一样,——那不是接吻。难道有一种完全独立存在的热情,一种自在之物的热情,不是寄托在尘世俗物的热情,纯粹是热情的孩子的曲子?……好啊,如果我把这些话大声地说出来,人们就要给我吃补药,世界就是这样。"

有一位军官靠着一根柱子站着。他看着演出成功的比比想道:"你有出息,我也有出息,各自方式不同罢了!"他把脚后跟碰在一起,做了一个立正的姿势,他向神童表示尊敬,一切有权势的人他都尊敬。

那位批评家年近花甲,穿着发光的黑色上衣和向上翻卷的溅污了的裤子,他坐在他的免票席上想道:"你们看他,看这个比比,看这个顽童!作为人他还是个小孩,还要成长,但是作为一个典型,作为艺术家的典型,他是完全成熟了。他集艺术家的尊贵、无耻、欺骗、藐视、自我陶醉、神圣的灵感于一身。但是,我不能把这些话写下来;他太好了。啊,如果我不把这一切看得这样透彻的话,请你们相信,我早就成为一个艺术家了……"

这时神童演奏完毕,大厅里响起了一阵暴风雨般的掌声。他不得不一次又一次地从屏风后面出来谢幕。那衣服上有着闪闪发光的纽扣的侍者又拿来了新的花环,这次是四个月桂花环、一个紫罗兰花环和一束玫瑰花。他没有三头六臂,不能把所有的馈赠都交给神童,因此音乐会经理亲自走上舞台去帮助他。经理取了一个月桂花环挂到比比的颈项上,他还很亲切地抚摸了一下神童的黑发。突然间,好像被征服了一样,他弯下腰来,给了神童一个亲吻,一个响亮的亲吻,正好亲在他的嘴上。这时,那掌声变成一场十二级风暴。这个亲吻如电流一样传遍整个大厅,人们像触电那样极度兴奋,大家禁不住狂呼起来。高声的欢呼混合到狂暴的鼓掌声中。有几个和比比一般大的小朋友在下面挥动他们的手帕……但是那位批评家想道："自然，这音乐会经理肯定要亲吻的。真是老一套滑稽戏，招徕听众罢了。哎，上帝啊，他们不能把这一切都看透，有什么办法！"

于是神童的音乐会结束了。从七点半开始到八点半完毕。舞台上放满了花环，钢琴的灯座上放着两个小花盆。比比演奏的最后一个节目是《希腊狂想曲》，结束时转入希腊的赞歌，他的那些参加音乐会的同胞都非常高兴，如果这不是一个高雅的音乐会的话，他们真要一块儿唱起来。作为补偿，他们在结束时拼命地鼓噪起来，这是一场充满热情的喧闹，显示了他们强烈的民族意识。但是那位年老的批评家却想到："自然。他肯定要演奏这首赞歌的。他弹着弹着就弹起别的曲子来，什么鼓动的手段都不放过。我要写篇文章，说这不是艺术。但是也许这却正是艺术。艺术家到底是什么？一个滑稽的角色吧。批评才是最高级的。但是我可不能把这些写下来。"他穿着溅污了的裤子离开了。

第九次或者第十次出来谢幕之后，那激动的神童不再回到屏风后面去了，他走下舞台来到听众席，走到他妈妈和音乐会经理的身边。人们在凌乱的椅子中间站着，鼓着掌，许多人挤到前面去看比比。有一些人也想去看一下公主：于是在舞台前围着神童和围着公主形成了两个密密的圈子，人们还真不知道，他们两人中是谁把大家吸引过来围成圈子的。但是女侍官根据公主的命令走向比比，她拉拉他，弄平他的绸上衣，为了使他能够觐见；她挽着他的手臂来到公主面前，并认真地指点他，叫他去吻公主殿下的手。"孩子，你是怎样演奏得这样好的？"公主问道，"你坐下去的时候，乐曲就自然地来到你的手边？"——"是的，夫人。"比比回答道。但是他心里却想道："啊，你这个愚蠢的老公主……！"于是他腼腆地、礼貌不周地转过身去，又回到他的亲属身边。

外面衣帽间密密地挤满了人。有人高高地举起他的取衣物的号牌，有人张开手臂从柜台上面接过皮大衣、围巾和胶鞋。那钢琴女教师站在某个地方的熟人中间，正在批评"他有点小错误"，她大声地说着，同时向四下

◇最好的小说

看了一眼……

  在一面巨大的壁镜前面有一位年青的高贵太太让她的兄弟、两位少尉替她穿大衣和皮靴。她美丽极了，蓝湛湛的眼睛水汪汪的，纯种的脸庞非常清秀，是一位真正的贵族小姐。她穿好衣服，等着她的兄弟。"不要在镜子面前站得那样久，阿道尔夫！"她轻轻地说道。她对其中的一位有些生气，因为他望着镜子中他的美丽的朴实的脸好像不愿分离。现在好了！阿道尔夫少尉在得到她的惠允以后，可以在镜子前面去扣他的双排扣大衣的纽扣！——然后他们就走出去了，外面街上弧光灯在雪雾中昏暗地闪耀着，阿道尔夫少尉一边走一边开始摆动着身体，他把大衣领子翻了上来，两手插在大衣的斜口袋里，在那冻得很坚硬的雪地上，跳了一小段黑人舞蹈，因为天气太冷了。

  "一个小孩！"那位头发蓬乱的姑娘想道，她由一位忧郁的少年陪伴跟在他们的后面走着。"一个可爱的孩子！那里面有一个值得敬佩的……"她大声地、单调无味地说道："我们大家都是神童，我们都是创造者。"

  "怎么！"那位没有把《从普法尔茨选帝侯领地来的三个猎人》这首曲子演奏好的老先生想道，他的肉瘤现在是被大礼帽遮盖住了，"这到底是怎么回事呢！照我看来，这不过是一种神喻而已。"

  但是那位忧郁的少年了解那位姑娘说的话，他慢慢地点点头。

  然后他们沉默了，那位头发蓬乱的姑娘目送着三位高贵的姐弟离去。她鄙视他们，但还是目送着他们离去，一直到街道转弯处消失为止。

孙坤荣 译

作品赏析：

  托马斯·曼的短篇小说很多文章是有共同主题的，甚至在《幻灭》《神童》中表达的都是商品化在这个社会当中对纯粹艺术的侵蚀，艺术在市场的环绕下已经渐渐趋向了死亡。

  在小说中，最为基本的特点为文章几乎是正面和侧面两种方式共同组织而成的。在正面有神童疯狂的天才般的演奏，以及他的为了引起公众的不停的掌声所表现出来的惺惺作态，甚至是和他七岁的年龄完全不相吻合的老成；而在侧面则主要是通过观众的反应来展现他的音乐才华的。就像文章中所做出的评论一样：长着像世界上一切孩子一样善良的面容，小鼻子是那样的稚嫩，小嘴巴是那样的天真；只是他的乌黑的小眼睛下面的肌肉已经有些疲乏，并且有两道特别的线条清晰地勾画出来。他看起来好像九岁，实际上只有八岁，却被说成七岁。而同样，文章的贬斥的语词也是通过侧面来完成的，就如他是个典型的被经理人包装好的商业性艺术家，甚至在故事当中，作者在结尾已经通过姑娘和老人家的态度表达出了他的鄙夷："这到底是怎么回事呢！照我看来，这不过是一种神喻而已。"

　　文章在结构上显示了相当的魅力，正是这样的侧面和正面的平行递进，让作者所包容的情感在观众的声音中逐步展开，而文章的风格也是相当细腻的，几乎每一个小的细节都在作者的预料之中。而从语言的运用上看，则又不乏幽默，可谓讽刺极为有力。

最后一课 / 都德

> **入选理由**
> 法国著名作家都德的不朽名篇
> 一篇典型的爱国主义题材的小说
> 文笔简洁生动，构思巧妙，风格淡雅

　　那天早晨，我很晚才去上学，非常害怕挨老师的训，特别是因为哈墨尔先生已经告诉过我们，他今天要考问分词那一课，而我，连头一个字也不会。这时，我起了一个念头，想逃学到野外去玩玩。

　　天气多么温暖！多么晴朗！

　　白头鸟在林边的鸣叫声不断传来，锯木厂的后面，黎佩尔草地上，普鲁

◇最好的小说

士军队正在操练。这一切比那些分词规则更吸引我;但我毕竟还是努力克服了这个念头,很快朝学校跑去。

经过村政府的时候,我看见一些人围在挂着布告牌的铁栅栏前面。这两年来,那些坏消息,吃败仗啦,抽壮丁啦,征用物资啦,还有普鲁士司令部的命令啦,都是在这儿公布的;我没有停下来,心想:

"又有什么事了?"

这时,正当我跑过广场的时候,带着徒弟在那里看布告的铁匠瓦什泰,朝着我喊道:

"小家伙,不用这么急!你去多晚也不会迟到了!"

我以为他是在讽刺我,于是,气喘喘地跑进了哈墨尔先生的小院子。

往常,刚上课的时候,教室里总是一片乱哄哄,街上都听得见,课桌开开关关,大家一起高声诵读,你要专心,就得把耳朵捂起来,老师用大戒尺不停地拍着桌子喊道:

"安静一点!"

我本来打算趁这一阵乱糟糟,不被人注意就溜到自己的坐位上去;但是,恰巧那一天全都安安静静的,像星期天的早晨一样。我从敞开的窗子看见同学们都整整齐齐地坐在各自的位子上,哈墨尔先生挟着那根可怕的铁戒尺走来走去。我非得把门打开,在一片肃静中走进去,你想,我是多么难堪,多么害怕!

作者简介

都德(1840—1897),一位法国较为知名的作家。他出身贫穷,社会地位相当低微,但却凭着自己的努力走上了文学的不朽道路。他以自身的社会经历为范本写下了轰动文坛的《小东西》,展现了人与人之间的冷漠。当然在他的小说成就中,更为引人关注的则是他的爱国题材一类的小说,包括像《最后一课》和《柏林之围》这样的世界不朽名篇。从《最后一课》发表以来,在世界上便有了各种各样的译文,并被成功收入教材,让每位适龄的儿童都能感受到作者在其中表达出的情感。

可是，事情并不是那样。哈墨尔先生看见我并没有生气，倒是很温和地对我说：

"快坐到你的位子上去吧，我的小弗朗茨！你再不来，我们就不等你了。"

我跨过条凳，马上在自己的课桌前坐下了。当我从惊慌中定下神来，这才注意到我们的老师这天穿着他那件漂亮的绿色礼服，领口系着折叠得挺精致的大领结，头上戴着刺绣的黑绸小圆帽，这身服装是他在上级来校视察时或学校发奖的日子才穿戴的。此外，整个课堂都充满了一种不平常的、庄严的气氛。但最使我惊奇的，是看见在教室的尽头，平日空着的条凳上，竟坐满了村子里的人，他们也像我们一样不声不响，其中有霍瑟老头，戴着他那顶三角帽，有前任村长，有退职邮差，还有其他一些人。他们都愁容满面；霍瑟老头带来一本边缘都磨破了的旧识字课本，摊开在自己的膝头上，书上横放着他那副大眼镜。

正当我看了这一切感到纳闷的时候，哈墨尔先生走上讲台，用刚才对我讲话的那种温和而严肃的声音，对我们说：

"我的孩子们，这是我最后一次给你们上课。从柏林来了命令，今后在阿尔萨斯和洛林两省的小学里，只准教德文了……新教师明天就到，今天，是你们最后一堂法文课，我请你们专心听讲。"

这几句话对我简直就是晴天霹雳。啊！那些混账东西，原来他们在村政府前面公布的就是这件事。

这是我最后一堂法文课！……

可是我刚刚勉强会写！从此，我再也学不到法文了！只能到此为止了！……我这时是多么后悔啊，后悔过去浪费了光阴，后悔自己逃学去掏鸟窝，到萨尔河上去滑冰！我那几本书，文法书，圣徒传，刚才我还觉得背在书包里那么讨厌，显得那么沉，现在就像老朋友一样，叫我舍不得离开。对哈墨尔先生也是这样。一想到他就要离开这儿，从此再也见不到他了，我就忘记了他以前给我的处罚，忘记了他如何用戒尺打我。

这个可怜的人啊！

原来他是为了上最后一堂课，才穿上漂亮的节日服装。而现在我也明白了，为什么村里的老人今天也来坐在教室的尽头，这好像是告诉我们，他们后悔过去到这小学里来得太少。这也好像是为了向我们老师表示感谢，感谢他四十年来勤勤恳恳为学校服务，也好像是为了对即将离去的祖国表示他们的心意……

我正在想这些事的时候，听见叫我的名字。是轮到我来背书了。只要我能从头到尾把这些分词的规则大声地、清清楚楚、一字不错地背出来，任何代价我都是肯付的啊！但是刚背头几个字，我就结结巴巴了，我站在座位上左右摇晃，心里难受极了，头也不敢抬。只听见哈墨尔先生对我这样说：

"我不好再责备你了，我的小弗朗茨，你受的惩罚已经够了……事情就是这样。我们每天都对自己说：'算了吧，有的是时间，明天再学也不迟。'但是，你瞧，今天发生了什么事……唉！过去咱们阿尔萨斯最大的不幸，就是把教育推延到明天。现在，那些人就有权利对我们说：'怎么，你们自称是法国人，而你们既不会读也不会写法文！'在这件事里，我可怜的弗朗茨，罪责最大的倒不是你，我们都有应该责备自己的地方。

"你们的父母并没有尽力让你们好好念书。他们为了多收入几个钱，宁愿把你们送到地里和工厂去。我难道就没有什么该责备我自己的？我不是也常常叫你们放下学习替我浇园子？还有，我要是想去钓鲈鱼，不是随随便便就给你们放了假？"

接着，哈墨尔先生谈到法兰西语言，说这是世界上最美的语言，也是最清楚、最严谨的语言，我们应该在我们中间保住它，永远不要把它忘了；因为，当一个民族沦为奴隶的时候，只要好好保住了自己的语言，就如同掌握了打开自己牢房的钥匙……随后，他拿起一本文法课本，给我们讲了一课。我真奇怪我怎么会理解得那么清楚，他所讲的内容，我都觉得很好懂，很好懂。我相信，我从来没有这样专心听讲过，而他，也从来没有讲解得这样耐心。简直可以说，这个可怜的人想在他走以前把自己全部的知识都传授给我们，一下子把它们都灌输到我们的脑子里去。

讲完了文法，就开始习字。这一天，哈墨尔先生特别为我们准备了崭新的字模，上面用漂亮的花体字写着："法兰西，阿尔萨斯，法兰西，阿尔萨斯。"我们课桌的三角架上挂着这些字模，就像是许多小国旗在课堂上飘扬。每个人都那么专心！教室里是那么肃静！这情景可真动人。除了笔尖在纸上划写的声音外，听不到任何别的声响。这时，有几个金龟子飞进了教室；但谁也不去注意它们，就连那些最小的学生也不例外，他们专心专意地在划他们的一横一竖，好像这也是法文……在学校的屋顶上，有一群鸽子在低声咕咕，我一面听着，一面想：

"那些人是不是也要强迫这些鸽子用德语唱歌呢？"

有时，我抬起头来看看，每次都看见哈墨尔先生站在讲台上一动也不动，眼睛死死盯着周围的东西，好像要把这个小学校舍都吸进眼光里带走……请想想！四十年来，他一直待在这个地方，老是面对着这个庭院和一直没有变样的教室。只有那些条凳和课桌因长期使用而变光滑了；还有院子里那棵核桃树也长高了，他亲手栽种的啤酒花现在也爬上窗子碰到了屋檐。这可怜的人听着他的妹妹在楼上房间里来来去去收拾他们的行李，他们第二天就要动身，告别本乡，一去不复返。他即将离开眼前的这一切，这对他来说是多么伤心的事啊！

不过，他还是鼓起勇气把这天的课教完。习字之后，是历史课；然后，小班学生练习拼音，全体一起诵唱Ba，Be，Bi，Bo，Bu。那边，教室的尽头，霍瑟老头戴上了眼镜，两手捧着识字课本，也和小孩们一起拼字母。看得出他也很用心；他的声音由于激动而颤抖，听起来有一种说不出的味道，叫人又想笑又想哭。唉！我将永远记得这最后的一课……

忽然，教堂的钟打了十二点，紧接着响起了午祷的钟声。这时，普鲁士军队操练回来的军号声在我们窗前响了起来……哈墨尔先生面色惨白，在讲台上站了起来。他在我眼里，从来没有显得这样高大。

"我的朋友们，"他说，"我的朋友们，我，我……"

他的嗓子被什么东西堵住了，他无法说完他那句话。

于是，他转身对着黑板，拿起一支粉笔，使出了全身的力气按着它，用最大的字母写出：

法兰西万岁

写完，他仍站在那里，头靠着墙壁，不说话，用手向我们表示：

"课上完了……去吧。"

柳鸣九 译

作品赏析：

都德的小说《最后一课》在实际的生活当中不知不觉的教育意义甚至已经完全超越了小说本身的艺术，这在中国更是如此，当年还曾引起界定为爱国小说还是教育小说之争。但其实梁启超讲述得最为合理：小说有着不可思议的人道主义的力量。

《最后一课》讲述的是在普法战争中被普鲁士强行割让的一所乡村小学在上着告别自己母语的最后一堂课，通过一个孩子的眼光来展现整个沦陷区的屈辱和对自己故土的深切的思念，就像在文章中所说的：法兰西语言"是世界上最美的语言，也是最清楚、最严谨的语言，我们应该在我们中间保住它，永远不要把它忘记了；因为，当一个民族沦为奴隶的时候，只要好好保住了自己的语言，就如同掌握了打开自己牢房的钥匙。"

文章只是截取了在整个纷乱的战争背景中一个微小的细节，但却在作者的精心安排下挖掘得相当深入，甚至已经完全上升到了爱国主义情操的高度。文章的主要特点在于作者能以小见大，从人物的身上反映整个时代潮流的风云变幻，并且成功塑造了像小弗朗茨，以及哈墨尔这样的典型形象，虽然只是简单的勾勒，但因为作者在其中给予了相当深厚的情感，从而使人物的形象栩栩如生。当然心理活动也是文章的一大特色，像对小弗朗茨的描写，就相当细腻动人。

厕中成佛 /川端康成

入选理由
川端康成的短篇小说杰作
讲述了一个感伤的谐趣故事
展现了川端康成一贯的行文的闲淡

这是很久很久以前的岚山的一个春天……

京都大户人家的太太、小姐，花街柳巷的艺妓、妓女，她们身着华丽的服装，来到这山野观赏樱花。

"对不起，借用一下洗手间好吗？"

京都的女游客在肮脏的农家门口，羞红着脸，微微欠欠身子说了一句，绕到屋后，上了一间又旧又脏的小茅厕……春风摇曳着草帘，她的肌肤不由得拘挛起来。传来了孩子们哇哇的喧嚣声。

看见京都仕女的这副窘态，贫苦农民便动脑筋，修盖了一间干净的厕所，挂上一块告示牌，上面写着几个黑油油的字：

租用厕所

一次三文

作者简介

川端康成（1899—1972），一位在日本文坛享有崇高声誉的作家。也是亚洲历史上继泰戈尔之后的第二个诺贝尔文学奖的获得者，在获奖词中称他的文学是：敏锐的感受及高超的叙事技巧、表现了日本人的内心。这是一个忧伤的作家，他对美有着独特的感受，曾和横光利一共同创建了日本现代文学史上的感觉流派。在他看来所有外在的事物都将通过人的内心的感悟而得到各自的不同的见解，就比如看见了一朵玫瑰就应该是自己的眼睛成了玫瑰。在他的文学中，我们经常能看到他的细腻的情感在关照着外在的一切生活空间，写下了像《伊豆的舞女》《雪国》和《睡美人》这样的传世名作。

◇最好的小说

赏花季节，游客拥挤，出租厕所非常成功，转眼间出租者发了大财。

村里有个人忌妒八兵卫，对妻子说：

"近来八兵卫出租厕所，转眼间就赚了一笔钱。今年春上，俺们也盖一间出租，要赚得比八兵卫还多，怎么样？"

"这个主意不好。即使俺们的出租厕所盖好了，可八兵卫是老字号，人家有老主顾。俺们是新字号，游客不光顾，岂不是鸡飞蛋打，穷上穷吗？……"

"胡扯什么呀。这回，俺所设想的厕所，不像八兵卫的那样肮脏。听说近来京城时兴茶道，俺打算盖个茶室式的厕所。首先是，四根柱子用吉野圆木不够气派，要用北山的杉木，天花板用香蒲草，钉上水蛭形钉子，悬挂上吊锅的锁链替代使劲时候用的绳索。这主意不错吧？窗户开落地窗，踏板用榉树的如轮木，便池前挡用萨摩杉。便池四周涂黑漆，墙壁涂二遍油漆，门户用白竹夹扁柏制成的长薄板，房顶用杉树皮葺成，再用青竹子压住，系上蕨草绳，修成大和式的。放鞋的石板用鞍马石做，旁边围上中间栽有青竹子的方眼篱笆，洗手盆用桥桩式的，装饰用的松树也配以多姿的赤松。不论哪个流派，诸如千家、远州、有乐、逸见的精华，都兼收并蓄……"

妻子听呆了。

"那么，租费多少呢？"

经过一番艰苦的筹划，总算赶在赏樱时节之前把漂亮的厕所修建好了，连告示牌也是拜托和尚制作，是中国式的，非常庄雅。

租用厕所
一次八文

就算是京都仕女，也觉得过分奢侈，钦佩之余，望而却步。你瞧见了吗？妻子敲着榻榻米说。

"我早就叫你别盖,搭了这么多本钱,结局可怎么得了啊!"

"不要唠叨嘛。明儿只要到客人那儿去转一圈,保证光顾的人会像蚂蚁成群而来。我明儿要早起,给我准备好盒饭。只要转上一圈,保你一定门庭若市。"

丈夫非常沉着。可是第二天,他比平时都贪睡早觉,上午十点才醒过来。他一把将后衣襟掖在腰带里,把饭盒挂在脖颈上,带着几分哀伤的神情,回头冲着妻子带笑地说:

"孩子他娘,俺这辈子所作所为,你总是横挑鼻子竖挑眼的,说我傻瓜,说我做梦、做梦的。今天要让你瞧瞧,俺只要到客人中转上一圈,保你顾客车马盈门呀。粪缸满了,你就挂上个暂停使用的牌子,拜托邻居次郎兵卫挑走一担两担的。"

妻子纳闷。丈夫说到客人那里转转,是不是到京城去游说,宣传出租厕所、出租厕所呢?她一筹莫展的当儿,一个姑娘往钱箱里投放了八文钱,租用了厕所。尔后进进出出的,租用的客人源源不断。妻子十分惊异,瞪大眼珠子看守着。不久,挂上暂停使用的牌子,忙着要把粪便挑走……终于到了傍黑时分,厕所租金达八贯之多,粪便挑走了五担。

"莫非俺家老头子是文殊菩萨的转世?真的,他所说的梦一般的事,有生以来头一次变成了现实。"

喜形于色的妻子买来了酒在等待着丈夫,不料哀伤地抬回来的竟是他的尸体。

"他长时间蹲在八兵卫家的厕所里,可能是被臭气熏死的。"

丈夫走出家门以后,立即缴付三文,走进了八兵卫家的厕所里,从里面上了锁。有人想推门进去,他就"咳、咳"地佯装咳嗽,连声音都咳哑了。春天白日长,他蹲得连腰都直不起来了。

京都人听了这个故事,议论纷纷:

"真是风流人物的沦落啊!"

"他是天下第一的茶道师啊!"

"这是日本有史以来的成年人自杀啊!"

"厕中成佛,南无阿弥陀佛。"

众人异口同声地称赞不已。

叶渭渠 译

作品赏析:

《厕中成佛》在川端康成的文学中算是简短却还经典的一个篇章了,文章讲述的是主人公为了赚取从京都到山外赏玩樱花的贵妇人的钱财而付出了自己生命代价的故事。

这个题材本身显得相当的有趣。因为小说主人公的死是发生在厕所里面的。他为了使自己的更为华丽更为昂贵的厕所得到消费,而强自占据了别人家厕所不出来以致被熏死的故事。虽然文章本身显得很荒诞,让人捧腹,但却在不经意的笑声中感触到另外的一种辛酸,因为它展现的正是乡下人狭小的利己的心灵。

有评论家说,这是对商业社会无处不在的对利润的渴望造成的,是在控诉这个社会。其实,文章讲述的这个故事,只是在揭示乡下人那种狭隘自私的本性。并且很遗憾的是他为此付出了自己生命的代价。

文章在文字层次上表现得波澜不惊,但实际上,却蕴含着一种苦涩的微笑。因为在故事中作者的言语有时候甚至也不乏幽默,就像文章中所说的:他把饭盒挂在自己的脖子上。又或者说是:"粪缸满了,你就挂上个暂停使用的牌子,拜托邻居次郎兵卫挑走一担两担的。"更有甚者是说:真是风流人物的沦落,或者是天下第一的茶道师。

十个印第安人 /海明威

入选理由
著名小说家海明威的短篇代表作
文章简洁凝练,没有丝毫的赘余
展现了海明威式冰山理论笔法

    有一年过了独立纪念日,尼克同乔·加纳一家子坐了大篷车,很晚才从镇上赶回家来,一路上碰到九个喝醉的印第安人。他记得有九个,因为乔·加纳在暮色中赶车时勒住了马,跳到路中,把一个印第安人拖出车辙。那印第安人脸朝下,趴在沙地上睡着了。乔把他拖到矮树丛里就回到车厢上。

    "光从镇子边到这里,"乔说,"算起来一共碰到九个人了。"

    "那些印第安人哪。"加纳太太说。

    尼克跟加纳家两个小子坐在后座上。他从后座上往外看看乔拖到路边的那个印第安人。

    "这人是比利·泰布肖吗?"卡尔问。

    "不是。"

    "看他的裤子,怪像比利的。"

作者简介

    海明威(1899—1961),一个在美国曾以迷惘的一代著称,后又以硬汉形象闻名的著名作家。在他身上几乎像打猎、音乐、绘画之类的都是可能的。曾写下《太阳照样升起》和《永别了,武器》这样的反映迷惘一代的代表性作品。后又写下了以桑提亚哥为代表的典型的硬汉作品,诸如《老人与海》。他的文字相当的简约,再加上多种现代派手法的巧妙地运用,让他的文学在美国的存在俨然一声惊雷,并在1954年的时候荣获诺贝尔文学奖,授奖词为:因为他精通于叙事艺术,突出地表现在他的近著《老人与海》中,同时也由于他在当代风格中所发挥的影响。当然这是一个永远的精神阴郁症者,虽然这并不影响到他对硬汉形象的塑造。

"所有的印第安人都穿一模一样的裤子。"

"我根本没看见他，"弗兰克说，"我一样东西也没看见，爸已经跳到路上又回来了。我还以为他在打蛇呢。"

"我看，今晚不少印第安人都打蛇呢。"乔·加纳说。

"那些印第安人哪。"加纳太太说。

他们一路赶着车。从公路干道上拐入上山的坡道。马拉车爬坡很费劲，小伙子们就下车步行。路面全是沙土。尼克从校舍旁的小山顶回头看看，只见普托斯基的灯火闪闪，隔着小特拉弗斯湾，对岸斯普林斯港也是灯火闪闪。他们又爬上大篷车。

"他们应当在那段路面上铺些石子才是。"乔·加纳说。大篷车沿着林间那条路跑着。乔和太太紧靠着坐在前座。尼克坐在两个小伙子当中。那条路出了林子，进入一平空地。

"爸就是在这儿压死臭鼬的。"

"还要往前呢。"

"在哪儿都一样，"乔头也不回地说，"在这儿压死臭鼬跟在那儿压死臭鼬还不都是一码事？"

"昨晚我看见两只臭鼬。"尼克说。

"哪儿？"

"湖那边。它们正沿着湖滨寻找死鱼呢。"

"没准儿是浣熊吧。"卡尔说。

"是臭鼬。我想，我总认得出臭鼬吧。"

"你应当认得出，"卡尔说，"你有个印第安女朋友嘛。"

"别那样说话，卡尔。"加纳太太说。

"唉，闻上去都一个味呢。"

乔·加纳哈哈大笑了。

"你别笑了，乔，"加纳太太说，"我决不准卡尔那样说话。"

"你有没有印第安女朋友啊，尼基？"乔问。

"没有。"

"他有的,爸,"弗兰克说,"他的女朋友是普罗登斯·米切尔。"

"她不是的。"

"他天天都去看她。"

"我没。"尼克坐在暗处里,夹在两个小伙子中间,听人家拿普罗登斯·米切尔打趣,心里感到大大高兴。"她不是我女朋友。"他说。

"听他说的,"卡尔说,"我天天都看见他们在一块儿。"

"卡尔找不到女朋友,"他母亲说,"连个印第安姊儿都没有。"

卡尔一声不吭。

"卡尔碰到姑娘就不行了。"弗兰克说。

"你闭嘴。"

"你这样蛮好,卡尔,"乔·加纳说,"女朋友对男人可没一点好处,瞧你爸。"

"是啊,你就会这么说,"大篷车一颠,加纳太太顺势挨紧乔,"得了,你一生有过不少女朋友啦。"

"我敢打赌,爸绝不会有印第安女朋友。"

"你可别这么想,"乔说,"你最好还是留神看着普罗迪,尼克。"

他妻子同他说了句悄悄话,他哈哈大笑。

"你在笑什么啊?"弗兰克问。

"你可别说,加纳。"他妻子警告说。乔又笑了。

"尼克尽管跟普罗登斯做朋友好了,"乔·加纳说,"我就娶了个好姑娘。"

"那才像话。"加纳太太说。

马在沙地里费劲地拉着车。乔在黑暗中伸出手扬扬鞭子。

"走啊,好好拉车。明天你得拉更重的车呢。"

大篷车一路颠簸不停,跑下长坡。到了农舍,大家都下了车。加纳太太打开门,到了屋里,手里拿着盏灯出来。卡尔和尼克把大篷车后面的货物卸下来。弗兰克坐在前座上,把车赶回牲口棚,归置好马。尼克走到台阶上,打开厨房门,加纳太太正在生炉子。她正往木柴上倒煤油,不由回过头来。

"再见,加纳太太,"尼克说,"谢谢你们让我搭车。"

"哎,什么话,尼基。"

"我玩得很痛快。"

"我们欢迎你来。你不留下吃饭吗?"

"我还是走吧。我想爹大概在等着我呢。"

"好吧,那就请便。请你把卡尔叫来好吗?"

"好。"

"明天见,尼基。"

"明天见,加纳太太。"

尼克走出院子就直奔牲口棚。乔和弗兰克正在挤奶。

"明天见,"尼克说,"我玩得痛快极了。"

"明天见,尼克,"乔·加纳大声说,"你不留下吃饭吗?"

"对,我不能留下了。请你转告卡尔,他妈妈叫他去。"

"好,明天见。尼基。"

尼克光着脚,在牲口棚下面草地间那条小路上走着。小路溜滑,光脚沾到露水凉丝丝的。他在草地尽头那边爬过篱笆,穿过一条峡谷,脚在沼泽泥浆里泡湿了,接着他就攀越过干燥的山毛榉树林,终于看见自己小屋里的灯光。他翻过篱笆,绕到前门廊上。他从窗口看见父亲正坐在桌前大灯光下看书。尼克开门进屋。

"嘿,尼基,"父亲说,"今天玩得开心吗?"

"我玩得痛快极了,爹。今年独立纪念日真带劲。"

"你饿了吧?"

"可不。"

"你的鞋呢?"

"我把鞋落在加纳家的大篷车上了。"

"快到厨房里来。"

尼克的父亲拿着灯走在头里。他站住揭开冰箱盖。尼克径自走进厨房。他父亲端来一个盘子，里面盛了一块冻鸡，再拿来一壶牛奶，把这些都放在他桌上，再放下灯。

"还有些馅饼，"他说，"够了吗？"

"妙极了。"

他父亲在铺着油布的饭桌前一张椅子上坐下，厨房墙壁上就此映出他的巨大身影。

"球赛哪队赢了？"

"普托斯基队。五比三。"

他父亲坐着看他吃，提着壶替他在杯里倒牛奶。尼克喝了奶，在餐巾上擦擦嘴。他父亲伸手到搁板上拿馅饼。他给尼克切了一大块。原来是越橘馅饼。

"你干了些什么来着，爹？"

"我早上去钓鱼。"

"你钓到了什么？"

"只有鲈鱼。"

他父亲坐着看尼克吃饼。

"你今天下午干了些什么？"尼克问。

"我在印第安人营地附近散散步。"

"你看见过什么人吗？"

"印第安人全在镇上喝得烂醉。"

"你一个人也没见到？"

"我看见你朋友普罗迪了。"

"她在哪儿？"

"她跟弗兰克·沃希伯恩在林子里。我撞见他们。他们在一块儿好一阵子了。"

◇最好的小说

他父亲没看着他。

"他们在干什么?"

"我没停下来细看。"

"跟我说说他们在干什么?"

"我不知道,"他父亲说,"我只听见他们在拼命扭动。"

"你怎么知道是他们?"

"我看见他们了。"

"我还以为你说没看见他们呢。"

"哎,对了,我看见他们了。"

"是谁跟她在一块儿啊?"尼克问。

"弗兰克·沃希伯恩。"

"他们可——他们可——"

"他们可什么啊?"

"他们可开心?"

"我想总开心吧。"

他父亲起身离开桌边,走出厨房纱门。他回来一看,只见尼克眼巴巴看着盘子。原来他刚才在哭呢。

"再吃些?"他父亲拿起刀来切馅饼。

"不了。"尼克说。

"你最好再吃一块。"

"不了,我一点也不要了。"

他父亲收拾了饭桌。

"他们在树林里什么地方?"尼克问。

"在营地后面。"尼克看着盘子。他父亲又说,"你最好去睡睡吧,尼克。"

"好。"

尼克进了房,脱了衣服,上了床。他听见父亲在起居室里走来走去。尼克躺在床上把脸蒙在枕头里。

"我的心都碎了，"他想，"如果我这么难受，我的心一定碎了。"

过了一会儿，他听见父亲吹灭了灯，走进自己房里。他听见外面树林间刮起一阵风，感到这阵风凉飕飕地透过纱窗吹进屋来。他把脸蒙在枕头里躺了老半天，过了一会儿就忘了去想普罗登斯，终于睡着了。半夜醒来，听到屋外铁杉树林间的风声，湖里湖水的拍岸声，他又入睡了。早上，风大了，湖水高涨，漫到湖滨，他醒来老半天才想起自己的心碎了。

刘文澜 译

作品赏析：

在《十个印第安人》中，也是毫不例外地运用了冰山理论这一种成熟的艺术手法。虽然它展现的只是一个生活的细小的片断，但实际上却蕴含着尼克一个独特生理阶段的心灵流程。文章的名义上是写十个印第安人，但实际上他们只是衬托尼克存在的环境背景，这也是对读者面对主人公生存环境意识的强化。而真正的对象才会在这种掩映中展现出来。就像有评论家说的：为了达到这样的目的，他不惜砍掉一切可能的障碍，让一切并非绝对重要的心甘情愿沦为配角。只是为了让一切能在瞬间豁然开朗起来。这是一种简练的笔法，也许可以称为寓深于浅吧。给人以含蓄甚至是充实的咀嚼不尽的感觉。

文章在语言的运用上更是显得简练。有人说它的精练甚至可以媲美于《圣经》的某些章节。而这大概也实在说明了他对小说艺术的独特的审美意识。有人说他的文学的存在意义就是净化当时的文风，其实也正是这样的，他的叙事艺术可以说完全超越了同时代的作家，并融合了现代小说的现代主义技巧，将欧洲风格的冗长，以聚焦的形式更改为一种简朴刚劲的艺术。由此他的文学风格一度成了后起作家全力追捧的对象。

版权声明

由于时间及地域等原因，无法与权利人——取得联系，为了尊重作者的著作权，编者特委托北京版权代理有限责任公司向权利人转付稿酬。请您与北京版权代理有限责任公司联系并领取稿酬。联系方式如下：
吴文波
北京版权代理有限责任公司
北京海淀区知春路23号量子银座1401室
邮编：100083
电话：（010）82357056/57/58-230 传真：（010）82357055